U0927181

陕西理工学院学术著作出版基金、陕西理工学院2013年
校级人才启动项目（SLGQD13–39）资助出版

鲁迅翻译思想研究

冯玉文 著

中国社会科学出版社

图书在版编目(CIP)数据

鲁迅翻译思想研究/冯玉文著.—北京：中国社会科学出版社，2015.1
ISBN 978-7-5161-5218-8

Ⅰ.①鲁… Ⅱ.①冯… Ⅲ.①鲁迅（1881~1936）—文学翻译—研究
Ⅳ.①I210.96

中国版本图书馆 CIP 数据核字（2014）第 297530 号

出 版 人 赵剑英
责任编辑 周晓慧
责任校对 周晓慧
责任印制 戴 宽

出 版 中国社会科学出版社
社 址 北京鼓楼西大街甲 158 号（邮编 100720）
网 址 http：//www.csspw.cn
中文域名：中国社科网 010-64070619
发 行 部 010-84083685
门 市 部 010-84029450
经 销 新华书店及其他书店

印 刷 北京君升印刷有限公司
装 订 廊坊市广阳区广增装订厂
版 次 2015 年 1 月第 1 版
印 次 2015 年 1 月第 1 次印刷

开 本 710×1000 1/16
印 张 18.5
插 页 2
字 数 313 千字
定 价 56.00 元

目　录

导　论

学术界的鲁迅研究成果可谓汗牛充栋：“从20世纪最初10年的末期开始萌芽，到20—30年代滥觞和初步发展，经40年代的高峰，又经历以后的递进、挫折、复苏、开拓，至今已近一个世纪。在这一长时期的发展过程中，鲁迅研究的论著，从未间断过发表与出版。”① 鲁迅研究、鲁迅研究的再研究，甚至再研究的研究都已是成果丰硕，建立“鲁迅学”学科的讨论也已历经数十个春秋。然而，在鲁迅研究成为显学之后，鲁迅翻译的研究却长期处于被冷落的状态：鲁迅翻译思想、翻译作品，尤其是译事系统的整体观照，成为鲁迅研究非常薄弱的环节。1983年，在汇聚学者关于鲁迅研究成果的《鲁迅研究学术论著资料汇编》中，还难觅“专题性”鲁迅翻译研究的踪影②；2001年出版的彭安定的《鲁迅学导论》终于有专章论述“鲁迅的接受世界（国外）与翻译文本研究”，并且认为：“把鲁迅的翻译，纳入到译介学和翻译学的框架中，可以研究的方面很多。”③ 之后广东教育出版社的张梦阳编《中国鲁迅学通史》虽堪称鸿篇巨制，但并没有在“索引”中明确谈到翻译文学研究。可以说，直到近十多年才真正开启了鲁迅翻译研究的篇章。但直到鲁迅研究已经深入方方面面的今天，其翻译研究依然滞后。

研究界对于鲁迅翻译的冷淡态度，与鲁迅本人对于翻译的热情呈现出明显的不对等状态。鲁迅对翻译非常重视，这是毋庸置疑的事实：“鲁迅的工作时间，以他一生中用在著作方面的时间来说，一半以上用于介绍外

---

① 彭定安：《鲁迅学导论·绪论》，中国社会科学出版社2001年版，第1页。

② 参见中国社会科学院文学研究所鲁迅研究室编辑《1913—1983　鲁迅研究学术论著资料汇编》，中国文联出版公司1985—1990年版。

③ 彭安定：《鲁迅学导论·绪论》，中国社会科学出版社2001年版，第236页。

国文学和学术性的著述上，其余一半才用于创作上。”[①] 孙郁也认为，研究鲁迅“要先看他的译作，再读他的作品。鲁迅首先是个翻译家，其次才是个作家。他一生的工作，把译书看成主业，译介之余，才有了创作”[②]。以鲁迅对翻译用力之勤，足可以翻译家相称，但由于机缘不巧，他的这一想法没有得到彻底实现：生前没有人认为他是翻译家，身后也没有成为一个纯粹的翻译家——至少，他翻译家的身份，长时间被文学家、思想家、革命家的论断所遮蔽。但不可否认的是，鲁迅的翻译活动贯穿其生命的始终，他的文学之路始于翻译，终于翻译：“鲁迅的文学事业，是从翻译和介绍外国文学开始的。他决定弃医学文，提倡文艺运动来唤醒人民的觉悟，就是受到外国文学的启发的。从 1907 年写《摩罗诗力说》直到逝世以前他翻译果戈理的《死魂灵》，三十年间他从未停止过翻译和介绍的工作。”[③] 鲁迅一生共翻译了 16 个国家[④] 200 多种作品，“至于他在创作、书信、日记中涉及的外国作家作品就更多，大约有 25 个国家和民族的 380 位作家”[⑤]。数量之巨，涉猎之广，实属罕见。鲁迅不止自己翻译，还帮助很多青年走上翻译道路，出版翻译丛书，创办翻译杂志，在当时的翻译界非常活跃。鲁迅“对中国现代翻译文学史的贡献是多方面的。他是中国现代译介外国文学的开拓者……他在译介弱小民族文学和俄罗斯文学方面，在介绍欧洲新文艺方面，在建立翻译文学与中国新文学的有机联系方面，在继承我国翻译传统和理论方面，在培养和组织翻译人才方面，都是一位突出的先驱者”[⑥]。

虽然鲁迅为翻译工作呕心沥血，虽然鲁迅翻译的作品在数量和质量上

---

① 《冯雪峰忆鲁迅》，河北教育出版社 2001 年版，第 143 页。

② 孙郁：《鲁迅书影录》，东方出版社 2004 年版，第 86 页。

③ 王瑶：《论鲁迅作品与外国文学的关系》，《王瑶全集》（6），河北教育出版社 2000 年版，第 204 页。

④ 由于统计的时间、来源或统计者观念的差异，这一数据有所不同，分别为 14、15 或 16 个国家。例如，谢天振、查明建的《中国现代翻译文学史》（1898—1949）与刘绍勤的《盗火者的足迹和心迹》等统计为 14 个国家，而戈宝权的《中外文学因缘——戈宝权比较文学论文集》与顾钧的《鲁迅翻译研究》等统计为 15 个国家。笔者统计为德、法、美、英、西班牙、荷兰、奥地利、芬兰、匈牙利、波兰、保加利亚、罗马尼亚、捷克、日、俄、苏共 16 个国家，请参见本书附录一。

⑤ 谢天振、查明建：《中国现代翻译文学史（1898—1949）》，上海外语教育出版社 2004 年版，第 82 页。

⑥ 同上书，第 85 页。

都相当可观，虽然鲁迅培养和影响了众多翻译家，虽然翻译和创作是统一的整体，虽然鲁迅的创作已经得到研究界和读者的高度认可，虽然……但是，对鲁迅翻译的研究在很长时间里都没有引起学界足够的重视。其原因何在呢？第一，从技术操作上来看，翻译相对于创作的研究难度明显增加：要涉及原语作者和作品、原语到目的语的语言转换规则及译作与原作对比、翻译策略及翻译方法的确定与阐释诸多问题。第二，鲁迅所采用的翻译策略和翻译方法无形中造成其译作的曲高和寡：研究者与读者同样因犯难而回避。第三，鲁迅的翻译作品，如“同路人”文学以及部分日本文学所体现的思想与已经被人为定性的鲁迅思想存在些许悖谬之处，也使研究者感到无所适从。第四，鲁迅翻译作品中的很大部分是俄语文学与文论①，这又难免受到意识形态乃至中俄（苏）邦交的影响。第五，学理范围内注重创作而轻视翻译的“重处子轻媒婆”思想②在作祟。虽然历史上某阶段翻译的地位曾经得到提升，但是这种根深蒂固的观念难以清除。

无论过去经历了多少冷落，鲁迅翻译研究也已经越来越引起学界的重视。传统翻译理论一直认为翻译只是语言转换的问题，译者应当在翻译过程中“隐形”。随着翻译理论的深化，现代翻译理论开始关注翻译活动的实施者——翻译主体。译者是翻译活动的真正主导，是整个翻译链条上最活跃、最富于变化的因子：原作要经过译者才能够成为译作，才能够为读者所热捧或者受其冷落，从对于原作的选择到翻译策略、方法的运用，再到翻译过程中克服各种阻碍因素，甚至读者对译作的接受等，都是在译者的设想和操控之下得以完成的。简而言之，翻译活动是在译者翻译思想的指导下进行的，译者的整个翻译系统都统摄于译者的翻译思想之中，因此，对译者翻译思想的研究是翻译研究的关键所在。鲁迅的翻译目的、翻

① 惯常的说法应是“俄苏文学与文论”，但该说法包括了很多俄国（或苏联）的侨民文学、回归文学、流亡文学、境外文学、解冻文学等概念，也包括了使用少数民族语言的创作和使用侨居国、流亡国语言的创作。对于中国翻译的俄苏文学和文论而言，准确而具有涵盖性的描述应为“俄语文学与文论”——强调其原作为俄语文本。为了避免由于概念内涵或外延模糊而可能引起的混乱以及考察、论述的方便，本书引入了“俄语文学与文论”及相关概念。

② 持这一思想的代表性人物是郭沫若。1920 年 12 月 12 日，郭沫若在给李石岑的信中说：“……我觉得国内人士只注重媒婆，而不注重处子：只注重翻译，而不注重产生……处女应当尊重，媒婆应当稍加遏抑。”原本在私人信件中谈及此事属于一己之见的抒发，可在 1921 年 1 月 15 日《时事新报·学灯》发表了该信之后，翻译者的地位和作用就成为学者们尤其是译者们公开讨论的话题。

译取材、翻译策略、翻译方法、翻译路径、翻译方式等，都非常具有先锋性和前瞻性。在鲁迅翻译思想的统摄下进行鲁迅翻译的研究，理应是鲁迅研究不可或缺的部分。

第一，鲁迅为什么翻译？也就是翻译目的问题。翻译目的决定着翻译选材和翻译操作的策略、方法等，是整个翻译系统得以形成的动因，是鲁迅从事翻译活动、成为翻译家的原因。鲁迅在日本留学时期，深深为中国的积贫积弱、民众的愚昧麻木所困扰，又因为信奉“人立而后凡事举”，从而形成了“立人”思想。“立人”思想中包含着“立国”的诉求，但鲁迅最终关注的还是国民思想的建设，希望人人都成为独立自由、平等博爱的“超人”。如何实践“立人”？当然是采用思想革命来改变国民的精神，而改变精神的方式“首推文艺”，这就需要文艺建设。但文艺对于“十之九不识字”的国民来说难以产生效果，让国民摆脱文盲的状态又成为首要问题，这就需要给民众创造出新的、容易掌握的、言文一致的语言文字。“没有拿来的，人不能自成为新人”，鲁迅竭力通过翻译从异域“拿来”——不但拿来新思想，拿来新文艺，还进行了拿来新语言的尝试。在鲁迅整个翻译系统中，“立人”的翻译目的处于核心地位，它决定翻译选材、翻译的策略和方法等。表面看来，鲁迅的翻译目的有不同的指向：思想改造、文学建设或者语言变革；然而深入考察就会发现：无论是思想改造还是文学建设、语言变革，最终又都指向“立人”的诉求。

第二，鲁迅翻译了什么？也就是翻译取材问题。鲁迅翻译的取材思想与当时中国在世界上的弱国地位、鲁迅自身弱国子民的处境密切相关。虽然选材问题最终指向的是作品，但是考察鲁迅的译事活动会发现：作品的来源国家和原作者也常常是鲁迅选材考虑的重要因素。因此，笔者从作品、国家、作家三个角度阐释鲁迅的翻译选材思想。在作品的选择方面，鲁迅表现出强烈的翻译主体意识：拒绝暴力、取向真实、瞩目边缘；选材中还承载着鲁迅的平等与博爱诉求。在翻译取材来源国家中，法、德、英、美等强国的取材起步于“翻译救国”的热潮，但其根基却是思想启蒙；西班牙、芬兰等9个弱小民族、国家的取材源于鲁迅对与自己同等处境国家、民族的关注，是同盟的寻觅；俄国、苏联的取材最贴近鲁迅的精神实质，无论是帝国主义的俄国还是社会主义的苏联，鲁迅关注的只有一个：“为人生”；日本的取材与鲁迅的留学经历和对日本的情感密切相关，

7年留日生活后，鲁迅以翻译日本作品作为对自己青春岁月的追忆，体现了对日本情感的皈依。在作家选择中，鲁迅特别看重处于困厄处境的作家，笔者以两个作家和两个群体作为论述的对象：一是眼盲、流亡、屡被放逐的俄国诗人爱罗先珂，鲁迅翻译了他的14部童话作品；二是来自西班牙“高山小民族”的巴罗哈，这是鲁迅唯一关注的西班牙作家，翻译了他8篇作品；三是倡导真实、揭露现实又困顿于现实的苏联“同路人”作家群体，鲁迅为他们编译文集《竖琴》，对该团体和作家作了反复介绍，一再关注他们悲惨的遭遇；四是鲁迅译文副文本形成的英年早逝作家群体，鲁迅总是对一些短命的作家青睐有加，体现出鲁迅对于先觉者生命价值的独特思考。

第三，鲁迅怎样翻译？也就是翻译策略和方法等问题。翻译策略决定翻译方法，翻译方法是翻译策略的具体实践方式。鲁迅采用欧化的翻译策略是出于对中国传统文化中消极因素的否定和对域外先进文化的向往，所以说，欧化是一种文化取向。鲁迅的欧化策略既有中、日两国历史的依据也有现实的需求。鲁迅的翻译方法主要以直译为主，但是由于鲁迅对“硬译”的强调以及“硬译”论争的广泛影响，“硬译”成为鲁迅翻译方法的代名词。追踪“硬译”的来源会发现：“硬译”是在论争氛围中完成了从翻译精神到翻译方法的转变；论争中所谓的“信”与“顺”之争其实针对的多是对方的翻译错误；鲁迅所坚持的“硬译”不但读者不买账，就是鲁迅自己也深受其害：西语与汉语的形式对等根本就无法实践。从鲁迅的译文考察鲁迅的欧化策略可以发现：他所主张的将欧式文法硬性运用于汉语语言的“按板规逐句，甚而至于逐字译”的所谓“硬译”很少，而普遍采用的是“力求其易解又要保存着原作的风姿”的弹性欧化——直译方法，甚至在儿童作品翻译中，努力进行“去欧化”处理，不惜采用意译方法。鲁迅的转译和复译思想也是鲁迅翻译思想的重要组成部分。转译是对译者掌握语言和译者所译文本语言差异的无奈调和，也是鲁迅急于输入异域文化的急切表现；鲁迅清楚转译的种种弊端，更深知转译所具有的开拓性、可塑性和时效性可以在一定程度上对其弊端进行弥补和救正。鲁迅认为复译十分必要：译本从无到有、从不好到好都有一个过程，译本不好就“来一回复译，还不行，就再来一回”，这种思想在理论上成立，但是在当时信息流通并不畅通的情境下，在翻译实践中的可行性被淡化和部分消解。

第四，鲁迅为谁翻译？即译作的预想读者问题。翻译目的决定翻译策略，也确定译作的预想读者。鲁迅的翻译目的体现了对愚昧的弱国子民的启蒙诉求。鲁迅希望通过翻译“别求新声于异邦”：实现国人的思想改造，催生自立自强、科学理性、平等博爱的新人。哪些人可能成为新人？其一是作为启蒙者的自我，“必须先改造了自己，再改造社会，改造世界”。其二是代表未来主宰又容易接受新思想的儿童。其三是实现大众的改造。在鲁迅的观念里，普通民众识字的很少，所以鲁迅设定自己译作读者的时候，常常给出的是精英阶层。鲁迅采用的欧化策略所凸显的异域因子自然会造成大众读者的疏离，而鲁迅译作的理想读者也的确并非普通民众，但鲁迅并不是没有为大众设想，他拟将大众读者进行“分层次”处理，再按照不同层次供给相应的读物。

第五，鲁迅究竟翻译了哪些国家哪些作家的哪些作品？为了有一个系统而且直观的认识，本书附录一将鲁迅所有单篇翻译作品做国别分类，再以表格的形式将相关信息加以规范展示。附录二要说明的是，鲁迅不但自己身体力行地进行翻译，还为中国翻译事业的发展鞠躬尽瘁，这体现在鲁迅不仅组织翻译团队，创办翻译刊物，而且培养了众多翻译人才；因这部分主要以鲁迅实践性较强的翻译活动进行论证，所以笔者将其以附录的形式加以呈现。附录三是笔者对鲁迅翻译相关研究成果进行的梳理，前辈的思考和积累，是本书得以问世的重要前提。

鲁迅的翻译思想指导着鲁迅的翻译实践，同时，鲁迅的翻译实践也印证、检验和完善了鲁迅的翻译思想。“立人”是思想家、文学家鲁迅的思想基础，更是翻译家鲁迅的终极诉求。要厘清这一点，需要对鲁迅的翻译思想进行全面的梳理和整合。总体上看，鲁迅翻译思想高屋建瓴、复杂精深，在当时和现在都具有重要的理论价值和指导意义。

第一章

鲁迅翻译的目的

鲁迅为什么翻译？这是鲁迅翻译的目的问题，也是一个处于鲁迅翻译系统核心位置的问题——翻译目的决定翻译操作的策略、方法和路径。

在“西学东渐”的文化背景下，借助对西方文化广收博采的日本平台，鲁迅参照各国文化对中国的传统文化进行了认真审视，采取了怀疑、批判、建设的态度。在中国，闭关自守造成了国家的封闭落后，专制统治导致了民众的愚昧麻木。要改变这样的状况，只有借助外来文化的力量，也就是“别求新声于异邦”[①]；又因为鲁迅认为“文艺是可以转移性情、改造社会的”，所以“便自然而然地想到介绍外国文学这一件事”[②]。鲁迅一生都在向中国输入异域文化，因为“没有拿来的，人不能自成为新人”[③]，鲁迅祈望借助外来文化的洗礼来实现中国人的新生——由“愚弱的国民”[④] 转变成为思想自由、人格独立、个性解放的人，这就是鲁迅以翻译“立人”的思想，他坚信“人立而后凡事举”[⑤]。

第一节　以翻译“立人”的思想建构

面对麻木、愚昧的国民，鲁迅终生致力于对人的思想改造和建设事

---

① 鲁迅：《坟·摩罗诗力说》，《鲁迅全集》（1），人民文学出版社 1981 年版，第 65 页。

② 鲁迅：《译文序跋集·域外小说集·序》，《鲁迅全集》（10），人民文学出版社 1981 年版，第 161 页。

③ 鲁迅：《且介亭杂文·拿来主义》，《鲁迅全集》（6），人民文学出版社 1981 年版，第 40 页。

④ 鲁迅：《呐喊·自序》，《鲁迅全集》（1），人民文学出版社 1981 年版，第 417 页。

⑤ 鲁迅：《坟·文化偏至论》，《鲁迅全集》（1），人民文学出版社 1981 年版，第 57 页。

业，创作如此，翻译亦如此。在思想建设层面，鲁迅主张“首在立人”①，也就是将“个人”思想的建设放在重中之重的位置上，这与五四时期“人的发现”的大环境相关，更与鲁迅自身的经历相关。“立人”思想本就与来自异域的个人本位观念密不可分，鲁迅借助文学翻译将其发扬光大是再自然不过的事情。因为鲁迅翻译发生在积贫积弱的现代中国，所以其翻译目的曾经以国家的强大为终点，但是鲁迅很快就发现，只要人的精神强大，自由、平等、博爱等思想深入人心，国家自然会富强起来。所以，鲁迅翻译经过了“立国”诉求的短暂高蹈，最终又指向芸芸众生的生命体验和生存状态。在社会关系中，鲁迅希求通过“立人”实现一个理想化的境界：用“互爱”来主导一切。

一 “立人”思想的源流

“人的发现”在五四时期乃至于现代中国都不啻一声惊雷，使原本只处于国家、社会、家庭的固有秩序、按照固有规律生活的人们开始认真审视自我、发现自我。个人主义、个性主义、个体主义、人道主义等思潮伴随着个性解放、平等、自由、博爱等名词纷至沓来，使人们认识到解放个人、张扬个性、发挥个体价值的重要性，将人从麻木被动的生存状态转化为积极主动的生存状态，是社会进步的根本，也是人之所以为人的价值所在。当时，周作人、胡适、陈独秀等人针对这一问题也都有精彩的论述，可以说，这是很多现代知识分子共同关注过的问题。

鲁迅对国人精神层面的关注至少在决定学习医学的时候就已经开始，一方面为了“救治象我父亲似的被误的病人的疾苦，战争时候便去当军医”，另一方面是想“促进了国人对于维新的信仰”，因为鲁迅知道“日本维新是大半发端于西方医学的事实”② ——医学可以对人的身体和精神进行双重疗救。据许寿裳回忆，1904 年以前，鲁迅曾对他谈到三个与人的精神建设相关的问题：怎样才是理想的人性？中国的国民性中最缺乏的是什么？它的病根何在？可见，鲁迅后来的“弃医从文”绝非“幻灯片事件”所导致的一时冲动，这种“自然科学向社会科学的转变”“科学向

---

① 鲁迅：《坟 · 文化偏至论》，《鲁迅全集》(1)，人民文学出版社 1981 年版，第 57 页。

② 鲁迅：《呐喊 · 自序》，《鲁迅全集》(1)，人民文学出版社 1981 年版，第 416 页。

‘人’学的转变”[①] 并不突兀，而是有着非常深厚的思想基础的。鲁迅“看待所有近代思想的着眼点，与其说是这些思想所提供的结果，倒不如说是接受这些思想的主体和创造这些思想的人的精神内部。即使对待‘科学’也是如此”[②]。也就是说，鲁迅的“弃医从文”是自然而然的选择，因为在“医”与“文”中恒定着的都是鲁迅对中国国民“疗救”的诉求。

鲁迅在留学日本期间，正是尼采哲学在日本盛行之时。现代中国趋新求变的整体社会氛围与尼采的超人哲学、反抗精神、重估一切价值等思想相契合，因而受到当时智识阶层的追捧，如 1904 年王国维就曾指出尼采“以强烈之意见而辅以极伟大之智力，其高瞻远瞩于精神界”[③]。鲁迅第一次谈到尼采是在 1907 年发表的《摩罗诗力说》中，鲁迅用尼采的话作为开篇：“求古源尽者将求方来之泉，将求新源。嗟我昆弟，新生之作，新泉之涌于渊深，其非远矣。”[④] 在文中又两处写到尼采，一处指出尼采认为：“文明之朕，固孕于蛮荒……蛮野如蕾，文明如实”；另一处则阐明：“尼耙欲自强，而并颂强者；此则亦欲自强，而力抗强者。”[⑤] 对于蛮野的赞赏可以理解成对于人类本性的期待，而对于强者的赞赏则激励着弱者自强。在《文化偏至论》中，鲁迅认为，尼采是“个人主义之至雄桀者矣，希望所寄，惟在大士天才”，并且谈到：

> 如尼耙伊勃生诸人，皆据其所信，力抗时俗，示主观倾向之极致；而契开迦尔则谓真理准则，独在主观，惟主观性，即为真理，至凡有道德行为，亦可弗问客观之结果若何，而一任主观之善恶为判断焉。其说出世，和者日多，于是思潮为之更张，骛外者渐转而趣内，渊思冥想之风作，自省抒情之意苏，去现实物质与自然之樊，以就其本有心灵之域；知精神现象实人类生活之极颠，非发挥其辉光，于人

---

① 方长安：《鲁迅立人思想与日本文化》（上），《鲁迅研究月刊》2002 年第 4 期。

② ［日］伊藤虎丸：《鲁迅与日本人》，李冬木译，河北教育出版社 2000 年版，第 68 页。

③ 王国维：《叔本华与尼采》，《王国维论学集》，中国社会科学出版社 1997 年版，第 266 页。

④ 鲁迅：《坟·摩罗诗力说》，《鲁迅全集》（1），人民文学出版社 1981 年版，第 63 页。

⑤ 同上书，第 78 页。

生为无当；而张大个人之人格，又人生之第一义也。[①]

鲁迅所介绍的尼采思想——自强理性、趋新抗俗、张扬个性，这正是当时极力摆脱麻木愚昧的中国人所需要的精神元素。虽然当时很多有识之士对尼采思想给予认可，但几乎都是零散甚至片面的解读，并没有系统的原作呈现。到1918年，鲁迅用文言翻译了《察罗堵斯德罗绪言》中的三段，但并没有发表。两年后，鲁迅用白话再次翻译这一作品，名为《察拉图斯忒拉的序言》，而且扩展到十段，发表在《新潮》杂志上。尼采的《察拉图斯忒拉的序言》是鲁迅一生中唯一一部分别用文言和白话翻译的作品，足见鲁迅对于该作品的重视程度，也显示出鲁迅将其介绍给国人的决心。该译作几乎是中国最早的相对完整的尼采作品翻译，直到1928年，尼采作品的译作也"只有半部"[②]，这半部就是郭沫若翻译的《查拉图司屈拉钞》的第一部分。可见，鲁迅比同时代人更早地认识到了尼采的价值。

值得注意的是，鲁迅选取译介的只是尼采这位"个人主义之至雄桀者"[③] 庞大学说体系的一个部分，毋庸置疑，这部分恰恰是国人所需要的，也是鲁迅"立人"思想的重要来源和组成部分。刘半农曾说鲁迅是"托尼学说，魏晋文章"，可见鲁迅从尼采处获益匪浅。鲁迅当然认识到尼采思想的问题所在，例如：

尼采又是咒诅女人的名人。[④]

尼采就自诩过他是太阳，光热无穷，只是给与，不想取得。然而尼采究竟不是太阳，他发了疯。[⑤]

但后起的《狂人日记》意在暴露家族制度和礼教的弊害，却比

---

① 鲁迅：《坟·文化偏至论》，《鲁迅全集》（1），人民文学出版社1981年版，第54页。

② 鲁迅：《二心集·"硬译"与"文学的阶级性"》，《鲁迅全集》（4），人民文学出版社1981年版，第211页。

③ 鲁迅：《坟·文化偏至论》，《鲁迅全集》（1），人民文学出版社1981年版，第52页。

④ 鲁迅：《华盖集续编·有趣的消息》，《鲁迅全集》（3），人民文学出版社1981年版，第199页。

⑤ 鲁迅：《且介亭杂文·拿来主义》，《鲁迅全集》（6），人民文学出版社1981年版，第38页。

> 果戈理的忧愤深广，也不如尼采的超人的渺茫。①

也正因此，除此篇之外，鲁迅再没有翻译过尼采的作品。鲁迅对尼采学说的取舍是取其精华、弃其糟粕的“拿来主义”的有益实践。

除尼采外，《摩罗诗力说》中摩罗诗人义无反顾、为民请命的反抗精神也为鲁迅所赏识：“无不刚健不挠，抱诚守真；不取媚于群，以随顺旧俗；发为雄声，以起其国人之新生，而大其国于天下。”② 这成为尼采之外鲁迅“立人”学说的又一思想源泉。

鲁迅正式谈到“个人”的问题最早见于1907年的《文化偏至论》：

> 个人一语，入中国未三四年，号称识时之士，多引以为大诟，苟被其谥，与民贼同。意者未遑深知明察，而迷误为害人利己之义也欤？夷考其实，至不然矣。而十九世纪末之重个人，则吊诡殊恒，尤不能与往者比论。试案尔时人性，莫不绝异其前，入于自识，趣于我执，刚愎主己，于庸俗无所顾忌。③

这里，鲁迅首先指出了人们对“个人”提法的误解。“个人”的概念最初进入中国的时候，因为强调个人，其字面的意思和中国原有的自私自利似有相似之处，的确引起了很多误解。直到五四之后，胡适介绍易卜生的个人主义思想“救出自己”时，仍然引起人们的批评。胡适只好用孟子的精神来化解：“孟轲说‘穷则独善其身’，这便是易卜生所说‘救出自己’的意思。这种‘为我主义’，其实是最有价值的利人主义。”④ 也就是将自己铸造成器，这样方有益于他人和社会。关于这点，鲁迅也早有见地，虽然表达得不如胡适明确：“国人之自觉至，个性张，沙聚之邦，由是转为人国。”⑤ 鲁迅一直不用“个人主义”一词来阐释个性解放、个体权利和

---

① 鲁迅：《且介亭杂文二集·中国新文学大系·小说二集序》，《鲁迅全集》（6），人民文学出版社1981年版，第239页。

② 鲁迅：《坟·摩罗诗力说》，《鲁迅全集》（1），人民文学出版社1981年版，第99页。

③ 鲁迅：《坟·文化偏至论》，《鲁迅全集》（1），人民文学出版社1981年版，第50页。

④ 胡适：《易卜生主义》，《胡适文集》（2），人民文学出版社1998年版，第29页。

⑤ 鲁迅：《坟·文化偏至论》，《鲁迅全集》（1），人民文学出版社1981年版，第56页。

思想自由，因为当时很多人觉得“个人主义即利己主义”[①]，从而忽略了个人主义中自由、独立、反抗的成分，这也是当时各种主义盛行所造成的恶果。

鲁迅以自己的方式一再谈到对国人精神建设的思考：“夫人在两间，若知识混沌，思虑简陋，斯无论已；倘其不安物质之生活，则自必有形上之需求。”[②] 就中国来说，人们总是“劳劳独躯壳之事是图，而精神日就于荒落”[③]，因此应该“掊物质而张灵明”[④]。不能因为物质匮乏，就单纯忙于物质生活的追求而忽略了精神的建设。鲁迅的这些主张自然也与其所留学日本的整体文化氛围相关，因为在日本人看来，“精神永恒，精神就是一切；而物质却是次要的，短暂易逝的”[⑤]。就中国来说，自然是生活窘迫的人多，但是物质的满足并不能带来精神境界的全面提升，因为：

> 从生活窘迫过来的人，一到了有钱，容易变成两种情形：一种是理想世界，替处同一境遇的人着想，便成为人道主义，一种是什么都是自己挣起来，从前的遭遇，使他觉得什么都是冷酷，便流为个人主义。我们中国大概是变成个人主义者多。[⑥]

结合鲁迅“个人主义”的观念考察其对国人精神文明建设的期待，可以看出鲁迅对提升国民精神境界的诉求：自觉自主、理性执着、超凡脱俗、张扬个性，这就是“立人”思想的基本形态。在《文化偏至论》中，鲁迅明确提出了“立人”的观念：

> 欧美之强，莫不以是炫天下者，则根柢在人，而此特现象之末，

---

① 鲁迅：《三闲集·文学的阶级性》，《鲁迅全集》（4），人民文学出版社 1981 年版，第 127 页。

② 鲁迅：《集外集拾遗补编·破恶声论》，《鲁迅全集》（8），人民文学出版社 1981 年版，第 27 页。

③ 鲁迅：《坟·摩罗诗力说》，《鲁迅全集》（1），人民文学出版社 1981 年版，第 100 页。

④ 鲁迅：《坟·文化偏至论》，《鲁迅全集》（1），人民文学出版社 1981 年版，第 46 页。

⑤ ［美］鲁思·本尼迪克特：《日本四书·菊与刀》，线装书局 2006 年版，第 16 页。

⑥ 鲁迅：《集外集·文艺与政治的歧途》，《鲁迅全集》（7），人民文学出版社 1981 年版，第 115 页。

> 本原深而难见，荣华昭而易识也。是故将生存两间，角逐列国是务，其首在立人，人立而后凡事举；若其道术，乃必尊个性而张精神。①
>
> 既知自我，则顿识个性之价值；加以往之习惯坠地，崇信荡摇，则其自觉之精神，自一转而之极端之主我。②
>
> 故苟有外力来被，则无间出于寡人，或出于众庶，皆专制也。③

这里强调了“立人”是国家民族强大的“根柢”，指出“立人”可以扫荡积习，抵御泯灭人性、摧残个性的专制和强权。可见，“立人”思想为当时正受到多方压制、迫害的中国人所急需。

也就是说，1907 年，鲁迅基本上已经确立了自由独立、个性解放、尊重个体、自强不息的国人精神范本，并将其表述为对个人精神境界的建设目标：“掊物质而张灵明，任个人而排众数。”④ 正如学者张全之所说：“如果说早期提倡科学，还带有洋务派的烙印，参加革命活动是受了革命派影响，思考‘国民性’是受到了梁启超‘小说界革命’的冲击，那么，当他将民族复兴的希望寄托在‘不和众嚣，独具我见’的精神界之战士身上时，他终于找到了一套自己的话语体系，与当时流行的思想家和政治家分道扬镳了。”⑤ 对于国人精神世界的高度关注促使鲁迅通过翻译输入个人、自由、平等、人道等先进的外来思想，形成和彰显了“立人”的目的。

二　“立人”中的“立国”

鲁迅在形成其“立人”思想的日本留学时代，也严肃地思考过“立国”的问题。出生在一个古老的、濒危的、内忧外患的半封建、半殖民地国家，鲁迅目睹了这个国家悲惨的状况，在很长时间里都在思考和探索中国的出路。鲁迅在认识到“立人”为一切根本的时候依然伴随着“我以我血荐轩辕”的爱国激情，而且，鲁迅的“立人”思想常常表现出

---

① 鲁迅：《坟·文化偏至论》，《鲁迅全集》（1），人民文学出版社 1981 年版，第 57 页。

② 同上书，第 51 页。

③ 同上书，第 52 页。

④ 同上书，第 46 页。

⑤ 张全之：《从施缔纳到阿尔志跋绥夫：论无政府主义对鲁迅思想与创作的影响》，《鲁迅研究月刊》2007 年第 11 期。

“立国”的指向：

> 人既发扬踔厉矣，则邦国亦以兴起。①
>
> 个性张，沙聚之邦，由是转为人国……②
>
> 欧美之强，莫不以是炫天下者，则根柢在人……角逐列国是务，其首在立人……③

鲁迅“立人”学说的确与建立强大国家的愿景密不可分。鲁迅深受中国传统文化的浸染，国家的观念已经深入骨髓，加之身处日本，弱国子民的身份被人蔑视，这也常常刺激着他的神经，强化了他的国家观念。在《藤野先生》中，鲁迅写出了中国留日学生的悲哀：“中国是弱国，所以中国人当然是低能儿，分数在六十分以上，便不是自己的能力了：也无怪他们疑惑。”④ 在日本，中国人个体的命运和国家的命运联系得更紧密也更显明。虽然郁达夫所说“日本人轻视中国人，同我们轻视猪狗一样”未免有文学的夸张成分，但是留学生们的心态有共通的地方，这就是希求祖国能够早日富强起来：“中国呀中国！你怎么不富强起来……你快富起来！强起来罢！”⑤ 因为现实的弱势，就只能在尴尬中回顾“荣耀”的历史：“留学日本的学生因为恨日本，便神往于大元，说道‘那时倘非天幸，这岛国早被我们灭掉了’。”⑥ 张承志认为，研究者“没有足够考虑鲁迅留日十年酿就的苦涩心理。称作差别的歧视，看杀同乡的自责，从此在心底开始了侵蚀和啮咬。”⑦ 鲁迅虽然有立足现实的精神，但是面对各强大帝国的欺压，身处被轻视的弱国子民的地位，自然会时时做着国富民强的梦：寻求一切实现国家富强的可能，包括“立人”在内。

---

① 鲁迅：《坟·文化偏至论》，《鲁迅全集》（1），人民文学出版社 1981 年版，第 46 页。

② 同上书，第 56 页。

③ 同上书，第 57 页。

④ 鲁迅：《朝花夕拾·藤野先生》，《鲁迅全集》（2），人民文学出版社 1981 年版，第 306 页。

⑤ 《郁达夫文集·沉沦》，花城出版社、三联书店香港分店 1982 年版，第 48、53 页。

⑥ 鲁迅：《坟·说胡须》，《鲁迅全集》（1），人民文学出版社 1981 年版，第 175 页。

⑦ 张承志：《鲁迅路口》，《中国税务》2005 年第 5 期。

必须指出的是，即便是在"立国"诉求最强烈的留日时期，鲁迅也没有把个人的、个性的问题置于国家之后，反而强调国家的意志不应该凌驾于个人意志之上："故苟有外力来被，则无间出于寡人，或出于众庶，皆专制也。国家谓吾当与国民合其意志，亦一专制也。"[①] 也就是说，对于一个个体来说，他（她）的本意是最重要的，此外，无论是少数人的意见还是多数人的意见强加给他（她）都是专制，以国家的名义强加给个体意志并且让个体服从，同样也是专制。在这里，鲁迅将个体与国家并重，并没有改造个体、服务国家的意念，其宗旨在个人思想的完善。在鲁迅的前期小说创作中，"爱国主义的主题是与社会革命、思想革命的主题融二为一的。也正因为如此，它的爱国主义才显示出了空前的深刻性和无与伦比的真挚与强烈"[②]。在鲁迅前期的翻译中，这一说法同样适用。

随着时间的推移，鲁迅国家的观念常常淡化于对人性、人道和个体的强调之中，在《一个青年的梦》译者序中鲁迅写道：

> 我对于"人人都是人类的相待，不是国家的相待，才得永久和平，但非从民众觉醒不可"这意思，极以为然，而且也相信将来总要做到。现在国家这个东西，虽然依旧存在；但人的真性，却一天比一天的流露：欧战未完时候，在外国报纸上，时时可以看到两军在停战中往来的美谭，战后相爱的至情。他们虽然还蒙在国的鼓子里，然而已经像竞走一般，走时是竞争者，走了是朋友了。[③]

国家的存在不但不能给人们带来美的、善的生活，反而令人们争斗，令人们在国家的名义下互相杀戮。反之，不同国家的人们，即便是交战的双方，也因为有相通的人性而使他们化干戈为玉帛。相较之下，"民众觉醒"至关重要，否则，即便是在同一个国家里，也会发生争斗："中

---

① 鲁迅：《坟·文化偏至论》，《鲁迅全集》（1），人民文学出版社 1981 年版，第 51 页。

② 王富仁：《鲁迅前期小说与俄罗斯文学》，《鲁迅与外国文学资料汇编》，福建师范大学中文系 1977 年，第 220 页。

③ 鲁迅：《译文序跋集·一个青年的梦·译者序》，《鲁迅全集》（10），人民文学出版社 1981 年版，第 192 页。

国开一个运动会，却每每因为决赛而至于打架；日子早过去了，两面还仇恨着。”[①] 对于国内曾经存在的主张“国家至上”的国家主义者，鲁迅也表示了不屑，认为其“太狭”[②]。

应该说，鲁迅远远不是严格意义上的世界主义者：他从没有与爱国主义相对立，只是他的爱国更多地体现在对国民的关注上。与国家和民族相比，鲁迅显然更重视国人的生存状态和发展前景。也就是说，国家和民族的强大不是鲁迅追求的终极目标，但按照“人立而后凡事举”的逻辑，如果人们的思想足够强大，“立国”也就是顺理成章的事情：“立人”和“立国”相辅相成。如果世界上人人都能够个性解放、独立自由、反抗强权、同情弱小……那么，国家之间的问题也会淡化甚至消失，这再次印证了鲁迅所说的“首在立人”[③]。

三 “立人”中的“我”与“他”

人人都有完善的人格——不但自己是自己的主人，而且以平等、自由的思想对待他人，以人道主义对待弱小，这是鲁迅“立人”思想所要达到的和谐的、美好的境界。

首先，人需要保持自己的个性，自立、自强、自信，不但身体摆脱了奴役而且思想也摆脱了奴性，具有坚强的意志、斗争的勇气。鲁迅深感中国人被奴役的苦楚，更清楚中国人的奴性根深蒂固。“哀其不幸，怒其不争”所针对的正是奴性麻木的国人。在阶级社会里，因为身份、地位等原因，人们的个体思想逐渐被泯灭——即便有尼采所说的“蛮野”的花蕾，也都在为奴的过程中被扼杀，根本开不出文明之花。如果人们摆脱了奴性，能动性就会高度发挥，就会产生独立的自我的思想。鲁迅强调的立人不只是反抗别人的压制，更在保持自己的个性：“张大个人之人格，又人生之第一义。”[④] 失去了个性，也就失去了自我存在的价值。在鲁迅译

---

① 鲁迅：《译文序跋集·一个青年的梦·译者序》，《鲁迅全集》（10），人民文学出版社1981年版，第192页。

② 鲁迅：《二心集·“好政府主义”》，《鲁迅全集》（4），人民文学出版社1981年版，第243页。

③ 鲁迅：《坟·文化偏至论》，《鲁迅全集》（1），人民文学出版社1981年版，第57页。

④ 同上书，第54页。

自日本长谷川如是闲的《圣野猪》中，野猪们听从了圣野猪的话：嘴上消失了长牙，皮上消褪了长毛，身上长出了脂肪，短足取代了长脚，结果却只能被送进“火腿制造厂”[①]。鲁迅译自法国作家腓力普的小说《捕狮》也为国人展示了放弃自己个性的可怕后果。该文中走夜路的留襄发生了“可怕的遭逢”：“一匹很大的黄色的狗，跑近留襄来，嗅过他的气味，于是‘向左转开步走’，用全速力飞跑，将形影没在黑夜里了。”[②] 接着他遇到了寻找狮子的3个人，才知道刚才偶遇的黄狗竟然是从马戏团跑掉的一头狮子，留襄出于对狮子的恐惧只好随驯兽师们同行。可是找到狮子后，却发现驯兽师用喊声就将狮子吓住，再用面包做诱饵就将狮子捉进狮笼。狮子不咬人、不吃肉，逃出笼子只要叫喊和面包就可以捉住。狮子失掉了草原霸主的狂野本性，被关进了笼子，如同人失掉了自己独立的个性就会被社会所淹没一样。整个人类的活力、创造力、前进的动力，都由个性中生发而来。保存自我、保持本性才是生存之道。

其次，在任何一个社会里，即使是人类文明高度发达的时代，人与人思想的差异性都肯定存在，甚至越是自由发达的社会，这种差异性越会得到彰显。如何对待这种差异性，也就是如何对待他者，是“立人”思想中一个非常重要的问题。只有尊重别人的自由、以平等的态度对待异己和对手，才是正确的选择，先觉者才能够领导民众，从而实现整个人类的进步：

> 凡有改革，最初，总是觉悟的智识者的任务。但这些智识者，却必须有研究，能思索，有决断，而且有毅力。他也用权，却不是骗人，他利导，却并非迎合。他不看轻自己，以为是大家的戏子，也不看轻别人，当作自己的喽罗。他只是大众中的一个人，我想，这才可以做大众的事业。[③]

① 参见［日］长谷川如是闲《译文补编·圣野猪》，《鲁迅译文全集》（8），福建教育出版社2008年版，第136—137页。

② ［法］腓力普：《译文补编·捕狮》，《鲁迅译文全集》（8），福建教育出版社2008年版，第194—197页。

③ 鲁迅：《且介亭杂文·门外文谈》，《鲁迅全集》（6），人民文学出版社1981年版，第102页。

在鲁迅译自荷兰的《无礼与非礼》中，一个青年拒绝遵循旧例将臭烘烘的柏油涂满全身，他因“无礼”而受到责罚；当他用香油涂满全身时，又因为“非礼”而受到更严重的责罚。这是一种极可怕的现实：不管是香是臭、是好是坏，只有完全依照众人“规矩”的才是得到认可的。于是，人们永远臭下去，世界永远坏下去。在鲁迅看来，人与人的理想关系应该是自由、平等的，无论男女、长幼都不应该有尊卑之分。如果自由、平等的观念不能建立，那么即使推翻了压迫者，被压迫者也不能获得真正意义上的解放，而会时时面临再被压迫的危险，甚至被压迫者本身也会变成压迫者：

> 专制者的反面就是奴才，有权时无所不为，失势时即奴性十足。……做主子时以一切别人为奴才，则有了主子，一定以奴才自命。①
>
> 奴才做了主人，是决不肯废去“老爷”的称呼的，他的摆架子，恐怕比他的主人还十足，还可笑。②

显然，只有平等自由的思想观念才可以改变这样的状况，既不拿别人做自己的奴才，也不当自己是别人的奴才。在人类间鲁迅难觅这样的例子，但是鲁迅找到了一种能够不分阶级贵贱、平等对待人类的动物——跳蚤。鲁迅在《华德保粹优劣论》中介绍了当时已经被德国禁止的《跳蚤歌》，体现了鲁迅对这种害虫的独特思考：“跳蚤做了大官了，带着一伙各处走。皇后宫嫔都害怕，谁也不敢来动手。即使咬得发了痒罢，要挤烂它也怎么能够。嗳哈哈，嗳哈哈，哈哈，嗳哈哈！”③ 无论贵族还是贫民，跳蚤都一样对待，这不仅是对贵族的讽刺，也是对下层人们追求平等的激励。

最后，也是立足于弱势群体思考问题的鲁迅在“立人”过程中最看

---

① 鲁迅：《南腔北调集·谚语》，《鲁迅全集》（4），人民文学出版社 1981 年版，第 542 页。

② 鲁迅：《二心集·上海文艺之一撇》，《鲁迅全集》（4），人民文学出版社 1981 年版，第 302 页。

③ 鲁迅：《准风月谈·华德保粹优劣论》，《鲁迅全集》（5），人民文学出版社 1981 年版，第 210 页。

重的一点：要对处于弱势处境中的人施以爱心。人格的完善并不代表体格的强健，精神的平等也不能带来物质的平均，平等自由的观念确立以后，比较而言的强者如何对待弱者？鲁迅的回答是：以博爱的心胸去关怀——“替处同一境遇的人着想，便成为人道主义。”① 弱者的利益不能靠强者的保障或者施舍，而是强者自己应首先树立“借自力以善生事，辑睦而不相攻”② 的思想。那些“执进化留良之言，攻小弱以逞欲”③ 的所谓强者其实不是真正的强大，而是“兽性”发作，他们所实行的是和人道主义相对立的“兽道主义”④。强者有软弱的时候，但弱者也有变为强大的可能；如果强者不能善待弱者，强者对弱者的欺凌就会永远恶性循环下去。因此，对于弱势一方施以人道主义的爱的扶助，人际关系才会进入爱心洋溢的良性循环。可是，“中国的社会，虽说‘道德好’，实际却太缺乏相爱相助的心思。……在这样社会中，不独老者难于生活，即解放的幼者，也难于生活”⑤。鲁迅所强调的爱是人道主义的博爱，不求回报、发自本性的一种情感，与中国传统中常有的“涌泉相报”的“滴水之恩”完全不同。博爱和大爱的前提是无论对方多么弱小都以平等的观念看待对方，尊重并维护对方的自由，而绝非将其据为己有或施恩图报。

就每个个体来说，自强、自信、个性解放是“立人”的目标，然而人毕竟有社会性，这就必然有个体和他者的关系发生，在人与人的关系中，应以相爱相助为原则。“如果说平等自由是鲁迅人道主义的基本道德原则的话，那么，相爱相助则是其最高道德原则。”⑥ 个性解放、平等自由观念确立之后，再加之对于弱者人道主义的博爱，鲁迅“立人”中的理想社会基本得以展现。

---

① 鲁迅：《集外集·文艺与政治的歧途》，《鲁迅全集》（7），人民文学出版社 1981 年版，第 115 页。

② 鲁迅：《集外集拾遗补编·破恶声论》，《鲁迅全集》（8），人民文学出版社 1981 年版，第 32 页。

③ 同上书，第 33 页。

④ 参见钱振纲《从非人动物到类人猿，再到“真的人”》（上），《鲁迅研究月刊》1995 年第 3 期。

⑤ 鲁迅：《坟·我们现在怎样做父亲》，《鲁迅全集》（1），人民文学出版社 1981 年版，第 137—138 页。

⑥ 钱振纲：《从非人动物到类人猿，再到“真的人”》（上），《鲁迅研究月刊》1995 年第 3 期。

第二节　以翻译“立人”的实践路径

鲁迅如何实现自己的翻译目的？首先是借助翻译“转移性情”[①]的思想革命；其次是借助翻译引来“异域文术新宗”[②]的文学建设；最后是借助翻译“输入新的表现法”[③]来实现中国语言文字的改造。这样看来，鲁迅的翻译目的存在三条实践路径，但事实上，三条路径只有一个共同指向——“立人”，这点始终是鲁迅翻译目的的核心。在实际操作过程中，因为这三点的并驾齐驱时而会出现彼此掣肘的状况，这是翻译过程中远景目标与近期目的的内在冲突。为“立人”思想的输入起见，需要进行文艺宣传，因为“善于改变精神的……当然要推文艺”[④]；而为了教化能够达到理想的效果，就需要对文学和语言进行改造。反过来从读者一面来说，读者要识字——需要将繁难的文字简化，读者还要能阅读——需要用简化的文字和新式的文法来作文，只有这样，读者才能够接受文中的思想，也才能够实现“立人”的目的。这样一来，鲁迅翻译自然就担负了思想革命、文学建设和语言改造三个方面的功能。

如果把鲁迅的翻译目的看作一个系统，那么，“立人”始终是这个系统的核心，而思想革命、文学建设和语言的改造则是不同时间、不同空间运动在“立人”周围的元素。单独来看，思想革命、文学建设和语言改造三者之一也许会在某一时间或者空间成为主角，但就整个系统来说，它们始终都为处于核心主导地位的“立人”服务。

一　思想革命

“立人”是一种思想建设，建设则需要空间，思想建设也不例外。然而对于中国人来说，上千年的封建礼教制度已经在头脑中扎根，很难改变和去除，

---

① 鲁迅：《译文序跋集·域外小说集·序》，《鲁迅全集》（10），人民文学出版社 1981 年版，第 161 页。

② 鲁迅：《译文序跋集·域外小说集·序言》，《鲁迅全集》（10），人民文学出版社 1981 年版，第 155 页。

③ 鲁迅：《二心集·关于翻译的通信（并 JK 来信）》，《鲁迅全集》（4），人民文学出版社 1981 年版，第 382 页。

④ 鲁迅：《呐喊·自序》，《鲁迅全集》（1），人民文学出版社 1981 年版，第 417 页。

"第一著自然是埽荡废物，以造成一个使新生命得能诞生的机运"[①]，所以鲁迅激烈地向传统文化发动攻击，"恨不得将一切传统文化打翻在地，故而他对传统文化的批判往往不分青红皂白"[②]。为了使民众的个性得到解放，鲁迅对中国原有的封建礼教、专制制度持非常激烈的批判态度，而他对"吃人"的礼教制度反抗和扫荡的有力武器就是西方文化，即"别求新声于异邦"[③]："即使所崇拜的仍然是新偶像，也总比中国陈旧的好。与其崇拜孔丘关羽，还不如崇拜达尔文易卜生；与其崇拜于瘟将军五道神，还不如牺牲于 Apollo。"[④] 这也是鲁迅希望青年"少读中国书"甚至"不读中国书"的原因：

> 我看中国书时，总觉得就沉静下去，与实人生离开；读外国书——但除了印度——时，往往就与人生接触，想做点事。
>
> 中国书虽有劝人入世的话，也多是僵尸的乐观；外国书即使是颓唐和厌世的，但却是活人的颓唐和厌世。[⑤]

不破不立，鲁迅深谙这个道理。"立人"要做的"是在改变他们的精神"[⑥]，而"文艺是可以转移性情，改造社会的。因为这意见，便自然而然的想到介绍外国新文学这一件事"[⑦]。

人们关注鲁迅的第一篇白话小说的思想价值："把吃人的内容和仁义道德的表面看得清清楚楚。那些戴着礼教假面具吃人的滑头伎俩，都被他把黑幕揭破了。"[⑧] 其实，在 15 年前的 1903 年，鲁迅翻译的第一篇小说《哀尘》同样具有极其深刻的思想性。该篇塑造的被侮辱、被损害的社会下层女性对社会不公的痛斥、对人人平等的诉求已经非常鲜明。学者王宏志认为，《哀尘》属于"政治小说"，因为在日本明治维新的时候，是《哀尘》

---

① 鲁迅：《译文序跋集·出了象牙之塔·后记》，《鲁迅全集》(10)，人民文学出版社 1981 年版，第 244 页。

② 冯骥才：《鲁迅的功与"过"》，《收获》2000 年第 2 期。

③ 鲁迅：《坟·摩罗诗力说》，《鲁迅全集》(1)，人民文学出版社 1981 年版，第 65 页。

④ 鲁迅：《热风·随感录·四十六》，《鲁迅全集》(1)，人民文学出版社 1981 年版，第 333 页。

⑤ 鲁迅：《华盖集·青年必读书》，《鲁迅全集》(3)，人民文学出版社 1981 年版，第 12 页。

⑥ 鲁迅：《呐喊·自序》，《鲁迅全集》(1)，人民文学出版社 1981 年版，第 417 页。

⑦ 鲁迅：《译文序跋集·域外小说集·序》，《鲁迅全集》(10)，人民文学出版社 1981 年版，第 161 页。

⑧ 吴虞：《吃人与礼教》，《吴虞集》，四川人民出版社 1985 年版，第 167 页。

的作者雨果引发了政治活动家板垣退助向日本人推动翻译和创作政治小说。[①] 而后，鲁迅翻译的很多作品都具有思想改造的指向。《月界旅行》《地底旅行》和《造人术》与中国本土生产的神话传说同样是想象的产物，鲁迅也似乎有意寻找其中的对应之处：在中国传说中，嫦娥吃灵药飞升到月亮上去，《月界旅行》中冒险家乘坐炮弹到月亮上去；中国传说中土地神居住在自己管辖的土地下、土行孙身怀绝技在地下潜行，《地底旅行》中地质学家沿火山口进入地心旅行，所见只有自然现象；中国传说中女娲抟土造人，《造人术》中生物学家克隆人。鲁迅力图用科学的理念去除中国人陈腐的观念。100 多年前，这些科学小说的虚幻色彩给人的感觉与中国的古代神话相比，有过之而无不及；和中国神话不同的是，科学小说的想象以科学作为基础，人物都出自当代，不但合情，而且合理。

可见，鲁迅在翻译的初期，就已经关注到国人的思想改造问题。之后，鲁迅从没有放弃这一初衷。法国腓力普的小说《食人人种的话》也谈“吃人”的严肃话题，具有“深刻的讽喻”[②]，讲述一个好战部落的战士在一次远征中收获微薄：只俘获了母女两个。为了逃避因为所得甚少而受到的本族老人和妇女的蔑视，战士们决定和族人吃掉捕获的母亲，而女儿因为太瘦小要等到养胖些再吃。虽然“他们自己，原也并非乐于做食人人种的，然而事出于不得不然”[③]。这里“吃人”的理由比《狂人日记》中简单直接得多。在吃掉母亲的盛宴上，女儿的哭喊唤醒了人们的良知，令他们感到悔恨：“我们永远不要忘却，人肉的筵宴是悲哀的……”[④] 这一小说告诉人们：“无论怎样的败德的人的心底里，也总剩着一点神圣之处。”[⑤] 的确，每个人的心底都有温情存在，即使看似冷酷无情的食人人种也一样，都有进行思想改造的可能性。鲁迅曾经谈及中国的封建制度钳制人的思想：“有贵贱，有大小，有上下。自己被人凌虐，但也可以凌虐别人；自己被人吃，但也可以吃别人。一级一级的

---

① 参见王宏志《民元前鲁迅的翻译活动：兼论晚清的意译风尚》，《鲁迅研究月刊》1995 年第 3 期。

② 鲁迅：《译文序跋集 · 食人人种的话 · 译者附记》，《鲁迅全集》（10），人民文学出版社 1981 年版，第 462 页。

③ ［法］腓力普：《译文补编 · 食人人种的话》，《鲁迅译文全集》（8），福建教育出版社 2008 年版，第 203 页。

④ 同上书，第 205 页。

⑤ 同上书，第 202 页。

制驭着，不能动弹，也不想动弹了。”① 如果始终不肯改变，恶性循环就会继续，吃人与被吃就会一代一代重演。而鲁迅翻译日本武者小路实笃的《一个青年的梦》，就是因为“这剧本也很可以医许多中国旧思想上的痼疾”②。

此外，鲁迅翻译的很多论文更是直接介入思想的更新换代。关于儿童教育的论文《儿童之好奇心》《儿童观念界之研究》是对中国原有的儿童附属于成人观念的颠覆。鲁迅主张“多看些别国的理论和作品之后，再来估量中国的新文艺”③，他的大量的文艺理论翻译不但指导了中国的文学建设，更重要的是给中国带来了理性、逻辑、本原的西方文艺思想。鲁迅站在历史的高度，虽然明知路途艰险，但依然义无反顾地进行思想革命。诚如鲁迅所说：

> 但绍介国外思潮，翻译世界名作，凡是运输精神的粮食的航路，现在几乎都被聋哑的制造者们堵塞了，连洋人走狗，富户赘郎，也会来哼哼的冷笑一下。他们要掩住青年的耳朵，使之由聋而哑，枯涸渺小，成为“末人”，非弄到大家只能看富家儿和小瘪三所卖的春宫，不肯罢手。甘为泥土的作者和译者的奋斗，是已经到了万不可缓的时候了，这就是竭力运输些切实的精神的粮食，放在青年们的周围，一面将那些聋哑的制造者送回黑洞和朱门里面去。④

事实上，鲁迅并非对中国的传统思想进行全盘否定，且不说这在实践上是不可能的，只看鲁迅对中国传统文化所做的学术上的整理，以及“取今复古，别立新宗”⑤，“择取中国的遗产，融合新机”⑥ 的主张，就知道鲁迅对中国传统文化同样采取的是取其精华、弃其糟粕的拿来主义。思想上的破

---

① 鲁迅：《坟·灯下漫笔》，《鲁迅全集》（1），人民文学出版社 1981 年版，第 215 页。

② 鲁迅：《译文序跋集·一个青年的梦·译者序二》，《鲁迅全集》（10），人民文学出版社 1981 年版，第 195 页。

③ 鲁迅：《三闲集·现今的新文学的概观》，《鲁迅全集》（4），人民文学出版社 1981 年版，第 137 页。

④ 鲁迅：《准风月谈·由聋而哑》，《鲁迅全集》（5），人民文学出版社 1981 年版，第 278 页。

⑤ 鲁迅：《坟·文化偏至论》，《鲁迅全集》（1），人民文学出版社 1981 年版，第 56 页。

⑥ 鲁迅：《且介亭杂文〈木刻纪程〉小引》，《鲁迅全集》（6），人民文学出版社 1981 年版，第 48 页。

旧立新，吐故纳新是“立人”实现最切近、最直接的手段，所以鲁迅对传统思想的反抗才表现得异常激烈，对异域文化的译介又表现得异常迫切。

二　文学建设

鲁迅的文学事业起步于翻译，但在《狂人日记》发表之前，翻译作品并没有引起人们的注意。到创作上功成名就时，鲁迅却认为他的创作：“仰仗的全在先前看过的百来篇外国作品和一点医学上的知识，此外的准备，一点也没有。”① 足见翻译对鲁迅创作的影响，正所谓“没有拿来的，文艺不能自成为新文艺”②。当然，鲁迅这样的表述，也是有意彰显译介对于创作的贡献，从而引起人们对于翻译以及翻译作品的重视。“翻译并不比随便创作容易，然而于新文学的发展却更有功，于大家更有益。”③在教导青年人如何进行创作时鲁迅说：

> 如要创作，第一须观察，第二是要看别人的作品，但不可专看一个人的作品，以防被他束缚住，必须博采众家，取其所长，这才后来能够独立。我所取法的，大抵是外国作家。④
>
> 要技艺进步，看本国人的作品是不行的，因为他们自己还很有缺点，必须看外国名家之作。⑤

翻译文学可以成为中国文学的范本，能够引导中国的文学创作，这是当时很多知识分子的共识，比如胡适也认为，中国的文学不够给我们做模范，而“西洋的文学方法，比我们的文学，实在完备得多，高明得多”⑥，只是大多数人并没如鲁迅一样，将外国文学译介和中国文学建设结合得如

---

① 鲁迅：《南腔北调集·我怎么做起小说来》，《鲁迅全集》（4），人民文学出版社 1981 年版，第 512 页。

② 鲁迅：《且介亭杂文·拿来主义》，《鲁迅全集》（6），人民文学出版社 1981 年版，第 38 页。

③ 鲁迅：《三闲集·现今的新文学的概观》，《鲁迅全集》（4），人民文学出版社 1981 年版，第 137 页。

④ 鲁迅：《330813 致董永舒》，《鲁迅全集》（12），人民文学出版社 1981 年版，第 212 页。

⑤ 鲁迅：《341218 致金肇野》，《鲁迅全集》（12），人民文学出版社 1981 年版，第 610 页。

⑥ 胡适：《建设的文学革命论》，《胡适文集》（3），人民文学出版社 1998 年版，第 73 页。

此紧密。

鲁迅首先贡献于文坛的是翻译作品，但在选择翻译作品及译介之初，鲁迅已经具备了文学建设者的潜质和眼光：他不只关注作品内容和思想的传达，更注意到原作的诸多文学要素和价值，从中寻找有益于中国新文学建设的各种可能。鲁迅对于译作艺术价值的评论在其译文的序言、前记、附记、后记等副文本①中比比皆是。

首先，在日本留学时代，鲁迅就已经开始关注中国的文学建设，年轻气盛之中一度致力于借助翻译文学填补中国的文学空白，渴望成为中国文坛开宗立派的人物。在《月界旅行・辨言》中，鲁迅表达了对中国文学界一些现象的不满，并且希望借助《月界旅行》进行反拨。他说："至小说家积习，多借女性之魔力，以增读者之美感，此书独借三雄，自成组织，绝无一女子厕足其间，而仍光怪陆离，不感寂寞，尤为超俗。"② 小说中主人公只有巴比堪、臬科尔、亚电三位男性，一应配角也全是男性，但小说并没有因为缺少女性的参与而失色。另外，"我国说部，若言情谈故刺时志怪者，架栋汗牛，而独于科学小说，乃如麟角"③。正如论者所说："清朝末年，许多人倡导西洋文明，但往往着重于猎奇和空想……一般人都把西洋末流作品，奉为珍宝。在这种蔚然成风的环境里，鲁迅独能力排众议，披荆斩棘地选出凡尔纳的两部作品，介绍给迫切地需要科学知识的中国青年，这种眼力，也同样是值得倾倒，值得我们佩服的。"④ 的确，鲁迅翻译科学小说有着填补中国科学小说空白的用心。在翻译《域外小说集》的时候，鲁迅希望利用《域外小说集》使"异域文术新宗，自此始入华土。……中国译界，亦由是无迟莫之感矣"⑤。鲁迅的努力虽然在短时期内没有得到承认，但是从今天看来，《域外小说集》无疑承载着诸多的开创性因子：采

① 法国弗兰克・埃尔托夫的《杂闻与文学》（谈佳译，天津人民出版社 2003 年版，第 51 页）有关于"副文本指围绕在作品文本周围的元素：标题、副标题、序、跋、题词、插图、图画、封面"的界定。

② 鲁迅：《译文序跋集・月界旅行・辨言》，《鲁迅全集》（10），人民文学出版社 1981 年版，第 152 页。

③ 同上。

④ 唐弢：《晦庵书话》，三联书店 2007 年版，第 4 页。

⑤ 鲁迅：《译文序跋集・域外小说集・序言》，《鲁迅全集》（10），人民文学出版社 1981 年版，第 155 页。

用直译的方法，将弱小民族、国家作品的翻译提上日程……而该集中作品采用的短小形式、心理描写等特征都在鲁迅的文学创作园地开始生根发芽，并且影响了之后的作家。“为中国现代小说提供了西方小说的诗化叙事的范本与先例……在鲁迅之后，诗化抒情，成为中国现代小说一种特殊的旨趣和审美范畴，在现代和当代部分作家中延续。”①《域外小说集》的确堪称“中国近代译论史上的重大文献”②。

其次，在之后的弱小民族文学翻译过程中，鲁迅虽然着眼于这些国家和民族，但是他所选择的作品在艺术价值上也都有可取之处。换句话说，虽然翻译的目的并非以纯文学因素为主，但是作为媒介的文学本身确实也显示出了自己的魅力。在译作前记或者附记等副文本中，鲁迅常常指出所译作品的精彩之处，既作为对读者的阅读指导，又为自己弱小民族文学的译介找到合理依据，更主要的是为文学创作者提供了学习思路。在芬兰的《父亲在亚美利加》译文后鲁迅写道：“于性格和心理描写都很妙”，并借助“编者的批评”指出了作品所具有的“悲惨的微笑”：“亚勒吉阿尤有一种优美的讥讽的诙谐，用了深沉的微笑盖在物事上，而在这光中，自然能理会出悲惨来，如小说《父亲在亚美利加》所证明的便是。”③《战争中的威尔珂》指出了作者跋佐夫在保加利亚文坛的地位：“勃尔格利亚人以他为他们最伟大的文人；一八九五年在苏飞亚举行他文学事业二十五年的祝典；今年又行盛大的祝贺，并且印行纪念邮票七种，因为他正七十周岁了。”④这从侧面印证了作品的价值。西班牙作家巴罗哈的小说技艺也为鲁迅所看重：《会友》“写一点不登大雅之堂的山村里的名人故事”。被鲁迅选中的原因“并不是文学的乐趣，却是作者的技艺”，人物形象塑造“十分生动……假使不能，那是译者的罪过了”⑤。《少年别》“是用戏剧

① 杨联芬：《晚清至五四：中国文学现代性的发生》，北京大学出版社 2003 年版，第 156 页。

② 陈福康：《中国译学理论史稿》，上海外语教育出版社 1992 年版，第 171 页。

③ 鲁迅：《译文序跋集·父亲在亚美利加·译者附记》，《鲁迅全集》（10），人民文学出版社 1981 年版，第175 页。

④ 鲁迅：《译文序跋集·战争中的威尔珂·译者附记》，《鲁迅全集》（10），人民文学出版社 1981 年版，第 183 页。

⑤ 鲁迅：《译文序跋集·会友·译者附记》，《鲁迅全集》（10），人民文学出版社 1981 年版，第 388 页。

似的形式来写的新样式的小说……因为这一种形式的小说，中国还不多见，所以就译了出来，算是献给读者的一种参考品”[①]。关于“《恋歌》，题目虽然颇像有些罗曼的，但前世纪的罗马尼亚大森林的景色，地主和农奴的生活情形，却实在写得历历如绘”[②]。荷兰的《小约翰》最为鲁迅所推重，被鲁迅称为“无韵的诗，成人的童话”[③]。在弱小民族文学译介中，鲁迅从心理描写、叙事方法、民族性格的描述，到人物形象塑造、自然景物描写等都进行推介，这些作品真可谓各有千秋。鲁迅不但“拿来”的全面，而且点拨的具体。

再次，对俄国、苏联文学的翻译选材鲁迅也同样考虑到了中国文学建设的因素。阿尔志跋绥夫的作品打动鲁迅的是“爱憎的纠缠”[④]，应该就是孙郁先生所说的“着重心理小说中的精神潜流”[⑤]。鲁迅也高度赞赏安特莱夫的创作技艺：

> 安特来夫的创作里，又都含着严肃的现实性以及深刻和纤细，使象征印象主义与写实主义相调和。俄国作家中，没有一个人能够如他的创作一般，消融了内面世界与外面表现之差，而现出灵肉一致的境地。他的著作是虽然很有象征印象气息，而仍然不失其现实性的。[⑥]

鲁迅认为，安特莱夫写出了“十九世纪末俄人的心理的烦闷与生活的暗淡”。可见，鲁迅对安特莱夫的创作技巧、表现能力都非常认可，“而且《药》的收束，也分明的留着安特莱夫（L. Andreev）式的阴冷”[⑦]。鲁迅

---

① 鲁迅：《译文序跋集·〈少年别〉译者附记》，《鲁迅全集》（10），人民文学出版社1981年版，第390页。

② 鲁迅：《译文序跋集·恋歌·译者附记》，《鲁迅全集》（10），人民文学出版社1981年版，第473页。

③ 鲁迅：《译文序跋集·小约翰·引言》，《鲁迅全集》（10），人民文学出版社1981年版，第254—255页。

④ 鲁迅：《译文序跋集·医生·译者附记》，《鲁迅全集》（10），人民文学出版社1981年版，第176页。

⑤ 孙郁：《鲁迅书影录》，东方出版社2004年版，第88页。

⑥ 鲁迅：《译文序跋集·暗淡的烟霭里·译者附记》，《鲁迅全集》（10），人民文学出版社1981年版，第185页。

⑦ 鲁迅：《且介亭杂文二集·中国新文学大系·小说二集序》，《鲁迅全集》（6），人民文学出版社1981年版，第239页。

还翻译了契里珂夫的两篇作品：《连翘》写了青年在连翘盛开的春日里的情感萌动，《省会》写了一次故乡之旅中的纷乱思绪。鲁迅认为，契里珂夫“虽然稍缺深沉的思想，然而率直，生动，清新。他又有善于心理描写之称，纵不及别人的复杂，而大抵取自实生活，颇富于讽刺和诙谐”[①]。这就是鲁迅翻译这两篇作品的原因——确实很难看出这两篇与同时代其他译作在思想性上的关联。在30年代中期的俄国文学翻译中，鲁迅又向中国文坛输入了契诃夫的讽刺和批判技巧。

苏联同路人作家的作品不但本身具有较高的艺术价值，而且因出现在俄国向苏联过渡的历史时期，文学价值更得到凸显。托洛茨基就曾说过：“如果我们抛弃了皮利尼亚克和他的《荒年》，抛弃弗谢沃洛德·伊万诺夫、吉洪诺夫和波隆斯卡雅等谢拉皮翁兄弟，抛弃马雅可夫斯基和叶赛宁——那么，除了标榜无产阶级文学的那几张未兑现的票据外，还能剩下什么呢？”[②] 鲁迅也注意到了这一现象：“革命直后的无产者文学，诚然也以诗歌为最多，内容和技术，杰出的都很少。有才能的革命者，还在血战的涡中，文坛几乎全被较为闲散的‘同路人’所独占。”[③] 鲁迅欣赏斐定的《果树园》“充满着像看水彩画一般的美丽明朗的色彩和绰约的抒情味”[④]。雅各武莱夫的《十月》“显示着电影式的结构和描写法的清新”[⑤]。英培尔的《拉拉的利益》“使新旧时代——母女与父子——相对照之处，是颇为巧妙的”[⑥]。理定的《竖琴》“用简洁蕴藉的文章，画出着革命俄国的最初时候的围周的生活”[⑦]。绥甫琳娜《肥料》的人物塑造非常成功：“地主的阴险，乡下革命家的粗鲁和认真，老农

---

① 鲁迅：《译文序跋集·连翘·译者附记》，《鲁迅全集》（10），人民文学出版社1981年版，第188页。

② ［苏］托洛茨基：《文学与革命》，刘文飞等译，外国文学出版社1992年版，第43页。

③ 鲁迅：《译文序跋集·一天的工作·前记》，《鲁迅全集》（10），人民文学出版社1981年版，第356页。

④ 鲁迅：《译文序跋集·竖琴·后记》，《鲁迅全集》（10），人民文学出版社1981年版，第342页。

⑤ 同上书，第343页。

⑥ 同上书，第347页。

⑦ 同上书，第344页。

的坚决，都历历如在目前。”[①] 伦支则是“在文学上也力斥那旧时代俄国文学特色的沉重的忧郁的静底的倾向，而于适合现代生活基调的动底的突进态度，加以张扬”[②]。毕力涅克能够将“所身历的酸辛，残酷，丑恶，无聊的事件和场面，用了随笔或杂感的形式，描写出来”[③] ……总之，每位作家的作品都有其可取的艺术特色。当然，这特色中也包含着不足的成分，比如鲁迅对淑雪兼珂作品的评价就是：“总是滑稽的居多，往往使人觉得太过于轻巧。”[④] 优点供中国的文学创作者学习，缺点也会令人们引以为戒。

最后，鲁迅翻译的日本作品多是论文和杂文，只有少量的小说、戏剧，但同样没有疏忽对于其艺术价值的赞赏。鲁迅翻译的第一篇日本小说是森鸥外的《沉默之塔》，认为“他的作品，批评家都说是透明的智的产物，他的态度里是没有‘热’的”[⑤]。以后，鲁迅翻译了芥川龙之介、菊池宽、夏目漱石等作家的小说，鲁迅对他们的创作技艺都进行了评价。谈到芥川龙之介，鲁迅评论道：

> 他又多用旧材料，有时近于故事的翻译。但他的复述古事并不专是好奇，还有他的更深的根据：他想从含在这些材料里的古人的生活当中，寻出与自己的心情能够贴切的触著的或物，因此那些古代的故事经他改作之后，都注进新的生命去，便与现代人生出干系来了。[⑥]

这段评论如果用在鲁迅的小说集《故事新编》的创作方法上应该十分合适。谈到菊池宽时鲁迅说：

---

① 鲁迅：《译文序跋集·一天的工作·后记》，《鲁迅全集》（10），人民文学出版社 1981 年版，第 362 页。

② 鲁迅：《译文序跋集·竖琴·后记》，《鲁迅全集》（10），人民文学出版社 1981 年版，第 340 页。

③ 鲁迅：《译文序跋集·一天的工作·后记》，《鲁迅全集》（10），人民文学出版社 1981 年版，第 361 页。

④ 鲁迅：《译文序跋集·竖琴·后记》，《鲁迅全集》（10），人民文学出版社 1981 年版，第 339 页。

⑤ 鲁迅：《译文序跋集·日本现代小说集·附录：关于作者的说明》，《鲁迅全集》（10），人民文学出版社 1981 年版，第 217 页。

⑥ 同上书，第 221 页。

> 菊池宽……的创作，是竭力的要掘出人间性的真实来。一得真实，他却又怃然的发了感叹，所以他的思想是近于厌世的，但又时时凝视著遥远的黎明，于是又不失为奋斗者。[①]

这样的评论用在鲁迅身上也很恰当。谈到夏目漱石时鲁迅又说：

> 夏目的著作以想像丰富，文词精美见称。……轻快洒脱，富于机智，是明治文坛上的新江户艺术的主流，当世无与匹者。[②]

在鲁迅的日译作品中，影响最大的应该是武者小路实笃的戏剧《一个青年的梦》和厨川白村的专著《苦闷的象征》《出了象牙之塔》。对二者的作品鲁迅更看重其思想性：前者的“反对战争”[③] 的宗旨和后者天马行空的精神以及“辛辣的攻击和无所假借的批评”[④]。

虽然说“鲁迅主张为人生的文艺，他翻译外国文学作品的目的不是为文学而文学，而是为了开启民智，改造社会”[⑤]，但说到底，鲁迅也不是政客，不是一个以文学来服务社会政治的政客，尤其不是一个能够为社会政治操纵文学的政客。他不可能单纯为了输入思想内容而完全忽略文学的审美，换言之，如果翻译的作品不具备艺术价值，首先鲁迅不会翻译；其次，即使鲁迅翻译了，读者也不会买账。这样，既不可能完成建设中国文学的近期目标，更不可能实现通过翻译文学输入新思想——“立人”的终极目的。总体上看，鲁迅在翻译过程中，从未放弃译文对于中国文学的建设功能，这似乎在一定程度上淡化了翻译的思想改造和改良功能。然而，正是出于对于思想革命的考量，才更需要有技术上高超的翻译作品，进而在翻

---

① 鲁迅：《译文序跋集·日本现代小说集·附录：关于作者的说明》，《鲁迅全集》（10），人民文学出版社 1981 年版，第 220 页。

② 同上书，第 216—217 页。

③ 鲁迅：《译文序跋集·一个青年的梦·译者序二》，《鲁迅全集》（10），人民文学出版社 1981 年版，第 195 页。

④ 鲁迅：《译文序跋集·出了象牙之塔·后记》，《鲁迅全集》（10），人民文学出版社 1981 年版，第 242 页。

⑤ 汪庆华：《深受鲁迅影响的一个文学翻译家》，《鲁迅研究月刊》2010 年第 4 期。

译作品的引导下产生高超的创作，从而有益于“立人”目的的实践。

三 语言改造

“立人”是思想境界的活动，是对人的精神提升，“善于改变精神的……当然要推文艺”①。但可惜中国的古文、汉字不但难，而且带有尊卑色彩，只有极少数人能通过阅读使自己的思想世界发生改变——因为“全国的人们十之九不识字”②，于是，“立人”目的系统中亟待解决的问题就变成了如何使大众识字、能阅读的语言改造。鲁迅的语言改造思想可以从两个方面考察：一是用白话文代替文言文；二是汉字拉丁化并采用欧式文法。

鲁迅用白话文代替文言文的主张，与五四白话文运动同声共振，鲁迅是五四白话文运动的积极倡导者和实践者。在文白之争中，鲁迅指出：“一是抱着古文而死掉，一是舍掉古文而生存。”③ 鲁迅 1918 年发表的《狂人日记》产生了广泛影响不只在它“吃人”的深刻主题，更在于其被赋予了中国第一篇白话小说的身份。④ 在此后的翻译和创作中，鲁迅也一直使用白话文，原因是白话文是“活”的文字，更容易被大众所接受。但直到 1930 年文艺大众化成为热议的话题时，鲁迅发现文艺和大众仍然保持着非常大的距离：

> 倘若此刻就要全部大众化，只是空谈。大多数人不识字，目下通行的白话文，也非大家能懂的文章；言语又不统一，若用方言，许多字是写不出的，即使用别字代出，也只为一处地方人所懂，阅读的范围反而收小了。⑤
>
> 民众不识字的多，怎会有作品，一生的喜怒哀乐，都带到黄泉里去了。⑥

---

① 鲁迅：《呐喊·自序》，《鲁迅全集》（1），人民文学出版社 1981 年版，第 417 页。

② 鲁迅：《二心集·宣传与做戏》，《鲁迅全集》（4），人民文学出版社 1981 年版，第 337 页。

③ 鲁迅：《三闲集·无声的中国》，《鲁迅全集》（4），人民文学出版社 1981 年版，第 15 页。

④ 陈衡哲的小说《一日》是早于《狂人日记》发表的中国现代白话小说，但因其发表于海外而没有产生广泛影响。

⑤ 鲁迅：《集外集拾遗·文艺的大众化》，《鲁迅全集》（7），人民文学出版社 1981 年版，第 349—350 页。

⑥ 鲁迅：《集外集拾遗·一个“罪犯”的自述》，《鲁迅全集》（7），人民文学出版社 1981 年版，第 277 页。

可见，让民众认字——这是迫在眉睫的问题。这个问题不能解决，民众的阅读能力、创作能力，鲁迅通过文艺“转移性情”[①] 的思想，以翻译“立人”的目的等都无从谈起。由此，鲁迅自然开始了如何“将文字交给大众”[②] 的思考。

文字的普及至少要做两个方面的工作：一是使民众有识字的机会，因为平民不识字有时“并非缺少学费，只因为限于资格，他不配。而且连书籍也看不见”[③]，消灭文字的“尊严性”和“神秘感”，使它不再是特权阶级的私有，这是关系到全社会思想改造的大问题，不属于本节论述内容。二是将文字改浅，让民众容易掌握，“因为中国的象形——现在是早已变得连形也不像了——的方块字，使农工虽是读书十年，也还不能任意写出自己的意见”[④]。如此耗费时间，在鲁迅看来是不能忍受的：“美国人说，时间就是金钱；但我想：时间就是性命。无端的空耗别人的时间，其实是无异于谋财害命的。”[⑤] 如果说第一方面属于思想境界的问题，那么第二方面则是中国文字本身固有的问题。如何将中国的文字由难转易，这是鲁迅着力思考的方面，鲁迅的答案是：汉字拉丁化。

相对于汉字而言，拉丁文具有很多优势。首先，简单，容易掌握，节省时间：“只要认识二十八个字母，学一点拼法和写法，除懒虫和低能外，就谁都能够写得出，看得懂了。况且它还有一个好处，是写得快。”[⑥] 其次，言文一致，说得出就写得出：“拉丁化却没有这空谈的弊病，说得出，就写得来，它和民众是有联系的，不是研究室或书斋里的清玩，是街头巷尾的东西……”[⑦] 最后，拉丁文是纯粹外来的东西，可以彻底阻断附着在汉字上的旧思想：“由只识拉丁化字的人们写起创作来，才是中国文学的新生，才是现代中国的新文学，因为他们是没有中一点什么《庄子》

---

① 鲁迅：《译文序跋集·域外小说集·序》，《鲁迅全集》（10），人民文学出版社 1981 年版，第 161 页。

② 鲁迅：《且介亭杂文·门外文谈》，《鲁迅全集》（6），人民文学出版社 1981 年版，第 95 页。

③ 同上书，第 92 页。

④ 鲁迅：《二心集·黑暗中国的文艺界的现状》，《鲁迅全集》（4），人民文学出版社 1981 年版，第 288 页。

⑤ 鲁迅：《且介亭杂文·门外文谈》，《鲁迅全集》（6），人民文学出版社 1981 年版，第 97 页。

⑥ 同上。

⑦ 鲁迅：《且介亭杂文二集·论新文字》，《鲁迅全集》（6），人民文学出版社 1981 年版，第 443 页。

和《文选》之类的毒的。”[①] 鲁迅在与好友许寿裳的通信中谈到“汉文终当废去，盖人存则文必废，文存则人当亡，在此时代，已无幸存之道”[②]，已经将语言文字的变革置于关涉民族生死存亡的高度，从中也足见其危机感和语言改造的决心。

也就是说，要让大众识字、作文，摆脱愚昧无知，汉字拉丁化是一个必然的趋势。鲁迅在创作和翻译中身体力行，常常加入一些西文单词和字母，使民众消除对它们的陌生感觉。鲁迅常用字母来指代人、物，阿 Q、A 肱、小 D、小狗 S……还有《从百草园到三味书屋》中的“Ade，我的蟋蟀们！Ade，我的覆盆子们和木莲们”，更将《野草》英译本的译者冯余声称为“冯 YASA”，涉及异域人名和地名的时候，鲁迅更是竭力使用外文，这在鲁迅的译作和创作中比比皆是，如覃哈特博士（Dr. O. Dahmhardt）[③] 等。对美国作家马克·吐温生平的介绍也是如此：

> 玛克·土温（Mark Twain）……是……幽默家（Humorist）……他本姓克莱门斯（Samuel Langhorne Clemens，1835—1910），……但到一九一六年他的遗著《The Mysterious Stranger》一出版……[④]

鲁迅自《工人绥惠略夫》的译文开始，常在汉译人名之后再加上西文名字，比如该文中的“玛克希摩跋（Maksimova）”、“舍尔该伊凡诺微支（Sergei Ivanovitsh）”、“尼古拉绥惠略夫（Nikolal Shevyrgov）”[⑤]，等等。

在对文字拉丁化进行艰辛努力的同时，鲁迅积极主张借助翻译来输入

---

① 鲁迅：《且介亭杂文二集·论新文字》，《鲁迅全集》（6），人民文学出版社 1981 年版，第 443—444 页。

② 鲁迅：《书信·190116 致许寿裳》，《鲁迅全集》（11），人民文学出版社 1981 年版，第 357 页。

③ 鲁迅：《朝花夕拾·猫·鼠·狗》，《鲁迅全集》（2），人民文学出版社 1981 年版，第 232 页。

④ 鲁迅：《二心集·夏娃日记小引》，《鲁迅全集》（4），人民文学出版社 1981 年版，第 332 页。

⑤ 参见［俄］阿尔志跋绥夫《工人绥惠略夫》，《鲁迅译文全集》（1），福建教育出版社 2008 年版，第 141—214 页。

西式的文法，也就是他在翻译中所力求体现的“新的表现法”[①]，以备文字拉丁化之用。在与曹聚仁讨论中国新文字建设问题的时候，鲁迅说：“仍要支持欧化文法，当作一种后备。”[②] 鲁迅早就注意到文法的重要性，尤其在翻译中文法更加重要，因为它决定翻译内容是否精确。鲁迅在回忆自己翻译之初的时候说道：“我那时初学日文，文法并未了然，就急于看书，看书并不很懂，就急于翻译，所以那内容也就可疑得很。”[③] 也正是鲁迅在翻译中所采用的“欧化文法”，导致了他译作语言的晦涩、疙瘩……问题。且看鲁迅对自己译文文法的要求，就可知他在这点上用力之勤：

> 文句大概是直译的，也极愿意一并保存原文的口吻。但我于国语文法是外行，想必很有不合轨范的句子在里面。其中尤须声明的，是几处不用“的”字，而特用“底”字的缘故。即凡形容词与名词相连成一名词者，其间用“底”字，例如 Social being 为社会底存在物，Psychische Trauma 为精神底伤害等；又，形容词之由别种品词转来，语尾有 -tive，-tic 之类者，于下也用“底”字，例如 Speculative，romantic，就写为思索底，罗曼底。[④]

显然，鲁迅努力按照文法来规范自己的译文，甚至字斟句酌到“死扣”单字的程度，而且还因为“不合轨范”有可能失掉“原文的口吻”而感觉些许遗憾。鲁迅的这一做法为自己的译作戴上了一顶“难懂”的帽子。鲁迅译文中确实存在少量难懂甚至让人无法懂的句子：这是外国的文法和中国语言相结合产生的畸形儿。

一方面鲁迅认为输入新式文法为中国语言变革所必需，另一方面鲁迅深感中国人的性情需要过激的行为进行调剂：

---

① 鲁迅：《二心集·关于翻译的通信（并 JK 来信）》，《鲁迅全集》（4），人民文学出版社 1981 年版，第 382 页。

② 鲁迅：《且介亭杂文·答曹聚仁先生信》，《鲁迅全集》（6），人民文学出版社 1981 年版，第 78 页。

③ 鲁迅：《集外集·序言》，《鲁迅全集》（7），人民文学出版社 1981 年版，第 4 页。

④ 鲁迅：《译文序跋集·苦闷的象征·引言》，《鲁迅全集》（10），人民文学出版社 1981 年版，第 232—233 页。

> 中国人的性情是总喜欢调和，折中的。譬如你说，这屋子太暗，须在这里开一个窗，大家一定不允许的。但如果你主张拆掉屋顶，他们就会来调和，愿意开窗了。没有更激烈的主张，他们总连平和的改革也不肯行。那时白话文之得以通行，就因为有废掉中国字而用罗马字母的议论的缘故。①

这就出现了一个问题：鲁迅的汉字拉丁化主张到底是为了进行文字改革还是一种矫枉过正的行为？二者兼而有之，但肯定是前者的成分居多，后者只是一种退而求其次，或者说是前者的一种过渡。鲁迅在翻译实践中不止一次指责方块字的问题和缺陷，就是意识到在中西方文化沟通的过程中，汉字及其表达有太多的不方便之处。在翻译《鱼的悲哀》和《池边》时感叹中国话不适合翻译儿童文学，而翻译《托尔斯泰之死与少年欧罗巴》时，更直接指出“中国文本来的缺点”是译文“晦涩，甚而至于难解之处也真多”② 的原因之一。

回顾鲁迅的文字改造历程会发现，文字改造的出发点和落脚点都在思想改造。放弃方块字的原因是：方块字具有阶级属性，普通大众难以接触；方块字难，大众难于接受，影响思想的传播。事实上这些都是语言的属性：“使用一种语言就意味着某种文化承诺，获得一种语言就意味着接受一套概念和价值……”③ 鲁迅认识到方块字的概念和价值给予民众的思想束缚，的确，“每一种语言都在它所隶属的民族周围设下一道藩篱，一个人只有跨过另一种语言的藩篱进入其内，才有可能摆脱母语藩篱的约束”④。鲁迅为中国人选择的“另一种语言”就是拉丁文。可以说，鲁迅的文字拉丁化主张实际上是一种思想文化选择。“鲁迅语文观的基本精神是启蒙，体现为：主张言文一致，提倡语文的大众化，主张汉字的拉丁化。”⑤ 现代中国的语言

---

① 鲁迅：《三闲集·无声的中国》，《鲁迅全集》（4），人民文学出版社 1981 年版，第 13—14 页。

② 参见鲁迅《译文序跋集·文艺与批评·译者附记》，《鲁迅全集》（10），人民文学出版社 1981 年版，第 299 页。

③ ［英］帕默尔：《语言学概论》，李荣译，商务印书馆 1983 年版，第 148 页。

④ ［德］洪堡特：《论人类语言结构的差异及其对人类精神发展的影响》，姚小平译，商务印书馆 2000 年版，第 70 页。

⑤ 杨宏：《启蒙与建构：鲁迅与胡适语文观之比较》，《乐山师范学院学报》2004 年第 4 期。

文字改革无疑促进了中国现代化的步伐，因为语言与一个民族的发展存在着极其密切的关系："有了一个民族的语言，就能凝聚起整个民族。'五四'以后，假如现代的文学、科学、自然科学的著作没能用白话文翻译到中国，或者是用文言文翻译而概念不清，无法表达，我们的现代科学、现代的民族语言就会被瓦解。"① 鲁迅的文字改革思想在实践效果上也许还有可商榷之处，但是这种改革精神却令后世敬仰。

他山之石，可以攻玉，就"立人"目的来讲，最重要的是让国人阅读翻译作品，并从中受到熏染，翻译文学的可读性成为译者应该考虑的问题。但是，就中国当时的文盲程度来看，大多数人都被阻挡在繁难的方块字高墙之外。因此，鲁迅赋予翻译改造中国语言、文字的重任。谈到汉语和拉丁语的优劣问题时，鲁迅认为单说文字没有意义："文字一用于组成文章，那意义就会明显。"② 也就是说，文字的变革有利于文学的发展，而文学的发展自然有利于思想的传播。从"立人"的目的出发，鲁迅关注的是思想革命，从思想革命到文学改造，从文学改造延展到语言文字变革："凡是文学上的重大的变动，起初必定是文字问题"③，越来越具体，也越来越脚踏实地。表面看来，鲁迅的翻译为思想改造、文学建设、语言变革服务，但其实三者具有共同的指向："立人"。如果是连续渐进的线性发展，就是语言改造——文学建设——思想革命——"立人"，这样会更容易被人理解和接受，共时运作则难免会出现相互间的掣肘甚至冲突，"硬译"正是这种冲突极端化的表象：因输入欧式文法而导致了译文和读者之间的阻隔，不但影响了文学建设，而且影响了思想革命的时效。好在鲁迅译作中，这样的冲突并非普遍存在，而且大多存在于学术论文一种文体中。虽然鲁迅的语言改革思想至今没有得到全盘实现，但正如鲁迅所预想的那样，中国文字逐步走上了变革的道路，因此筠涛将鲁迅称为"文字改革的'招潮者'"④ 毫不为过。

---

① 王富仁：《鲁迅在中国文化史上的地位和作用》，《中国文化研究》1995年第1期。

② 鲁迅：《且介亭杂文二集·论新文字》，《鲁迅全集》(6)，人民文学出版社1981年版，第442页。

③ 黎照编：《鲁迅梁实秋论战实录·现代中国文学之浪漫的趋势》，华龄出版社1997年版，第4页。

④ 筠涛：《学习鲁迅，做文字改革的"招潮者"》，《安徽师范大学学报》1981年第3期。

第二章

鲁迅翻译取材的价值标准

鲁迅翻译了什么？这是翻译选材的问题。翻译的过程其实就是一个不断选择的过程，在这个过程中，不仅体现出译者个人的身世、经历、学识以及对于文学的兴趣取向，也能从中判断出译者的翻译选材思想——不但可以根据译者选择了哪些作品进行判断，而且根据译者放弃了同时代翻译主流的哪些作品也可以进行判断。基于“立人”的翻译目的，鲁迅的翻译选材从“为人生”的视角出发，无论是启蒙还是同情，是批判还是赞赏，都体现出对于个体生命和生命存在状态的关注，一再为“立人”寻求着平等与博爱的主题。与同时代的翻译家相比，鲁迅翻译作品的选择有明显的独特之处，在其取与舍的对比中可以看出：既不俯就众庶，也不追求潮流，更不迷信经典，表现出强烈的翻译主体操纵意识。

第一节　取舍间的总体考量

鲁迅翻译诞生于俄国虚无党①小说盛行的晚清，但鲁迅终其一生都没有翻译过虚无党小说；鲁迅翻译的大部分文字来自俄苏文学与文

---

① 虚无党是指俄国无政府主义者、民粹主义者所组成的民意党。他们本来是要组织起来到民间去，发动农民起来反抗压迫。可是农民的麻木愚昧使他们无可奈何。于是，他们放弃了温和的革命的鼓动，转而进行激进的暴力的行动。他们为推翻沙皇帝制采取了很多极端的行动，包括爆炸、暗杀等恐怖行为。他们最成功也最有影响的一次行动，是在1881年3月将亚历山大二世炸死。他们的反政府和反沙皇的行为，必然会遭到无情的镇压和迫害，很多人被处死、入狱或遭流放。他们的民众核心思想、敢于牺牲的精神曾在相当一段时期内影响了中国的思想界和知识界。中国推翻了几千年的帝制，资产阶级革命一度取得胜利，都似乎和俄国虚无党的作为遥相呼应。

论，但对于为苏联新政权歌功颂德的作品却很少涉及；鲁迅一反中国现代文坛翻译世界经典文学的主张，而青睐于弱小国家、民族文学的翻译。上述不同寻常的翻译选材过程寄予着鲁迅对翻译文学的不同寻常的期望。

一　拒绝暴力：对虚无党小说的放弃与《域外小说集》的选材

鲁迅的俄国文学翻译起步于1909年出版的《域外小说集》，这是一个非同寻常的开始：他放弃了当时极其流行的俄国虚无党小说，而选取了既不符合社会意识形态也不符合公众审美需求的作品。与虚无党小说共时空存在的《域外小说集》，几乎在酝酿时段就已经注定其在读者接受方面将惨遭失败的命运。

（一）晚清虚无党小说及其影响

出于启蒙和救亡的宗旨，晚清翻译文学盛行，英、美、法等强大帝国的文学尤其为中国所重视，俄国文学翻译从数量上看屈居末流。[①] 但是，由英国转道而来的俄国虚无党小说，却在当时产生了广泛的影响。

在晚清俄国文学中，“翻译最多的，是关于虚无党小说”[②]。这种热衷于暗杀、暴力、常有美貌的贵族女子作为主人公的作品深受中国大众的欢迎，尤为激进的青年读者所喜爱。阿英的《翻译史话》注意到虚无党小说在翻译文学中所占有的份额及对中国所产生的影响，他认为：

> 侦探小说的主要来源是英、美、法，虚无党小说的产地则是当时暗无天日的俄罗斯。虚无党人主张推翻帝制，实行暗杀，这些所在，与中国的革命党行动，是有不少契合之点。因此，关于虚无党小说的译印，极得思想进步的智识阶级的拥护与欢迎。[③]

---

① 参见徐念慈的《丁未年（1907）小说界发行书目调查表》（《小说林》1908年）统计：以1907年为例，这一年翻译小说80种，其中最多的是英国小说32种，然后是美国22种，法国9种，日本8种，俄国只有2种。而据笔者统计，1907年译入的俄国作品应为4种，请参见本节下文列表。

② 转引自李岫《20世纪中外文学交流史》，湖北教育出版社2001年版，第64页。

③ 参见汪介之、陈建华《悠远的回响：俄罗斯作家与中国文化》，宁夏人民出版社2002年版，第123页。

下面是周氏兄弟《域外小说集》进行选材的1907年之前中国翻译的俄国文学作品列表[①]，从中可见虚无党小说在俄国文学翻译作品中所占的比重。

作家	作品	出版社、刊物	发表时间
丁韪良［美］	俄人寓言	中西闻见录创刊号	1872年8月
林乐知、任廷旭［美］	寓言三篇《狗友篇》《梭子篇》《狐鼠篇》	万国公报	1899—1900年
戢翼翚	俄国情史	上海开明书局	1903年
金一	自由血	镜今书局	1904年
陈景韩	虚无党	开明书店	1904年
陈景韩	虚无党奇话	新新小说	第3、4、6、10号
陈景韩	女侦探	月月小说	第13—15号
陈景韩	爆裂弹	月月小说	第16、18号
陈景韩	杀人公司	月月小说	第17号
陈景韩	俄国皇帝	月月小说	第19、21号
叶道生、麦梅生［美］	六篇民间故事	万国公报、中西教会报	1906年
叶道生、麦梅生［美］	托氏宗教小说	香港礼贤会	1907年
吴	银纽碑之《贝拉》	上海商务印书馆	1907年
吴	黑衣教士	上海商务印书馆	1907年
吴梼	忧患余生	东方杂志第4卷	1907年

除美国传教士翻译的寓言、民间故事、宗教小说4种外，在中国人翻译的11种作品中，虚无党小说占据7种。

当时，俄国虚无党小说不但在中国社会形成气候，而且小说情节与中国革命党活动同声共振。陈景韩在所译《虚无党》的序言中说："我喜俄国政府虽无道，人民尚有虚无党抵制政府。""我爱其人勇猛，爱其事曲折，爱其道为制服有权势者不二法门。"[②] 虚无党"怀炸弹，袖匕首，劫

① 整理自陈建华《二十世纪中俄文学关系》，高等教育出版社2002年版，第40—70页。

② 参见郭延礼《中国近代翻译文学概论》，湖北教育出版社2005年版，第86页。

万乘之尊于五步之内”[①] 的豪情与秋瑾的“生当作人杰，死亦为鬼雄”，汪兆铭的“引刀成一快，不负少年头”的壮志，以及徐锡麟刺杀恩铭的壮举都遥相呼应，甚至有人认为虚无党小说直接引发了清末的刺杀狂潮。[②] 左翼作家蒋光慈也高度关注虚无党小说，还曾立志“此生不遇苏维亚[③]，死到黄泉也独身”[④]，可见受其影响之深。并且，虚无党推崇的暗杀者形象进入了中国作家的创作中，岭南羽衣女士的《东欧女豪杰》和曾朴的《孽海花》等即是代表作品。同时，学界也被暗杀风潮所熏染。1904 年爱国女校的宗旨就曾确立为“不取贤妻良母主义，乃欲造成‘虚无党’一派之女子”。[⑤]

周氏兄弟身处留学日本的中国学生团体当中，更与很多革命党人有过接触，鲁迅还差点成为“死士”之一[⑥]，自然不会与虚无党小说陌路；但是，这种暗杀、暴力又兼有女性传奇色彩的小说对于鲁迅似乎没有产生任何影响，至少没有引起鲁迅翻译的兴趣，著述文字中也未见赞赏之语。直到 1932 年底，鲁迅才正式谈到虚无党小说的影响，采取的却是一种戏谑的态度，他说：

> 那时较为革命的青年，谁不知道俄国青年是革命的，暗杀的好手？尤其忘不掉的是苏菲亚，虽然大半也因为她是一位漂亮的姑娘。[⑦]

显然，对于这种崇尚流血、牺牲、暴力、血腥的文学样式，鲁迅并不看好——暗杀了沙皇、牺牲了生命的革命者到了中国，“大半也因为她是一位漂

---

① 辕孙：《露西亚虚无党》，《江苏》1903 年第 4 期。

② 章士钊：《书甲辰三暗杀案》记载：1904 年，发生了“甲辰三暗杀案”，给清廷造成了很大的震动。此后，暗杀事件不断。万福华、章士钊、俞大纯、吴樾、汪兆铭……可以列出一个长长的进行过暗杀行动的杀手名单，而光复会徐锡麟、秋瑾的暗杀行动更是轰动朝野、震古烁今（中国人民政治协商会议全国委员会文史资料研究委员会编：《文史资料选辑》第 19 辑，中华书局 1961 年版）。

③ 苏维亚，或译苏菲亚、索菲亚，即别罗夫斯卡娅，1881 年暗杀沙皇亚历山大二世的虚无党之一。

④ 胡苏明：《文史资料选辑 ·“五四”时期芜湖反封建的斗争》（2），安徽人民出版社 1981 年版，第 22 页。

⑤ 高平叔：《蔡元培年谱长编》，人民教育出版社 1996 年版，第 284 页。

⑥ 参见林贤志《人间鲁迅》（上），安徽教育出版社 2004 年版，第 102 页。

⑦ 鲁迅：《南腔北调集 · 祝中俄文字之交》，《鲁迅全集》（4），人民文学出版社 1981 年版，第 459 页。

亮的姑娘”才不被人遗忘。

可见，鲁迅在选择俄语文学翻译的初始阶段——《域外小说集》时段，选材标准就已经异乎寻常。他翻译了俄国作品，却没有涉足当时在中国最为流行、最被看好的虚无党小说。

（二）《域外小说集》的选材与销售失败

鲁迅、周作人翻译出版的《域外小说集》上、下两册，共收入7个国家的16篇作品，其中俄国作品占据7篇，几近一半，因为“近世文潮，北欧最盛，故采译自有偏至”[①]。在译自俄国的7篇作品中鲁迅的译作有三篇：安特莱夫的《谩》（《谎言》）和《默》（《沉默》）、迦尔洵的《四日》，其余为周作人所译。安特莱夫的“《谩》述狂人心情，自疑至杀，殆极微妙，若其谓人生为大谩，则或即著者当时之意，未可知也”。文中的主人公因为怀疑爱人的真诚而杀死了她，结果依然是被谎言所包围，“顾谩乃永存，谩实不死”[②]。“《默》盖叙幽默之力大于声言，与神秘教派所说略同。若生者之默，则又异于死寂，而可怖亦尤甚也。”文中主人公教士逼得女儿自杀后妻子变得不言不语，“此荒凉萧瑟之家，则幽默主之矣”[③]。而鲁迅评论作者安特莱夫“为当世文人之著者。其文神秘幽深，自成一家”，迦尔洵的《四日》更是“以人的内部之声为主题”，“悲世至深……晚世为文，尤哀而伤”[④]。总体看，《默》与《谩》表达人与人之间的隔膜和沟通的困难，《四日》则展现出人道主义、反战的一面。三种作品都重在主人公的心理分析，主人公都是平凡人，事件也都是无关社会大局的个人事件。孙郁说：“《域外小说集》里挑选的作品，在根本点上是反中国传统的。有一点内倾和苦涩，内中压抑的激流，在默默地淌着。”[⑤]《域外小说集》在销售上惨遭

---

① 鲁迅：《译文序跋集·域外小说集·略例》，《鲁迅全集》（10），人民文学出版社1981年版，第157页。

② ［俄］安特莱夫：《谩》，《鲁迅译文全集》（1），福建教育出版社2008年版，第112页。

③ ［俄］安特莱夫：《默》，《鲁迅译文全集》（1），人民文学出版社1981年版，第119页。

④ 鲁迅：《译文序跋集·域外小说集·杂识》，《鲁迅全集》（10），人民文学出版社1981年版，第159页。

⑤ 孙郁：《译介之魂》，《中国图书评论》2006年第4期。

失败：上、下两册各卖出20本。这种超凡脱俗的翻译选材，应该是其失败的最主要因素。

和周氏兄弟一样，研究者对于《域外小说集》初版的“悲惨”遭遇也一再关注。总结其原因，至少有欧化（直译）说、文言说、短篇说和审美说四种。

“直译”说是指鲁迅所坚持的忠实于原著的翻译方式不被读者所接受。事实上这只是鲁迅直译方式刚刚践行，和此后的直译有相当大的距离，和20年代末之后采用的“按板规逐句，甚而至于逐字译”[①] 的翻译方法更完全不同。文言说是指译文所用的文言文导致了读者的阅读障碍。这一说法首先依据的是鲁迅自己的阐释。再版时鲁迅在《序》中说：《域外小说集》“句子生硬，‘诘屈聱牙’”。胡适也有相同的看法，这一看法应该出于对白话文的极力提倡和推崇，他认为用古文翻译的作品中，“周作人兄弟的《域外小说集》便是这一派的最高作品，但在适用一方面他们都大失败了”[②]。之后研究者凭借自己阅读的感觉也产生了相同的认识。但这并不是症结所在：当时文言盛行，几乎所有翻译小说都运用文言，这点应该是后世习惯了阅读白话的研究者难以领会的。短篇说也可以从鲁迅《域外小说集·序》找到依据：

> 《域外小说集》初出的时候，见过的人，往往摇头说，“以为他才开头，却已完了！”那时短篇小说还很少，读书人看惯了一二百回的章回体，所以短篇便等于无物。[③]

蔡元培也注意到《域外小说集》空前绝后的特点：“短篇小说的译集，始于三十年前周树人（鲁迅）、周作人昆弟的《或（域）外集》，但好久没有继起的。”[④] 审美说认为，周氏兄弟选择翻译作品的审美取向与受众存

---

① 鲁迅：《二心集·“硬译”与“文学的阶级性”》，《鲁迅全集》（4），人民文学出版社1981年版，第200页。

② 《胡适文集·五十年来中国之文学》（4），人民文学出版社1998年版，第328页。

③ 鲁迅：《译文序跋集·域外小说集·序》，《鲁迅全集》（10），人民文学出版社1981年版，第162页。

④ 参见陈平原、郑勇编《追忆蔡元培》，中国广播电视出版社1997年版，第277页。

在着很大的偏差。这点鲁迅自己也有所认识：

> 所描写的事物，在中国大半免不得很隔膜；至于迦尔洵作中的人物，恐怕几于极无，所以更不容易理会。同是人类，本来决不至于不能互相了解；但时代国土习惯成见，都能够遮蔽人的心思，所以往往不能镜一般明，照见别人的心了。①

作品描写的内容使中国的读者无法理解和接受，而它倾向的心理描绘，确实使读小说为看故事的中国读者感到隔膜。短篇说和审美说都属于选材的问题，可见，如果除开翻译策略的因素，选材是导致《域外小说集》销售失败的主要原因。

（三）拒绝暴力与“为人生”

同样是晚清，同样是翻译文学，同样是来自俄国的文学，虚无党小说能在中国文界乃至中国社会掀起滔天巨浪，而《域外小说集》中的 7 篇俄国小说却没有引起任何反响，这是值得深思的现象。虚无党小说出现在黑暗的中国，像一道强光也像一声炸雷，令人精神振奋、热血沸腾，更何况现实中的俄国虚无党确实已经刺杀过沙皇，产生了世界性影响。而《域外小说集》即便没有文言、直译之类的问题，也不足以让人警醒：它不温不火的姿态、看似支离破碎的情节，都无法进入读者的阅读视野，与当时俄国虚无党小说相比，后者的血腥刺激显然更具吸引力。《域外小说集》作品中哀伤、悲凉、沉郁的氛围也远不如虚无党小说杀身成仁来得痛快淋漓。尤其是《四日》所表现的对战争的谴责、对生命的关爱，更是与虚无党小说背道而驰。在俄国虚无党小说如日中天的时候，鲁迅这种关注人物心理、谴责战争的译作受到读者的冷落也就不足为奇甚至顺理成章了。冯至针对《域外小说集》销售的失败也说：“我们不能不认为他是采取进步而严肃的态度介绍欧洲文学最早的第一燕。只可惜这只燕子来的时候太早了，那时的中国还是冰封雪冻的冬天。”②

---

① 鲁迅：《译文序跋集·域外小说集·序》，《鲁迅全集》（10），人民文学出版社 1981 年版，第 163 页。

② 转引自王宏志《民元前鲁迅的翻译活动：兼论晚清的意译风尚》，《鲁迅研究月刊》1995 年第 3 期。

其实，日本人早在《域外小说集》成书之初，就已经注意到周氏兄弟与其他中国留学生在文学兴趣上的差异，也直接暗示了《域外小说集》的销售将会失败。1909 年东京出版的《日本与日本人》杂志第 508 期刊登了这样的消息："住在本乡的周某，年仅二十五六岁的中国人兄弟俩，大量地阅读英、德两国语言的欧洲作品，而且他们计划在东京完成一本名叫《域外小说集》，约卖三十钱的书，寄回本国出售，现已出版了第一册，当然，译文是汉语。一般中国留学生在读的是俄国革命虚无主义的作品……"①

日本人都已经感受到"一般中国留学生在读的是俄国革命虚无主义的作品"，作为留学生的鲁迅不可能对这点浑然不觉。鲁迅放弃翻译当时盛行的俄国虚无党小说可能有多方面的原因，然而最主要的原因是：虚无党小说与鲁迅对俄国文学价值的认识有相当大的距离。虚无党小说倡导血腥的暴力革命，而吸引鲁迅的则是俄国文学中"为人生"的精神：

> 俄国的文学，从尼古拉斯二世时候以来，就是"为人生"的，无论它的主意是在探究，或在解决，或者堕入神秘，沦于颓唐，而其主流还是一个：为人生。②

在鲁迅日后的俄国、苏联文学翻译取材中，基本上延续了对暴力革命的冷静态度，"委婉而坚决地表明了自己拒绝激进、拒绝暴力的文学取道"③。

鲁迅翻译从没有刻意迎合过社会的需求和读者的品位，而关注普通民众的生存状态、关注个体生命的生存体验，才是鲁迅为文的着眼点，"为人生"的文学是鲁迅翻译和创作的共同诉求。

二 取向真实：对苏联主流文学的淡漠与对"同路人"文学的热衷

在鲁迅翻译的苏联文学中，除高尔基童话外，只有少量描写新俄

---

① 张菊香、张铁荣：《周作人年谱》，天津人民出版社 2000 年版，第 79—80 页；或参见李岫《20 世纪文学的东西方之旅》，人民文学出版社 2004 年版，第 130 页。

② 鲁迅：《南腔北调集·竖琴·前记》，《鲁迅全集》(4)，人民文学出版社 1981 年版，第 432 页。

③ 张承志：《鲁迅路口》，《中国税务》2005 年第 5 期。

（苏联）政权战斗的、建设的作品，而大多属于“同路人”文学。在战斗和建设成为苏联文学主流的时候，在“同路人”文学被纷纷压制的时候，鲁迅的这种选择显得别具一格。

（一）中国文坛对“赤俄”革命的关注

俄国十月革命发生后，中国的进步知识分子对发生在邻邦的这一巨变反应迅速，关注俄国革命，关注俄国文学，并很快发展成俄国文学翻译和研究的热潮。1918 年，李大钊写就了《俄罗斯文学与革命》，它不但是中国进步知识分子向俄国“别求新声”的重要标志，也阐明了俄罗斯文学翻译热潮形成的原因。该文着重强调了俄罗斯文学“与南欧各国文学大异其趣”的特质：“社会的色彩之浓厚”，“人道主义之发达”。文章结尾，李大钊写道：“今也赤旗飘扬，俄罗斯革命之花灿烂开放，其光华却远及荒寒之西伯利亚矣。俄罗斯革命之成功，即俄罗斯青年之胜利。”[①] 他把文学和革命进行了紧密联系，于是关注十月革命胜利的人们就必然会关注俄苏的文学。瞿秋白则以一个作家兼革命家的双重身份和敏锐的洞察力一语中的：“俄国布尔什维克的赤色革命在政治上，经济上，社会上生出极大的变动，掀天动地，使全世界的思想都受他的影响。大家要追溯他的原因，考察他的文化，所以不知不觉全世界的视线都集于俄国，都集于俄国的文学；而在中国这样黑暗悲惨的社会里，人都想在生活的现状里开辟一条新道路，听着俄国旧社会崩裂的声浪，真是空谷足音，不由得不动心。因此大家都要来讨论研究俄国。于是俄国文学就成了中国文学家的目标。”[②]

西方文化在中国鼎盛的时代，翻译家由对于整体西方文化的选择到对于俄苏文化的选择，是一个艰难的跨越，这一跨越有着深刻的社会历史原因：自晚清以来，中国的知识分子面对积贫积弱的祖国一直在寻求变革之路，在技术、制度等方面的尝试均告失败，思想革命又不能立竿见影的时候，俄国革命的胜利无疑为中国的文化先锋们打开了新的视界。于是，众多翻译家加入了译介俄苏文学的行列。“虽然当时还有人从欧美文化系统中吸取文化因素，但作为主流，已经是从苏俄文学，或者是从日本转道过来的苏俄文学那里吸取自己的文学观念、文学模式和文学手法。中国人借鉴外来文化，由笼

① 李大钊：《俄罗斯文学与革命》，《人民文学》1979 年第 5 期。

② 瞿秋白：《俄罗斯名家短篇小说集·序》，北京新中国杂志社 1920 年版，第 91 页。

统而专注，由浮浅而深入，由日本而法美而苏俄，是以血作为代价的。”①

译者和读者都从俄国文学中获得了很多能量，正如郑振铎所说：“我们那时对于俄国文学是那么热烈的向往着，崇拜着，而且是有着那么热烈的介绍和翻译的热忱啊！”② 而瞿秋白、蒋光慈等人则亲赴战火未息的俄罗斯接受血与火的革命洗礼。甚至还有些曾经排斥翻译文学或者排斥俄苏文学的作家，也加入了俄苏文学译者的行列，郭沫若就是这些作家的典型代表。正如鲁迅所说：“排斥‘媒婆’的作家也重译着托尔斯泰的《战争与和平》了。”③ 为了适应新形式的需要，对俄国文学进行改编的现象也很多。最引人注目的是田汉对托尔斯泰《复活》的改编：女主人公马斯洛娃由受辱、入狱而在狱中被“赤化”，从而走上革命道路，加入了反抗者的行列，相当于一部俄国版的《青春之歌》。这一改编离原作的距离稍远，但是“中国今日国难日亟，需要每个人拿出良心来救国……”④ 当时的广告称此剧“连演十日，均告满座”，足见其深得人心。⑤

对于十月革命胜利的瞩望促成对俄苏文学的向往，俄苏文学的翻译自然也就蓬勃展开了。“域外文学的影响大小固然不取决于译作量的多寡，然而在文学接受中译作数量的多少所反映的是一个民族对外来文学的态度冷热。”⑥ 20—40 年代，中国的俄苏文学翻译可谓如火如荼。

（二）“讲战斗、讲建设”文学中的“同路人”色彩

对于苏联这样战斗的、革命的文学，鲁迅发表过热情澎湃的演说：

> 我们的读者大众，在朦胧中，早知道这伟大肥沃的“黑土”里，要生长出什么东西来，而这“黑土”却也确实生长了东西，给我们亲见了：忍受，呻吟，挣扎，反抗，战斗，变革，战斗，建设，战斗，成功。⑦

---

① 《杨义文存》(4)，人民出版社 1998 年版，第 131 页。

② 郑振铎：《瞿秋白印象》，《文汇报》1949 年 7 月 18 日。

③ 鲁迅：《祝中俄文字之交》，《鲁迅全集》(4)，人民文学出版社 1981 年版，第 461 页。

④ 田汉：《复活 · 后记》，中国戏剧出版社 1957 年版。

⑤ 参见智量等《俄国文学与中国》，华东师范大学出版社 1991 年版，第 216 页。

⑥ 同上书，第 336 页。

⑦ 鲁迅：《祝中俄文字之交》，《鲁迅全集》(4)，人民文学出版社 1981 年版，第 462 页。

鲁迅也从俄国十月革命的成功中增加了勇气：

> 待到十月革命后，我才知道这“新的”社会的创造者是无产阶级，但因为资本主义各国的反宣传，对于十月革命还有些冷淡，并且怀疑。现在苏联的存在和成功，使我确切的相信无阶级社会一定要出现，不但完全扫除了怀疑，而且增加许多勇气了。①

鲁迅甚至也谈到中国需要战斗的作品：

> 我觉得现在的讲建设的，还是先前的讲战斗的——如《铁甲列车》，《毁灭》，《铁流》等——于我有兴趣，并且有益。我看苏维埃文学，是大半因为想绍介给中国，而对于中国，现在也还是战斗的作品更为紧要。②

但是，鲁迅在选择翻译苏联“讲战斗”、“讲建设”文学的时候却表现出了相当淡定的态度。从表面上看，法捷耶夫的《毁灭》和收入译文集《一天的工作》中的6篇作品是讲战斗和讲建设的，而实质上，很少有人注意到这些作品的思想倾向绝大部分都与“同路人”作品相近甚至相同。

“同路人”作家雅各武莱夫的《十月》写出了革命者的迷茫和犹疑，鲁迅曾将其与《毁灭》对比来谈：

> 本书所写，大抵是墨斯科的普列思那街的人们。要知道在别样的环境里的别样的思想感情，我以为自然别有法兑耶夫（A. Fadeev）的《溃灭》在。③

---

① 鲁迅：《且介亭杂文·答国际文学社问》，《鲁迅全集》（6），人民文学出版社1981年版，第18—19页。

② 同上。

③ 鲁迅：《译文序跋集·十月·后记》，《鲁迅全集》（10），人民文学出版社1981年版，第317—318页。

从这句来看，似乎两种作品有两样环境、不同的思想感情，但是将二者对比之后就会发现，就人物塑造来说，两部作品的相似性极高，而人物塑造的成功，也恰恰是这两部作品的魅力所在。

鲁迅选择《毁灭》的主要原因不在内容，而在技巧，尤其是人物塑造方面的技巧："这作品，倘从那情节底兴趣这一点看来，是并非那么可以啧啧称道的东西。用一句话说，这不过是写这么一点事而已……但是，这作品的主眼，并不在他的情节。作者所瞄准的……乃是以这历史底一大事件为背景的，具有各异的心理和各异的性格的种种人物之描写……"①法捷耶夫的成功，"在于指示我们——可以说在我们文艺中是最先的——其所描写的人不是有规律的，抽象而合理的，乃是有机的，如活的动物一样，具有他各种本来的，自觉不自觉的传统及其偏向"②。也就是说，法捷耶夫《毁灭》最大的亮点在于人物形象塑造的丰满和丰富——摆脱了类型化的、规律化的特征而符合现实的人性。《毁灭》展示了革命大潮中人的内心纠结和矛盾，即便是大家认为的最坚定的革命者莱奋生队长，"也还是和动摇或疲惫相搏战的人"③。

鲁迅对这部所谓描写战斗的长篇的"真实性"也非常推崇，认为第二部一到三章"是用生命的一部分，或全部换来的东西，非身经战斗的战士，不能写出"④。并且对人物塑造中的真实人性进行了分析：

> 他要革新，然而怀旧；他在战斗，但想安宁；他无法可想，然而反对无法中之法，然而仍然同食无法中之法所得的果子——朝鲜人的猪肉——为什么呢，因为他饿着！⑤

---

① ［日］藏原惟人：《关于〈毁灭〉》，《鲁迅译文全集》（5），福建教育出版社 2008 年版，第 242—243 页。

② ［苏］V. 弗理契：《毁灭·代序》，《鲁迅译文全集》（5），福建教育出版社 2008 年版，第 248 页。

③ ［日］藏原惟人：《关于〈毁灭〉》，《鲁迅译文全集》（5），福建教育出版社 2008 年版，第 243 页。

④ 鲁迅：《译文序跋集·〈溃灭〉第二部一至三章译者附记》，《鲁迅全集》（10），人民文学出版社 1981 年版，第 335 页。

⑤ 同上。

对小说中革命团体“濒临危境时候的描写”鲁迅给予了认同：

> 队员对于队长，显些反抗，或冷淡模样了，这是解体的前征。但当革命进行时，这种情形是要有的，因为倘若一切都四平八稳，势如破竹，便无所谓革命，无所谓战斗。大众先都成了革命人，于是振臂一呼，万众响应，不折一兵，不费一矢，而成革命天下，那是和古人的宣扬礼教，使兆民全化为正人君子，于是自然而然地变了“中华文物之邦”的一样是乌托邦思想。革命有血，有污秽，但有婴孩。①

鲁迅还借助这部小说所展示的真实的革命情形，直接将矛头对准了中国的现实：

> 中国的革命文学家和批评家常在要求描写美满的革命，完全的革命人，意见固然是高超完善之极了，但他们也因此终于是乌托邦主义者。②

可见，虽然说《毁灭》是讲战斗的作品，可是却和“同路人”作家雅各武莱夫的《十月》一样，所描写的人物“没有一个是铁底意志的革命家”③。

再看收入《一天的工作》中的6篇作品：《铁的静寂》《我要活》《工人》《革命的英雄们》《父亲》《枯煤，人们和耐火砖》。

略悉珂的《铁的静寂》写革命后停工破败的工厂情形：“工人的对于复兴的热心”——革命的时候守护工厂，革命后急于恢复工厂的生产；“小市民和农民的在革命时候的自利”④——工厂的财物被损坏被换走或者卖掉；政府机构的“无作为”——当工人“在苏维埃的大门口跺着脚，对大家恳求，托大家再开了工厂”的时候，得到的却只有宽慰、勉励，

---

① 鲁迅：《译文序跋集·〈溃灭〉第二部一至三章译者附记》，《鲁迅全集》(10)，人民文学出版社1981年版，第335页。

② 同上书，第336页。

③ 鲁迅：《译文序跋集·十月·后记》，《鲁迅全集》(10)，人民文学出版社1981年版，第336页。

④ 鲁迅：《译文序跋集·一天的工作·后记》，《鲁迅全集》(10)，人民文学出版社1981年版，第364页。

然后“回到自己的家里来”[①]。通篇充满着忧郁和灰色调子。鲁迅也说：“作者是和传统颇有些联系的人，所以虽是无产者作家，而观念形态却与‘同路人’较相近”[②]。聂维洛夫的《我要活》是对一个毅然参加革命的斗士的心理描绘：“为死去的受苦的母亲，为未来的将要一样受苦的孩子，更由此推及一切受苦的人们而战斗。”也就是说，先为自己考虑，由自己又想到大众，这样的“观念形态殊不似革命的劳动者。然而作者还是无产者文学初期的人，所以这也并不足令人诧异”[③]。谈到玛拉式庚的《工人》时，鲁迅轻描淡写地说：“不过描写列宁的几处，是仿佛妙手的速写画一样，颇有神采的。”[④] 而关于作者另外一部本集中并未收录、比较有争议的小说却介绍得很多：

> 一九二七年，出版了描写一个革命少女的道德底破灭的经过的小说，曰《月亮从右边出来》一名《异乎寻常的恋爱》，就卷起了一个大风暴，惹出种种的批评。有的说，他所描写的是真实，足见现代青年的堕落；有的说，革命青年中并无这样的现象，所以作者是对于青年的中伤；还有折中论者，以为这些现象是实在的，然而不过是青年中的一部分。[⑤]

鲁迅以此篇来证明玛拉式庚并非一个彻底的革命作家。唆罗诃夫的《父亲》则写出了一幕战争导致的惨绝人寰的家庭悲剧：“内战时代，一个哥萨克老人的处境非常之难，为了小儿女而杀较长的两男，但又为小儿女所憎恨。”[⑥] 老人的两个共产党儿子被俘后，老人对待这两个儿子的态度决定着自己和其他7个孩子能否生存，“如果我不也给他一下，村人们就会立刻杀死我的。我那些孩子们，便要成为孤儿，孤另另的剩在上帝的广大

---

① ［苏］略悉珂：《铁的静寂》，《鲁迅译文全集》（6），福建教育出版社2008年版，第266—267页。

② 同上。

③ 鲁迅：《译文序跋集·一天的工作·后记》，《鲁迅全集》（10），人民文学出版社1981年版，第364页。

④ 同上书，第367页。

⑤ 同上。

⑥ 同上书，第373页。

的世界上了"[①]。于是，他眼睁睁看着这个儿子惨死在自己面前。在得到押送另一个儿子的命令后，父亲的想法是：

> 我得了上帝的指点。他们想要怎样，我觉察出来了。他们叫我押送他去，是因为他们预料着我会放他逃走的。后来他们就又去捉住他，将他和我同时结果了性命。[②]

于是，在押送的路上，父亲亲手击毙了儿子。父亲的做法没有得到他所保护的女儿的理解，她不愿意和父亲同桌吃饭，因为看见父亲的两只手就记起父亲"是用这手杀掉哥哥的"，"身子里就神魂丧失了"[③]。保护孩子的父亲又是杀害孩子的父亲，父亲的人格分裂、人性泯灭都是对战争的控诉。

在全部6篇作品中，只有孚尔玛诺夫的《革命的英雄们》是真正"讲战斗"的作品，描写了一次敌后的奇袭：从袭击的计划制定、战前的准备工作、战斗的场面，到战后凯旋，都写得入情入理。作者久经沙场的背景为鲁迅所看重：1915年，孚尔玛诺夫"当了军医里的看护士，被派到'土耳其战线'，到了高加索，波斯边境，又到过西伯利亚，到过'西部战线'和'西南战线'……"这就是鲁迅所强调的"真实"：不是实际参加了革命，写不出革命的作品。班菲洛夫、伊连珂夫的《枯煤，人们和耐火砖》是本集中"讲建设"的代表，因为这篇"实在不只是'报告文学'的好标本，而是实际的知识和工作的简要的教科书了"[④]。

在《一天的工作》中，还收入了鲁迅翻译的"同路人"作品两篇：毕力涅克的《苦蓬》和绥甫琳娜的《肥料》。在鲁迅看来，"毕力涅克所写的革命，其实不过是暴动，是叛乱，是原始的自然力的跳梁，革命后的农村，也只有嫌恶和绝望"[⑤]。而《肥料》写出了反革命势力的反扑、对

---

① ［苏］唆罗诃夫：《父亲》，《鲁迅译文全集》（6），福建教育出版社2008年版，第312页。

② 同上书，第314页。

③ 同上书，第311页。

④ 鲁迅：《译文序跋集·一天的工作·后记》，《鲁迅全集》（10），人民文学出版社1981年版，第374页。

⑤ 同上书，第361页。

于革命者残酷的杀戮。鲁迅“似乎既想说清同路人文学和无产者文学的分野，又想告诉读者，二者随着时间的推移、革命的发展，呈现一种融合的趋势”[1]。鲁迅将“同路人”作品与“讲战斗、讲建设”的作品收入同集中，自然可以形成对比，可对比的结果却是：差别甚微。

（三）“同路人”文学的真实性问题

在鲁迅翻译的苏联作家作品中，评论最多的就是“同路人”群体及其创作，并且常常并非关于单纯的个体作家生平和创作介绍，而是对于每一个作家的评论都会或多或少地谈到“同路人”文学群体的整体倾向以及他们作品所描写的新生苏联的真实性问题。“同路人”作品的总体倾向是对革命阴暗面的揭露和批判，这是显而易见的问题。如果说《毁灭》展示了“革命有血，有污秽，但有婴孩”，那么“同路人”文学则着力于对“血”和“污秽”的描写。

鲁迅为“同路人”作品编译专集《竖琴》，所收作品也都反映出十月革命造成的诸多负面问题：《在沙漠上》暗指革命带来的混乱，《竖琴》写革命后正义的缺失，《果树园》哀悼已经为革命破坏的传统秩序，《洞窟》展示了革命后的冻馁以及由此带来的堕落和绝望，《肥料》则展示了革命中的杀戮……这与“一意赞美工作，属望将来”的“无产家的作品”[2] 不但不合拍，而且简直是唱反调。

“同路人”作品的真实性为鲁迅所珍视——不是艺术的真实，而是现实的真实。《竖琴》“画出着革命俄国的周围的生活”。雅各武莱夫“本身所属的阶级和思想感情，固然使他不能写出更进于此的东西，而或时或处的革命，大约也不能说绝无这样的情景”[3]。《十月》“的生命，是在照着所能写的写：真实。……不过给读者看看那时那地的情形，算是一种一时的稗史……”[4] 而“其中所记系当时实情，可作新闻记事观”[5]。“同路

① 王友贵：《翻译家鲁迅》，南开大学出版社 2005 年版，第 211 页。

② 鲁迅：《译文序跋集·竖琴·后记》，《鲁迅全集》（10），人民文学出版社 1981 年版，第 342 页。

③ 同上书，第 317 页。

④ 鲁迅：《译文序跋集·十月·首二节译者附记》，《鲁迅全集》（10），人民文学出版社 1981 年版，第 324 页。

⑤ 鲁迅：《书信·330510 致许寿裳》，《鲁迅全集》（12），人民文学出版社 1981 年版，第 176 页。

人”作家的代表人物扎米亚丁也主张真实：“我知道，我有一种非常令人不快的习惯，不会说合时宜的话，只会说我认为是真诚的话。”[①] 这正与鲁迅对好作品的评价一致：

> 好的文艺作品，向来多是不受别人命令，不顾利害，自然而然地从心中流露的东西；如果先挂起一个题目，做起文章来，那又何异于八股，在文学中并无价值，更说不到能否感动人了。[②]

鲁迅不仅这样说，也这样做。左翼文学兴起之初，为了得到鲁迅的支持，“冯雪峰动员一群年轻人，时常去鲁迅先生处‘唠叨’，希望鲁迅写反映革命斗争的作品。董秋斯也被动员去对鲁迅说‘只要先生肯写，我们有一般朋友，可以替先生搜集材料’。鲁迅回答说，写文艺作品不同写论文，专靠别人供给的材料是不行的。关于劳动阶级的生活，他只知道几十年前浙江绍兴乡间的农民。离开故乡以后，一直在教育界做事，所接触的限于学校里的同事和学生。别的方面知道得很少，不知道所以不能写”[③]。鲁迅一向主张“给读者以一种诚实的材料”[④]，反对“瞒和骗的文艺”[⑤]，他号召新的作家们“取下假面，真诚地，深入地，大胆地看取人生并且写出他的血和肉来”[⑥]，主张“只要写出实情，即于中国有益，是非曲直，昭然具在，揭其障蔽，便是公道耳”[⑦]。但是，鲁迅也非常清楚艺术真实和现实真实的差别：

> 艺术上的真实非即历史上的真实，我们是听到过的，因为后者须有其事，而创作则可以缀合，抒写，只要逼真，不必实有其事也。然

---

① 参见［苏］马克·斯洛宁《苏维埃俄罗斯文学》，浦立民等译，上海译文出版社 1983 年版，第 89 页。

② 鲁迅：《而已集·革命时代的文学》(3)，人民文学出版社 1981 年版，第 418 页。

③ 凌山：《一个翻译家的脚印：关于董秋斯的翻译》，《上海文学》2004 年第 3 期。

④ 鲁迅：《书信·330525 致周茨石》，《鲁迅全集》(12)，人民文学出版社 1981 年版，第 178 页。

⑤ 鲁迅：《坟·论睁了眼看》，《鲁迅全集》(1)，人民文学出版社 1981 年版，第 240 页。

⑥ 同上书，第 241 页。

⑦ 鲁迅：《340125 致姚克》，《鲁迅全集》(13)，人民文学出版社 1981 年版，第 18 页。

> 而他所据缀合、抒写者，何一非社会上的存在……①

既然如此，俄国革命毕竟发生在遥远的异邦，鲁迅并没有亲临，他如何来判定同路人文学的真实性问题？

苏联革命作家“赞美工作，属望将来”② 的作品与“同路人”暴露黑暗，揭露现实的作品相比，鲁迅断定后者更具现实的真实性，这主要是因为后者的描述更符合鲁迅对于俄国十月革命的想象——基于中国革命现实的想象。鲁迅也是一再把理想寄托于革命，革命后又一再感到失望：“见过辛亥革命，见过二次革命，见过袁世凯称帝，张勋复辟，看来看去，就看得怀疑起来，于是失望，颓唐得很了。”③ 俄国的作家们也和鲁迅一样，曾经热切希望革命，但“一和革命接近，一到革命进行，便容易失望”，因为，

> 一到革命后，实际上的情形，完全不是他所想像的那么一回事，终于失望，颓废。叶遂宁后来是自杀了的，听说这失望是他的自杀的原因之一。又如毕力涅克和爱伦堡，也都是例子。④

综上所述，鲁迅对于苏联讲战斗、讲建设的作品翻译得极少，而对于反映革命的“血”和“污秽”的“同路人”作品高度关注，是因为他相信后者更符合社会现实，更符合真实的人性和人生。文学创作本来不同于新闻简报，真实性的问题更不是首要考虑的问题，鲁迅从真实性的问题来评价“同路人”文学，体现了他对苏联现实状况的关注，对于“同路人”文学真实性的认可，事实上也预见到“同路人”将面临的悲惨遭遇。

---

① 鲁迅：《书信·331220 致徐懋庸》，《鲁迅全集》（12），人民文学出版社 1981 年版，第 302 页。

② 鲁迅：《译文序跋集·竖琴·后记》，《鲁迅全集》（10），人民文学出版社 1981 年版，第 341 页。

③ 鲁迅：《南腔北调集·〈自选集〉自序》，《鲁迅全集》（4），人民文学出版社 1981 年版，第 455 页。

④ 鲁迅：《二心集·对于左翼作家联盟的意见》，《鲁迅全集》（4），人民文学出版社 1981 年版，第 234 页。

三　瞩目边缘：对经典的回避与对弱小民族文学的青睐

对于翻译作品的选择，胡适的主张是："只译名家著作，不译第二流以下的著作。"[①] 而在鲁迅翻译的作品中，在世界文学中能够称得上经典的屈指可数，严格来说，也只有《死魂灵》一部。鲁迅翻译选择的不但不是名家著作，而且大多属于文学支流，正如学者孙郁所说："在鲁迅选择的译本中，大多是反平庸的、具有冒险的与刺激的因素。"[②]

在早年的《摩罗诗力说》中，鲁迅介绍了众多举世闻名的诗人和作家，但当鲁迅进行翻译选材的时候，却极少触及这些他推崇的名家的作品。就鲁迅热衷的俄国文学来说，在创作《摩罗诗力说》时鲁迅认为：

> 俄罗斯当十九世纪初叶，文事始新，渐乃独立，日益昭明，今则已有齐驱先觉诸邦之概，令西欧人士，无不惊其美伟矣。顾夷考权舆，实本三士：曰普式庚，曰来尔孟多夫，曰鄂戈理。[③]

但鲁迅终生没有翻译过普希金、莱蒙托夫的任何作品，果戈理的作品《死魂灵》也是在晚年郑振铎的邀请下才开始翻译的。"在鲁迅所推崇并翻译的俄国作品中，属于浪漫主义和象征主义流派的居多；对于现实主义流派的作品，鲁迅则翻译和介绍的很少。"[④] 从1928年到鲁迅去世的1936年，中国翻译出版了很多俄苏名家的作品：高尔基44种，屠格涅夫30种，契诃夫20种，托尔斯泰14种，陀思妥耶夫斯基14种。[⑤] 其中，鲁迅的译作只有高尔基的《俄罗斯的童话》、为说明插画而翻译的契诃夫的《坏孩子和别的奇闻》。对中国译坛最为推崇的托尔斯泰、陀思妥耶夫斯基等现实主义作家作品，鲁迅则敬而远之。1934年底，鲁迅认为

---

① 《胡适文集·建设的文学革命论》(3)，人民文学出版社1998年版，第74页。

② 孙郁：《译介之魂》，《中国图书评论》2006年第4期。

③ 鲁迅：《坟·摩罗诗力说》，《鲁迅全集》(1)，人民文学出版社1981年版，第87页。

④ [美] 佛克马：《俄国文学对鲁迅的影响》，叶坦、谢力红译，乐黛云编：《国外鲁迅研究论集》，北京大学出版社1981年版，第279—280页。

⑤ 参见查小燕《北方吹来的风：俄罗斯—苏联文学与中国》，海南出版社1993年版，第47页。

中国“屠格涅夫被译得最多”[1]，但他终生没有翻译过屠格涅夫的任何作品。

鲁迅翻译选择的俄国作家中，单篇数量最多的是在俄国本土完全没有得到认可的爱罗先珂的作品，苏联作品集《竖琴》和《一天的工作》中所选译的作家，很多都是在中国首次出现的。对日本文学的翻译也是如此，尽管鲁迅的日本作品翻译有很可观的数量，但是他所翻译的并“不是日本文学的主流，而是支流”[2]。

鲁迅翻译选材的边缘化倾向，在弱小民族文学翻译取材方面更为突出。鲁迅所开创的弱小民族文学翻译风潮引起了同时代人的诸多关注，赞成者紧随其后，使弱小民族文学在中国发扬光大；反对者和鲁迅进行言论的交锋，同样也扩大了弱小民族文学的影响。梁实秋在谈到“弱小民族的文学”、“被损害民族的文学”、“非战文学”译作的时候深表不解：“不但那外国作者的姓名我们不大熟悉，即其国籍我们也不常听说。”[3] 可见这些作品已经不是一般的边缘化了。林语堂也出面指责弱小民族文学的译者：“今日绍介波兰诗人，明日绍介捷克文豪，而对于已经闻名之英美法德文人，反厌为陈腐，不欲深察，求一究竟。此与妇女新装求入时一样，总是媚字一字不是……”[4] 对于鲁迅等热衷于弱小民族文学翻译的译者来说，这样的批判已经由选材取向深化到了人格质疑。但鲁迅丝毫不为所动，他不但是弱小民族文学翻译的首倡者，而且是其终生关注者。

在弱小民族文学翻译不被认可的时候，鲁迅不但强调了它们的精彩，而且分析了这些作品没有成为名著，这些国家和民族在中国没有产生影响的原因——文学的传播需要一定的过程和渠道，文学影响也有一个从无到有、从小到大的过程，举世闻名的作品也不例外：“如希腊的史诗，印度的寓言，亚剌伯的《天方夜谈》，西班牙的《堂·吉诃德》，

---

① 鲁迅：《书信·341206致孟十还》，《鲁迅全集》（12），人民文学出版社1981年版，第582页。

② ［日］竹内好：《鲁迅与日本文学》，刘献彪等编：《鲁迅与中日文化交流》，湖南人民出版社1981年版，第299页。

③ 黎照编：《鲁迅梁实秋论战实录·现代中国文学之浪漫的趋势》，华龄出版社1997年版，第17页。

④ 林语堂：《今文八弊》（中），《人间世》1935年第28期。

纵使在别国‘已经闻名’，不下于‘英美法德文人’的作品，在中国却被忘记了……”[①] 名家名作的影响还直接来自于某些方面的推广手段，而这些手段并没有惠及弱小民族文学。比如，“巴罗哈……也是西班牙现代的伟大的作家，他的不为中国人所知，我相信，大半是由于他的著作没有被美国商人‘化美金一百万元’制成影片到上海开演。”[②]

鲁迅所表达的，既有对弱小民族文学的认可，也有对弱小民族文学在中国不被人认可的愤懑。与那些在中国获取利益的西方列强相比，弱小民族在中国没有教士，没有租界，没有驻军，更没有其他国家为之宣传，但是，不能因此否定了它们的文学价值。鲁迅在对林语堂、梁实秋等人的回应中说明：

> 世界文学史，是用了文学的眼睛看，而不用势利眼睛看的，所以文学无须用金钱和枪炮作掩护，波兰捷克，虽然未曾加入八国联军来打过北京，那文学却在，不过有一些人，并未“已经闻名”而已。[③]

鲁迅的这种反击角度恰恰说明他在进行翻译选材的时候充分考虑了国家因素：地位、强弱与中国的对比和关系。鲁迅和论敌的差异在于：鲁迅站在中国——这个弱者的立场上考虑问题，而论敌则从单一文学的角度考虑问题。鲁迅的弱者立场，就是鲁迅与林语堂等人在翻译弱小民族文学问题上分歧的心理差距所致。两相对比不难发现，林语堂的责难是从文学入手，而鲁迅却是从国家的角度进行反击。当时，内忧外患使中国处于水深火热之中，英、美、法、德各列强更是在中国飞扬跋扈，处处以强势姿态出现，而波兰、捷克等民族极少出现在国人视野中的原因是这些国家没有对中国实行侵犯。中国人熟知的都是那些强行打开中国国门，在中国谋取利益的国家，因弱小民族没有对中国实行过侵略，没有在中国产生影响，

① 鲁迅：《且介亭杂文二集·“题未定”草（一至三）》，《鲁迅全集》（6），人民文学出版社1981年版，第356页。

② 鲁迅：《译文序跋集·面包店的时代·译者附记》，《鲁迅全集》（10），人民文学出版社1981年版，第451页。

③ 鲁迅：《且介亭杂文二集·“题未定”草（一至三）》，《鲁迅全集》（6），人民文学出版社1981年版，第356页。

而忽略它们的文学价值是可笑甚至可悲的。

除此而外，弱小民族文学中的文学精品也令鲁迅倾心，这进一步坚定了鲁迅译介的决心。鲁迅拒绝公认的经典，但却在自己翻译的作品中设定了经典，这就是鲁迅认为应该先于自己获得诺贝尔奖的《小约翰》的作者。鲁迅和《小约翰》结缘于1906年，对《小约翰》的喜爱属于“一见钟情”：

> 这是一本好书，然而得来却是偶然的事。大约二十年前，……觉得有趣，便托丸善书店去买来了；想译，没有这力。后来也常常想到，但总为别的事情岔开；直到去年，才决计在暑假中将它译好，并且登出广告去，而不料那一暑假过得比别的时候还艰难。今年又记得起来，翻检一过，疑难之处很不少，还是没有这力。[①]

鲁迅一再表述的“想译”……“没有这力”，应该是指自己对于德语译本的掌握存在一定的困难，比如很多植物的名字都不能准确翻译。鲁迅虽然从没有放弃的念头，但也没有急于处置。直到1927年，在精通德文的齐寿山的帮助下，鲁迅译本《小约翰》终于面世。跨越20年的岁月，很多事情都发生了巨大的变化，鲁迅更是经历了很多变故，也放弃了一些原本打算翻译的作品。就童话而言，鲁迅放弃了《域外小说集》时代曾计划翻译的《安徒生童话》，但是未改翻译《小约翰》的初衷，足见该作对鲁迅的吸引。这种吸引不仅来自建设中国儿童文学的用心，而且来自鲁迅和《小约翰》高度的精神契合：呼唤平等、人性和博爱。

鲁迅对经典文学的放弃可能有“为尊者讳”的心理原因，也可能有语言等技术方面的原因，但最主要的是，鲁迅选择了和自己的精神高度契合、能够为“立人”目的服务的作品。“文学翻译固然是翻译，但不应忘记文学。文学，从本质上说，是一种艺术；文学翻译，自然也该是一种艺术实践。”[②] 文学毕竟是有主观参与的事业，艺术不可能脱离思想感情。

---

① 鲁迅：《华盖集续编·马上支日记》，《鲁迅全集》(3)，人民文学出版社1981年版，第335页。

② 罗新璋：《“似”与“等”》，《世界文学》1990年第2期。

文学翻译也是如此。正因此，鲁迅的翻译作品选择呈现出一种广收博采的局面，既百花齐放，也纷繁复杂。”[①] 这恰恰证明了作为翻译主体的鲁迅在翻译选材过程中充分实现了主体操控。

事实上，鲁迅的边缘化翻译选材至少遵循了两个准则。一是自身情感的需要，“鲁迅所翻译的外国文学作品都是他很喜爱的作品”[②]，如上述《小约翰》就是最好的例子。鲁迅选择了大量与自己的精神高度契合的作品，很多作品与鲁迅的创作在主题思想上形同孪生。二是现实的需要，如为插画翻译契诃夫的作品[③]，为应对现实的挑战翻译文艺理论，应该也有为糊口的需要等。当然，不排除这两个准则共存的情况，因为二者都是出自鲁迅自身的操控，其边缘化倾向也就不足为奇了。现实的需要是一种显性存在，比较容易把握；而思想情感的需要则是一种隐性存在，需要在翻译作品的梳理中进行追踪。无论是为情感需要还是为现实需要，都是一种“为人生”的选择。

第二节　自由平等与博爱诉求

鲁迅的译作传达了自由平等和博爱的理念：对于宗教、礼教、官员在内的特权阶层的颠覆与批判，对于弱势者的怜悯和体恤，呼唤人与人之间、人与动物之间以及动物之间——整个世界的平等与博爱。

一　批判特权：倡导自由平等

鲁迅对于特权阶层怀着深深的厌恶之情，因为这与他“立人”诉求所主张的平等、自由、尊重个体的理念大相径庭。特权阶层利用自己手中的权力、宗法或者规矩任意作恶，扼杀着普通人的身体与灵魂。在这个特权阶层的内部又有高下之分，所谓“天有十日，人有十等。下所以事上，上所以共神也”[④]，于是，人人都想向上爬，不但要对下层进行打压，还

---

① 孙中田编：《茅盾研究资料》上册，中国社会科学出版社 1983 年版，第 459、458 页。

② 高玉：《鲁迅与文学翻译及其研究现状与前景》，《广东社会科学》2007 年第 2 期。

③ 参见鲁迅《译文序跋集·坏孩子和别的奇闻·译者后记》，《鲁迅全集》（10），人民文学出版社 1981 年版，第 406 页。

④ 鲁迅：《坟·灯下漫笔》，《鲁迅全集》（1），人民文学出版社 1981 年版，第 215 页。

要对上层进行阿谀奉承，谄媚讨好，形成了一个完整的金字塔结构："有贵贱，有大小，有上下。自己被人凌虐，但也可以凌虐别人；自己被人吃，但也可以吃别人。一级一级的制驭着，不能动弹，也不想动弹了。"①只要特权阶层存在，就不可能实现"立人"的目的，鲁迅的翻译作品针对特权阶层及其仰仗的规则进行了深刻批判。

无论是宗教还是礼教，都是禁锢人精神的枷锁，虔诚信仰的人丧失自我、漠视自我的价值，而假意信仰的人又利用宗教、礼教及其信徒从中取利。虽然鲁迅赞赏如迦尔洵一样为他者牺牲自我的殉教者勇气，但却反对单纯的为宗教、礼教所困扰或牺牲。二者存在着天壤之别：前者为了拯救别人，他的牺牲可以换取更多人的存活或者解放，牺牲者的生命因此变得有价值，是可贵的；而后者单纯为了维持规范，使更多人套上精神的锁链，这种牺牲毫无价值可言，是可怜可悲甚至是该被鄙视的。

鲁迅文学翻译的处女作，是1903年发表的法国嚣俄（通译雨果）的小说《哀尘》，讲述的是一个知识分子对一个受到侮辱和损害的下层妇女的救助。文中写嚣俄在赴宴归来等车的过程中看见一个"衣裳丽都"的少年用雪球投掷一个"短领衣"女子，女子还击，"两人斗益烈"；巡查赶到，"皆竞执此女子而不敢触少年"，并且威胁女子"尝试此六阅月间"，女子辩解再三无果；最后，嚣俄出面说出实情，出具证词，女子才获得释放。虽然这只是一篇短篇小说，但却是鲁迅涉足译坛的首选之作，不可小觑。虽然是强国法国的作品，却大体可以看作鲁迅未来翻译和创作的趋势之一种：描述不公平社会中愤世知识分子与被侮辱被损害的下层妇女，富有阶层和权势者对于贫穷和弱势者的欺压，觉醒者对于这种社会不公现象的控诉都历历在目。在这一层面，强大帝国法国的作品和弱小民族中国的作品在鲁迅的笔下实现了融会贯通，这也可看作鲁迅关注被损害民族文学的端倪。

在爱罗先珂的《狭的笼》中，侯王数以百计的妻子之一因为宗教观念的束缚而献身于残酷的殉葬制度。对于人类而言，除开形式上的"狭的笼"以外，还存在着更牢固、更难破损的牢笼，这就是精神上的牢笼。爱罗先珂认为：

---

① 鲁迅：《坟·灯下漫笔》，《鲁迅全集》（1），人民文学出版社1981年版，第215页。

这一篇是用了血和泪所写的。单就印度而言，他们并不戚戚于自己不努力于人的生活，却愤愤于被人禁了“撒提”，所以即使并无敌人，也仍然是笼中的“下流的奴隶”。①

从侯王妻子身上能够看到一夫多妻制对于女性的残害，而她的自杀则证实：如果精神的枷锁不能去除，即使身体获得了解放也毫无希望可言。就如同《祝福》中的祥林嫂一样，虽然身体一度是自由的，但是却在封建礼教的制御下，在对于死后遭遇的极度恐惧中悲惨地死去。

当然，在鲁迅的译作中，不只有为宗教、礼法、制度所控制而失去了自我的人，也有从现实生活当中领悟到宗教、礼法、制度的虚妄，并且最终对宗教失望，从而开始了新的思想历程和新的生活的人。

巴罗哈的《面包店的时代》讲述了“我”开面包店的结果：面包店的房子被地主拆掉，生活没有着落，更没有经济来源，只能够买空卖空：

所以我将证券交易所看作是慈善底制度，而和这相反，觉得教堂是阴气之处，从那地方的忏悔室的背后，会跳出身穿玄色法衣的教士来，在黑暗中扼住人的喉咙，捏紧颈子，也并非无理的。②

在《村妇》中，为寻求民族解放而在战斗中负伤的战士没有得到宗教的庇佑。宗教人士只求自保，“道院”既恐惧入侵的敌人来袭，又拒绝失败的本国士兵的求助——害怕连累自己。为重病濒死的孙子到教会祷告的村妇向士兵伸出了援手：提供了面包、衣服，最终战士枪杀了敌人的军官，然后自杀，杀身成仁。村妇的孙子病愈并长大成人，村妇“可不相信他那神奇的痊愈，是很会气恼的道人的随随便便的祷告，见了功效的，由她看来，倒是因为她做不到，然而她一心要做到的好事好报居多……”③ 鲁迅说：“原作者在结束

---

① 鲁迅：《译文序跋集·狭的笼·译者附记》，《鲁迅全集》（10），人民文学出版社 1981 年版，第 200 页。

② ［西班牙］巴罗哈：《面包店的时代》，《鲁迅译文全集》（8），福建教育出版社 2008 年版，第 299 页。

③ ［保］伐佐夫：《村妇》，《鲁迅译文全集》（8），福建教育出版社 2008 年版，第 567 页。

处，用‘好事’来打击祷告，大约是对于他本国读者的指点。”[①]《山民牧唱》中的牧师，在父母双亡的七个年幼孩子需要养育的时候，宗教人士只会说些貌似善良的空话。在鲁迅的译文里，宗教、信仰只会向人们说些不能解决任何现实问题的废话，在创作里也是如此，《出关》中的老子、《起死》中的庄子均属此例。

权势者利用自己手中的权力肆意妄为、任意作恶。萨尔蒂珂夫的《饥馑》中，执掌一方的旅长采用手段霸占了赶车人的妻子亚梨娜，并且放逐了赶车人。当饥馑来临，人们把灾难的元凶认定为旅长的这段情史时，旅长先是采用各种高压政策对民众进行压制。当压制失效的时候他就将情妇献给民众，任由她被愚昧的民众扔下高楼，“于是这旅长的慰藉者，遂不剩一片肉。因为饿狗之群，在瞬息间，即将她撕得粉碎，搬走了”[②]。而以为马上会有面包的群众，等到的却是前来镇压的军队。蛮横的、狡诈的官员利用民众的愚昧、无知，霸占并杀死了一个无辜的、善良的女人，而民众得到的是更加残酷的压制。

《为人类》写了解剖学家的儿子因为难以忍受成为父亲眼里的“白痴，低能儿，退化儿”[③]，所以当他得知父亲用活人来代替动物进行试验便能很快取得成果的时候，他说：“如果是为人类，我是不要紧的……将我也象那小狗一样……因为不要紧的，如果是为人类……”[④] 在一个暗夜里，他有了惊奇地发现：他的小狗会说话。他和狗来到狗家，狗脱下皮就变成了人，而他穿上狗皮就变成了狗。这使他懂得：“狗和人单是衣服两样，内容全都相同的。我和 L 儿一点没有不同，母狗 H 也全和母亲一样。”[⑤] 这里的狗和人一样的说法，明确地表达了众生平等的意愿。

在与动物的关系中，人常常自居为万物之灵长，可在动物看来，人类就是被控诉的对象：“别的动物也哀矜我们，没有鸟来攻击。只有一种动

① 鲁迅：《译文序跋集·村妇·译者附记》，《鲁迅全集》(10)，人民文学出版社 1981 年版，第 475 页。

② ［俄］萨尔蒂珂夫：《饥馑》，《鲁迅译文全集》(8)，福建教育出版社 2008 年版，第 537 页。

③ ［俄］爱罗先珂：《为人类》，《鲁迅译文全集》(1)，福建教育出版社 2008 年版，第 501 页。

④ 同上书，第 503 页。

⑤ 同上书，第 507 页。

物，是一切中最低级的，搜寻我们，还捉了我们去，那就是人，是造物的最蛮横的出产。"①

在人人都被宗教、礼法、权势安置的社会中，处处都是罪恶。译者鲁迅和作者们共同期待着一个众生平等的理想世界。

二　弘扬博爱：无所不爱

鲁迅的译作展示着无所不在的爱，这是超越国家、种族、类群的大爱，虽然这种爱不被人理解，甚至不被所爱的一方理解。

鲁迅在1909年的《域外小说集》中翻译了迦尔洵的《四日》，强调迦尔洵"深恶战争而不能救，则以身赴之"② 的人道主义思想。1921年，鲁迅再次翻译他的作品《一篇很短的传奇》，小说描写一个青年应爱人的期望参战，而当他拖着残腿回到家乡的时候，爱人已经另觅佳偶。在参加了爱人的婚礼后，他只能在寒冷的冬夜里感受孤单和寂寞。鲁迅这样评价作者迦尔洵：

> 他那非战与自我牺牲的思想，也写得非常之分明。但英雄装了木脚，而劝人出战者却一无所损，也还只是人世的常情。至于"与其三人不幸，不如一人——自己——不幸"这精神，却往往只见于斯拉夫文人的著作，则实在不能不惊异于这民族的伟大了。③

迦尔洵是一个真正的爱人类的作家，而他的作品就是他精神的写照。

苏联雅各武莱夫的《农夫》写出了人性里善良的一面在残酷战争中的闪光。当作为战士的农夫在执行任务过程中发现了一个鼾声如雷的敌人时，只拿走了敌人的背囊和枪。因为鼾声让他知道：无论敌人与否，"乏了呀，也还是，一样的事情。"④ 农夫的上司得知这一情况后，虽然感到

---

① ［荷］望·藹覃：《小约翰》，《鲁迅译文全集》（3），福建教育出版社2008年版，第26页。

② 鲁迅：《译文序跋集·域外小说集·杂识》，《鲁迅全集》（10），人民文学出版社1981年版，第159页。

③ 鲁迅：《译文序跋集·〈一篇很短的传奇〉译者附记》，《鲁迅全集》（10），人民文学出版社1981年版，第456页。

④ ［苏］雅各武莱夫：《译文补编·农夫》，《鲁迅译文全集》（8），福建教育出版社2008年版，第214页。

不解和愤怒，想惩罚他，但是“忽然之间，军官的唇上浮出微笑来。并不想笑，但自然而然地笑起来了”。是农夫质朴博爱的心打动了军官，也使军官同样意识到敌我双方都属于同样的人类。鲁迅论及雅各武莱夫时用到了下面的语言：

> 他的艺术的基调，是博爱和良心。他的作品中的农民，和毕力涅克作品中的农民的区别之处，是在那宗教底精神，直到了教会崇拜。他认农民为人类正义和良心的保持者，而且以为惟有农民，是真将全世界联结于友爱的精神的。将这见解，加以具体化者，是《农夫》。这里叙述着“人类的良心”的胜利。①

阿尔志跋绥夫的《医生》描述一位医术高超的医生一次非同寻常的出诊：是否救治一个残害犹太人的警厅长？医生展开了激烈的思想斗争，一面是救死扶伤的天职和自己的性命，一面是已经无辜死难和大量将被残害致死的犹太民众。最后他拒绝施救，当然也丧失了自己的生命。这“是对于他同胞的非人类行为的一个极猛烈的抗争”，“无抵抗，是作者所反抗的，因为人的天性上不能没有憎，而这憎，又或根于更广大的爱”②。医生对于这位警厅长的“不救”恰恰是对更多无辜者的“施救”。这位医生能够为犹太人放弃自己的天职和生命，可谓壮举，鲁迅对此高度赞赏：

> 人说，俄国人有异常的残忍性和异常的慈悲性；这很奇异，但让研究国民性的学者来解释吧。我所想的，只在自己这中国，自从杀掉蚩尤以后，兴高采烈的自以为制服异族的时候也不少了，不知道能否在评定什么方略等等之外，寻出一篇这样为弱民族主张正义的文章来。③

---

① 鲁迅：《译文序跋集·农夫·译者附记》，《鲁迅全集》（10），人民文学出版社 1981 年版，第 464 页。

② 鲁迅：《译文序跋集·医生·译者附记》，《鲁迅全集》（10），人民文学出版社 1981 年版，第 176 页。

③ 同上书，第 177 页。

爱罗先珂的14篇童话作品也都高扬平等、博爱的旗帜。在《狭的笼》中老虎逃出牢笼后没有一味享受自己的自由，而是关注其他动物和人类的自由。《池边》的“蝴蝶因为不忍目睹世界的黑暗，想救世界，想恢复太阳”[①] 而努力向太阳飞去，结果浮尸海边。从这篇来看，爱罗先珂“只是梦幻，纯白，而有大心，也为了非他族类的不幸者而叹息。这大约便是被逐的原因”[②]。在《春夜的梦》中，有火莹和金鱼的爱，它们为拯救对方付出了自己最宝贵的翅子和鳞片。在《两个小小的死》中，有劳动者的儿子对狗、金丝雀、鲜花的爱，为了保全它们的生命而宁可自己死掉。在《古怪的猫》中，有猫对老鼠的爱，因为爱惜老鼠而宁可自己忍受饥饿不再捕鼠。在《小鸡的悲剧》中，有小鸡对鸭的爱，为了这份爱，小鸡淹死在池塘里。

爱罗先珂这种跨越民族和种族的爱尤其为鲁迅所珍视，鲁迅曾感叹于爱罗先珂对印度的关注，并将其与印度本国的文学泰斗泰戈尔作对比：

> 广大哉诗人的眼泪，我爱这攻击别国的“撒提”之幼稚的俄国盲人埃罗先珂，实在远过于赞美本国的“撒提”受过诺贝尔奖金的印度诗圣泰戈；我诅咒美而有毒的曼陀罗华。[③]

总之，鲁迅的译作洋溢着同类的爱、异类的爱，跨越民族、种族的爱，甚至是对敌人的爱，真所谓“叫彻人间的是无所不爱”[④]。

三　祈望互爱：避免伤害

爱的感情是美好的，但鲁迅翻译作品所营造的爱的世界却常常笼罩着忧伤的氛围：爱不但需要巨大的付出，而且常常给自己、他者甚至所爱带

---

① ［俄］爱罗先珂：《爱罗先珂童话集·池边》，《鲁迅译文全集》（1），福建教育出版社2008年版，第469页。

② 鲁迅：《译文序跋集·池边·译者附记》，《鲁迅全集》（10），人民文学出版社1981年版，第202页。

③ 鲁迅：《译文序跋集·狭的笼·译者附记》，《鲁迅全集》（10），人民文学出版社1981年版，第200页。

④ 鲁迅：《译文序跋集·爱罗先珂童话集·序》，《鲁迅全集》（10），人民文学出版社1981年版，第197页。

来伤害。可见，鲁迅不只是单纯主张博爱，更看到了没有互爱的世界里爱的代价和伤害，这恰恰是鲁迅思想的深刻之处。

《医生》中的主人公因为爱犹太人不肯救治警厅长而牺牲，《狭的笼》《池边》《两个小小的死》《古怪的猫》《小鸡的悲剧》中的主人公也都为所爱而死去，《一篇很短的传奇》中的主人公为所爱的人失去了肢体，同时也失去了所爱的人，《农夫》中的农夫对于敌人的爱看起来最没有伤害，可是鲁迅说：

> 但我们由这短短的一篇，也可以领悟苏联所以要排斥人道主义之故，因为如此厚道，是无论在革命，在反革命，总要失败无疑，别人并不如此厚道，肯当你熟睡时，就不奉赠一枪刺。①

《山民牧唱》中管坟人也因为对孤儿无私的爱而使自己失去了余裕的生活，得到的却是人们的冷漠和唾弃：

> “假好人。”村长说。
>
> “昏蛋！”药店主人低声自语到。
>
> 牧师不忍看见这样的悲惨，翻上眼睛，向着天。
>
> “不久就会抛掉的罢，”书记说。②

也就是说，在鲁迅译作营造的爱的世界里，爱的付出很少有回报。不仅如此，爱还常常给所爱带来伤害。

在《春夜的梦》中，两个孩子、一个山精、一个花妖都因为爱，因为爱美而作恶。文中描述火莹和金鱼两个好友分别被公爵的女儿和百姓的儿子捕获，为了使对方获得自由，火莹向山精付出了翅子，金鱼则付出了鳞片。而当火莹和金鱼获得自由时，死期也到了。从山精那里获赠金鱼鳞片的莲花妖女戴着美丽的鱼鳞冠却不明白：“那金鱼的鳞是谁拿去

---

① 鲁迅：《译文序跋集·农夫·译者附记》，《鲁迅全集》（10），人民文学出版社 1981 年版，第 465 页。

② ［西班牙］巴罗哈：《山民牧唱·山民牧场》，《鲁迅译文全集》（7），福建教育出版社 2008 年版，第 426—427 页。

的呢？”[①] 当它得知真相，伤心地指责山精，可是山精认为：“我没有杀他们。那萤和金鱼，是并非一没有翅子和鳞，便非死不可的。我没有翅子的时候，也活着，你没有鳞，岂非也并不死掉么。那两个是自己死的。”[②]看起来都是无心的伤害。莲花妖女伤心欲绝：“我厌了这世界了。有所要，便不得不从别个那里取……我有所得，对手便不能不有所损了。哎哎，好伤心的世界呵！”[③] 山精则将其归咎于造物主：“造这世界的小子，是怎样吝啬的东西呵。萤的翅子和金鱼的鳞，都略略多造些，岂不更好！在偌大的世界上，那有这样简约的必要呢！”[④] 捉过火萤的公爵女儿见到了美丽的长有萤翅的山精，捉过金鱼的百姓儿子见到了戴鱼鳞冠的花妖，两个孩子为了捕捉眼前这美丽的精灵，双双滑落到池里。他们来到了池王面前，谈起火萤和金鱼的死，两个孩子的说辞是：捕捉并非是要虐待，而是因为疼爱。山精和妖女也为自己说明：是因为爱美，才取了萤翅和鱼鳞，完全没有想到它们会死。似乎都是出于爱，但是伤害却实实在在地发生了。池王知道了事情的经过，他对众人进行了深奥的说教：“倘爱美，则愈爱，你们便愈强”[⑤]，但是，“因为你们想将美的东西作为自己的东西，所以连你们的性命也几乎不见了。爱美的心，是主宰宇宙的力。然而这爱美的心情，却是损害生命的破坏……”[⑥]

在《鱼的悲哀》中，幼小的鲫儿在寒冷中盼望着春天的到来，也盼望着能够见到“名叫人类的哥哥们”，因为他们在动物世界里被认为是“最高强最贤惠的东西”。春天来临，万物复苏，“远远的教堂的钟一发响”，动物们就开始祷告：“愿人类的哥哥们也都幸福的过活”[⑦]。可是，当人类的哥儿出现了，却先后捕走了德高望重的兔和尚、创作歌谱的黄莺、伟大的诗人蛙，还有很多的蜂蝶——都被哥儿解剖了。当动物们认识到自己是“作为人类的东西而活着”的时候，都哀伤而且绝望。鲫儿更

① ［俄］爱罗先珂：《爱罗先珂童话集·春夜的梦》，《鲁迅译文全集》（1），福建教育出版社 2008 年版，第 484 页。

② 同上书，第 483—484 页。

③ 同上书，第 484 页。

④ 同上。

⑤ 同上书，第 486 页。

⑥ 同上书，第 487 页。

⑦ ［俄］爱罗先珂：《爱罗先珂童话集·鱼的悲哀》，《鲁迅译文全集》（1），第 462 页。

是投身到哥儿的网里，因为它“看见别个捉去被杀的事，在我，是比自己被杀更苦恼哩”[①]。鲫儿见到动物们被残害，哀伤、绝望而心碎。但是哥儿全然没有理会这些，继续自己的解剖工作，“后来成为有名的解剖学者了”[②]。充满爱心的动物被热爱科学的人类所杀害，都是出于爱，却处处存在着伤害。文末，爱罗先珂表达了对人类的不满：“我著者，从那时起，也就不到教会去了。对于将一切物，作为人类的食物和玩物而创造的神明，我是不愿意祷告，也不愿意相信的。”[③]

爱、爱美没有错，但是表现方式异乎寻常的重要。鲁迅在《兔和猫》《鸭的喜剧》中都谈到了类似的爱与因爱致死的问题。因为爱，因为爱美，将兔、蝌蚪买回家中，结果无意中造成了所爱的失去了生命——猫吃了兔子，鸭吃了蝌蚪，虽然都是遵循着生物的法则，但鲁迅无法淡定却又无可奈何，他也和《春夜的梦》中的山精一样想到了造物主的胡闹：“假使造物也可以责备，那么，我以为他实在将生命造得太滥了，毁得太滥了。”[④] 到底该爱不该爱？鲁迅也一度陷入矛盾之中：“其实，我的意见原也不容易了然，因为其中本有着许多矛盾。教我自己说，或者是‘人道主义’与‘个人的无治主义’的两种思想的消长起伏罢，所以我忽而爱人，忽而憎人；做事的时候，有时确为别人，有时却为自己玩玩，有时则竟因为希望生命从速消磨，所以故意拼命的做。”[⑤] 鲁迅没有因为付出的爱没有回报就停止付出，因为真爱不是取得而是奉献，不是满足自己的需求，而是从所爱的视角设身处地为对方考虑。如果每一个人或动物都能够对他（它）者献出爱心，就会形成一个互爱的世界，也就不会有因爱而伤害的存在。

总体来看，鲁迅的翻译选材体现出强烈的翻译主体操作性质，这正是鲁迅翻译的可贵之处。既不屈从众数，也不迷信经典，更不在热潮中放弃自我的诉求，翻译选材和创作的取材一样，都遵循着鲁迅自己的思想和意志。

---

① ［俄］爱罗先珂：《爱罗先珂童话集·鱼的悲哀》，《鲁迅译文全集》（1），福建教育出版社2008年版，第464页。

② 同上书，第465页。

③ 同上。

④ 鲁迅：《呐喊·兔和猫》，《鲁迅全集》（1），人民文学出版社1981年版，第552—553页。

⑤ 鲁迅、许广平：《两地书·二四》，《鲁迅全集》（11），人民文学出版社1981年版，第79页。

第三章

鲁迅翻译取材的国家、作家因素

对待外来文化的态度，鲁迅有非常明确的阐释，这就是取其精华、弃其糟粕的“拿来主义”[①]。可是，“拿来”有轻重缓急的差别、先来后到的次序、详略多少的衡量……即便是选择精华“拿来”也已经浩如烟海，何况对于翻译来说，精华和糟粕的区分常常发生在翻译主体对拟翻译作品进行费时费力的考察之后。因此，为了避免不必要的时间、人力、精力的浪费，具有自主性的译者在翻译之前，必然要解决一些具有明确指向性的问题：选择哪个国家的作品？选择哪个作家的作品？选择哪种作品？只有在周密和审慎的思考之后，才能够着手进行翻译。虽然选材问题最终指向的是作品，但是考察鲁迅的译事发现，作品的来源国家和作者也常常成为鲁迅翻译取材的重要因素。

第一节　国家选择中的自身定位

翻译涉及语言转换的问题，所以很多译者需要根据自己的语言结构选择译本，梁实秋翻译英语文本，傅雷翻译法语文本，曹靖华、蒋光慈翻译俄语文本……但鲁迅运用“转译”的方法打破了这一常规，在翻译作品来源国家的选择中显示出广收博采的一面：他的翻译囊括了16个国家的作品。鲁迅选择哪个国家的作品进行翻译，不只是对作家、作品的关注，更体现出对该国家的瞩目。

首先，鲁迅翻译始于晚清“翻译救国”的潮流中，关注的也是法、德、

① 鲁迅：《且介亭杂文·拿来主义》，《鲁迅全集》（6），人民文学出版社1981年版，第38页。

美、英这样老牌的世界强国。不同的是，鲁迅在强国文学翻译中体现了呼唤平等、科学等思想的启蒙诉求，淡化甚至遮蔽了救国的企图；但不能否认，这是鲁迅为改变中国积贫积弱的落后地位而向强大的西方国家的仰望。其次，鲁迅翻译了西班牙、波兰等九个弱小国家、民族的文学，开拓了中国弱小民族文学翻译的先河；鲁迅以文学翻译的方式，表达了对于和中国处于同等地位的弱小国家、民族的关注。再者，鲁迅翻译中占据最大比重的是俄语作品，这是因为鲁迅思想与俄国文学中“为人生”的本质存在高度的精神契合，即使在十月革命后，鲁迅翻译的苏联（新俄）文学也依然闪耀着“为人生”的光芒，这也就是鲁迅翻译研究中，俄国、苏联可以并论的原因。最后，鲁迅还翻译了大量的日本文学，就单篇数量而言，居所涉及各国之首。鲁迅在日本留学的七年中，从未翻译过日本作品，鲁迅并不看好日本文学：归国后在落寞或纷扰中翻译了很多日本作品，可视为对自己充实的留学生涯的追忆。法、德、美、英四个强国，西班牙、波兰等九个弱小国家、民族，俄国、苏联以及日本，构成了鲁迅翻译作品来源国家的四个部分。

下面是按照强国、弱小民族国家，俄苏和日本四个类别，将鲁迅全部译著所作的单篇数量统计：

国别	法、德、美、英	西班牙、芬兰等 9 国	俄国、苏联	日本
数量	21 *	25	52、55	100

* 这一数据不包括鲁迅早期具有编译、著译或者述译性质并且没有标注明确来源国家的作品。

笔者在本章的论述中将从强国开始，并按照上表翻译作品单篇数量由少到多的顺序展开。

一 法、德、美、英：仰望中的启蒙诉求

1903 年，鲁迅开始了自己的文学翻译生涯，直到 1907 年，他选择的作品均来自世界公认的发达国家：法国、德国、美国和英国。事实上，考察鲁迅前期的翻译作品会发现，情况非常复杂①：很多作品既没有明确的

① 参见本书附录一。

原作、原作者，当然也没有可能确定其来源国家，所以研究者常常以改作、改写、编译、述译、著译（或者译编、译述、译著）等词语加以说明。在这期间所译的15种作品中，明确来源国家的只有六种，美、德各两种[①]，英、法各一种；其他作品因为与德、法、英、美等国家翻译作品产生于同一时期，而基本上被含糊地认定源自这些国家，当然，这种含糊必然会对与此直接相关的研究结论带来诸多不确定因素。鉴于此，笔者只选取明确来源国家、明确作者和原作、公开发表过且为鲁迅独立完成的四种作品作为论述对象，它们是：法国嚣俄的《哀尘》、美国培伦的《月界旅行》、米国[②]路易斯托伦的《造人术》和英国威男的《地底旅行》。

1908年后，虽然鲁迅主要翻译俄国、苏联和日本的作品，但德国和法国的作品并没有完全放弃，这一现象常常被论者所忽略。这时鲁迅翻译的德国作品以论文为主，如《小俄罗斯小说略说》《小说的浏览和选择》等，还有序言，如《察拉图斯忒拉的序言》《〈小约翰〉原序》，另有两首诗——《Heinie的诗》和《〈你的姊妹之图〉卷头诗》，以及《〈死魂灵〉第一部附录》。法国的作品有小说《食人人种的话》《捕狮》，诗歌《跳蚤》，杂文《〈雄鸡和杂馔〉抄》等。

在上述作品中，最为醒目的是三篇科学小说的翻译，它们虽产生于“科学救国”时代，但最鲜明的却是启蒙色彩；其他作品不再涉及科学，但是人性建设、改良人生的意图非常明显，延续了启蒙的思想；学术论文翻译虽然不成系统，篇幅也不长，但反映了鲁迅对于文学理论建设的愿景。从整体上看，鲁迅与时人对于强国作品的关注存在很大差异：梁启超等重视强国的物质、制度、科学之利，鲁迅则钟情于其平等、民主、自由、个性解放、科学启蒙等精神诉求。

（一）科学小说

晚清的中国积贫积弱，趋新求变，向强者学习，似乎是弱者无奈又明智的选择。无论是“中体西用”还是只强调“为我所用”，首要的一步都是“师夷长技”。从官方到民间的种种迹象都表明：有识之士正努力向西

---

① 《月界旅行》《地底旅行》的作者均为法国的凡尔纳，鲁迅误译为美国的培伦、英国的威男。本节论述的是鲁迅翻译选材的国别问题，以鲁迅的译作来源国家作为核心论题，所以仍采用其原来的说法，但在附录一中已作说明。

② 日本称呼美国为米国，此处鲁迅采用了日本的说法。

方强国学习，而翻译成为这种学习所必备的途径。无论是王国维的“若禁中国译西书，则生命已绝，将万世为奴矣”[①]，还是梁启超的“苟其处今日之天下，则必以译书为强国第一义”，“参西法以救中国”[②]，都明确了翻译救国的宗旨。取材西方发达国家成为晚清翻译的主流：“此期的译书有算学、测量、汽机制造、水陆兵法、天文学、重学（力学）、化学、光学、医学等。近代早期最大的翻译机构江南制造局译书馆（上海）所译的163种著作中，绝大部分属于自然科学类。据统计，自然科学译书占80%以上。”[③]

鲁迅顺应时代的潮流，离开家乡到南京求学，嗅得现代文化的气息；又到日本留学，打开取法世界的窗口；再以“我以我血荐轩辕”[④]的壮士豪情担起“救国”的重责，为水深火热的中国寻求出路。鲁迅加入了“译西书”、“参西法”的潮流当中，“早期的选择科学小说的翻译，是顺应当时科学救国的时代潮流的具体实践……”[⑤]如此看来，鲁迅为救国翻译强国的作品似乎顺理成章。由此似乎可以大体认为，鲁迅早期的强国文学翻译与维新派、洋务派的救国思想一致——当时“无论是上层意识形态话语，还是民间知识分子话语，普遍的思想逻辑是‘科学——救国’”[⑥]，鲁迅的科学小说更成为其科学救国思想的明证。

将鲁迅早期法、德、美、英等强国作品的翻译置于翻译救国、科学救国的思想体系之内考察的确有道理，但值得思考的问题在于：鲁迅翻译的科学小说是否的确具有救国的科学性？这就要从鲁迅译作本身的思想内容谈起。

鲁迅翻译的科学小说有《月界旅行》《地底旅行》《造人术》。按照现在小说的确切分类，这三篇应被称作科学幻想小说。

《月界旅行》原名《自地球至月球在九十七小时二十分间》，讲述的

① 孙郁：《20世纪最忧患的灵魂》，群言出版社1993年版，第58—107页。

② 梁启超：《论译书》，郭延礼：《爱国主义与近代文学》，山东教育出版社1992年版，第115页。

③ 魏源：《海国图志·跋》，台北成文出版社1967年版，第5—6页。

④ 鲁迅：《集外集拾遗·自题小像》，《鲁迅全集》（7），人民文学出版社1981年版，第423页。

⑤ 吴钧：《鲁迅翻译文学研究》，齐鲁书社2009年版，第129页。

⑥ 方长安：《鲁迅立人思想与日本文化》（上），《鲁迅研究月刊》2002年第4期。

是冒险家乘坐炮弹到月球旅行的故事，所以有译者将它翻译成“大炮俱乐部”。“地底旅行”确切的翻译应为《地心旅行》，讲述了地质学家沿着火山口进入地球中心进行探险的故事。《造人术》则讲科学家利用细胞繁殖人类的故事。这三篇译作以《月界旅行》为首，也只有该篇附有译者《辨言》，在《辨言》中，鲁迅明确表达了自己的翻译宗旨，这一宗旨也完全可以涵盖其他两部作品。

首先，这三篇译作展示出想象的宏伟力量、敢想敢做的超人品格。“凡事以理想为因，实行为果，既莳厥种，乃亦有秋”①，正所谓只有想不到，没有做不到，所以要开动脑筋，敢于想象，敢于突破，否则就只能够原地踏步。鲁迅深恶中国人的故步自封、因循守旧：

> 即使搬动一张桌子，改装一个火炉，几乎也要流血；而且即使有了血，也未必一定能搬动，能改装。②

只有敢想敢做才能够进步，才能够取得丰硕的成果，这是科学幻想小说带给读者的启示。

其次，鲁迅选择介绍的既不是高深的科学理论、科技产品，也不是与生活切近的科学知识、科普读物，而是以普通人类做主人公，却又充满了上天入地、惊险刺激和玄妙的科学幻想小说。鲁迅的目的在于：凭借“经以科学，纬以人情”的小说，使中国人“析理谭玄，亦能浸淫脑筋，不生厌倦”，并且断言：“导中国人群以进行，必自科学小说始。”③

当时大多数中国人还没有基本的自然科学知识，对于月亮的认识还仅限于“嫦娥玉兔”的层面，而盘古开天辟地、女娲抟土造人的神话更是妇孺皆知，土地爷也为土地增添了很多神秘和禁忌。可以说，对于悬挂在遥远太空中的月亮、对于人类自身的来源、对于脚下土地的基本状貌，中

---

① 鲁迅：《译文序跋集·月界旅行·辨言》，《鲁迅全集》（10），人民文学出版社 1981 年版，第 151 页。

② 鲁迅：《坟·娜拉走后怎样》，《鲁迅全集》（1），人民文学出版社 1981 年版，第 164 页。

③ 鲁迅：《译文序跋集·月界旅行·辨言》，《鲁迅全集》（10），人民文学出版社 1981 年版，第 152 页。

国人都有一整套因袭的陈腐认识。《月界旅行》《地底旅行》《造人术》无疑使中国人的头脑豁然开朗。

这三篇小说常被视作鲁迅向往西方先进科学技术、科学救国的明证。但是，对于读者而言，见到的不是西方的科学，更多的是西方人的想象能力、进取精神。如果没有基本科学常识的中国读者去掉了作品的科幻色彩，当作描绘现实的小说，倒也实现了鲁迅“导中国人群以进行”① 的翻译宗旨。

对于西方的科学，鲁迅的认识远比同时代的人深刻。当时积极主张引进西方先进科学技术、实现船坚炮利者大有人在，而鲁迅则把人性的建设放置于科学的发展之上：

> 故科学者，必常恬淡，常逊让，有理想，有圣觉，一切无有，而能贻业绩于后世者，未之有闻。②

要取得科学上的成就，首先要有健全的人性，科学要为人类的精神文明发展服务，否则就失去了意义：

> 故科学者，神圣之光，照世界者也，可以遏末流而生感动……今试总观前例，本根之要，洞然可知。盖末虽亦能灿烂于一时，而所宅不坚，顷刻可以蕉萃，储能于初，始长久耳。顾犹有不可忽者，为当防社会入于偏，日趋而之一极，精神渐失，则破灭亦随之。盖使举世惟知识之崇，人生必大归于枯寂，如是既久，则美上之感情漓，明敏之思想失，所谓科学，亦同趣于无有矣。③

对于中国来说，由于积弊太多，并非发展科学就能够解决问题，而是要彻底进行思想革命，因为，

---

① 鲁迅：《译文序跋集·月界旅行·辨言》，《鲁迅全集》（10），人民文学出版社 1981 年版，第 152 页。

② 鲁迅：《坟·科学史教篇》，《鲁迅全集》（1），人民文学出版社 1981 年版，第 30 页。

③ 同上书，第 35 页。

> 每一新制度，新学术，新名词，传入中国，便如落在黑色染缸，立刻乌黑一团，化为济私助焰之具，科学，亦不过其一而已。此弊不去，中国是无药可救的。[①]

可见，发展科学是应该的，但人性的建设是必须放在首位的，否则科学不会给人带来美好生活。就中国当时的社会状况、精神面貌来说，最重要的在于改变中国这个“黑色染缸”。

综上所述，鲁迅翻译的科学幻想小说的实际功能与科学普及或者科学教育没有直接联系，与科学救国更存在着较远的距离：显然，依靠这样的作品“救国”远远不具有可操作性。对国人进行思想启蒙，应是鲁迅翻译科学幻想小说的恰当定位。

（二）《哀尘》《察拉图斯忒拉的序言》及其他

早在科学小说的翻译之前，鲁迅就已经翻译过法国雨果的《哀尘》，但一些研究者论及鲁迅前期翻译时只谈科学小说，有意回避或者忽略了鲁迅翻译的处女作《哀尘》。人道主义大师雨果的这一作品，在既有的以“科学救国”为定论的鲁迅前期翻译研究系统中，的确难于定位和定论。《哀尘》以第一人称讲述了一个贫民女子因反抗一个贵族少年的挑衅而遭到警察逮捕，又经“我”援手相助而被释放的过程。鲁迅在译文后附有译者的话：“嗟社会之陷穽兮，莽莽尘球，亚欧同慨；滔滔逝水，来日方长！”[②] 从《哀尘》的内容和译文后译者所表述的思想看，这虽然是强国法国的作品，但是与后来鲁迅所倡导的弱小民族、“被侮辱与被损害民族”的文学毫无二致。甚至在鲁迅后来的创作中，随时随地都可以见到《哀尘》中被侮辱被损害的女性的影子，正所谓“亚欧同慨”。该篇对于社会公正的诉求、对于女性的关注都跃然纸上。

译自法国腓力普的两篇小说《食人人种的话》和《捕狮》，具有深刻的思想性。前者叙述了一个好战民族从开始吃人到停止吃人的过程：在孩子拒绝吃人并哀痛被吃的母亲时，他们认识到吃人是一件悲哀的事情。这

---

① 鲁迅：《花边文学·偶感》，《鲁迅全集》（5），人民文学出版社1981年版，第480页。

② 鲁迅：《译文序跋集·哀尘·译者附记》，《鲁迅全集》（10），人民文学出版社1981年版，第437页。

与《狂人日记》中的“吃人”相比更加具象化，但两篇小说都指出：无论是肉体上的吃人还是精神上的“吃人”，都是人类的悲哀，而没有吃过人的孩子则是人类的希望。《捕狮》则写了一只出逃的马戏团狮子在恐吓声和面包的诱惑中重回马戏团的过程：森林之王完全丧失了本性，不咬人、不吃肉。令人不禁深思：丧失本性就等于灭亡。在译自德国的作品中，最引人瞩目的是尼采的《察拉图斯忒拉的序言》，这是鲁迅一生中唯一一部用文言和白话分别翻译的作品，足见鲁迅对该篇的重视。文中主人公修炼 10 年领悟到真理，成为超人，并且开始向他人传布真理。但正如鲁迅笔下的觉醒者常被庸众抛弃一样，超人也不被人们所理解。鲁迅呼唤超人的出现，渴望民众的觉醒，从“末人”到“超人”的“立人”思想蕴含其中。

在鲁迅翻译前期，其强国作品的选择并非如梁启超等人单纯为了救国，更主要的目标、更恰当的定位应是思想启蒙以及为启蒙进行的文学建设，这一标准与鲁迅后来的翻译作品选择可谓一脉相承。这一时期，在“师夷长技”、翻译救国的国难声中，他的确选择了法、德、美、英这些强国的作品，因此给人以错觉，并得出了相关的结论。但正如前文所述，鲁迅翻译后期也还在翻译法国和德国的作品。这些译作虽然数量上远不及日本文学、俄国文学和苏联文学，但却表明鲁迅翻译后期对于强国文学并非完全摒弃，只是已经不具备任何独特的强国色彩，与鲁迅其他译作甚至创作类似，完全融入鲁迅的整个翻译体系之中。

可以认为，鲁迅在早期翻译强国作品、希求科学救国的过程中或之后认识到改革、变革、革命、洋务等努力见效缓慢甚至是踏步和后退，认识到国难频仍、民生凋敝的根源是人的思想、精神落后；“幻灯片”事件又激发了这一认识，“于是想提倡文艺运动了”[①]。也可以认为，鲁迅翻译选材从强国到弱国的转变，是他从科学救国到文艺救国观念的转变，也是他从追求器物之利到相信精神之力的转变，更是他从建立强国到建立“人国”的转变。但必须承认的是，这些转变现象的发生有着内在的、恒定的“立人”思想的支撑，反过来说，如果从鲁迅内在的“立人”思想这一线索出发考察鲁迅的强国文学翻译，则看不出上述转变的发生。

---

① 鲁迅：《呐喊·自序》，《鲁迅全集》（1），人民文学出版社 1981 年版，第 417 页。

总之，身处异国他乡的鲁迅，心系国运衰微的中华，遥望位列世界强国之林的法、德、美、英等，他并非单纯关注它们的“器物之利”，而是关注产生并可以长久维持“器物之利”的根源：思想的强大，这是使弱者彻底摆脱弱势地位的一剂良方。鲁迅选择了拥有“器物之利”的老大帝国作为译作的来源国，的确顺应了时代潮流；但不能忽视的是，他选择的是充分寄托个人思想、志趣的具有恢弘想象和人道主义的作品，这和他后来的弱小民族、俄国、苏联等国取材以及自己的创作对比，看不出内在的差异。在强国文学的翻译中，鲁迅更看重所译作品本身的信息，也正因此，国别的问题在此被轻易地淡化了。这不仅体现出鲁迅翻译选材的标准，也完全能看出鲁迅对于翻译活动的主体操控。

二 西班牙、芬兰等弱小民族：寻觅同盟

鲁迅致力于弱小民族作品的翻译事业，这是人所共知的事实。可是，“鲁迅翻译和谈论最多的是俄国苏联文学，其次是日本文学，再次就是英国、德国、法国文学”①。所谓弱小民族文学到底是指哪些民族或者国家的文学？因为俄国文学身份的归属问题不能确定，所以这个看似简单的问题，在鲁迅自己的阐释中和后来论者的考察中经常处于一种模糊的状态。弱小民族文学是否包含俄国文学？这是一个必须理清的问题——关系着与此相关的一系列数据和结论。

（一）弱小民族、被压迫被损害民族与俄国的关系

谈到鲁迅翻译的弱小民族文学，似乎总是和俄国文学有千丝万缕的联系，二者经常作为一个整体出现于人们的视野中，如《域外小说集》《小说月报》的“被损害民族的文学号”等。受此影响，研究者们也常将其放在一起加以论述。目前，对鲁迅翻译研究的相关统计已经把俄国、苏联文学与弱小民族文学或者被压迫、被损害民族文学分而治之②，但是，弱小民族文学与被压迫、被损害民族文学却还是难以划分，而俄国文学又与

---

① 高玉：《近 80 年鲁迅文学翻译研究检讨》，《社会科学研究》2007 年第 3 期。

② 俞元桂、黎舟、李万钧：《鲁迅与中外文学遗产论稿》，海峡文艺出版社 1985 年版，第 201—202 页。

被压迫、被损害民族文学存在着直接关联，这就陷入了新的混乱。看来，对俄国文学与弱小民族文学与被压迫、被损害民族文学确实有进行厘清的必要。

远在创作《摩罗诗力说》的1907年，鲁迅就已经认识到："俄罗斯当十九世纪初叶，文事始新，渐乃独立，日益昭明，今则已有齐驱先觉诸邦之概，令西欧人士，无不惊其美伟矣。"[①] 以这样的理论，俄国文学与"弱小民族文学"已经无缘了。何况，就当时俄国的地理、历史、人口、军事、经济等综合国力来讲，冠以"弱小民族"的称号确实令人难以认同。俄国绝非弱小民族，那俄国文学为什么会常常和弱小民族文学为伍？

在30年代鲁迅的著述中，俄国、弱小民族、被压迫民族、被损害民族的概念呈现出混杂甚至是通用的局面。

1931年，鲁迅在谈到文学研究会的特色时说：

> （文学研究会）是主张为人生的艺术的，是一面创作，一面也看重翻译的，是注意于绍介被压迫民族文学的，这些都是小国度，没有人懂得他们的文字，因此也几乎全都是重译的。[②]

被压迫民族、小国度在这里没有做分别，而俄国的作品在当时的确大部分都是经由英语、日语、德语转译的，也就是鲁迅所说的重译。但是，如果说"小国度"里包含着俄国，显然又是不可能的。

1932年，鲁迅又说："《被压迫民族文学号》两本，则是由俄国文学的启发，而将范围扩大到一切弱小民族，并且明明点出'被压迫'的字样来了。"[③] 这里，明显将俄国文学与弱小民族分开来说，但最终都归于"被压迫"的概念之下。

1933年，鲁迅又说：

---

① 鲁迅：《坟·摩罗诗力说》，《鲁迅全集》(1)，人民文学出版社1981年版，第87页。

② 鲁迅：《二心集·上海文艺之一瞥》，《鲁迅全集》(4)，人民文学出版社1981年版，第295页。

③ 鲁迅：《南腔北调集·祝中俄文字之交》，《鲁迅全集》(4)，人民文学出版社1981年版，第460页。

> 陀思妥夫斯基，都介涅夫，契诃夫，托尔斯泰之名，渐渐出现于文字上，并且陆续翻译了他们的一些作品，那时组织介绍“被压迫民族文学”的是上海的文学研究会，也将他们算作为被压迫者而呼号的作家的。①

再次强调了“被压迫”民族的概念，而且明确俄国的几位作家“算作”“被压迫民族”的文学家。

1935年，鲁迅还说：“后来上海的《小说月报》，还曾为弱小民族作品出过专号，这种风气，现在是衰歇了，即偶有存者，也不过一脉的余波。”② 这里再一次提到了弱小民族的概念，虽然没有单独谈到俄国，但这期专号中确有大量的俄国作品。

其实，鲁迅一再谈到的文学研究会的“弱小民族”、“被压迫民族”专号都不存在，准确的说法是“被损害民族的文学号”，也就是1921年出版的《小说月报》第12卷第10期专刊，收集了俄国、波兰、捷克、芬兰等国的作品。

俄国虽然是一个大国，但是在鲁迅这一代人的表述中，俄国经常被放在众多弱小民族的行列里，这是因为俄国“人民受着压迫，所以也就归在一起了。换句话说，这实在应该是说，凡在抵抗压迫，求自由解放的民族才是，可是习惯了这样称呼，直至‘文学研究会’的时代，也还是这么说。”③ 直到百年后的今天谈到鲁迅的翻译，谈到现代文学时段的翻译界，谈到弱小民族文学，人们还是常常将俄国文学位列其中。可以说，俄国文学、“弱小民族文学”、“被压迫民族文学”以及“被损害民族文学”的称谓常常给读者和论者带来困扰：一方面指抵御外辱的国家，另一方面又指国家内部被压迫的民族。俄国文学显然只能属于后者。周作人对此也有明确的说明，当谈到鲁迅学习德文的初衷时周作人表示：“他的德文实在只是‘敲门砖’，拿了这个去敲开了求自由的各民族的文学的门，这在

---

① 鲁迅：《竖琴·前记南腔北调集》，《鲁迅全集》（6），人民文学出版社1981年版，第356页。

② 鲁迅：《且介亭杂文二集·“题未定”草（一至三）》，《鲁迅全集》（6），人民文学出版社1981年版，第356页。

③ 周作人：《知堂回想录·弱小民族文学》，安徽教育出版社2008年版，第232—233页。

五四运动之后称为‘弱小民族的文学’，在当时还没有这个名称，内容却是一致的。具体地说，这是匈牙利、芬兰、保加利亚、波希米亚德文也称捷克、塞尔维亚、新希腊，都是在殖民主义挣扎着的民族。”①

这样看来，包含俄国在内的所谓“弱小民族”合理的称谓应该是“被压迫民族”，而不会产生歧义、为当时人广泛认可，也不会为后来人的研究带来混乱的称谓则应该是文学研究会的说法：“被损害民族”。进一步说，被压迫民族、被损害民族的概念包括俄国在内，而弱小民族文学则专指西班牙、波兰、捷克等国家——本节论述的即是这一层面的弱小民族。

（二）以文学为名与弱小民族、国家“联谊”

鲁迅翻译文学中的“弱小民族”包括波兰、匈牙利、保加利亚、罗马尼亚、捷克、西班牙、芬兰、荷兰、奥地利9个国家。据李万钧统计，来自9个国家的译作约占鲁迅全部译作的“8.5%，约为20万字”②。1908年，也就是为《域外小说集》进行翻译期间，鲁迅翻译发表了第一篇弱小民族作品：匈牙利的《裴彖飞诗论》。而在1909年出版的《域外小说集》中，则收入了鲁迅和周作人合作翻译的波兰作品《〈镫台守〉之诗》。此后，鲁迅陆续在《小说月报》《京报副刊》《奔流》等杂志上发表弱小民族作品，西班牙、芬兰、捷克等国文学纷纷进入鲁迅的翻译作品名录。直到逝世，鲁迅翻译了弱小民族作品共25篇：西班牙最多，有9篇，荷兰4篇，匈牙利3篇，芬兰、保加利亚、奥地利各2篇，波兰、捷克和罗马尼亚各有1篇。③ 25篇中除荷兰童话《小约翰》外，都是短篇小说或者短小的诗歌、论文、杂文。可以说，鲁迅对这些国家作品的翻译大多处于浅尝辄止的状态。

首先，鲁迅在关注弱小民族文学之前，就已经瞩目于这些文学的来源民族、国家；在文学翻译之前，就已经开始关注弱小民族的生存状态，并从这种关注中反观处于同等地位的中国。

在1907年发表的《摩罗诗力说》中，鲁迅描述了“军人过市”的情景：

---

① 周作人：《鲁迅的故家》，人民文学出版社1981年版，第200页。

② 俞元桂、黎舟、李万钧：《鲁迅与中外文学遗产论稿》，海峡文艺出版社1985年版，第201—202页。

③ 参见本书附录一。

> 今试履中国之大衢，当有见军人蹀躞而过市者，张口作军歌，痛斥印度波阑之奴性；有漫为国歌者亦然。盖中国今日，亦颇思历举前有之耿光，特未能言，则姑曰左邻已奴，右邻且死，择亡国而较量之，冀自显其佳胜。①

中国本身就与被欺压的弱国处于同等境遇，但却不能够认清自己的地位，这让鲁迅非常郁闷。十多年后，鲁迅再次回忆起《摩罗诗力说》中所记载的“军人过市”情景：

> 其时中国才征新军，在路上时常遇着几个军士，一面走，一面唱道：“印度波兰马牛奴隶性……”我便觉得脸上和耳轮同时发热，背上渗出了许多汗。
>
> 那时候又有一种偏见，只要皮肤黄色的，便又特别关心……②

印度和波兰并非黄色人种，鲁迅这里所说的“皮肤黄色”显然并非实指，而是要说明自己对于和中华民族处于相同境遇的印度、波兰等弱小国家、民族的关注：

> 我最注意的是芬阑斐律宾越南的事，以及匈牙利的旧事。匈牙利和芬阑文人最多，声音也最大；斐律宾只得了一本烈赛尔的小说；越南搜不到文学上的作品，单见过一种他们自己做的亡国史。③

可见，鲁迅“最注意”的都是被侵犯或者沦为殖民地的国家，因为关注这些国家，进而关注这些国家发出的“声音”——文学。鲁迅翻译弱小民族文学首要的原因就是这些国家和民族有与中国类似的“境遇”：“绍介波兰诗人……始于我的《摩罗诗力说》。……汉民受制，中国境遇，颇

---

① 鲁迅：《坟·摩罗诗力说》，《鲁迅全集》（1），人民文学出版社 1981 年版，第 65 页。

② 鲁迅：《集外集拾遗补编·随感录》，《鲁迅全集》（8），人民文学出版社 1981 年版，第 79 页。

③ 同上。

类波兰，读其诗歌，即易于心心相印……”[1] 这些民族与中国的处境相似，而文学与中国读者（首先是鲁迅）更是心有戚戚。与其说鲁迅在介绍文学，不如说鲁迅在展示文学的来源国家；与其说鲁迅翻译弱小民族作品的目的是让读者了解这些国家的文学，还不如说是想让国人知道：世界上还有那么多国家——和中国处境一样的国家——也在苦难中挣扎的国家，这些国家的人们和中国人一样：在反抗中寻求着生机。正如鲁迅所说：

> 因为所求的作品是叫喊和反抗，势必至于倾向了东欧，因此所看的俄国，波兰以及巴尔干诸小国作家的东西就特别多。也曾热心的搜求印度，埃及的作品，但是得不到。[2]

世界上不只有恃强凌弱的强国，还有和中国一样处境的弱国。当时走出国门的国人大多奔赴经济比较发达的国家，这些弱小国家、民族很少有机会进入中国人的视野，但它们的文化完全可以代表自己的国家登陆中国。在弱小民族文化的译介、解读中，中国找到了盟友。因为弱小民族与中国境况的相似，中国人也自然可以从弱小民族文学作品中反观自身。鲁迅在谈到西班牙巴罗哈的《促狭鬼莱哥羌台奇》时说：

> 好像不过是巧妙的滑稽。但一想到在法国治下的荒僻的市镇里，这样的脚色就是名人，这样的事情就是生活，便可以立刻感到作者的悲凉的心绪。还记得中日战争（一八九四年）时，我在乡间也常见游手好闲的名人，每晚从茶店里回来，对着女人和孩子大讲些什么刘大将军（刘永福）摆“夜壶阵”的怪话，大家都听得眉飞色舞，真该和跋司珂的人们同声一叹。[3]

---

① 鲁迅：《且介亭杂文二集·“题未定”草（一至三）》，《鲁迅全集》（6），人民文学出版社 1981 年版，第 355—356 页。

② 鲁迅：《南腔北调集·我怎么做起小说来》，《鲁迅全集》（4），人民文学出版社 1981 年版，第 511 页。

③ 鲁迅：《译文序跋集·〈促狭鬼莱哥羌台奇〉译者附记》，《鲁迅全集》（10），人民文学出版社 1981 年版，第 392 页。

鲁迅的这一观念在他译自奥地利的莉莉·珂贝《赠〈新语林〉诗及致〈新语林〉读者辞》中得到了响亮的回应。这篇致辞很短，但却充满激情："西方的科学和东方的热心，将解放全世界！"接下来是：

> 你们幸福的中国人，现在全世界的命运都捏在你们的手里，如果你们自由了，那么，在西方的你们的弟兄们的镣铐也就粉碎了。所以我们的心，是和你们在大战斗中一同鼓动的。①

无论是鲁迅所说的"同声一叹"，还是莉莉·珂贝所说的"一同鼓动"，都道出了中国与弱小民族之间身份和地位的彼此认同，这种认同感可以增加彼此的力量和信心。鲁迅翻译的弱小民族作品不仅"使人们读后在思想上引起共鸣，激发人们改革社会和进行革命的热情"②，更使苦恼于国弱民愚的鲁迅摆脱绝望的深渊，看取远处的光明，这正是鲁迅翻译弱小民族文学的主要动因。而鲁迅的伟大之处更在于从亡国之音中寻找奋起的动力，总结衰亡的原因。鲁迅说：

> 听这几国人的声音，自然都是真挚壮烈悲凉的；但又有一些区别：一种是希望着光明的将来，讴歌那簇新的复活，真如时雨灌在新苗上一般，可以兴起人无限清新的生意。一种是絮絮叨叨叙述些过去的荣华，皇帝百官如何安富尊贵，小民如何不识不知；末后便痛斥那征服者不行仁政。譬如两个病人，一个是热望那将来的健康，一个是梦想着从前的耽乐，而这些耽乐又大抵便是他致病的原因。③

对于中国定位、对于自身定位之后，进入了人以类聚、物以群分的自动组合，这是翻译主体在翻译实践过程中一种自然存在的心理，无须用力，自发呈现。因为有鲁迅的筚路蓝缕，很多有识之士都开始注意起弱小民族文

---

① ［奥］莉莉·珂贝：《译文补编·赠〈新语林〉诗及致〈新语林〉读者辞》，《鲁迅译文全集》（8），福建教育出版社2008年版，第491页。

② 朱仰山：《论中国近代翻译文学与鲁迅的关系》，《鲁迅研究丛刊》1981年第4期。

③ 鲁迅：《集外集拾遗补编·随感录》，《鲁迅全集》（8），人民文学出版社1981年版，第79—80页。

学，从中寻找认同感，寻找反抗的力量和解脱的策略。

总体来看，鲁迅翻译的弱小民族文学的最大亮点就是涉猎国家之多，与其说是文学翻译，不如说是文学来源国家在中国的集体亮相——首先是译者鲁迅，其次是鲁迅希望中国读者——对世界上这些弱小民族进行一次巡礼——以文学为名的扫描，给读者展示了一个弱小民族的全景图。处于弱势地位的人们林林总总的思想、文化乃至品性一一呈现。同样处于“弱小民族”地位的中国读者可以从异域文学中看到自己的影子。正视和我们处境相同的弱小民族，聆听它们的声音，品味它们的痛苦，因为“不能真心领得苦痛，也便难有新生的希望”[①]。显然，弱小民族文学翻译是在鲁迅对中国的自身定位中得以实践的。正是这样的弱者立场、弱者心态使鲁迅能够力排众议，坚定地走在译介弱小民族文学的道路上。鲁迅关注弱小民族，关注这些被侮辱和被损害的民族，关注能够和中国共同“叫喊和反抗”的民族，实际上是在关注中国、关注自身。

三 俄、苏：“为人生”精神的契合

自《域外小说集》开始，鲁迅翻译的俄国作品共计52篇。[②]“在没有政治自由可言的俄国，文学成为唯一使人们听到自己愤怒和良心呼声的讲坛。这就决定了俄国文学与社会生活紧密联系，决定了俄国文学与民族苦难休戚相关。”[③] 这自然也决定了俄国文学“为人生”的特质。在中国现代翻译家中，尽管鲁迅不是最早翻译俄国作品的，但却是最早发现俄国文学“为人生”的价值的，这种独特的起步真正看到了俄国文学的精髓，表明了鲁迅超越同时代人的审美能力。

1917年十月革命后，俄国覆灭，代之而起的苏联成为万众瞩目之所，人们开始追寻催生苏联的俄国文学和苏联“讲战斗、讲建设”的文学。一时间，俄国、苏联文学翻译热潮席卷全国，可谓“极一时之盛”[④]。中

① 鲁迅：《集外集拾遗补编·随感录》，《鲁迅全集》（8），人民文学出版社1981年版，第80页。

② 参见本书附录一。

③ 智量等：《俄国文学与中国》，华东师范大学出版社1991年版，第139页。

④ 瞿秋白：《俄罗斯名家短篇小说集·序》，《瞿秋白文集》（2），人民文学出版社1954年版，第543—544页。

国知识分子对俄国十月革命的关注导致他们对俄罗斯文学的关注，而无论是对俄国十月革命的关注，还是俄罗斯文学的关注，又都源自于自身所处的环境而进行的选择，即现实功利性考虑。译者们祈望通过俄语文学与文论的输入唤醒麻木的国民，从而在中国实行俄苏的社会模式转变、将中国拉出半封建半殖民地的泥淖。从这个意义上讲，把俄语文学汉译者称为“偷运军火给起义奴隶”[①] 的人毫不为过，俄语文学译者自身的救世心态也显而易见。但是，即便是在这样的氛围中，鲁迅的俄语文学翻译依然保持着“为人生”的本色。鲁迅对俄国、苏联作品的认可程度最高，恰恰是因为俄、苏作品中蕴含着鲁迅的文艺理想：为人生，改良人生，“鲁迅对俄苏作家作品的选择都紧紧围绕‘为人生’的目的进行”[②]。在编译苏联作家文集《竖琴》时，鲁迅谈到了对俄国文学的认识：

> 俄国的文学，从尼古拉斯二世时候以来，就是“为人生”的，无论它的主意是在探究，或在解决，或者堕入神秘，沦于颓唐，而其主流还是一个：为人生。[③]

以十月革命作为时间点来区分俄国文学与苏联文学自然有其道理，然而，文学的源流不可能因为一次历史事件、一次社会变革、一次政权更迭而彻底中断。不难看出，苏联文学与俄国文学一直存在着无法割断的传承纽带：“在一定程度上，苏联文学就是俄罗斯文学在社会主义条件下的延续。就历史而言，俄罗斯文学大于苏联文学；而就地域而言，苏联文学又大于俄罗斯文学。此外，苏联文学的概念带有某种国家的、政治的色彩，而俄罗斯文学的概念更具民族意味。”[④] 无论是俄国文学，还是苏联文学，或者是俄罗斯文学，文学本身都不可能因为十月革命的发生而产生完全的断裂或者彻底的本质改变。正因此，在鲁迅的苏联文学翻译中，一直沿着

---

① 尚允康：《曹靖华传》，广西人民出版社 1990 年版，第 28 页。

② 徐文英：《继承与超越：论俄苏文学家对鲁迅思想和创作的影响》，《名作欣赏》2011 年第 32 期。

③ 鲁迅：《南腔北调集·竖琴·前记》，《鲁迅全集》（4），人民文学出版社 1981 年版，第 432 页。

④ 刘文飞：《文学魔方：20 世纪的俄罗斯文学》，中国社会科学出版社 2004 年版，第 25 页。

俄国文学“为人生”的主题行进。

（一）俄国文学翻译取材

《域外小说集》中收录的3篇鲁迅翻译作品，全部来自俄国。安特莱夫的《谩》《默》关注小人物的内心苦涩，迦尔洵的《四日》则是对战争的控诉、对人道主义的呼唤。这说明鲁迅至少早于其他人10年发现俄国文学这种“为人生”的价值——其他俄语文学译者大多在十月革命后才开始关注这一点。鲁迅虽然对俄国文学赞赏有加，但事实上，对于俄国作品的翻译热情并非始终如一，在《域外小说集》之后，鲁迅的俄国文学翻译两个比较集中的时间段是：1920—1923年和1934—1935年。在1924—1933年间鲁迅只翻译过俄国少量的论文和传记等。

十月革命后，面对俄语文学翻译热潮，鲁迅保持了一贯的独立姿态。在俄国文学第二个翻译阶段（1920—1923年），鲁迅翻译了爱罗先珂、阿尔志跋绥夫、安特莱夫、迦尔洵和契里诃夫5位作家的作品共28篇。默默无闻的作家爱罗先珂的童话作品被翻译得最多，占据了这一时期翻译俄国文学作品的半数。爱罗先珂的童话以“爱”为主题，构建了跨越群、族、类的爱的世界，也爱美、爱自由、爱勇气……但是因为很多时候都“不得所爱”而显出悲哀的色彩。阿尔志跋绥夫的3篇《幸福》《工人绥惠略夫》《医生》分别写“哀其不幸、怒其不争”的妓女，为民众革命不被民众理解愤而射杀群众的革命者，拒绝为残害犹太人的警厅长治疗而被杀的医生。阿尔志跋绥夫的作品均表达出爱与恨的心理纠结。安特莱夫的两篇《黯淡的烟霭里》和《书籍》则指出了先觉者的付出和牺牲及不被人理解的悲哀。迦尔洵《一篇很短的传奇》延续了反战色彩：在爱人鼓动下参战的士兵不但成了残疾而且失去了爱人。契里诃夫的两篇《连翘》和《省会》展示了普通人的生活，与本时段的其他作品在主题上稍有差异。总体来看，鲁迅在这一时段关注的是无所不爱、不得所爱的世界和先觉者的悲哀、民众的麻木。1934—1935年的俄国翻译作品则以果戈理和契诃夫的小说为主，讽刺深入了社会的各个层面。鲁迅翻译了果戈理的《鼻子》和《死魂灵》，再就是契诃夫的8篇作品——为了“当做插画的说明”①，因为“平心而论，这

① 鲁迅：《译文序跋集·坏孩子和别的奇闻·译者后记》，《鲁迅全集》（10），人民文学出版社1981年版，第406页。

八篇大半不能说是契诃夫的较好的作品"①。这体现出鲁迅以翻译"立人"的多样化追求：致力于中国美术的建设、提高国人艺术审美。总体来看，这个时段的俄国文学翻译已经倾向于国民性批判的方面：俄国国民性批判。

就所译作品来看，虽然俄国文学翻译的这两个时段所反映的主题不尽相同，但是，和《域外小说集》中选取的俄国作品一样，都体现了"为人生"的诉求。鲁迅曾经把侵略过中国的各帝国与各弱小民族文学对比来谈，虽然俄国也侵略过中国，和中国也有各种利益纷争存在，但是，

> 俄国文学是我们的导师和朋友。因为从那里面，看见了被压迫者的善良的灵魂，的酸辛，的挣扎；还和四十年代的作品一同烧起希望，和六十年代的作品一同感到悲哀。我们岂不知道那时的大俄罗斯帝国也正在侵略中国，然而从文学里明白了一件大事，是世界上有两种人：压迫者和被压迫者！②

并且认为这是一个了不起的发现："不亚于古人的发见了火的可以照暗夜，煮东西。"③

显然，对于中国来说，俄国是压迫者，对于俄国人民来说，也和中国人一样在遭受压迫，因此俄国人民中确有被压迫者的文学。

鲁迅对于俄国文学的选择和接受，具有超越时代的特征，这种纯粹个人化的选择，只能够看作鲁迅个体的接受和选择。应该说，鲁迅对俄国文学"为人生"的价值发现得最早，而且和后来其他关注俄国文学者浓重的功利色彩相比，鲁迅对于俄国文学的关注更质朴，更具有自发性，正因此，这种关注更持久，更见成效。无论外界的环境如何变幻，鲁迅的俄国、苏联文学选材自《域外小说集》起直到他去世，一直都遵循着"为人生"的信条，也正因此，他的俄国文学翻译选材常常显得与同时代译者的选材格格不入。

---

① 鲁迅：《译文序跋集·坏孩子和别的奇闻·译者后记》，《鲁迅全集》（10），人民文学出版社 1981 年版，第 408 页。

② 鲁迅：《南腔北调集·祝中俄文字之交》，《鲁迅全集》（4），人民文学出版社 1981 年版，第 460 页。

③ 同上。

(二) 苏联文学取材

自俄国十月革命爆发，新生的苏联在中国知识分子的眼中已经俨然如一颗闪耀的指路明星。“首先是两个民族的革命思想的特别深刻的交流，于是俄罗斯和苏联文学带给现代中国文学以特别深刻的影响，在中国新文学的独立的成长上给予了极大的帮助。”① 但鲁迅的苏联作品翻译集中在1926—1935年，也就是说，身处苏联文学热潮之中的鲁迅直到1926年才开始接触苏联作品，而且，鲁迅译作所反映的十月革命和革命后苏联的状况与同时代人所宣扬和赞赏的“战斗的、建设的”作品存在着巨大反差。在鲁迅看来，中国对于苏联的礼拜“很有些错误之处”，因为中国“未曾加以细密的分析，便将在苏维埃政权之下才能运用的方法，来机械的运用了”②。鲁迅翻译的苏联作品除文论而外主要是两类：“同路人”文学和童话。“同路人”文学带给读者的是对暴力革命的反思、对美善人性的呼唤，而高尔基和班台莱耶夫的童话则重拾国民性批判的话题。描写革命的作品鲁迅翻译的相对较少，其中的代表作品是法捷耶夫的《毁灭》。即便是描写革命的作品，鲁迅也摒弃了对革命的称颂、对血与火战斗的渲染、对英雄人物的赞美等苏联文学的主题，而是体现战争的残酷和人性的本真状态。

鲁迅在评论上也为十月革命后“新的”感到振奋，也很看重“讲战斗”和“讲建设”的苏联文学，但是，当鲁迅译介的苏联文学出现在中国读者面前的时候，人们看到的却是对革命的反思与革命阴暗面的揭露，对俄国国民性的批判。鲁迅认为苏联文学：

> 凡有叙述和讽刺，大抵是很为轻妙的，然而也感到一种不足。就是：欠深刻。我所见到的几位新俄作家的书，常常使我发生这一类触望。③

这应该就是鲁迅青睐苏联“同路人”文学和童话的主要原因，只有在这

---

① 冯雪峰：《鲁迅的文学道路·鲁迅和俄罗斯文学的关系及鲁迅创作的独立特色》，湖南人民出版社1980年版，第34页。

② 鲁迅：《二心集·上海文艺之一瞥》，《鲁迅全集》(4)，人民文学出版社1981年版，第297页。

③ 鲁迅：《译文序跋集·信州杂记·译者后记》，《鲁迅全集》(10)，人民文学出版社1981年版，第446页。

两种作品里才有关系到社会人生的深刻问题，只有在这两种作品里才依然能够追寻到俄国文学“为人生”的脉络。

鲁迅翻译“同路人”文学始于1928年淑雪兼珂的《贵家妇女》，这也是鲁迅翻译的第一篇苏联小说。同年还译有“同路人”的作品：雅各武莱夫的《农夫》、伦支的《在沙漠上》、理定的《竖琴》、斐定（通译费定）的《果树园》，1929年翻译了扎米亚丁的《洞窟》，1930年翻译了雅各武莱夫的《十月》，1931年翻译了绥甫琳娜的《肥料》，1932年翻译了聂维洛夫的《我要活》。而后，鲁迅编译了2本苏联作品集：《竖琴》《一天的工作》。《竖琴》收入鲁迅翻译的“同路人”文学7篇，包括札弥亚丁的《洞窟》、伦支的《在沙漠上》、斐定的《果树园》、雅各武莱夫的《穷苦的人们》、理定的《竖琴》、左祝黎的《亚克与人性》、英培尔的《拉拉的利益》；《一天的工作》收入“同路人”作品2篇：毕力涅克的《苦蓬》、绥甫琳娜的《肥料》。鲁迅对苏联文学的翻译不但以“同路人”文学居多，而且还结集出版，足见其对“同路人”文学的重视。

高尔基和班台莱耶夫的童话是鲁迅苏联文学翻译的又一重要部分。鲁迅对童话的关注由来已久，但1934—1935年的苏联文学翻译只有童话，包括高尔基的《俄罗斯的童话》16篇，另有班台莱耶夫的童话《表》一篇，计17篇。

鲁迅在介绍高尔基的童话时指出其国民性批判特质及成人性、针对性，并称之为“恶辣的书”：

> 虽说“童话”，其实是从各方面描写俄罗斯国民性的种种相，并非写给孩子们看的。[①]
>
> 他所做的童话里，再三再四的教人不要忘记这是童话，然而又偏偏不大像童话。
>
> ……
>
> 用漫画的笔法，写出了老俄国人的生态和病情，但又不只写出了老俄国人，所以这作品是世界的；就是我们中国人看起来，也往往会觉得

① 鲁迅：《译文序跋集·俄罗斯的童话·小引》，《鲁迅全集》（10），人民文学出版社1981年版，第399页。

> 他好像讲着周围的人物，或者简直自己的顶门上给扎了一大针。但是，要全愈的病人不辞热痛的针灸，要上进的读者也决不怕恶辣的书！[①]

鲁迅对中国国民性的探讨可谓深刻，与高尔基批判俄国国民性的俄罗斯童话的相遇也可谓“他乡遇故知”，尽心进行介绍也就不足为奇了。

班台莱耶夫的《表》篇幅很长，相当于一部中篇小说，篇幅上不大适合儿童的阅读兴趣，但是的确寄托着鲁迅建设中国儿童文学的希望：

> 在开译以前，自己确曾抱了不小的野心。第一，是要将这样的崭新的童话，绍介一点进中国来，以供孩子们的父母，师长，以及教育家，童话作家来参考；第二，想不用什么难字，给十岁上下的孩子们也可以看。[②]

鲁迅翻译的苏联文学，无论是“同路人”文学还是童话，都承继了俄国文学的本质：为人生、改良人生。

纵观鲁迅的俄国、苏联文学翻译，始终有一条没有因为政权更迭而斩断的线索：为人生。而且在鲁迅的观念中，因为这一线索的存在对于两个国家文学的分野并不明确。如谈到高尔基的《俄罗斯的童话》时，虽然明确是苏联作品，但鲁迅对于这部作品的产生时间却说：“发表年代未详，恐怕还是十月革命前之作……”[③] 俄国十月革命对鲁迅产生的思想震动也没有影响到他“为人生”的取材方向。除文学作品外，鲁迅还翻译了大量的俄国、苏联的文艺理论作品。在后文中，笔者将作专门论述。

四　日本：失落中的华年之忆

鲁迅翻译了大量的日本作品，在文字数量上仅次于俄国、苏联文学，就单篇数量而言则超过俄国、苏联文学，共计 100 篇[④]，居鲁迅翻译的各

---

① 鲁迅：《集外集拾遗补编·俄罗斯的童话》，《鲁迅全集》（8），人民文学出版社 1981 年版，第 457 页。

② 鲁迅：《译文序跋集·表·译者的话》，《鲁迅全集》（10），人民文学出版社 1981 年版，第 396 页。

③ 鲁迅：《译文序跋集·俄罗斯的童话·小引》，《鲁迅全集》（10），人民文学出版社 1981 年版，第 399 页。

④ 参见本书附录一。

国作品之首。令人奇怪的是，鲁迅并不看好日本文学。直到已经翻译了大量日本作品的1934年，鲁迅还在通信中明确表示：

> 日文只要能看论文就好了，因为他们绍介得快。至于读文艺，却实在有些得不偿失。他们的新语，方言，常见于小说中，而没有完备的字典，只能问日本人，这可就费事了，然而又没有伟大的创作，补偿我们外国读者的劳力。①

周作人也认为，鲁迅对日本文学并不赞赏，因为“（鲁迅）对于日本文学当时殊不注意，森欧外，土田敏，长谷川二叶亭诸人，差不多只看重其批评或译文”②。纵观鲁迅翻译的日本作品可以得出以下结论：鲁迅确实如周作人所说，很看重日本的“批评或译文”，有33篇之多。但同时也会看到其他文体的数量并不算少，不但有大量杂文，还有小说、诗歌、戏剧。日本作品翻译中所涉及的作家在鲁迅译作涉猎的来源国中也最多，有36位，其中以鹤见祐辅的作品最多，20篇；其次是厨川白村，13篇；有岛武郎9篇，武者小路实笃6篇。在周作人所提到的3位作家中，鲁迅只翻译了森欧外的作品2篇。

不看好日本文学却又翻译了大量的日本文学，鲁迅对日本文学的选择显然存在文学之外的因素。表面看来，这种矛盾应该与鲁迅的语言结构有关——鲁迅留学日本7年（1902—1909年），精通日语，更了解日本的风土人情，翻译日本作品，占尽语言的优势和文化“知情人”的先机。但是在日本留学的7年中，鲁迅没有翻译过一篇日本作品，反而通过日语进行了大量的转译，这是一个值得深思的现象。另外一个值得注意的现象是，鲁迅的日本文学翻译肇始于归国后的1913年，也就是1909—1918年回国后的“沉默期”中。这期间鲁迅只翻译了4种作品，这4种作品又全部来自日本。至1919年，鲁迅的文学和翻译生涯再次扬帆起航，虽然翻译主要关注的是俄国和苏联及弱小民族文学，但对日本作品的翻译也一直持续到1931年，每年都有作品产生。自1931年开始，鲁迅开始拟订赴

① 鲁迅：《书信·340608致陶亢德》，《鲁迅全集》（12），人民文学出版社1981年版，第452页。

② 钟叔河编：《周作人文类编·关于鲁迅之二》（10），湖南文艺出版社1998年版，第124页。

日的计划，也就是从这时开始直到去世，鲁迅只翻译了3篇日本作品——这3篇的内容又都与日本文学无关，它们是《苏联文学理论及文学评论的现状》《果戈理私观》《说述自己的纪德》。

从留学日本7年不涉足翻译日本作品，到归国后近10年只译日本作品，再到后来的翻译热潮中不放弃日本作品，最后到晚年再次和日本作品疏离，看似明显的线索却包含着复杂的信息：取舍之间显然不是出于对日本文学价值的判断，而是由某些非文学因素促成的。因此，探讨鲁迅的日本文学翻译取材，必须从鲁迅的经历、与日本和日本人的关系进行探讨。

（一）充实的日本留学生活

虽然鲁迅在日本留学的7年间，从未翻译过日本作品，但要考察鲁迅与日本文学的渊源，还必须从日本的留学生活说起。

1898年，鲁迅放弃八股和科举，赴南京新式学堂学习实用的技术和科学。这段岁月接触到了进化论等西方现代理论，开拓了思想境界，但是究竟学到了什么具体的、实用的东西却很难定论，鲁迅说：

> 毕业，自然大家都盼望的，但一到毕业，却又有些爽然若失。爬了几次桅，不消说不配做半个水兵；听了几年讲，下了几回矿洞，就能掘出金、银、铜、铁、锡来么？实在连自己也茫无把握，没有做《工欲善其事必先利其器论》的那么容易。爬上天空二十丈和钻下地面二十丈，结果还是一无所能，学问是"上穷碧落下黄泉，两处茫茫皆不见"了。所余的还只有一条路：到外国去。

于是，1902年鲁迅赴日本留学。看似无奈，实则顺理成章，因为这是一个留学盛行的时代。当时，经济富足的自费留学生的流向大多是英、法、美、德等强国，而鲁迅的经济状况没有自费留学的可能性，只能由官方派遣到日本。好在留日的中国学生很多，鲁迅并不孤独。

赴日的留学生除官派外，也有很多自费留学生选择距离中国较近，又同是黄种人的日本。仅就留日学生的数量来看，从1896年开始到1906年猛增到8600人。到五四前夕，保守估计也在15000人以上。[1] 日本俨然成

① 参见郭延礼《中国近代翻译文学概论》，湖北教育出版社2005年版，第89页。

为了中国海外年轻学子的聚居之地。热血澎湃的青年们在一起交流学术、创办刊物、组织社团……纵论天下。总之，多方的研究表明，不但很多引领中国风潮的人物出自留日学生，更有很多先锋的事物孕育或者产生于日本的中国留学生中，如“同盟会”、“春柳社”等。

初到日本的鲁迅，在寄回故乡的照片背面写出了自己的愉快和兴奋：“会稽山下之平民，日出国中之游子，弘文学院之制服，铃木真一之摄影，二十余龄之青年，四月中旬之吉日，走五千余里之邮筒，达星杓仲弟之英盼。”[①] 诚然，鲁迅在日本的留学生活过得十分充实。仅就文学活动而言，译作和创作都很丰富。翻译作品有：1903 年译介法国凡尔纳的科幻小说《月界旅行》和雨果的小说《哀尘》，1904 年翻译美国路易斯托仑的《造人术》《物理新铨》，1906 年又翻译了凡尔纳的科幻小说《地底旅行》，1907 年和周作人合作翻译《〈红星佚史〉译诗》，1908 年又翻译匈牙利赖息的《裴彖飞诗论》，翻译《域外小说集》中的《谩》《默》和《四日》。创作或具有编、译性质的作品有：1903 年的《月界旅行辨言》和《自题小像》，1907 年的《中国矿产志征求资料广告》《说鈤》《中国地质略论》《斯巴达之魂》《地质学残稿》，1906 年的《中国矿产志》及其《例言》，1907 年的《人之历史》，1908 年的《摩罗诗力说》《科学史教篇》《文化偏至论》《破恶声论》，1909 年为《域外小说集》写序言、略例、两篇杂识，为周作人翻译的《劲草》作序。此外，还曾经在 1907 年与周作人、许寿裳筹划出版《新生》杂志，“《新生》的出版之期接近了，但最先就隐去了若干担当文字的人，接着又逃走了资本，结果只剩下不名一钱的三个人”[②]。虽然《新生》没有问世，但鲁迅创办刊物的思想雏形却已经产生，为后来的《译文》等刊物创办打下了坚实的思想基础。可以说，鲁迅的留学生活不但丰富多彩，而且用大有作为来形容也不为过：翻译和创作都取得了丰收。

由上述可知，身处日本的鲁迅没有翻译过一篇日本作品，也没有就日本的生活进行过任何创作。一方面是忙碌充实的生活中看不到近处的“风景”，另一方面更重要的是，日本为西方思想汇集之所，鲁迅自然择

---

① 鲁迅：《集外集拾遗补编·题照赠仲弟》，《鲁迅全集》（8），人民文学出版社 1981 年版，第 479 页。

② 鲁迅：《呐喊·自序》，《鲁迅全集》（1），人民文学出版社 1981 年版，第 417 页。

优而录。当时的日本只是鲁迅向中国传送异域文化的桥梁："鲁迅之所以能够起到他所起到的那种伟大中介即伟大坐标与桥的作用，发挥'文化坐标'的功能，一个重要的条件，就是有了这座日本地缘文化桥的存在，就是凭借日本桥来'建造'他自身的桥，踏着和循着这座日本桥而既走向日本、'引进日本'，又走向世界、'引进世界'。"① 鲁迅虽然没有亲临那些世界强国，可由于当时日本对世界各国的文化广收博采，有源自各个国家的翻译作品。鲁迅通过日本看世界，比在中国本土要方便很多。确切地说，鲁迅在留学日本的时候并没有将日本文学放在眼里。

经过了留学期间的历练，鲁迅由涉世未深走向了成熟，基本确定了他日后的思想脉络和文学取向。不只是"弃医从文"的重大决定诞生于日本，在日本的文学活动也昭示着一个翻译家、文学家的诞生。他的科学幻想小说所体现的科学与人性建设并存观念，《哀尘》中对公平的呼唤、对被损害的下层妇女的关注，《谩》《默》中人与人之间的隔膜和沟通的困难，《四日》中反战的人道主义精神等，每一篇都可看作鲁迅后来翻译和创作的源头。就文学的技术而言，尤其是在翻译方面，经过留学期间的语言实践，至少对于日语和德语的把握更加娴熟。从翻译科学小说的改译到《域外小说集》的直译，在翻译思想改变的背后，外语水平的提高也不可忽视。

从鲁迅留学期间对于翻译和创作的热情以及计划来看，没有人能预想到他回国之后近十年的沉寂。也就是在沉默期内，鲁迅用翻译日本作品的方式，开始回顾曾经被他忽略的日本——这块旧游之地。

（二）晦暗的归国从业岁月

1909 年，鲁迅结束留学生活回到中国。林贤志这样描述鲁迅的回国："远离日本就像远离了故土。祖国反而成了陌生的异邦——真是悲剧！"② 无论怎样，留学生活已经结束，鲁迅不得不开始自己前景并不明朗的归国从业生涯。

鲁迅在浙江两级师范学堂任生理学和化学教员的时候，从他为学生准备的生理学讲义《人生象敩》中能够看出鲁迅对这份工作的重视：不只是长篇大论人体的构造，而且还用很多图示来帮助解读，这似乎又回到了

① 彭定安：《鲁迅：在中日文化交流的坐标上》，春风文艺出版社 1994 年版，第 3 页。

② 林贤志：《人间鲁迅》（上），安徽教育出版社 2004 年版，第 156 页。

鲁迅留学日本的初衷——医学上来。可是，《人生象斅》成为鲁迅医学生涯的一个总结，一个告别，也是鲁迅对自己医学经历的一次交代。鲁迅真正的兴趣是文艺，因为他始终相信文艺的力量“可以转移性情，改造社会”①。身怀鸿鹄之志，对文学又是如此器重，自然不可能安心于生理学、化学教员或者监学的工作，何况，“越中学界鱼龙漫衍”② 的状况也令鲁迅不快。1910 年在与友人的通信中一再表达：“仆不愿居越中也，留以年杪为度”③，“颇拟决去府校，而尚无可之之地也”④。

任性挥洒的美好学生时代已经过去：“故人分散”，独享寂寞，经济上又“所入甚微，不足自养”⑤。接踵而至的社会、家庭的责任问题，都使鲁迅陷入苦恼的境地。从这时起，鲁迅开始关注中国古文的整理工作，一方面是对学术的向往，另一方面也是学生时代激情的消散。正如鲁迅所说：“我看中国书时，总觉得就沉静下去，与实人生离开。”⑥ 虽然后来更换工作、离开故乡的想法得以实现，表面看来境况是在不断好转，但是鲁迅的翻译和创作却基本“沉默”下来，直到 1918 年。

谈到这“沉默”的原因，创办《新生》失败、《域外小说集》发行失败——个人的理想难以实现只是其一，更重要的是，无论是祖国还是故乡都没有给这位归来的游子向上的力量。不只是周边的小环境令他难以忍受，就国家来说，“见过辛亥革命，见过二次革命，见过袁世凯称帝，张勋复辟，看来看去，就看得怀疑起来，于是失望，颓唐得很了”⑦。《呐喊·自序》记录了他与钱玄同的一段对话：

---

① 鲁迅：《译文序跋集·域外小说·序》，《鲁迅全集》（10），人民文学出版社 1981 年版，第 161 页。

② 鲁迅：《书信·致许寿裳 101221》，《鲁迅全集》（11），人民文学出版社 1981 年版，第 329 页。

③ 鲁迅：《书信·致许寿裳 100815》，《鲁迅全集》（11），人民文学出版社 1981 年版，第 325 页。

④ 鲁迅：《书信·致许寿裳 101115》，《鲁迅全集》（11），人民文学出版社 1981 年版，第 327 页。

⑤ 鲁迅：《书信·致许寿裳 100815》，《鲁迅全集》（11），人民文学出版社 1981 年版，第 327 页。

⑥ 鲁迅：《华盖集·青年必读书》，《鲁迅全集》（3），人民文学出版社 1981 年版，第 12 页。

⑦ 鲁迅：《南腔北调集·自选集·自序》，《鲁迅全集》（4），人民文学出版社 1981 年版，第 455 页。

“你钞了这些有什么用？”有一夜，他翻着我那古碑的钞本，发了研究的质问了。

“没有什么用。”

“那么，你钞他是什么意思呢？”

“没有什么意思。”①

做既“没有什么用”也“没有什么意思”的事情，无非是为了打发寂寞的情绪、无聊的时光。在这样的心境和情境中，鲁迅的翻译和创作都少得可怜，创作只有一篇文言小说《怀旧》，翻译只有4种关于儿童和教育的作品——全部译自日本。鲁迅翻译的4种作品是：上野阳一的《艺术玩赏之教育》《儿童之好奇心》《社会教育与趣味》和高岛平三郎的《儿童观念界之研究》。虽然都是论文，但也和鲁迅最关心的“立人”问题直接相关。直到1918年《狂人日记》发表引起了巨大反响，他才又燃起了文学翻译的火焰，开始于这段“沉静”期的日本关注从1919年一直稳定地持续到1931年。

虽然身在日本的时候没有注意日本作品，但是离开日本回到中国，陷入“失望”、“颓唐”的时候，对日本生活的追忆、对日本的关注自然增加起来，对日本的文化关注也就成为自然而然的事情。

（三）对日本的情感依托

从1931年开始，鲁迅与日本友人通信、接触日渐频繁，并不止一次地设定赴日的计划。也就是从这时起，鲁迅译自日本的作品骤减，6年只有3篇——与日本人的友情和现实的赴日计划缓解了对日本的怀念。

留学时身处异国，日本人的友好使鲁迅感到温暖，《藤野先生》曾令很多读者动容；回到中国，来自各个方向的攻击使鲁迅在“世态炎凉”中更看重与日本人的友谊。因此，度过了自己充实的青春岁月的日本也成为鲁迅的向往之地。

鲁迅的日本友人很多，而且和有些日本人的友谊持续了一生。考察鲁迅的通信状况可知，鲁迅给日本友人的信件有近百封。其中，给学者增田涉的最多，有58封；其次是歌人山本初枝，有24封。增田涉是鲁迅很多

---

① 鲁迅：《呐喊·自序》，《鲁迅全集》（1），人民文学出版社1981年版，第417页。

作品和《鲁迅传》的日文译者，除学术交流外，鲁迅还向增田涉介绍中国社会和文坛的种种状况、家庭成员的情况，二者显然是莫逆之交：鲁迅的信中涉及的话题非常广泛而且琐碎。他们常常谈论彼此的家庭成员的生活及健康状况[①]，如弟弟找到工作与失去工作[②]，甚至连自己暑热生痱子都一再“汇报”[③]，交流孩子的个性、成长及教育问题[④]，赠送孩子玩具，甚至还向增田涉画图解说所赠玩具。[⑤] 应该说，这已经不是两个人的交往，而是两个家庭之间的深厚情谊。鲁迅还向增田涉介绍自己的理财经验[⑥]，这在鲁迅的通信中极其罕见。向增田涉表达自己对于“满洲国”及皇帝的轻视[⑦]，则足以表现他对于这个日本人的毫无芥蒂。鲁迅常在给山本初枝的信中向她述说自己艰难甚至危险的处境[⑧]，她给鲁迅邮寄自己的照片[⑨]和全家照片，鲁迅则对其家庭成员的变化发表意见[⑩]，可见对她的情况非常熟悉。她还以女性特有的细腻关切方式给鲁迅的儿子海婴邮寄糖果、玩具、衣服，鲁迅则一一答谢[⑪]并与她大谈育儿经。[⑫] 此外，为怀念

---

① 参见鲁迅《书信・320628 致增田涉》，《鲁迅全集》（13），人民文学出版社 1981 年版，第 493 页。

② 参见鲁迅《书信・320513，320531，320628 致增田涉》，《鲁迅全集》（13），人民文学出版社 1981 年版，第 483、490、493 页。

③ 参见鲁迅《书信・320718，320809，340627 致增田涉》，《鲁迅全集》（13），人民文学出版社 1981 年版，第 495、497、582 页。

④ 参见鲁迅《书信・320531，330711，340212，350206 致增田涉》，《鲁迅全集》（13），人民文学出版社 1981 年版，第 490、531、559、617 页。

⑤ 参见鲁迅《书信・340227 致增田涉》，《鲁迅全集》（13），人民文学出版社 1981 年版，第 561 页。

⑥ 参见鲁迅《书信・320522 致增田涉》，《鲁迅全集》（13），人民文学出版社 1981 年版，第 486 页。

⑦ 参见鲁迅《书信・320509 致增田涉》，《鲁迅全集》（13），人民文学出版社 1981 年版，第 480 页。

⑧ 参见鲁迅《书信・330711，330929，350409 致山本初枝》，《鲁迅全集》（13），人民文学出版社 1981 年版，第 503、536、625 页。

⑨ 参见鲁迅《书信・330625 致山本初枝》，《鲁迅全集》（13），人民文学出版社 1981 年版，第 523 页。

⑩ 参见鲁迅《书信・331114 致山本初枝》，《鲁迅全集》（13），人民文学出版社 1981 年版，第 545 页。

⑪ 参见鲁迅《书信・321107，330401，340425 致山本初枝》，《鲁迅全集》（13），人民文学出版社 1981 年版，第 502、516、571 页。

⑫ 参见鲁迅《书信・321107，340723 致山本初枝》，《鲁迅全集》（13），人民文学出版社 1981 年版，第 502、586 页。

柔石所作的诗也赠送给了山本初枝[①]，另有一首赠诗是《一二八战后作》。[②]鲁迅与内山书店老板内山完造的友谊也同样颠扑不破。因为二者经常见面，而且大多是在内山书店，曾经一度引起了敏感的反日人士的注意。

除此外，还有些日本友人鲁迅虽然不常提及，但从他赠诗文、通信的情况来看，也可以大体判断其交往的状况：1931 年赠诗给为海婴治病的日本医生坪井[③]，1932 年 12 月 28 日鲁迅应坪井之邀赴宴吃河豚[④]，31 日为坪井及其同所医院的滨之上医生作《无题二首》[⑤]，送别小原荣次郎赠诗[⑥]，送别升屋治三郎赠诗[⑦]，赠片山松藻《无题》[⑧] 诗，赠松元三郎《湘灵歌》[⑨]，赠森本清八《赠人》[⑩] 诗，应山县初男之请作《题彷徨》[⑪] ……甚至还为内山书店的职员镰田诚一写墓记[⑫]。

还有鲁迅终生相信日本医生，尽管在后人看来，这位须藤医生的身份、对鲁迅的诊疗方案都令人生疑[⑬]，但鲁迅对他的信任持续到生命的最后一刻。鲁迅认为，这位医生“经验丰富，且与我极熟，决不敲竹杠的”[⑭]。后来鲁迅又在病中写道：

---

① 鲁迅《南腔北调集·为了忘却的纪念》(《鲁迅全集》(4)，人民文学出版社 1981 年版，第 486—487 页）载：惯于长夜过春时，挈妇将雏鬓有丝。梦里依稀慈母泪，城头变幻大王旗。忍看朋辈成新鬼，怒向刀丛觅小诗。吟罢低眉无写处，月光如水照缁衣。并有：“我终于将这写给了一个日本的歌人”一句，这里“日本的歌人”便是山本初枝。

② 鲁迅：《日记·320711》，《鲁迅全集》(15)，人民文学出版社 1981 年版，第 23 页。

③ 鲁迅：《日记·321231》，《鲁迅全集》(15)，人民文学出版社 1981 年版，第 45 页。

④ 鲁迅：《日记·321228》，《鲁迅全集》(15)，人民文学出版社 1981 年版，第 45 页。

⑤ 鲁迅：《日记·321231》，《鲁迅全集》(15)，人民文学出版社 1981 年版，人民文学出版社 1981 年版，第 45 页。

⑥ 鲁迅：《集外集·送 O.E. 君携兰归国》，《鲁迅全集》(7)，人民文学出版社 1981 年版，第 143 页。

⑦ 鲁迅：《集外集·赠日本歌人》，《鲁迅全集》(7)，人民文学出版社 1981 年版，第 145 页。

⑧ 鲁迅：《集外集·无题》，《鲁迅全集》(7)，人民文学出版社 1981 年版，第 144 页。

⑨ 鲁迅：《集外集·湘灵歌》，《鲁迅全集》(7)，人民文学出版社 1981 年版，第 145 页。

⑩ 鲁迅：《集外集·赠人》，《鲁迅全集》(7)，人民文学出版社 1981 年版，第 154 页。

⑪ 鲁迅：《集外集·题〈彷徨〉》，《鲁迅全集》(7)，人民文学出版社 1981 年版，第 442 页。

⑫ 鲁迅：《且介亭杂文二集·镰田诚一墓记》，《鲁迅全集》(6)，人民文学出版社 1981 年版，第 307 页。

⑬ 海婴《鲁迅与我七十年》(南海出版公司 2001 年版，第 58—64 页）载：曾有人怀疑这位医生是日本黑龙会成员，负有暗杀鲁迅的使命，但并未得到证实。

⑭ 鲁迅：《书信·341127 致许寿裳》，《鲁迅全集》(12)，人民文学出版社 1981 年版，第 574 页。

> 直到今年的大病，这才分明的引起关于死的豫想来。原先是仍如每次的生病一样，一任着日本的S医师的诊治的。他虽不是肺病专家，然而年纪大，经验多，从习医的时期说，是我的前辈，又极熟识，肯说话。①

明知道自己是肺病而这位医生不是肺病专家，还“一任”其诊治，足见鲁迅对这位医生信任的程度。

可以说，鲁迅自留学日本后，和日本人的友谊从没有间断过——即便是在中日交战正酣的时候。人与人之间真正的友谊是不会受到任何因素的影响的，鲁迅与日本友人的情谊也没有因为中日的战事而中断，这可能是激进的民族主义者不能容忍的事实。“鲁迅一生最后的墨迹是用日文写给上海内山书店‘老板’内山完造的便条；他最后访问的是一个正在翻译《鲁迅杂感选集》的日本青年鹿地亘（夫人池田幸子）的家；最先赶到他临终床前的又是三个日本人——内山完造和须藤、石井两位日本医生。”②

不只是和日本人的友谊让鲁迅难以割舍，日本还留给鲁迅太多的美好回忆。在比较具有私密性的信件和日记中，鲁迅一再表达对日本的眷恋和赴日的愿望，以及种种原因终未成行的遗憾。

1931年，好友增田涉将回日本，鲁迅作《送增田涉君归国》诗：扶桑正是秋光好，枫叶如丹照嫩寒。却折垂杨送归客，心随东棹忆华年。③ 该诗表达的已经不只是离别之情，更有向往之意。同年，鲁迅在给友人的信中写道：

> 时亦有意，去此危邦，而眷恋旧乡，仍不能绝裾径去，野人怀土，小草恋山，亦可哀也。日本为旧游之地，水木明瑟，诚足怡心……④

1932年，鲁迅又在信中说：

---

① 鲁迅：《且介亭杂文附集·死》，《鲁迅全集》（6），人民文学出版社1981年版，第611页。

② 谢科：《鲁迅在日本：从诠释学角度看鲁迅与日本的关系》，《大众文艺》2009年第1期。

③ 鲁迅：《集外集·赠人》，《鲁迅全集》（7），人民文学出版社1981年版，第430页。

④ 鲁迅：《书信·310218致李秉中》，《鲁迅全集》（12），人民文学出版社1981年版，第39页。

日本风景幽美，常常怀念，但看来很难成行。即使去，恐怕也不会让我上陆。而且我现在也不能离开中国。倘用暗杀就可以把人吓倒，暗杀者就会更跋扈起来。……然而，我在提防着，内山书店也难得去。①

1934年1月11日的信中还说：

我一直想去日本，然而倘现在去，恐怕不会让我上陆罢。即使允许我上陆，说不定也会派便衣盯梢。身后跟着便衣去看花，实在是离奇的玩笑，因此我觉得暂时还是等等再说为好。②

半月后的信中，鲁迅重拾这一话题：

让便衣跟着去观赏花，固然也别有趣味，但到底是不舒服的事，因而目前还没有到日本去旅行的决心。③

同年7月鲁迅又说：

上月曾很想到日本的长崎等处去，终因种种关系而作罢。上海酷暑，西洋人似乎有不少去日本，一时赴日旅行成了摩登之举。明年去罢。④

1936年7月，鲁迅曾经在病中策划了一次病愈后的旅行：

现在再想去日本，但能否上陆，也未可必。

---

① 鲁迅：《书信·330711致山本初枝》，《鲁迅全集》(13)，人民文学出版社1981年版，第503页。

② 鲁迅：《书信·340111致山本初枝》，《鲁迅全集》(13)，人民文学出版社1981年版，第556页。

③ 鲁迅：《书信·340127致山本初枝》，《鲁迅全集》(13)，人民文学出版社1981年版，第558页。

④ 鲁迅：《书信·340723致山本初枝》，《鲁迅全集》(13)，人民文学出版社1981年版，第587页。

> 地点我想最好是长崎，因为总算国外，而知道我的人少，可以安静些。①

在之后的信中鲁迅解释计划赴日但没有成行的原因：

> 先曾决定赴日，昨忽想及，独往大家不放心，如携家族同去，则一履彼国，我即化为翻译，比在上海还要繁忙，如何休养？②
>
> 此数月来，日本忽颇译我之小说，友人至有函邀至彼卖文为活者，然此究非长策，故已辞之矣。③

从日本归国后，鲁迅再也没跨出国门一步，日本，最终成为鲁迅唯一到过的外国，这种唯一加重了日本在鲁迅情感中的分量。1931 年后，中国的状况日趋紧张，成为名符其实的“危邦”，就鲁迅个人而言，又有来自官方的、论敌的、内部阵营的明枪暗箭令他防不胜防。正是在这“危邦”险境中，鲁迅怀念起年轻时曾经寄居 7 年的日本。也就是 1931 年，鲁迅全年没有翻译日本文学，直到去世的近 6 年间，鲁迅也只翻译了来自日本的 3 篇论文，除中日关系日趋紧张以外，现实中赴日之旅的计划遏制了怀念的情绪，自然也搁置了文学翻译的脚步。

（四）对日本的理性认识

鲁迅虽然在情感上对日本的依赖很强，但理智上对日本以及中日两国的关系看得非常清楚，这应该也是鲁迅虽然非常向往日本之旅但终未成行的重要原因。

在俄国流亡盲诗人爱罗先珂被日本驱逐的 20 年代初，鲁迅已经认识到日本的文化氛围并不理想。1932 年 4 月，鲁迅得知《铁流》的日文译者被捕，再次感叹道：“他们那里也正在兴文字之狱。”④ 鲁迅更清楚日本与中国

① 鲁迅：《书信 · 360711 致王冶秋》，《鲁迅全集》（13），人民文学出版社 1981 年版，第 394 页。

② 鲁迅：《书信 · 360802 致沈雁冰》，《鲁迅全集》（13），人民文学出版社 1981 年版，第 399 页。

③ 鲁迅：《书信 · 320514 致许寿裳》，《鲁迅全集》（12），人民文学出版社 1981 年版，第 86 页。

④ 鲁迅：《书信 · 320423 致曹靖华》，《鲁迅全集》（12），人民文学出版社 1981 年版，第 81 页。

的敌对关系。当徐道邻的《敌乎？友乎？——中日关系的检讨》[1] 发表后，鲁迅在给友人的信中说："他竟连日本是友是敌都怀疑起来了……将来恐怕还会有一篇'友乎，主乎？要登出来。'"[2] 虽然鲁迅对于日本的直接指责极少，但是却指出了中国的种种问题，这从另一个方面讲，同样也是在为抗战出谋划策。如《友邦惊诧论》《战略关系》和《不求甚解》指出了国际的问题：国联、英国和美国同样在中国谋各自的利益；《答托洛斯基派的信》《沉滓的泛起》《新的"女将"》等文章指出国内存在的问题。

因为鲁迅与日本的渊源、对日本的态度和上述一系列对国际、国内讽刺、批判的说辞招致了众多的麻烦。在给杨霁云的信中，鲁迅谈道：

> 汉奸头衔，是早有人送过我的，大约七八年前，爱罗先珂君从中国到德国，说了些中国的黑暗，北洋军阀的黑暗。那时上海的报上就有一篇文章，说是他之宣传，受之于我，而我因为女人是日本人，所以给日本人出力云云。[3]

在给曹聚仁的信[4]中，鲁迅再次提及此事。一年后在给萧军的信中又说："近来关于我的谣言很多。日本报载我因为要离开中国，张罗旅费，拼命翻译，已生大病，《社会新闻》说我已往日本，做'顺民'去了。"[5]

在国难声中，鲁迅的爱国方式不但没有得到大众的理解，反而屡遭诟病，鲁迅对此非常愤恨：

> 上海的文盲，竟又借此施行谋害，所谓黑暗，真是至今日而无以复加了。[6]

---

① 徐道邻：《敌乎？友乎？——中日关系的检讨》，《申报》1935 年 1 月 26—30 日。

② 鲁迅：《书信 · 350209 致萧军、萧红》，《鲁迅全集》（13），人民文学出版社 1981 年版，第 51 页。

③ 鲁迅：《书信 · 340515 致杨霁云》，《鲁迅全集》（12），人民文学出版社 1981 年版，第 409 页。

④ 鲁迅：《书信 · 340602 致曹聚仁》，《鲁迅全集》（12），人民文学出版社 1981 年版，第 440 页。

⑤ 鲁迅：《书信 · 350727 致萧军》，《鲁迅全集》（13），人民文学出版社 1981 年版，第 177 页。

⑥ 鲁迅：《书信 · 340306 致姚克》，《鲁迅全集》（12），人民文学出版社 1981 年版，第 350 页。

人们之所以不能理解中、日关系紧张中鲁迅的表现，一是因为只有鲁迅才能体会自己对日本的感情，二是也只有鲁迅才清楚自己作为交战一方的中国人所处的困境。鲁迅首先反对战争，其次认为战争是暂时的，人间的友爱却可以长存——“像竞走一般，走时是竞争者，走了是朋友了。”①鲁迅从没有激烈的抗日言辞，因为“鲁迅，是世界的鲁迅，但从各方面来说，任何其他国家都没有象日本这样，同鲁迅的名字联系得那么密切。鲁迅同日本不是一般的、一时一事的瓜葛。如果说撇开鲁迅和日本的关系就不易全面谈论鲁迅的生平和事业，也并不是夸大其词”②。

回顾鲁迅对日本作品的翻译就可以发现，从日本回国之后，在充实的留学生活与无聊的从业生涯对比的心理落差中，鲁迅开始了对日本的怀念；因为对度过了7年青春岁月的日本始终怀有美好的感情，所以每当陷入苦闷或者困境中，他能想到的退守或者避居之地都是日本——翻译日本作品、和日本友人交往、拟订赴日计划。“适应和选择个人的生存需要、实现自己的生存价值就是一个重要方面。这也是译者在翻译过程致力于适应和选择的一个内在的动因和目标。”③

总体来看，鲁迅译作取材的国家因素各不相同，取材于英、法、美、德等国家是出于对这些强大国家的仰视，而对弱小民族的取材则出于对这些国家和中国同等地位的考量，对俄国、苏联的取材则围绕着“为人生”的文学轨道运行，对日本的取材更多出自鲁迅个人的情感因素。

第二节　作家选择中的困厄取向

译者在进行翻译选材的时候，是因为作品而选择作家，还是因为作家而选择作品？翻译选材最终的指向自然是作品，但是，作家的生平遭际、作家的政治立场、作家的社会地位、作家的知名度等，都会成为译者考虑

① 鲁迅：《译文序跋集·一个青年的梦·译者序》，《鲁迅全集》（10），人民文学出版社1981年版，第192页。

② 王泰平：《鲁迅和日本》，《世界知识》1981年第17期。

③ 胡庚申：《翻译适应选择论》，湖北教育出版社2004年版，第102页。

的因素。作家和作品权衡的结果是：如果看重作品，就可能有忽略作家的因素；反之，如果看重作家，就会降低对作品的要求。

鲁迅在进行翻译选材的时候，看重作品的时候居多，他选择那些能够充分表达自己“立人”思想的作品进行翻译。但是从鲁迅译作的序、跋、前记、后记等副文本和其他相关资料中，也可以明显看出鲁迅对某些作家的特别关注。鲁迅的特别关注不是缘于作家地位高或名气大等，恰恰相反，是因为这些作家的贫病、流亡、遭迫害、英年早逝、精神孤寂或思想苦楚等。其中，俄国流亡盲诗人爱罗先珂最为鲁迅所注目：在中国人对他一无所知时，鲁迅最早并且大量译介了他的作品；对西班牙作家巴罗哈，鲁迅特别感兴趣的是其所具有的受欺压、遭迫害的高山小民族跋司珂族血统；鲁迅对苏联“同路人”作家团体介绍颇多，他们的现实困境以及创作的真实性吸引了鲁迅的注意；还有鲁迅总是对于那些英年早逝的作家用墨颇多。总之，在鲁迅涉猎的作家中，那些处于困厄中的人们十分显眼。

一　盲、流亡、屡被放逐的爱罗先珂

在 1921—1923 年短短的 3 年间，鲁迅翻译的俄国作品共有 24 篇，其中有爱罗先珂的作品 16 篇，即《池边》《狭的笼》《春夜的梦》《雕的心》《鱼的悲哀》《世界的火灾》《两个小小的死》《为人类》《古怪的猫》《小鸡的悲剧》《时光老人》《“爱”字的疮》《红的花》《桃色的云》14 篇童话作品，还有演唱会记录《俄国的豪杰》一篇，以及杂文《观北京大学演剧和燕京女校学生演剧的记》一则。在鲁迅译介的俄国作家中，也是爱罗先珂的单篇作品最多。在鲁迅的推介下，爱罗先珂的身世、作品、世界主义思想及世界语主张都为中国人所关注，还“在中国知识界引起过一阵‘爱罗先珂热’”[①]，胡愈之、夏丏尊、巴金等人相继加入译介爱罗先珂作品的行列，不但扩大了爱罗先珂在中国的影响，而且在一定程度上保存和延续了爱罗先珂作品的生命，并且使这些作品多年后有机会在爱罗先珂的故土问世。可以说，如果没有鲁迅的率先垂范，爱罗先珂对于中国读者来说，至今可能仍然是个盲点。问题是，这样一个在

---

① 陈原：《“俄国盲诗人”的梦：关于华西理·爱罗先珂》，《读书》1992 年第 2 期。

当时默默无闻的作家，如何能够进入鲁迅的视野并得到鲁迅超乎寻常的重视？

（一）爱罗先珂的“迫辱放逐”引发鲁迅的关注

鲁迅对于爱罗先珂关注的起点并非其作品，而是其本人的悲惨遭际。在《狭的笼·译者附记》中鲁迅说：“一九二一年五月二十八日日本放逐了一个俄国的盲人以后，他们的报章上很有许多议论，我才留心到这漂泊的失明的诗人华希理·埃罗先珂。”[①] 这“许多议论”中最先引起鲁迅注意的是江口涣的《忆爱罗先珂华西理君》（《读卖新闻》1921 年 6 月 15 日），该文所述爱罗先珂被驱逐的过程十分悲惨：在暗夜里，一个盲人被一群人围住，毫不顾忌“因为过于恐怖而哭喊的他，践踏，踢，殴打之后”，就粗暴地捉了手脚拖着下楼，然后“推倒在木料上，打倒在地面上”，全然不顾他“反复的悲鸣”，并且在铺着砾石的路上，“一径拖到警察署”——就是“狗屠的捕狗，还用车子载着走”，可见，“爱罗先珂君是受了不如野狗的酷薄的处置了”[②]。正是这“人不如狗”的遭遇深深震撼了鲁迅，也是这“迫辱放逐”铸就了鲁迅翻译爱罗先珂作品的契机：“当爱罗先珂君在日本未被驱逐之前，我并不知道他的姓名。直到已被放逐，这才看起他的作品来。”[③] 可见，如果没有爱罗先珂的“迫辱放逐”，鲁迅与爱罗先珂结缘与否就完全是一个未知数了。

此间，鲁迅还注意到爱罗先珂的被放逐并非仅此一次：童年因病失明的爱罗先珂在 1917 年革命爆发时，被迫流亡于日本、泰国、缅甸、印度等国。在印度，因为“无政府主义倾向的理由，被英国的官驱逐了；于是他到日本”，1921 年 6 月，又被日本政府驱逐，“理由是有宣传危险思想的嫌疑”[④]，再“想回到他的本国去，不能入境……”[⑤] 盲、流亡、屡被放逐的悲惨遭遇

① 鲁迅：《译文序跋集·狭的笼·译者附记》，《鲁迅全集》（10），人民文学出版社 1981 年版，第 199 页。

② ［日］江口涣：《译文补编·忆爱罗先珂华西理君》，《鲁迅译文全集》（8），福建教育出版社 2008 年版，第 119 页。

③ 鲁迅：《坟·杂忆》，《鲁迅全集》（1），人民文学出版社 1981 年版，第 223—224 页。

④ 鲁迅：《译文序跋集·狭的笼·译者附记》，《鲁迅全集》（10），人民文学出版社 1981 年版，第 199 页。

⑤ ［日］中根弘：《译文补编·盲诗人最近时的踪迹》，《鲁迅译文全集》（8），福建教育出版社 2008 年版，第 109 页。

驱使鲁迅开始寻找爱罗先珂的作品，当被“大打特打之盲诗人之著作已到”，“亦不觉其危险之至”，并奇怪“何至兴师动众而驱逐之乎”[①]。于是鲁迅开始翻译《池边》《春夜的梦》等篇，关于翻译的目的鲁迅说得非常明确：“我当时的意思，不过要传播被虐待者的苦痛的呼声和激发国人对于强权者的憎恶和愤怒而已，并不是从什么‘艺术之宫’里伸出手来，拔了海外的奇花瑶草，来移植在华国的艺苑。”[②] 也就是说，鲁迅翻译爱罗先珂作品首要考虑的并非作品的艺术价值。

由上述可知，鲁迅对爱罗先珂的译介首先并非因其创作的吸引，而是出于对作家苦难经历的悲悯；甚至可以说，如果不是爱罗先珂的悲惨遭遇引起了鲁迅的悲悯之情，鲁迅可能不会有机会翻译爱罗先珂的作品。

（二）鲁迅“为他而译”及对爱罗先珂的多方关照

1922 年 2 月，爱罗先珂抵达北京讲学，还与周氏兄弟同住一段时间，译者和作者拥有了难得的面对面交流的机会。但考察二者交往期间鲁迅翻译的爱罗先珂作品就会发现：二者平等交流基本不存在，译者鲁迅充分尊重了作者爱罗先珂的意见：翻译的选材、顺序、作品的解读等都可见爱罗先珂决定性的影响；甚至可以说，鲁迅完全遵照了爱罗先珂的单方面决策。

鲁迅说：“在作者未到中国以前，所译的作品全系我个人的选择，及至到了中国，便都是他自己的指定……”[③] 鲁迅为《爱罗先珂童话集》选定作品的时候，也一度是“照着作者的希望而译”[④]。爱罗先珂还以自己对于作品优劣的判断决定鲁迅翻译的先后顺序，鲁迅说：“著者的意思，却愿意我快译《桃色的云》：因为他自审这一篇最近于完满，而且想从速赠与中国的青年。”[⑤] 虽然鲁迅知道这“是一件烦难事”[⑥]，但还是勉力为之。鲁迅甚

---

① 鲁迅：《书信·210803 致周作人》，《鲁迅全集》（11），人民文学出版社 1981 年版，第 302 页。

② 鲁迅：《坟·杂忆》，《鲁迅全集》（1），人民文学出版社 1981 年版，第 224 页。

③ 鲁迅：《集外集拾遗补编·看了魏建功君的〈不敢盲从〉以后的几句声明》，《鲁迅全集》（8），人民文学出版社 1981 年版，第 114 页。

④ 鲁迅：《译文序跋集·爱罗先珂童话集·序》，《鲁迅全集》（10），人民文学出版社 1981 年版，第 197 页。

⑤ 鲁迅：《译文序跋集·将译〈桃色的云〉以前的几句话》，《鲁迅全集》（10），人民文学出版社 1981 年版，第 214 页。

⑥ 同上。

至常常隐藏了自己的观点："对于他的作品的内容，我自然也常有不同的意见，但因为为他而译，所以总是抹杀了我见……"① 为他而译——这是鲁迅翻译生涯中空前绝后的选择。鲁迅唯爱罗先珂马首是瞻的原由只有一个：他是一个经历了种种不幸、令人产生悲悯之情的残障人士。

在那个知识分子具有强烈言说欲望的年代，鲁迅本人的观点都不能摆脱遭人质疑的命运，代人言说的尴尬自然也很快显露。在爱罗先珂"很老实，不知道恭维"地撰文对北京大学的演剧进行直言不讳的批评后，鲁迅"明知道在中国是非但不能容纳，还要发生反感的"②，但还是将该文如实地翻译发表，这就是《观北京大学演剧和燕京女校学生演剧的记》。果然，北京大学学生魏建功马上撰文《不敢盲从》，质疑眼盲的爱罗先珂对戏剧的"观"感，同时也对鲁迅的"盲从"加以讥讽。③ 鲁迅则撰写《看了魏建功君的〈不敢盲从〉以后的几句声明》进行回应，郑重声明爱罗先珂虽然是盲人，但并不妨碍在文字表达中用"观""看"之类的字眼，更严厉批评了魏建功"专对他人的体质上的残废加以快意的轻薄嘲弄"，"奚落爱罗先珂君失明的不幸"的不当做法。

事实上，鲁迅不仅在翻译上尊重爱罗先珂的选择和意见，还处处关照爱罗先珂的生活：不但照顾他的饮食起居，外出活动也经常陪伴左右。④ 例如前文提到的鲁迅所译的《俄国的豪杰》演唱会记录、《观北京大学演剧和燕京女校学生演剧的记》，鲁迅都陪同在演唱会和观剧的现场。对爱罗先珂而言，鲁迅并非只是他作品的译者，更是他本人的关照者：鲁迅以悲悯的心胸，关照着爱罗先珂残疾的身体，更关照着他作为不幸弱者的尊严。

（三）思想的共鸣

虽说鲁迅译介爱罗先珂作品的初衷并非钟情于作品本身，但是，如果鲁迅对其作品完全没有认同，显然可以浅尝辄止，或者只关注其生平遭遇。事实是鲁迅不但翻译了爱罗先珂的 16 个单篇作品，而且还将其中一

---

① 鲁迅：《集外集拾遗补编·看了魏建功君的〈不敢盲从〉以后的几句声明》，《鲁迅全集》(8)，人民文学出版社 1981 年版，第 90 页。

② 参见鲁迅《集外集拾遗补编·看了魏建功君的〈不敢盲从〉以后的几句声明》，《鲁迅全集》(8)，人民文学出版社 1981 年版，第 91 页。

③ 魏建功：《不敢盲从！——因爱罗先珂先生的剧评而发生的感想》，《晨报副刊》1923 年 1 月 17 日。

④ 参见吴克刚《忆鲁迅并及爱罗先珂》，《中流》半月刊，1936 年第 1 卷第 5 期。

些结集出版[1]，并将童话剧《桃色的云》视做精品珍藏或馈赠。[2] 对于爱罗先珂的作品，鲁迅“觉得作者所要叫彻人间的是无所不爱，然而不得所爱的悲哀”[3] ——这是爱罗先珂的悲哀，也是鲁迅的悲哀，还是所有对于弱者怀有悲悯之情的人们的悲哀，更是所有先觉者的悲哀：祈望世间的一切平等相待，彼此之间都充满爱意；但遗憾的是这种爱意常常不被人所理解，更谈不上接纳，甚至还会害人害己。从这点来看，译者鲁迅和作者爱罗先珂产生了心灵的共鸣。

首先，作为人类的一员，爱罗先珂祈望人类能够对弱小于自身的动物拥有悲悯之情，体现出众生平等的渴求。在《为人类》中，解剖学家的儿子为了从父亲的解剖刀下挽救心爱的小狗而身受重伤，儿子还有了惊奇地发现：狗不但会说话，而且脱下狗皮就变成了人，而他自己穿上狗皮就变成了狗，原来“狗和人单是衣服两样，内容全都相同的”[4]。这里明确地表达了众生平等的意愿。动物在人的观念中，是可以随意取用的东西，而在动物看来，人类就是被控诉的对象。与动物凭借自身本领争取生存机会和改变生存状态不同，人类更愿意借助团体的力量成就个人的辉煌：“欺辱弱者，压迫弱者，取了弱者的力气和智慧，随便给自己用，这似乎是一直从古以来的人类的习惯……人类是怎样的倒运的动物呵。而人类却还说自己是万物之灵。这不是刻毒的笑话么。”[5] 在《雕的心》中，与人类一起长大的雕王子兄弟瞻前顾后、不思进取的“人心”不能为雕父母所容忍，最后杀死了他们；而在雕那里长大、带着“雕心”回到人间的猎人的两个儿子则充满了勇气和力量，他们向上的、向自由的、向光明的雕的歌在人间唱响。也就是说，被压迫的人类是因为雕所养育的两个人类

---

① 《狭的笼》《鱼的悲哀》《池边》《雕的心》《春夜的梦》《古怪的猫》《两个小小的死》《为人类》《世界的火灾》9 篇结集为《爱罗先珂童话集》并作为“文学研究会丛书”之一，于 1922 年由上海商务印书馆出版。

② 参见伍寅《爱是不竭的源泉——略论鲁迅与爱罗先珂的交往》，《中共桂林市委党校学报》2004 年第 1 期。

③ 鲁迅：《译文序跋集 · 爱罗先珂童话集 · 序》，《鲁迅全集》(10)，人民文学出版社 1981 年版，第 197 页。

④ ［俄］爱罗先珂：《爱罗先珂童话集 · 为人类》，《鲁迅译文全集》(1)，福建教育出版社 2008 年版，第 507 页。

⑤ ［俄］爱罗先珂：《爱罗先珂童话集 · 雕的心》，《鲁迅译文全集》(1)，福建教育出版社 2008 年版，第 470 页。

的孩子才激发了反抗压迫的勇气——在动物和人类的比较中彰显了优劣。鲁迅也和爱罗先珂一样痛恨不平等的社会，“有贵贱，有大小，有上下。自己被人凌虐，但也可以凌虐别人；自己被人吃，但也可以吃别人”①。在人人都被宗教、礼法、权势安置的人类社会中，处处都是罪恶。也正因此，鲁迅不但在人类中倡导妇女权（如《我之节烈观》）和儿童权（如《我们怎样做父亲》）等平等和自由的理念，同时也将人和动物进行了对比，如《狗的驳诘》就以狗的口吻斥责了人类的势利：“我终于还不知道分别铜和银；还不知道分别布和绸；还不知道分别官和民；还不知道分别主和奴；还不知道……”可以说，译者鲁迅和作者爱罗先珂共同期待着一个没有压迫、没有伤害、众生平等的“无所不爱”的世界。

其次，爱罗先珂的“无所不爱”诉说着跨越种族的伟大的爱，也充斥着这种爱不被人理解所带来的哀伤。《池边》的“蝴蝶因为不忍目睹世界的黑暗，想救世界，想恢复太阳”② 而努力向太阳飞去，结果浮尸海边，但蝴蝶的大爱没有人了解，更没有人理解这伟大的牺牲。在《狭的笼》中，一只关在笼子里的老虎终于打破牢笼，获得了梦寐以求的自由，但它没有急于享受自由，而是去解放同样被囚禁的羊、金丝雀等动物，但是这些动物都留恋自己的牢笼，不肯离开。老虎又杀死了妻妾成群的侯王，也亲见侯王美丽的第 201 位妻子因为爱人的出现而摆脱了殉葬的命运，老虎还嗅到了“恋爱的味道”，可惜女人最终自杀了，原因是：“我是为国里的诸神明所诅咒的，我是违背了圣婆罗门的意志的。我爱了印度的敌人，印度诸神明的敌人。在我只剩了到地狱里的路。”③ 她的死不是因为“撒提”这种殉葬制度，而是因为宗教信仰。动物被囚禁于现实的牢笼，人类被囚禁于精神的牢笼。最终这只爱各种动物、爱人类的老虎在绝望中死去——它的爱没有产生任何影响和回应。《小鸡的悲剧》更诠释了爱的忧伤和惨痛的结局：一只小鸡爱上了鸭子，为了守候这份爱，小鸡最终淹死在池塘里，然而，无论是主人还是被爱的鸭子，都对小鸡这份至

---

① 鲁迅：《坟·灯下漫笔》，《鲁迅全集》（1），人民文学出版社 1981 年版，第 215 页。

② ［俄］爱罗先珂：《爱罗先珂童话集·池边》，《鲁迅译文全集》（1），福建教育出版社 2008 年版，第 469 页。

③ ［俄］爱罗先珂：《爱罗先珂童话集·狭的笼》，《鲁迅译文全集》（1），福建教育出版社 2008 年版，第 456 页。

死不渝的爱浑然不觉。在上海，爱罗先珂又将自己的爱心奉献给了中国人，这就是他的《枯叶杂记》：无论是卖身葬兄的小女孩、心脏碎裂而死的人力车夫，还是投身大海的美丽妇人，都体现了爱罗先珂对于中国底层民众生存状态的关注——这也正是鲁迅审视社会的着眼点、创作的着力点。爱罗先珂的作品洋溢着对同类的爱、对异类的爱，甚至是对敌人的爱。无论是为鲁迅所赞赏的爱罗先珂的爱，还是爱罗先珂作品中的爱，大都没有得到被爱一方的理解，更谈不上回报。爱罗先珂“只是梦幻，纯白，而有大心，也为了非他族类的不幸者而叹息。这大约便是被逐的原因”①。爱罗先珂这种跨越种族的爱尤其为鲁迅所珍视，鲁迅曾感叹于爱罗先珂对印度的关注，并且把爱罗先珂和印度本国的文学泰斗泰戈尔作对比：“广大哉诗人的眼泪，我爱这攻击别国的‘撒提’之幼稚的俄国盲人埃罗先珂，实在远过于赞美本国的‘撒提’受过诺贝尔奖金的印度诗圣泰戈；我诅咒美而有毒的曼陀罗华。”② 在爱罗先珂这没有回应、更没有回报的爱里，显然闪动着鲁迅笔下先觉者的身影，更散发着鲁迅“呐喊”后回声寂寥的悲哀。

最后，爱罗先珂诠释了狭隘的爱与爱的伤害：不但害人，而且害己。爱没有错，但是出发点和表现方式都异乎寻常的重要，如果不能够正确对待这种爱的感情并且采取适当的表达方式，就会给所爱的甚至是自己带来巨大的伤害。李乐平指出，鲁迅的“《鸭的喜剧》就是反俄国作家爱罗先珂的《小鸡的悲剧》的立意，并针对着他‘无所不爱’和‘对于一切的同情’的思想而创作的。这篇小说，通过蝌蚪的被鸭吃掉，深刻地揭示了‘无所不爱’有着不可克服的矛盾，有力地证明了它在现实中的行不通，无论你有多么真诚纯洁高尚的心地，到头来只会受到强者的无情嘲弄而无助于改善弱者的悲惨境地”③。面对生命的消逝，鲁迅无法淡定却又无可奈何，他也和《春夜的梦》中山精一样想到了造物主的胡闹：“假使造物也可以责

① 鲁迅：《译文序跋集·池边·译者附记》，《鲁迅全集》(10)，人民文学出版社 1981 年版，第 202 页。

② 鲁迅：《译文序跋集·狭的笼·译者附记》，《鲁迅全集》(10)，人民文学出版社 1981 年版，第 200 页。

③ 李乐平：《借鉴与提高：鲁迅前期小说和外国作家作品》，《外国文学研究》1998 年第 3 期。

备，那么，我以为他实在将生命造得太滥了，毁得太滥了。”① 有学者将二者的这种相似性归结为爱罗先珂对鲁迅的影响②，而影响要能够产生首要条件就是有思想上的共鸣和心有戚戚的认同。

对于爱罗先珂作品所弘扬的大爱，鲁迅明显认识到其虚幻色彩，也明确表达了对这种虚幻色彩的珍爱和畅想：“这梦，或者是作者的悲哀的面纱罢？那么，我也过于梦梦了，但是我愿意作者不要出离了这童心的美的梦，而且还要招呼人们进向这梦中，看定了真实的虹，我们不至于是梦游者。”③ 这正是鲁迅反抗绝望的哲学——鲁迅深知：“绝望之为虚妄，正与希望相同”④，而希望“正如地上的路；其实地上本没有路，走的人多了，也便成了路”⑤，如果大家都来做爱罗先珂看似虚幻的梦，总有一天，梦会变成现实。鲁迅从其“无所不爱”的悲悯精神出发，为眼盲的、流浪的爱罗先珂营造了他梦中爱的现实世界——照顾他的生活，尊重他的思想。

学者大多认为翻译爱罗先珂的童话作品是出于鲁迅的儿童本位观念，不可否认，童话当然是为儿童翻译的——且不论它是否适合儿童阅读；问题是：为什么鲁迅首先翻译的童话、大量翻译的童话是爱罗先珂的作品？要知道，《域外小说集》时代鲁迅翻译计划中，列出的是安徒生的童话。如果从鲁迅对于爱罗先珂本人的关注来考虑，这一问题就迎刃而解了。一个国破家亡的、被他所流亡的国家一再驱逐又眼盲的流浪者，深深触动了鲁迅的神经。反过来说，如果爱罗先珂没有眼盲、亡国、被放逐、遭屈辱的经历，就很难说会有鲁迅翻译的爱罗先珂作品，当然，思想共鸣或者再之后的所谓影响，也就无从谈起了。

二　“高山小民族”的巴罗哈

至今，中国人对西班牙跋司珂族作家巴罗哈的了解还极其有限，而这有限的了解又基本来自20世纪二三十年代鲁迅的译介。

---

① 鲁迅：《呐喊·兔和猫》，《鲁迅全集》（1），人民文学出版社1981年版，第552—553页。

② 彭明伟：《爱罗先珂与鲁迅1922年的思想转变——兼论〈端午节〉及其他作品》，《鲁迅研究月刊》2008年第2期。

③ 鲁迅：《译文序跋集·爱罗先珂童话集·序》，《鲁迅全集》（10），人民文学出版社1981年版，第197页。

④ 鲁迅：《野草·希望》，《鲁迅全集》（2），人民文学出版社1981年版，第178页。

⑤ 鲁迅：《呐喊·故乡》，《鲁迅全集》（1），人民文学出版社1981年版，第485页。

（一）鲁迅对巴罗哈的大力推介

在鲁迅翻译的弱小民族、国家作品中，西班牙文学最为醒目：占据了9个国家共25篇作品中的9篇，单篇数量居于各弱小民族、国家之首；而且，这9篇作品都出自同一位作家——巴罗哈；更特别的是，这些作品都展示了同一个民族——跛司珂族的本性和生活状貌，相当于该民族的全景式介绍。来自同一个国家的作品——出自同一个作家——介绍同一个民族，鲁迅的选择可以说专一到了执拗的程度。

与名不见经传的巴罗哈相比，当时的西班牙已经拥有享誉世界的著名作家，如塞万提斯、伊巴涅斯等。塞万提斯的名著《堂·吉诃德》鲁迅还不止一次地谈到过，如在《中华民国的新“堂·吉诃德”们》《真假堂吉诃德》等作品中，表现出对于该作的兴趣，但鲁迅始终没有翻译《堂·吉诃德》，更没有翻译过塞万提斯的任何作品。至于伊巴涅斯，鲁迅也多次谈到，但大都是为了给巴罗哈作“注脚”。因为巴罗哈对于中国读者来说实在是陌生的，为了给读者一个直观印象，鲁迅不得不采取比较的方法，将读者相对熟悉的伊巴涅斯与之相比。在《面包店时代》译者附记中鲁迅说：“巴罗哈同伊本涅支一样，也是西班牙现代的伟大的作家。”① 在《放浪者伊利沙辟台》和《跛司珂族的人们》译者附记中也都说他“是和伊巴臬兹（Vincent Ibanez）齐名的现代西班牙文坛的健将”②。在《促狭鬼莱哥羌台奇》译者附记中又说他“与伊本涅支（Vincent Ibanez）齐名”。在《山民牧唱·序文》译者附记中不但说他“与伊本纳兹齐名”，而且还进一步判断：“恐怕他还在伊本纳兹之上。”③ 在《文艺连丛》中也说：“中国大抵只知道伊本纳兹，但文学的本领，巴罗哈实远在其上。”④ 甚至还认为：

> 他的不为中国人所知，我相信，大半是由于他的著作没有被美国

---

① 鲁迅：《译文序跋集·〈面包店时代〉译者附记》，《鲁迅全集》（10），人民文学出版社1981年版，第451页。

② 鲁迅：《译文序跋集·〈放浪者伊利沙辟台〉和〈跛司珂族的人们〉译者附记》，《鲁迅全集》（10），人民文学出版社1981年版，第386页。

③ 鲁迅：《译文序跋集·〈山民牧唱·序文〉译者附记》，《鲁迅全集》（10），人民文学出版社1981年版，第384页。

④ 鲁迅：《集外集拾遗·〈文艺连丛〉》，《鲁迅全集》（10），人民文学出版社1981年版，第459页。

商人“化美金一百万元”，制成影片到上海开演。[①]

向读者推荐一位完全陌生的作家实在不是一件容易的事情。除鲁迅外，巴罗哈至今也没有引起中国译者的特别关注，研究者有关巴罗哈的信息大多还要从鲁迅的论说中获取。鲁迅对巴罗哈的“情有独钟”实在是一件值得注意的事情。

（二）鲁迅关注巴罗哈的民族归属

鲁迅特别感兴趣的是巴罗哈受欺压、遭迫害的高山小民族（跋司珂族）血统。除巴罗哈以外，没有哪个作家的民族身份被鲁迅如此关注，以致对这一点反复渲染、强调。

《放浪者伊利沙辟台》和《跋司珂族的人们》译者附记中有：

> 跋司珂族（Vasco）是古来就住在西班牙和法兰西之间的比莱纳（Pyrenees）山脉两侧的大家视为“世界之谜”的人种，巴罗哈就禀有这民族的血液的。[②]

《促狭鬼莱哥羌台奇》译者附记中也有：

> 跋司珂（Vasco）者，是古来就位在西班牙和法兰西之间的比莱纳（Pyrenees）山脉两侧的大家看作“世界之谜”的民族……[③]

《奔流》编校后记中还有：

> 跋司珂（Vasco）族是古来住在西班牙和法兰西之间的 Pyrenees 山脉两侧的大家视为世界之谜的人种。巴罗哈（Pio Baroja y Nessi）

---

① 鲁迅：《译文序跋集·〈面包店的时代〉译者附记》，《鲁迅全集》（10），人民文学出版社 1981 年版，第 451 页。

② 鲁迅：《译文序跋集·〈放浪者伊利沙辟台〉和〈跋司珂族的人们〉译者附记》，《鲁迅全集》（10），人民文学出版社 1981 年版，第 386 页。

③ 鲁迅：《译文序跋集·〈促狭鬼莱哥羌台奇〉译者附记》，《鲁迅全集》（10），人民文学出版社 1981 年版，第 392 页。

> 就禀有这族的血液……①

《山民牧唱·序文》揭示出跋司珂族人是“正经，沉默，不高兴说谎的种族。最爱少说的人，善感的人的种族”②。《促狭鬼莱哥羌台奇》却给出了“世界之谜”的民族性质的另一面：“爱说废话，傲慢，装阔，讨厌，善于空想和做梦。”③ 对这种矛盾的现象，鲁迅在《会友》“译者话”中给出了解释：

> 这跋司珂人的地方是法国属地。属地的人民，大概是阴郁的，否则嘻嘻哈哈，像这里所写的“陪拉的学人哲士们”一样。同是一处的居民，外观上往往会有两种相反的性情。但这相反又恰如一张纸的两面，其实是一体的。④

这是弱小民族在重压之下所显露的近乎病态的特征。

鲁迅认为，《山民牧唱·序文》写出了“山地居民跋司珂族（Vasco）的性质，诙谐而阴郁，虽在译文上，也可以看出作者的非凡的手段来。这序文固然是一点小品，然而在发笑之中，不是也含着深沉的忧郁么？”⑤ 正因为作者是跋司珂族人，写的是跋司珂族的事，而跋司珂族又是备受欺凌的弱小民族，所以“虽然嘻嘻哈哈，骨子里当然不会有什么乐趣”⑥。

另外，鲁迅非常清楚巴罗哈“涉及社会问题和思想问题这些大题目的”⑦ 长篇小说受到读者普遍的好评，如描写社会底层人民苦难生活的

---

① 鲁迅：《集外集·〈奔流〉编校后记》，《鲁迅全集》（7），人民文学出版社 1981 年版，第 158 页。

② ［西班牙］巴罗哈：《山民牧唱·序文》，《鲁迅译文全集》（7），福建教育出版社 2008 年版，第 408 页。

③ 鲁迅：《译文序跋集·〈促狭鬼莱哥羌台奇〉译者附记》，《鲁迅全集》（10），人民文学出版社 1981 年版，第 392 页。

④ 鲁迅：《译文序跋集·会友·译者附记》，《鲁迅全集》（10），人民文学出版社 1981 年版，第 388 页。

⑤ 鲁迅：《译文序跋集·〈山民牧唱·序文〉译者附记》，《鲁迅全集》（10），人民文学出版社 1981 年版，第 384 页。

⑥ 鲁迅：《译文序跋集·会友·译者附记》，《鲁迅全集》（10），人民文学出版社 1981 年版，第 388 页。

⑦ 鲁迅：《译文序跋集·〈放浪者伊利沙辟台〉和〈跋司珂族的人们〉译者附记》，《鲁迅全集》（10），人民文学出版社 1981 年版，第 386 页。

《为生活而奋斗》，描写渔民悲惨处境的《香蒂·安地亚的不安》等，而鲁迅所翻译的巴罗哈的9篇作品均为短篇小说，并且均以描写�司珂山地居民的性格和生活为主。鲁迅的这一选材标准再次说明了他对于巴罗哈民族身份的重视。

鲁迅对巴罗哈民族身份的关注，源于对中华民族积贫积弱的现实焦虑，也源于自身弱国小民的身份定位。世界上不只有美、英、法等强国，还有和中国一样处境的弱国。即便走出国门的国人也很少有机会亲临这些弱小民族、国家，但通过翻译却可以将其作家、作品引入中国，使中国的读者引为同调。鲁迅对巴罗哈的译介是在对自己和中华民族的定位中得以实践的。

（三）鲁迅与巴罗哈的精神邂逅

鲁迅所译的巴罗哈作品，展示了跋司珂这一弱小民族的生活状态、基本特性，从这个来自高山小民族的作家身上，鲁迅看到了他对自己民族的关注。“同巴罗哈一样，鲁迅的创作也具有鲜明的民族特色，真实而又生动地反映了民族生活的内容和风习。”① 两位作家创作的相似性展示了他们共通的精神诉求。

巴罗哈作品在看似平淡无奇的凡俗中展示了特别的人和事：小人物生存的困境，婚姻、恋爱过程的喜怒哀乐、苦中作乐，对规矩和教义的质疑，大话、欺骗和谎言，更有真诚、正直、勇于担当的实干家，自然也有群众对于实干家的隔膜和中伤。虽然整个民族处于被压迫之中，生活艰辛，甚至生存困难，但是因为有美好人性的闪光，有民族“脊梁”的存在，还是让人看到了这个弱小民族的希望所在。

《跋司珂族的人们》由4个普通人的故事组成。“流浪者”讲述了一家艰辛但却充实的生活；“黑马理”以“我”——一个医生的视角见证了叫黑马理的女孩子的出生、成长；“移家”中描述了一对生活失意的夫妇，虽然与那些夜晚流落街头的“人类的肉块”② 相比，他们有幸有存身之处，却同样难以安眠：两年前的这天他们失去了自己的孩子；“祷告”中“为危险所染就，惯于和海相战斗，不管性命的十三个”③ 水手，在听

① 黎舟：《鲁迅与巴罗哈》，《福建师范大学学报》1981年第3期。

② ［西班牙］巴罗哈：《山民牧唱·跋司珂族的人们》，《鲁迅译文全集》（7），福建教育出版社2008年版，第465页。

③ 同上书，第466页。

到教堂的钟声时虔诚祷告。《山民牧唱》中有“烧炭人”对于山林和自己生活方式的坚守；有“秋的海边”少妇对10年前逝去恋情的追忆。《少年别》“不过写着先前满是幻想，后来终于幻灭的文艺青年们的结局；而新的却又在发生起来，大家在咖啡馆里发着和他们的前辈先生相仿的议论……”[①]《放浪者伊利沙辟台》讲述了从亚美利加回到故乡的“放浪者”追寻爱情到获得爱情的过程，矛盾的是，号称“放浪者”但却回到故乡寻找自己的爱情和归宿。

鲁迅在谈到西班牙巴罗哈的《促狭鬼莱哥羌台奇》时说：“一想到在法国治下的荒僻的市镇里，这样的脚色就是名人，这样的事情就是生活，便可以立刻感到作者的悲凉的心绪。”这种心有戚戚来自于鲁迅也是一个受外族欺压的弱国子民，他与巴罗哈有共同的经历与心境，所以鲁迅愿意“和跛司珂的人们同声一叹”[②]。同样是弱小民族，同样是生活在苦难当中的人们，在两位同样出身于弱小民族的作家笔下，表现出了相似的品行。

总之，西班牙作家中鲁迅译介巴罗哈，而且只选择巴罗哈，最主要的原因是巴罗哈高山小民族——跛司珂族的血统，以及巴罗哈对自己所属的、遭受压迫和凌辱的民族高度关注的精神。鲁迅从巴罗哈身上看到的不只是一个出色的作家，还是一个为弱小民族发言的代表，在一定程度上，鲁迅找到了生活在异域的自己，这是鲁迅对巴罗哈“情有独钟”的关键所在。

三 苦于现实的“同路人”

“同路人”团体是苏联成立初期非常活跃的一个文学团体，存在的时间虽然短暂，却引起了鲁迅的高度关注：不止是因为他们辉煌的文学成就，更因为他们与主流思想的差异以及由此带来的悲惨遭遇。

托洛茨基在《文学与革命》中提出了“同路人”的概念，指出这些作家经历了革命，并且以自己的视角来认识革命，他们有一个共同特点：

---

① 鲁迅：《译文序跋集·〈少年别〉译者附记》，《鲁迅全集》（10），人民文学出版社1981年版，第390页。

② 鲁迅：《译文序跋集·〈促狭鬼莱哥羌台奇〉译者附记》，《鲁迅全集》（10），人民文学出版社1981年版，第392页。

> 他们没有从整体上把握革命，对革命的共产主义目标也感到陌生。他们程度不同地倾向于越过工人的脑袋满怀希望地望着农夫。他们不是无产阶级革命的艺术家，而是无产阶级革命的艺术同路人。

并进一步指出："这一特点将他们与共产主义严格区分开来"，产生的后果是"他们随时有与共产主义相对立的危险"[①]。"同路人"的说法正是由此开始被广泛运用的，而"同路人"的"危险"倾向也昭示了他们必将为新生的苏联所不容。

鲁迅对"同路人"的认识也是来源于托洛茨基的说法："同路人者，谓因革命中所含有的英雄主义而接受革命，一同前行，但并无彻底为革命而斗争，虽死不惜的信念，仅是一时同道的伴侣罢了。"[②] 鲁迅又认为左琴科的说法最能代表"同路人"的观点：

> 从党员的见地来看，我是没有主义的人。那就好，叫我自己来讲自己，则——我既不是共产主义者，也不是社会革命党员，又不是帝政主义者。我只是俄罗斯人。而且——政治底地，是不道德的人。在大体的规模上，布尔塞维克于我最相近。我也赞成和布尔塞维克们来施行布尔塞维主义。[③]

鲁迅认为："这种没有立场的立场，反而易得介绍者的赏识之故了，虽然他自以为是'革命文学者'。"[④] 但是，因为这种政治立场的不确定性，所以在别人看来："今天你还不是敌人，明天你却可能变成敌人：你是受怀疑的人。"[⑤] ——这就为"同路人"作家的悲剧埋下了伏笔。

---

① ［苏］托洛茨基：《文学与革命》，刘文飞等译，外国文学出版社 1992 年版，第 42 页。

② 鲁迅：《南腔北调集·竖琴·前记》，《鲁迅全集》（4），人民文学出版社 1981 年版，第 434 页。

③ 鲁迅：《译文序跋集·十月·后记》，《鲁迅全集》（10），人民文学出版社 1981 年版，第 316 页。

④ 鲁迅：《南腔北调集·竖琴·前记》，《鲁迅全集》（4），人民文学出版社 1981 年版，第 435 页。

⑤ ［俄］符·维·阿格诺索夫主编：《20 世纪俄罗斯文学》，凌建侯译，中国人民大学出版社 2001 年版，第 266 页。

就“同路人”作家而言，他们不仅要面对自己内心对革命的失望，还要应对革命后新政权施加的压力，因为“一切‘同路人’，也并非同走了若干路程之后，就从此永远全数在半空中翱翔的……”[①] 作家在批判和暴露了现实问题之后又必须为自己找到在现实中的落足点，这是一个残酷的问题：

> 我因此知道凡有革命以前的幻想或理想的革命诗人，很可有碰死在自己所讴歌希望的现实上的运命；而现实的革命倘不粉碎了这类诗人的幻想或理想，则这革命也还是布告上的空谈。[②]

鲁迅不是预言家，但是根据自身的经历已经感受到了“同路人”对于革命失望的内心悲凉，也判断他们必将为革命的现实所伤害：

> 革命的被杀于反革命的。反革命的被杀于革命的。不革命的或当作革命的而被杀于反革命的，或当作反革命的而被杀于革命的，或并不当作什么而被杀于革命的或反革命的。革命，革革命，革革革命，革革……[③]

正如鲁迅的判断，同路人团体“逐渐失掉了作为团体的存在的意义，始于涣散，继以消亡”[④]，而且作家们也都陷入残酷的现实中难以自救。毕力涅克是以“同路人”的地位“而得到很利害的攻击者之一”[⑤]：

> 他于是渐渐成为反动作家的渠魁，为苏联批评界所攻击了，最甚的时候是一九二五年，几乎从文坛上没落。但至一九三〇年，以五年

---

① 鲁迅：《译文序跋集·十月·后记》，《鲁迅全集》（10），人民文学出版社 1981 年版，第 320 页。

② 鲁迅：《三闲集·在钟楼上》，《鲁迅全集》（4），人民文学出版社 1981 年版，第 36 页。

③ 鲁迅：《而已集·小杂感》，《鲁迅全集》（4），人民文学出版社 1981 年版，第 532 页。

④ 鲁迅：《南腔北调集·竖琴·前记》，《鲁迅全集》（4），人民文学出版社 1981 年版，第 434 页。

⑤ 鲁迅：《译文序跋集·苦蓬·译者附记》，《鲁迅全集》（10），人民文学出版社 1981 年版，第 380 页。

> 计划为题材，描写反革命的阴谋及其失败的长篇小说《伏尔迦流到里海》发表后，才又稍稍恢复了一些声望，仍旧算是一个“同路人”。①

此处鲁迅所说的 1925 年应为 1926 年，也就是毕力涅克发表批判专制统治、有影射斯大林嫌疑的小说《不灭的月亮》的时候。为了避免政治迫害而改变创作倾向，这种精神上的“缴械”显然是“自残”之举，由此能够体会出作家在残酷现实中的极度无奈。然而，即便这样，毕力涅克也只是暂时如鲁迅所说，“仍旧算是一个‘同路人’”，很快到来的“大清洗”将他扣上通日、间谍的帽子，于 1938 年被枪决。

扎米亚丁（通译扎米亚京）是一个具有批判天赋的作家，1920 年创作了讽刺独裁的《我们》，厄运也随之而来，先是入狱，而后流亡法国，1938 年死于巴黎。1933 年鲁迅谈到他时说：“现在已经被看作反动的作家，很少有发表作品的机会了。”② 其他“同路人”作家如左祝黎等虽然没有被彻底消灭，但也都经历了九死一生的磨难，因为总有“棍棒敲打他们的脑袋”，“掐住他们的脖子使他们喘不过气来”③。

鲁迅还注意到斐定的遭遇：

> 他又作了《都市与年》的长篇，遂被称为第一流的大匠，但至一九二八年，第二种长篇《兄弟》出版，却因为颇多对于艺术至上主义与个人主义的赞颂，又很受批评家的责难了。④

斐定和其他“同路人”作家相比还算幸运，因为他被清洗和消灭的只在思想层面，他的“投诚”得到了接受，遂成为苏联文学界的宠儿。

对于苏联文坛的状况，鲁迅在 1927 年发表的《小杂感》中写道：

---

① 鲁迅：《译文序跋集·一天的工作·后记》，《鲁迅全集》（10），人民文学出版社 1981 年版，第 361 页。

② 鲁迅：《译文序跋集·竖琴·后记》，《鲁迅全集》（10），人民文学出版社 1981 年版，第 338 页。

③ ［日］藏原惟人：《文艺政策·关于对文艺的党的政策》，外村史郎辑译，《鲁迅译文全集》（5），福建教育出版社 2008 年版，第 110 页。

④ 鲁迅：《译文序跋集·竖琴·后记》，《鲁迅全集》（10），人民文学出版社 1981 年版，第 342 页。

> 近来听说连俄国的小说也不大有人看了，似乎一看见“俄”字就吃惊，其实苏俄的新创作何尝有人绍介，此刻译出的几本，都是革命前的作品，作者在那边都已经被看作反革命的了。①

鲁迅对于政权阶层的期望是：“党不能以法令或文告准许任何团体或文艺组织垄断文艺生产，而且不能以此项垄断给予任何团体，即无产阶级团体也不能例外。”② 但是，这在一定的历史时期内只能是一种美好的愿望。

作为同样从旧时代走过来，同样热衷于批判现实，又同样被官方、被论敌乃至被同一阵营的明枪暗箭不断攻击的作家，鲁迅对“同路人”的遭遇必然有“惺惺相惜”的成分。何况鲁迅虽然“没有加入共产党却是同情者，因为他自称是同路人作家”③。而以鲁迅追求艺术真实的品格和对现实的批判精神，完全能够深刻感受到现实的逼迫和清晰预见到自己未来的处境。

四　英年早逝的作家

在对鲁迅介绍的外国作家进行考察的时候，有一个特别值得注意的现象：大量早逝的作家进入鲁迅的视野。换句话说，鲁迅对一些早逝的作家表现出格外的关切。表面看来这也许是偶然现象，其实有着深刻的内涵。这一方面体现出鲁迅的生命关怀：关注才子的英年早逝；另一方面反映出鲁迅所赏识的作家——“为人生的”、为民请命的、富于反抗精神的先觉者们对自身生命的过度消耗。

(一)《摩罗诗力说》中的早逝作家群

1907 年发表的《摩罗诗力说》可以看作鲁迅对英年早逝诗人和作家的集中展示：在所涉及的 30 多位作家中，20—30 岁去世的有 5 位，30—

---

① 鲁迅：《而已集·读书杂感》，《鲁迅全集》(10)，人民文学出版社 1981 年版，第 441—442 页。

② 鲁迅：《关于文艺领域上的党的政策》，《鲁迅著译编年全集》(10)，人民出版社 2009 年版，第 149—150 页

③ 钟敬文：《寻找鲁迅·鲁迅印象》，北京出版社 2002 年版，第 329 页。

40 岁去世的有 4 位，其中最小的只有 22 岁。不但是以医疗、生活条件都大大改善的现在来看，即便是考虑当年欧洲的社会现实，这些作家的死亡年龄都不能说是正常的。具体情况请看下表。

作家	国籍	生卒年	寿命
台陀开纳	德国	1791—1813	22
济慈	英国	1795—1821	26
裴多菲	匈牙利	1823—1849	26
莱蒙托夫	俄国	1814—1841	27
雪莱	英国	1792—1822	30
拜伦	英国	1788—1824	36
彭斯	英国	1759—1796	37
普希金	俄国	1799—1837	38
斯洛伐茨基	波兰	1809—1849	40

《摩罗诗力说》中鲁迅高度赞赏、着重列举的 8 位“恶魔”诗人中，有 7 位列入上表，包括恶魔派的“始宗主裴伦，终以摩迦（匈加利）文士（笔者按：指裴多菲）”[①]。鲁迅的其他译作，所涉及的早逝作家还有很多。

（二）迦尔洵

1909 年出版的《域外小说集》，收入了鲁迅翻译的俄国作家迦尔洵的《四日》，该书《杂识》中鲁迅介绍迦尔洵道：

> 迦尔洵・V・Garshin 生一千八百五十五年，俄土之役，尝投军为兵，负伤而返……氏悲世至深，遂狂易，久之始愈……晚岁为文，尤哀而伤。今译其一，文情皆异，迥殊凡作也。八十五年忽自投阁下，遂死……氏深恶战争而不能救，则以身赴之。[②]

1921 年，鲁迅又翻译了迦尔洵的《一篇很短的传奇》，并再次对作者进行

① 鲁迅：《坟・摩罗诗力说》，《鲁迅全集》（1），人民文学出版社 1981 年版，第 66 页。

② 鲁迅：《译文序跋集・域外小说集・杂识》，《鲁迅全集》（10），人民文学出版社 1981 年版，第 159 页。

介绍：

> 少时学医，却又因脑病废学了。他本具博爱的性情，也早有文学的趣味；俄土开战，便自愿从军，以受别人所受的痛苦……然而迦尔洵的脑病终于加重了，入狂人院之后，从高楼自投而下，以三十三岁的盛年去世了。①

1929年4月《一篇很短的传奇》被收入上海朝花社出版的《近代世界短篇小说集》里，鲁迅再做《附记》介绍迦尔洵：

> 迦尔洵……是在俄皇亚历山大三世政府的压迫之下，首先绝叫，以一身来担人间苦的小说家。……然而他艺术底天禀愈发达，也愈入于病态了，悯人厌世，终于发狂，遂入癫狂院；但心理底发作尚不止，竟由四重楼上跃下，遂其自杀，时为一八八八年，年三十三。……《一篇很短的传奇》虽然并无显名，但颇可见作者的博爱和人道底彩色……

同年8月，鲁迅又从苏联文学批评家罗迦契夫斯基的《俄国文学史梗概》中，翻译了《人性的天才——迦尔洵》一篇，对迦尔洵进行更加全面的介绍。其中有：

> 迦尔洵的心，就是温柔，但在这富于优婉的同情的心中，却跃动着对于人类的同情，愿意来分担人间苦的希望，为同胞牺牲自己的精神，而和这一同，无力和进退维谷的苦恼的观念，又压着他的胸口。

又谈到这种压迫使迦尔洵“狂乱和失常了好几回”，跳楼后临终之际：

> 对于“不痛么”之问，气息奄奄的他说，“比起这里的痛楚来，

---

① 鲁迅：《译文序跋集·〈一篇很短的传奇〉译者附记》，《鲁迅全集》（10），人民文学出版社1981年版，第456页。

就毫不算什么”而指着自己的心脏。

该文还对迦尔洵的文学及其殉教者精神给予了高度评价：

> 迦尔洵的小说，是使人们起互助的观念，发生拥护被虐者之心的。
>
> 真的人迦尔洵，对于我们是比别的许多艺术家更贵的人物。他并非大天才，但那丰姿，却美如为燃于殉教者底情热的不灭之火所照耀。他是可以自唱“十字架下我的坟，十字架上我的爱”的热情者的文人。①

在这里，称迦尔洵为“真的人”，“真的人”恰恰是鲁迅国民性改造、“立人”思想的最终追求。② 鲁迅一而再再而三地谈到迦尔洵因为所信仰的人道主义精神与残酷现实的冲突而精神错乱，谈到迦尔洵投阁而死。对迦尔洵，鲁迅有“千古文章未尽才”的惋惜，而更多的是感动于他为了解脱别人的痛苦而自我牺牲的伟大精神。

（三）伦支

苏联也有一位早逝的作家颇为鲁迅注意，这就是22岁辞世的伦支。1928年，鲁迅翻译了伦支19岁时的创作《在沙漠上》，并用很长的篇幅表达了对于作者英年早逝的惋惜以及对其才气的赞赏：

> 最年少的可爱的作家莱夫·伦支，为病魔所苦者将近一年，但至一九二四年五月，终于在汉堡的病院里长逝了。享年仅二十二。当刚才跨出人生的第一步，创作方面也将自此从事于真切的工作之际，虽有丰饶的天禀，竟不遑很得秋实而去世……③

---

① ［俄］Lvov-Rogachevski：《译文补编·人性的天才——迦尔洵》，《鲁迅译文全集》（8），福建教育出版社2008年版，第324、325、329页。

② 参见钱振纲《从非人动物到类人猿，再到“真的人”》（上），《鲁迅研究月刊》1995年第3期。

③ 鲁迅：《译文序跋集·竖琴·后记》，《鲁迅全集》（10），人民文学出版社1981年版，第339页。

痛惜之情溢于言表。

（四）阿尔志跋绥夫

在《译了〈工人绥惠略夫〉》中，鲁迅详细介绍了作者阿尔志跋绥夫的生平、创作、思想倾向，而其中首先交代的就是：

> 阿尔志跋绥夫（M·Artsybashev）在一八七八年生于南俄的一个小都市……他的母亲是有名的波兰革命者珂修支珂（Kosciusko）的曾孙女，他三岁时便死去了，只将肺结核留给他做遗产。他因此常常生病，一九〇五年这病终于成实，没有全愈的希望了。①

言尽于此，给人的印象似乎阿尔志跋绥夫的生命就此或者很快就会终止，但事实上，阿尔志跋绥夫直到1927年才去世。

（五）厨川白村

日本的厨川白村在地震灾害中意外死亡，"在鲁迅之前，我国文艺界对厨川白村并没有什么了解，也没有人译介过他的著作，是鲁迅最早将这位日本杰出的文艺评论家和社会批评家介绍给中国读者"②。鲁迅不但翻译了他的《苦闷的象征》《出了象牙之塔》等篇，而且在《出了象牙之塔·后记》中感慨于作者的死亡：

> 造化所赋与人类的不调和实在还太多。这不独在肉体上而已，人能有高远美妙的理想，而人间世不能有副其万一的现实，和经历相伴，那冲突便日见其了然，所以在勇于思索的人们，五十年的中寿就恨过久，于是有急转，有苦闷，有彷徨；然而也许不过是走向十字街头，以自送他的余年归尽。

继而鲁迅介绍了厨川白村作品的特色和可能的发展前景：

---

① 鲁迅：《译文序跋集·译了〈工人绥惠略夫〉之后》，《鲁迅全集》(10)，人民文学出版社1981年版，第165页。

② 袁荻涌：《独到的见地深切的会心：厨川白村为何会得到鲁迅的赞赏和肯定》，《日本学刊》1995年第3期。

> 假使著者不为地震所害，则在塔外的几多道路中，总当选定其一，直前勇往的罢，可惜现在是无从揣测了。但从这本书，尤其是最紧要的前三篇看来，却确已现了战士身而出世，于本国的微温，中道，妥协，虚假，小气，自大，保守等世态，一一加以辛辣的攻击和无所假借的批评。就是从我们外国人的眼睛看，也往往觉得有“快刀断乱麻”似的爽利，至于禁不住称快。①

而后鲁迅又在所译的日本杂文集《山水·思想·人物题记》中再次谈道：

> 我先前译印厨川白村的《出了象牙之塔》时，办法也如此。且在《后记》里，曾悼惜作者的早死，因为我深信作者的意见，在日本那时是还要算急进的。②

在这段话里，值得特别注意的是：悼惜作者早死的原因——是他“急进的”意见。

（六）确木努易

当只知道所译作品的原作者死亡，其他情况不甚了然的时候，鲁迅有时也对其作出“早死”的判断。谈到所译俄国的《青湖游记》作者确木努易的时候，鲁迅说：

> 作者的生平不知道，查去年出版的 V. Lidin 所编的《文学的俄国》，也不见他的姓名，这篇上注着“遗稿”，也许是一个新作家，而不幸又早死的罢。③

“又早死”是鲁迅对他所关注的作家一个常有的判断。

---

① 鲁迅：《译文序跋集·出了象牙之塔·后记》，《鲁迅全集》（10），人民文学出版社 1981 年版，第 241—242 页。

② 鲁迅：《译文序跋集·〈思想·山水·人物〉·题记》，《鲁迅全集》（10），人民文学出版社 1981 年版，第 273 页。

③ 鲁迅：《集外集·〈奔流〉编校后记》，《鲁迅全集》（7），人民文学出版社 1981 年版，第 192 页。

（七）巴罗哈

在翻译西班牙作家巴罗哈作品的时候，巴罗哈的资料在中国很少见到，鲁迅在没有相关信息的情况下，对巴罗哈的寿命作出了主观的猜测："作者是医生，医生大抵是短命鬼，何况所写的又是受强国迫压的山民。"① 事实上，巴罗哈生于1872年，卒于1956年，享年84岁，不但不短命，反而很长寿。当然，鲁迅所说的医生短命并非空穴来风，他所关注的迦尔洵即"少时学医"，契诃夫也曾经做过医生；但问题是，鲁迅也同样翻译过森鸥外、望·蔼覃这些并没早逝的医生的创作。只就其中一种情况来推测，原因就在于鲁迅对这些作家心境和处境的判断，而这种判断的依据就是鲁迅自身作为一个文化先锋的心境和处境。

鲁迅谈到的外国英年早逝的作家还有一些。据笔者的不完全统计，考察鲁迅译作原作者的逝世年龄，以50岁以下为界的情况如下表。

姓名	国别	生卒年	寿命	鲁迅翻译的作品
伦支	苏联	1901—1924	23*	《在沙漠上》
夏目漱石	日本	1874—1906	32	《挂幅》《克莱克先生》等
迦尔洵	俄国	1855—1888	33	《四日》《一篇很短的传奇》等
腓力普	法国	1874—1909	35	《捕狮》《食人人种的话》
孚尔玛诺夫	苏联	1891—1926	35	《革命的英雄》
芥川龙之介	日本	1892—1927	35	《鼻子》《罗生门》等
聂维洛夫	苏联	1886—1923	37	《我要活》
亚波里耐尔	法国	1880—1918	38	《跳蚤》
厨川白村	日本	1880—1923	43	《出了象牙之塔》《苦闷的象征》等
果戈理	俄国	1809—1852	43	《鼻子》《死魂灵》
雅各武莱夫	俄国	1896—1939	43	《农夫》《十月》等
契诃夫	俄国	1860—1904	44	《假病人》《坏孩子》等
片上伸	日本	1884—1928	44	《表现主义》《新时代的预感》等
毕力涅克	俄国	1894—1938	44	《信州杂记》
有岛武郎	日本	1878—1923	45	《与幼小者》《阿末的死》等

① 鲁迅：《译文序跋集·会友·译者附记》，《鲁迅全集》（10），人民文学出版社1981年版，第388页。

续表

姓名	国别	生卒年	寿命	鲁迅翻译的作品
确木努易	俄国	1863—1910	47	《青湖游记》
雨果	法国	1862—1910	48	《哀尘》
安特莱夫	俄国	1871—1919	48	《谩》《默》等
阿尔志跋绥夫	俄国	1878—1927	49	《工人绥惠略夫》《医生》等

*　鲁迅译自日本米川正夫的资料显示，伦支去世时22岁。

必须说明的是，鲁迅著述涉及的作家数量很多，这些英年早逝的作家只占其中的一小部分，只是因为鲁迅的一再强调，才使这一“短命”群体显得特别抢眼。鲁迅为什么会给予这一群体特别的关注？答案是：鲁迅对上述逝者生存价值的弘扬。

鲁迅持“进化论的，生物学的，人得要生存的人生观”[①]，毕生激烈反对所有压抑生命和戕害生命的行为，因为：

> 单照常识判断，便知道既是生物，第一要紧的自然是生命。因为生物之所以为生物，全在有这生命，否则失了生物的意义。[②]

生命是作为人“第一要紧的”，而很多作家却失去了这“最要紧的生命”，只留下他们的事迹和思想，在鲁迅的观念里，这是一件极其悲哀的事情。但是：

> 个人的生命是可宝贵的，但一代的真理更可宝贵，生命牺牲了而真理昭然于天下，这死是值得的。[③]

如果为了寻求真理而失掉了自己的生命，虽然是悲哀的，但也是可敬的。

---

①　张梦阳：《鲁迅研究学术论著史料汇编》（1），中国文联出版公司1985年版，第1272页。

②　鲁迅：《坟·我们现在怎样做父亲》，《鲁迅全集》（1），人民文学出版社1981年版，第130页。

③　鲁迅：《且介亭杂文·附记》，《鲁迅全集》（6），人民文学出版社1981年版，第209页。

鲁迅划定摩罗派诗人的标准是："凡立意在反抗，指归在动作，而为世所不甚愉悦者悉入之。"① 鲁迅非常钦佩恶魔诗人超凡脱俗的挣扎和反抗，他所关注的、怀念的英年早逝的作家基本上都具有"恶魔"精神。他们无论是反抗压迫还是表达民众的心声、救民众于水火，都需要独立不羁、勇往直前、百折不挠的精神和气概。在这些作家的精神世界里，也很容易看到鲁迅的影子。他们的生命或消逝于战火，如台陀开纳；或丧失于强权，如毕力涅克；或自戕于绝望，如迦尔洵；或者虽然不是非正常死亡，却在残酷现实和苦闷内心的双重压力下很快消耗殆尽，如伦支……英年早逝几乎成为他们不可避免的命运。

鲁迅选择翻译爱罗先珂和巴罗哈的作品都是他们在中国默默无闻的时候，是爱罗先珂的悲惨身世和遭遇、巴罗哈被欺压的高山小民族的出身引起了鲁迅的注意；鲁迅还关注因为真实地反映现实而被残酷的现实所扼杀的苏联"同路人"作家群体。在鲁迅的译笔下，更活跃着一群英年早逝的作家。上述两个作家、两个群体当然不能代表鲁迅全部译作的原作者，但仅就鲁迅在译文副文本中对他们的介绍和强调，已经可知这部分作家在鲁迅心中的分量和译事活动中的地位。生命的价值无比宝贵，而这些作家们付出了生命的代价，可谓伟大又悲壮。

① 鲁迅：《坟·摩罗诗力说》，《鲁迅全集》（1），人民文学出版社 1981 年版，第 66 页。

第四章

鲁迅翻译的策略、方法

译者的“思想意识决定了译者基本的翻译策略，也决定了他对原文中语言和论域有关的问题（属于原作者的事物，概念，风俗习惯）的处理方法”①。鲁迅认为，对外来思想文化首先是拿来：“占有，挑选”；其次是区别对待：“或使用，或存放，或毁灭”；最后是取其精华、弃其糟粕。不但外来文化的引进者要“沉着，勇猛，有辨别，不自私”②，而且还要在输入的过程中保持原样，体现在具体的翻译实践上，就是译文的内容和形式都尽可能保持异域特色，这就是鲁迅的欧化翻译策略。

鲁迅的欧化策略有来自中国历史、日本历史的依据，也有中国现实的逼迫，更有鲁迅对异域文化的认同。当时主张欧化翻译的并非鲁迅一个，而鲁迅的欧化之所以格外引人关注，是因为他曾经不顾中国语言的特点硬性地将欧式句法贯彻于自己的翻译中，导致其文艺理论译文中，有些语言与中国传统的句法、文法以及汉语的表达习惯大相径庭。但这样硬性的欧化翻译在鲁迅的译作中只占很少的部分，更多的时候鲁迅在欧化与归化间寻求最有益的平衡支点，甚至在儿童文学翻译中，费尽心机地将其做归化处理，也就是尽可能“去欧化”。也就是说，鲁迅倡导欧化翻译策略，但在翻译过程中，欧化策略的践行程度并不一致。

第一节　欧化策略的源流

鲁迅的欧化思想并非凭空而至或异想天开，而是有着历史、现实、社

---

① 参见郭建中《当代美国翻译理论》，湖北教育出版社 2000 年版，第 162 页。

② 鲁迅：《且介亭杂文·拿来主义》，《鲁迅全集》（6），人民文学出版社 1981 年版，第 40 页。

会、心理等多方面的因素。首先是鲁迅自身对中国传统文化中落后、消极部分的否定和对异域文化先进、积极因素的认同，鲁迅“主动地、积极地、大胆地以主人翁的姿态占有世界文化财富并以此来重新开拓民族文化发展的新道路”[①]，所以欧化翻译策略实际上代表着鲁迅中外优势并取的文化取向。其次是鲁迅对于中国和日本传统文化的谙熟使他深知，在两国发展的历史上，文化输入的过程早就存在欧化的现象了。最后是在鲁迅提出欧化的时代，正是中国社会、文坛、语言、文字领域革新诉求兴盛的时代，虽有反对的声浪，但更有引为同调的助力。

一 欧化是一种文化取向

鲁迅将中国的衰弱、民族的危亡与中国传统文化的影响紧密联系，从而产生了对于中国传统文化的否定。事实上，这种否定并非如有些人所理解和阐释的全盘否定，而只是针对其中某些落后的、僵死的、毒害人的部分，诸如封建礼教和等级制度以及由此产生并对其起到维护作用的汉文、汉语言文字等。鲁迅希望借助外来文化的活力，实现“取今复古，别立新宗”[②] 的目的。“中国的文化，便是怎样的爱国者，恐怕也大概不能不承认是有些落后。新的事物，都是从外面侵入的。”[③] 鲁迅在否定旧文化的过程中，以外来文化作为背景和参照，因为“中国的现代化只能从异质文化中吸取力量”[④]。应该说，鲁迅的欧化策略具有强烈的中国本土特色：立足于积贫积弱的中国，向往国富民强的西方——主张忠实原作的翻译、保存异域文化，是为了借助外来文化改造甚至替换自身的文化，也就是所说的“别求新声于异邦”[⑤]。鲁迅的欧化策略代表着一种文化取向：站在中西文化之间，以世界的眼光，汲取中外的优长。正如学者王富仁所说：“只有那些摆脱了地域局限和民族局限而在世界性的范围内获取全人类所创造的丰富财富的人们，才有可能把个人的才能提高到现代化的新高

---

① 曾逸主编：《走向世界文学：中国现代作家与外国文学》，《走向世界文学》，湖南文艺出版社1986年版，第77页。

② 鲁迅：《坟·文化偏至论》，《鲁迅全集》(1)，人民文学出版社1981年版，第57页。

③ 鲁迅：《三闲集·现今的新文学的概观》，《鲁迅全集》(4)，人民文学出版社1981年版，第135页。

④ 杨春时：《中国文化转型》，黑龙江教育出版社1994年版，第25页。

⑤ 鲁迅：《坟·摩罗诗力说》，《鲁迅全集》(1)，人民文学出版社1981年版，第65页。

度，提高到现代化天才的水准。”[①]

鲁迅在给青年建议书目的时候说：“我以为要少——或者竟不——看中国书，多看外国书。”[②] 在介绍世界美术的时候也说：

> 能历览欧陆画廊的幸福者，不必说了，倘只能在中国而偏要留心国外艺术的人，我以为必须看看外国印刷的图画，那么，所领会者，必较拘泥于“国货”的时候为更多。——这些话，虽然还是我被人骂了几年的“少看中国书”的老调，但我敢说，自己对于这主张，是有十分确信的。[③]

在谈到中国木刻的发展前景时又说：“现在零星的个人，还在刻木刻的是有的，不过很难进步。那原因，一则无人切磋，二则大抵苦于不懂外国文，不能看参考书，只能自己暗中摸索。”[④] 可见，鲁迅在观察评价事物的时候，常常处于中外的对比之中：不用说外国的思想、艺术、文学等强于中国，就是外国的语言也比中国的先进、方便得多。中国毕竟只是一个国家，而异域则是除中国而外的所有的国家，在一对多的情况下，不承认外国有优越于中国的地方未免妄自尊大；而如果把鲁迅的欧化主张理解成完全放弃自己的文化，又未免过于狭隘。

无论是鲁迅的欧化，还是当时人常常谈到的西化，都使人们认识到知识精英对于异域文化的翘首仰望。就鲁迅而言，欧化取向中的“异邦”到底指何方？具体指哪个或者哪些国家？和鲁迅关系最为亲密的“异邦”无疑是日本，鲁迅对于其他国家文化的汲取也基本上通过了日本的过滤，因此，鲁迅对于日本文化的吸收和认可程度最高，又因为中日两国地缘和历史的关系，鲁迅也最喜欢将中日两国进行对比，总体呈现出一种褒日贬

---

① 曾逸主编：《走向世界文学：中国现代作家与外国文学》，《走向世界文学》，湖南文艺出版社 1986 年版，第 75 页。

② 鲁迅：《华盖集·青年必读书》，《鲁迅全集》（3），人民文学出版社 1981 年版，第 12 页。

③ 鲁迅：《集外集拾遗补编·致〈近代美术史潮论〉的读者诸君》，《鲁迅全集》（7），人民文学出版社 1981 年版，第 272 页。

④ 鲁迅：《书信·350104 致李桦》，《鲁迅全集》（13），人民文学出版社 1981 年版，第 2 页。

中的基本形态。

首先，鲁迅对日本的文化传播、传承、国民性等方面高度认可。

当时的日本翻译发达，来自各个国家的文化都在日本汇集。与日本的广收博采相比，中国的文坛则是另一番景象：

> 在中国的文坛上，有几个国货文人的寿命也真太长；而洋货文人的可也真太短，姓名刚刚记熟，据说是已经过去了。易卜生大有出全集之意，但至今不见第三本；柴霍甫和莫泊桑的选集，也似乎走了虎头蛇尾运。但在我们所深恶痛疾的日本，《吉诃德先生》和《一千一夜》是有全译的；沙士比亚，歌德，……都有全集；托尔斯泰的有三种，陀思妥也夫斯基的有两种。[①]

鲁迅翻译的西方大部分作品都经由日本转道而来。“日本的翻译界，是很丰富的，他们适宜的人才多，读者也不少，所以著名的作品，几乎都找得到译本……”[②] 日本重视继承文化遗产，图书馆里有大量中国没有的中国图书，有些为孤本，如“《游仙窟》今惟日本有之，是旧钞本，藏于昌平学；题宁州襄乐县尉张文成作”[③]。日本的文化氛围、对于作家作品宽容的心态令鲁迅感慨：

> 日本有一本《伊凡和马理》（《Ivan and Maria》），格式很特别，单是这一点，在中国的眼睛——中庸的眼睛——里就看不惯。文法有些欧化，有些人尚且如同眼睛里著了玻璃粉，何况体式更奇于欧化。悄悄地自来自去，实在要算是造化的。[④]

---

① 鲁迅：《花边文学·读几本书》，《鲁迅全集》（5），人民文学出版社 1981 年版，第 471 页。

② 鲁迅：《书信·340727 致唐弢》，《鲁迅全集》（12），人民文学出版社 1981 年版，第 492 页。

③ 鲁迅：《集外集拾遗·〈游仙窟〉序言》，《鲁迅全集》（7），人民文学出版社 1981 年版，第 315 页。

④ 鲁迅：《华盖集续编·马上日记之二》，《鲁迅全集》（3），人民文学出版社 1981 年版，第 342 页。

不只是对于外国文化，对于本国作家，尤其是对社会持批评态度的作家，中国和日本的情形也大相径庭，鲁迅这样谈到厨川白村：

> 在著者身后，他的全集六卷已经出版了，可见在日本还有几个结集的同志和许多阅看的人们和容纳这样的批评的雅量；这和敢于这样地自己省察，攻击，鞭策的批评家，在中国是都不大容易存在的。①
>
> 译此篇讫，遥想日本言论之自由，真“不禁感慨系之矣”！②

即便是在被日本占领的中国土地上，鲁迅依然在中日对比中坚持自己对于日本文化传播工作的赞扬：

> 倘使日本人不做关于他本国，关于满蒙的书，我们中国的出版界便没有这般热闹。
>
> 在这排日声中，我敢坚决的向中国的青年进一个忠告，就是：日本人是很有值得我们效法之处的。……我们自己有什么？除了墨子为飞机鼻祖，中国是四千年的古国这些没出息的梦话而外，所有的是什么呢？③

鲁迅甚至在两军对垒的时候都毫不避讳自己对于中国文化的否定：“‘中国固有文化’咒不死帝国主义，无论念几千万遍‘不仁不义’或者金光明咒，也不会触发日本地震，使它陆沉大海。”④

此外，中国人的因循守旧使鲁迅在文字改革方面费尽心机却收效甚微，对此鲁迅再度对日本称羡：

---

① 鲁迅：《译文序跋集·出了象牙之塔·后记》，《鲁迅全集》（10），人民文学出版社 1981 年版，第 242 页。

② 鲁迅：《译文序跋集·〈书斋生活与其危险〉译者附记》，《鲁迅全集》（10），人民文学出版社 1981 年版，第 277 页。

③ 鲁迅：《集外集拾遗补编·“日本研究”之外》，《鲁迅全集》（8），人民文学出版社 1981 年版，第 320 页。

④ 鲁迅：《南腔北调集·真假堂吉诃德》，《鲁迅全集》（4），人民文学出版社 1981 年版，第 520 页。

> 日本语和欧美很“不同”，但他们逐渐添加了新句法，比起古文来，更宜于翻译而不失原来的精悍的语气，开初自然是须“找寻句法的线索位置”，很给了一些人不“愉快”的，但经找寻和习惯，现在已经同化，成为己有了。①
>
> 现在只还有“书法拉丁化”的一条路。开手是，像日本文那样……②

日本人善于变革和改造不只体现在文字上，还有很多方面，比如，

> 和我们中国一样，一向用毛笔的，还有一个日本。然而在日本，毛笔几乎绝迹了，代用的是铅笔和墨水笔，连用这些笔的习字帖也很多。为什么呢？就因为这便当，省时间。③
>
> 优良而非国货的时候，中国禁用，日本仿造，这是两国截然不同的地方。④

就科学而言，日本比中国发达自不必说，关键是日本有科学的态度，而中国正相反，即使在国难当头的时候，还在崇尚各种玄虚的所谓传统文化。国家生死存亡的关头，却处处卖着《推背图》，还出现了“碟仙”：

> 青年出国去学科学者有之，博士学了科学回国者有之。不料中国究竟自有其文明，与日本是两样的，科学不但并不足以补中国文化之不足，却更加证明了中国文化之高深。⑤

在日本学习了西方医学之后，鲁迅对于传统中医中药进行了彻底的否

---

① 鲁迅：《二心集·“硬译”与“文学的阶级性”》，《鲁迅全集》（4），人民文学出版社1981年版，第199页。

② 鲁迅：《花边文学·汉字和拉丁化》，《鲁迅全集》（5），人民文学出版社1981年版，第556页。

③ 鲁迅：《准风月谈·禁用和自造》，《鲁迅全集》（5）人民文学出版社1981年版，第316页。

④ 同上。

⑤ 鲁迅：《花边文学·偶感》，《鲁迅全集》（5），人民文学出版社1981年版，第479页。

定："我还记得先前的医生的议论和方药，和现在所知道的比较起来，便渐渐的悟得中医不过是一种有意的或无意的骗子。"① 鲁迅还指出，中国人在文化传播中的不诚实态度，用今天的话说，就是学术腐败。日本侵略中国后，研究日本的论文风起云涌，可惜的是，"这不是中国人的日本研究，是日本人的日本研究，是中国人大偷其日本人的研究日本的文章了"②。不只是做学问造假，做生意也一样造假："马路旁边的洋货店里挂着零星小物件，纸上标明，是从法国运来的，但我在日本的玩具店看见一样的货色，只是价钱更便宜。"③ 而这不诚实的脾性还得到了日本人的证实：

> 他们（笔者按：日本人）做文章论及中国的国民性的时候，内中往往有一条叫作"善于宣传"。看他的说明，这"宣传"两字却又不像是平常的"Propaganda"，而是"对外说谎"的意思。④

日本"认真"的实干精神与中国"不认真"的做戏精神，同样在中日之战中得以戏剧化的彰显。鲁迅不止一次地谈到日军占领上海，中国人为救"被天狗吞掉的月亮"放鞭炮引起日军误会的事情：

> 那天因为是月蚀，故大家放鞭炮来救她。在日本人意中以为在这样的时光，中国人一定全忙于救中国抑救上海，万想不到中国人却救的那样远，去救月亮去了。⑤
>
> 日本人又不明白我们的国粹，以为又是第几路军前来收复失地了，立刻放哨，出兵……乱烘烘的闹了一通，才知道我们是在救月亮，他们是在见鬼。⑥

---

① 鲁迅：《呐喊·自序》，《鲁迅全集》（1），人民文学出版社 1981 年版，第 416 页。

② 鲁迅：《集外集拾遗补编·"日本研究"之外》，《鲁迅全集》（8），人民文学出版社 1981 年版，第 320 页。

③ 鲁迅：《花边文学·玩具》，《鲁迅全集》（5），人民文学出版社 1981 年版，第 496 页。

④ 鲁迅：《二心集·宣传与做戏》，《鲁迅全集》（4），人民文学出版社 1981 年版，第 337 页。

⑤ 鲁迅：《集外集拾遗·今春的两种感想》，《鲁迅全集》（8），人民文学出版社 1981 年版，第 386 页。

⑥ 鲁迅：《准风月谈·新秋杂实（二）》，《鲁迅全集》（5），人民文学出版社 1981 年版，第 281 页。

> 中国实在是太不认真，什么全是一样。文学上所见的常有新主义，以前有所谓民族主义的文学也者，闹得很热闹，可是自从日本兵一来，马上就不见了。
>
> 日人太认真，而中国人却太不认真。中国的事情往往是招牌一挂就算成功了。日本则不然。他们不像中国这样只是作戏似的。①

《新的“女将”》再次证实了鲁迅的上述观点：“日本军里是没有女将的。然而确已动手了。这是因为日本人做事是做事，做戏是做戏，决不混合起来的缘故。”②

彭定安指出：“中国的‘西风东渐’，应该是‘西风和西方——日本风’及‘西风经日本而来’之东渐。”③ 日本是鲁迅唯一涉足的外国，在看到中国的种种弊端后，和日本进行的关联对比也就自然发生了。在对比中，鲁迅能够看到日本很多的优点、中国很多的弊端。即便是在反抗日本侵略的战斗打响之后，鲁迅也很少对日本进行直接批评，而是在两相对照中指责中国人的种种问题，对中国是爱之深、责之切；对日本的侵略虽然痛恨，却又不得不承认日本强于中国，这些情感积聚在鲁迅的内心，该是何等的煎熬。

通过输入异域的原汁原味的作品是学习异域文化的最为有效的途径。鲁迅在通过翻译传达“新声”的过程中，为了使“新声”不至于走调，必须保持它原来的形态，鲁迅不惜用异域的文法、句法来结构汉语的语言。鲁迅在翻译过程中一再强调对于原作的忠实，他对翻译的重视和翻译实践过程中的欧化策略进一步证实了这一点。因为当时知识分子对于西方文化的推崇和对于东方文化的批判一样激烈，鲁迅的“欧化”观念必然被人为地夸大，把“拿来主义”、“为我所用”变成了对外“全盘接受”，对内“彻底抛弃”。又由于对自身文化的否定、对外来文化的认可常常流露于字里行间而更加深了人们对鲁迅欧化思想的怀疑。鲁迅毫不讳言自己

---

① 鲁迅：《集外集拾遗·今春的两种感想》，《鲁迅全集》（8），人民文学出版社 1981 年版，第 386 页。

② 鲁迅：《二心集·新的“女将”》，《鲁迅全集》（4），人民文学出版社 1981 年版，第 336 页。

③ 彭定安主编：《鲁迅：在中日文化交流的坐标上》，春风文艺出版社 1994 年版，第 16 页。

对异域文化的向往，反而是后来的鲁迅研究者在很长时期里对这点“犹抱琵琶半遮面”：这似乎有损于“鲁迅的骨头是最硬的，他没有丝毫的奴颜和媚骨”的崇高评价。

鲁迅虽然主张欧化，翻译中实行欧化策略，但并不意味着他彻底放弃中国的传统文化。“人的存在是一种文化性的存在”①，鲁迅则存在于中西文化之间，他有“取其精华，弃其糟粕”的拿来主义，也有“择取中国的遗产，融合新机”② 的继承思想，“或使用，或存放，或毁灭”③ 的思想对外国和中国文化同样适用。欧化策略不但与“奴颜和媚骨”无关，反而展现出鲁迅对中外文化中精华部分予以认可的远见卓识。也只有这样，才能够做到“外之既不后于世界之思潮，内之仍弗失固有之血脉”④，从而成为真正的强者。

二　欧化翻译策略的形成

在翻译生涯中，鲁迅并非一直采用欧化的翻译策略，他经过了归化的弯路后又开始实施欧化。雨果的《哀尘》作为鲁迅初涉译坛翻译的第一篇作品，的确采用了欧化的策略，体现在译文上就是直译的方法：“除一处可能由于日译本误译外，几乎是逐字逐句的直译。”⑤ 但之后几年的翻译都采用了归化的策略，进行了大幅度的删改、添加，更谈不上句法或者文法上的对应，充分迎合了当时社会译介的需求。当时，林纾等人采用归化策略翻译的小说影响巨大，鲁迅、周作人都曾经从中受益，因为这些作品“使中国知识阶级，接近了外国文学，认识了不少第一流作家，使他们从外国文学里去学习，以促进本国文学发展”⑥。

总体上看，鲁迅 1907 年前的译作，除《哀尘》基本上保持了原文的

---

① 雷亚平、张福贵：《文化转型：鲁迅的翻译活动在中国社会进程中的意义和价值》，《鲁迅研究月刊》2000 年第 12 期。

② 鲁迅：《且介亭杂文〈木刻纪程〉小引》，《鲁迅全集》（6），人民文学出版社 1981 年版，第 48 页。

③ 鲁迅：《且介亭杂文·拿来主义》，《鲁迅全集》（6），人民文学出版社 1981 年版，第 40 页。

④ 鲁迅：《坟·文化偏至论》，《鲁迅全集》（1），人民文学出版社 1981 年版，第 56 页。

⑤ 牛仰山：《论中国近代翻译文学和鲁迅的关系》，《鲁迅研究学术论著资料汇编》（5），中国社会科学院文学研究所鲁迅研究室编，中国文联出版公司 1989 年版。

⑥ 阿英：《晚清小说史》，人民文学出版社 1980 年版，第 182 页。

状貌外，大多进行了大篇幅的改动。《月界旅行》《地底旅行》《造人术》等，都采用归化的翻译方法。通常认为，这时期“鲁迅的选择是接受晚清主流意识形态和诗学的操控，使自己处于受控之下，而之后的选择是挑战并超越这些操控因素而实现自控。”① 这一时期译坛普遍的归化翻译有多方面的原因。郭延礼认为，归化翻译是“译者为了适应中国人的欣赏习惯和审美情趣”的结果，也是译者“受中国传统全知全能的‘说话人’（作家）的影响太深”的原因；② 王友贵则认为，归化翻译是译者的“中华乃世界中心”的“本土意识过度膨胀，世界意识淡薄”所致。③ 此外，应该还有一个必须考虑的技术性因素：译者的语言能力。就鲁迅来说，在日语掌握尚不纯熟的时候，翻译《哀尘》这样短小的作品采用欧化策略尚可以应付，但如《月界旅行》等篇幅稍长的作品则难免犯难：“我那时初学日文，文法并未了然，就急于看书，看书并不很懂，就急于翻译，所以那内容也就可疑得很。”④ 毋庸讳言，欧化翻译对于译者源语水平的要求更高。

随着年龄的增长，阅历的加深，对于外语掌握程度的加强，更主要的是身处翻译活动异常发达的日本，鲁迅对翻译的理解发生了变化，他开始认识到林纾式翻译所存在的问题，并且反省自身：“年轻时自作聪明，不肯直译，回想起来真是悔之已晚。”⑤ 在日本留学的后两年，国内的翻译界依然被归化翻译所占据，鲁迅说：“我和周作人还在日本东京，当时中国流行林琴南用古文翻译的外国小说，文章确实很好，但误译很多，我们对此感到不满，想加以纠正，才干了起来。”⑥

1907—1909 年，鲁迅和周作人翻译出版了在当时中国翻译界最为规范、原作样貌保持最完整的译作：《域外小说集》，这是鲁迅欧化翻译策略实践的正式开始，“是一块里程碑，标志着新一代译才与新一代小说家

---

① 李在辉：《早期受控之鲁迅的翻译选择》，《外语学刊》2011 年第 3 期。

② 参见郭延礼《中西文化碰撞与近代文学》，山东教育出版社 1999 年版，第 145—148 页。

③ 参见王友贵《翻译家鲁迅》，南开大学出版社 2005 年版，第 227—231 页。

④ 鲁迅：《集外集·序言》，《鲁迅全集》（7），人民文学出版社 1981 年版，第 4 页。

⑤ 鲁迅：《书信·340515 致杨霁云》，《鲁迅全集》（12），人民文学出版社 1981 年版，第 409 页。

⑥ 鲁迅：《书信·320116 致增田涉》，《鲁迅全集》（13），人民文学出版社 1981 年版，第 473 页。

的出现……可以看作新一代翻译家的艺术宣言”①。此后，鲁迅一直坚持欧化的策略，因为中国翻译的历史、日本翻译和语言变革的历史，以及同时代人的同声共振，都给予鲁迅坚定的信心。

（一）中国已有的欧化翻译和欧化语言

鲁迅保持原文异质性的翻译策略并非首创之举，中国历史上的佛经翻译、语言文字的演变、日本的文字改革都曾经深受异域文化的影响。这些都成为鲁迅欧化翻译思想的支柱。

鲁迅虽然在很多时候对中国的传统文化大加抨击，但事实上，他是一个受过完全的传统文化教育的现代知识分子。“相对而言，在注重社会批评的杂文中，鲁迅更多地菲薄古人古书；而在发掘文化遗产的学术著作中，鲁迅则倾向于理解与赞赏古人古书。”② 从日本回国到1918年之间，鲁迅曾经对中国古书进行了深入的学术性的整理研究，在这个过程中发现了中国文化、文学、文字都曾经受过外族的浸染，并且带着异域的特征流传下来。

在中国的东汉时期，佛经的翻译已经开始采用尊重原文的、异化的，也就是“信”的翻译形式：

> 始者维抵难出自天竺，以黄武三年来适武昌。仆从受此五百褐本，请其同道竺将炎为译。将炎虽善天竺语，未备晓汉。其所传言，或得胡语，或以义出音，近于质直。仆初嫌其辞不雅。维抵难曰“佛言，依其义不用饰，取其法不以严。其传经者，当令易晓，勿失厥义，是则为善。”座中咸曰“老氏称‘美言不信，信言不美。’仲尼亦云‘书不尽言，言不尽意。’明圣人意，深邃无极。今传胡义，实宜径达。”是以自揭受译人口，因循本旨，不加文饰。译所不解，则阙不传，故有脱失，多不出者。然此虽词朴而旨深，文约而义博。③

这样看来，异化的翻译策略在中国的历史已经非常悠久，这样的翻译虽然

① 陈平原：《二十世纪中国小说史》（1），北京大学出版社1997年版，第58页。

② 冯光廉、刘增人、谭桂林主编：《多维视野中的鲁迅》，山东教育出版社2001年版，第1058页。

③ 陈福康：《中国译学理论史稿》，上海外语教育出版社2000年版，第6—7页。

“不美”，但“旨深”“义博”。

到了晚清，严复提出的译事“信达雅”[①] 产生了广泛的影响，但是在实际的翻译操作中，“信”是针对原文而言，“达”和“雅”是针对译作而言，也就是说，三者并非为同一目标服务的。严复自己在实践的过程中，也无法将三者彻底贯彻。他有时采用异化的“信”的方法：

> 严又陵为要译书，曾经查过汉晋六朝翻译佛经的方法……严译的书都出版了，虽然没有什么意义，但他所用的工夫，却从中可以查考。据我所记得，译得最费力，也令人看起来最吃力的……[②]

但有时又采用归化的策略，《天演论》就是著名的例子，而且这也是中国近现代影响最大的译作之一。虽然如此，在鲁迅看来，严复并不满意于这部“达”、“雅”的书：

> 严又陵自己却知道这太“达”的译法是不对的，所以他不称为“翻译”，而写作“侯官严复达恉”；序例上发了一通“信达雅”之类的议论之后，结末却声明道：“什法师云，‘学我者病’。来者方多，慎勿以是书为口实也！”[③]

在这里，严复确实对《天演论》的归化翻译方式感到不满，鲁迅所说的“一通‘信达雅’之类的议论”是指：“译文取明深义，故词句之间，时有所傎到（颠倒）附益，不斤斤于字比句次，而意义则不倍（背）本文。题曰达癫，不云笔译，取便发挥，实非正法。”[④] 可见，提出译事“信、达、雅”的严复事实上也是否定归化翻译策略的。由此鲁迅认为，作为真正的翻译，应该采取的是欧化的措施，即使译起来费力、读起来吃力也在所

---

① 严复的“译事信达雅”来自西方，并非严复所创，参见罗新章编《翻译论集》，商务印书馆 1979 年版，第 461 页。

② 鲁迅：《二心集 · 关于翻译的通信（并 JK 来信）》，《鲁迅全集》（4），人民文学出版社 1981 年版，第 380 页。

③ 同上书，第 381 页。

④ 严复：《天演之声——严复文选》，百花文艺出版社 2002 年版，第 147 页。

不惜。依进化论的观点，世界上没有颠扑不破的规范，语言也是如此。

> 因为讲话倘要精密，中国原有的语法是不够的，而中国的大众语文，也决不会永久含胡下去。譬如罢，反对欧化者所说的欧化，就不是中国固有字，有些新字眼，新语法，是会有非用不可的时候的。①

中国已有的语言发展史证明，随着社会的不断进步，语言也随之变化、发展着，欧化是中国语言发展的有力促动。

（二）日本语言、文字变革历史的启示

鲁迅留学日本7年，精通日语，对日语的发展历史了然于胸，这也为他的欧化翻译策略找到了异域的成功典范、历史依据。鲁迅到日本之后首先选择医学专业，除要救治病患外，就是因为“从译出的历史上，又知道了日本维新是大半发端于西方医学的事实”②。日本的发展历史对于鲁迅人生的重大选择发挥了非同小可的作用。

日本曾经在一千多年前中国鼎盛时代仰慕中华文明，引入了中国的汉字，后来发现了荷兰文字的便利之处，就开始排斥汉字，产生了文字改革诉求。待到明治维新的时候，又开始引入拉丁字母，汉字基本上被放弃。日本将文字落后与国家弱小之间的关系作出了直接的认定，要国家强大，则需要废止落后的文字：

> 日本要像西洋各国一样使用音符字（假名）进行教育，最终达到完全停止使用文字的目的。因为日本之所以落后挨打，是日本国力弱小的缘故，而日本力之所以弱小则是日本人知识水平低下所造成，而这一切都是由于日本的先辈无知引进了汉字才造成，要改变这种现状，唯一的办法就是废除汉字，改用新的文字。③

鲁迅在日本留学时期，深刻体验了日本人对于语言的关注，又亲眼见

---

① 鲁迅：《且介亭杂文·答曹聚仁先生信》，《鲁迅全集》（6），人民文学出版社1981年版，第77页。

② 鲁迅：《呐喊·自序》，《鲁迅全集》（1），人民文学出版社1981年版，第416页。

③ 赵建民、刘予苇：《日本通史》，复旦大学出版社1989年版，第144—159页。

到了日本强于中国的方方面面，这自然坚定了鲁迅进行中国汉字改革的信心。而“新的语言文字的诞生离不开翻译”①，日本翻译家二叶亭四迷在翻译的过程中主张保留原文的音色和格调，保持原文的句子结构。他说：

> 在翻译外国文的时候，仅顾及意思并把重点放在这一点，则极有可能破坏原文。我以为，翻译前必须熟知原文的音色和格调，因此，为了译出原文的音色和格调来，我连一个逗号一个句号也没随意舍弃。如果原文中3个逗号、句号，译文中也要有3个逗号、句号。②

鲁迅在翻译中也主张力求“保存原来的精悍的语气”，“按板规逐句，甚而至于逐字译”③，二者是何等相似。

有了对日本语言、文字改革以及日本译坛的总体把握，鲁迅在翻译中采用欧化的句法、文法也就顺理成章了。鲁迅把有关翻译与语言变革的问题在中国和日本之间进行对比，指出“添加”、“新造”都是大势所趋：

> 日本语和欧美很“不同”，但他们逐渐添加了新句法，比起古文来，更宜于翻译而不失原来的精悍的语气，开初自然是须“找寻句法的线索位置”，很给了一些人不“愉快”的，但经找寻和习惯，现在已经同化，成为己有了。中国的文法，比日本的古文还要不完备，然而也曾有些变迁，例如《史》《汉》不同于《书经》，现在的白话文又不同于《史》《汉》；有添造，例如唐译佛经，元译上谕，当时很有些“文法句法词法”是生造的，一经习用，便不必伸出手指，就懂得了。现在又来了“外国文”，许多句子，即也须新造，——说得坏点，就是硬造。据我的经验，这样译来，较之化为几句，更能保存原来的精悍的语气，但因为有待于新造，所以原先的中国文是有缺点的。④

---

① 吴建华：《鲁迅的语言文字观与日本语言文字发展之关系》，《中国文学研究》2006年第3期。

② 刘宋和：《日语与日本文化》，湖南教育出版社1999年版，第146页。

③ 鲁迅：《二心集·“硬译”与“文学的阶级性”》，《鲁迅全集》（4），人民文学出版社1981年版，第200页。

④ 同上。

日本语和中国文都有缺点，日本人对日本语进行了多次明确的改造，取得了良好的效果；中国文虽然没有被刻意地改造，却也在潜移默化中发生着变革，欧化翻译可以促进语言变革的速度，以尽快使中国的语言完备起来——日本就是例证。

可见，中国和日本两国的历史都证明，欧化翻译不仅可以带来精神财富，也可以促成语言的变革。

当然，除开上述历史依据外，鲁迅也从同时代知识分子中获得了支持。鲁迅提出运用欧化翻译“输入新的内容”、“输入新的表现法”[①] 的时代，主张欧化翻译策略的文化人还大有人在，并且已经形成了气候。周作人主张翻译要“竭力保存原作的‘风气习惯，语言条理’；最好是逐字译，不得已也应逐句译，宁可‘中不像中，西不像西’，不必改头换面”[②]。茅盾也认为：“只有欧化的白话方才能够适应新时代的需要。欧化的白话文就是充分吸收西洋语言的细密的结构，使我们的文字能够传达复杂的思想，曲折的理论。”[③] 瞿秋白也认为，翻译可以“帮助我们创造出新的中国的现代言语”[④]。这些“同道中人”使鲁迅不再孤军奋战，从而坚定了信心，也在一定程度上证明了其欧化策略的合理性。

中国和日本的历史都向鲁迅证明，语言文字并非是民族遗产中不可撼动的部分，完全可以进行更新、改造甚至废弃。在这个过程中，需要有异域文化的输入，欧化翻译能够加速本国的革旧换新、兴利除弊。

三　欧化与异化殊途同归

鲁迅翻译采取欧化的翻译策略，也就是保存原文异质性的翻译策略，这与现代译学中异化翻译策略的本质特征相吻合，但不能忽略的是，二者也存在着巨大差异。近年来，常有学者将鲁迅的欧化翻译策略冠以异化的名号，并将鲁迅的异化与韦努蒂的异化相提并论。必须澄清的是，鲁迅从

---

① 鲁迅：《二心集·关于翻译的通信（并 JK 来信）》，《鲁迅全集》（4），人民文学出版社 1981 年版，第 382 页。

② 钟叔河编：《周作人文类编·答张寿朋》（8），湖南文艺出版社 1998 年版，第 691 页。

③ 沈雁冰：《“语体文欧化”答冻花君》，《文学旬刊》第 7 期。

④ 瞿秋白：《二心集·关于翻译的通信（并 JK 来信）》，《鲁迅全集》（4），人民文学出版社 1981 年版，第 371 页。

没有提出过“异化”的主张，而且鲁迅所主张的欧化与现代译学中的异化在目的性上根本不同。

韦努蒂的异化具有强烈的反殖民主义色彩，他站在第三世界国家和民族的立场上，反对抹杀他们各自的文化特色，反对将他们的文学同化为类英语文学，而积极主张保持这些国家和民族文化的特异性。因为从翻译政治的角度看来，“翻译就是弱势文化和强势文化在权力差异语境下不平等对话的产物。翻译文本的问题不仅是语言转换过程中存在的问题，更是文化权力差异造成的问题。”① 为了反抗操英语国家的强权，这些弱小落后地区的文学被翻译成英语的时候，应该保存源语的区域色彩，这就是韦努蒂主张的异化。韦努蒂的异化是对世界文化多样性的整体观照：要充分保留落后、弱小民族文化的特异性。鲁迅所主张的欧化，则是为了借用源语国原汁原味的文化来完善、改造中国的文化。韦努蒂通过异化主张反对强大的同化弱小的，强调弱小的应保持各自的特色和存在价值；鲁迅却通过欧化主张希望弱小的向强大的学习。鲁迅曾指出反对欧化主张一类人的心理可憎：

> 愿世间人各不相同以增自己旅行的兴趣，到中国看辫子，到日本看木屐，到高丽看笠子，倘若服饰一样，便索然无味了，因而来反对亚洲的欧化。这些都可憎恶。②

可见，鲁迅和韦努蒂的出发点完全不同。之所以把鲁迅的欧化和韦努蒂的异化混为一谈，是因为二者的核心都是强调翻译过程中对原文的忠实：“正如女性必须忠实于男性，译作也必须忠实于原作。在此，翻译活动被比喻成一桩婚姻，忠贞（忠实）是后代（译文）唯一合法的保证；而父亲（原作者）又是后代（译文）是否合法的唯一权威。”③

在忠实原作、保留源语文化异质性方面，欧化和异化没有差别，它们都是与归化相对而言的，但同时也应该注意到二者的差别：鲁迅和同时代

---

① 卢玉玲：《是谁的声音在言说》，《中国比较文学》2004 年第 4 期。

② 鲁迅：《坟·灯下漫笔》，《鲁迅全集》（1），人民文学出版社 1981 年版，第 216 页。

③ 何高大、陈水平：《翻译——政治视野中的女性主义和后殖民主义的对话》，《外语与外语教学》2007 年第 11 期。

人所主张的欧化并不具有保存弱小民族文化的反殖民主义色彩。

综上所述，鲁迅的欧化翻译策略产生于中国趋新求变的喧嚣声中，和当时很多主张中国语言欧化学者的目的一致：改造语言文字，使大众获得阅读、书写的能力，从而改造思想。鲁迅的欧化翻译策略一度引领潮头，为人瞩目，但终因将某些译作作为欧化文法、句法的实验舞台而成为众矢之的。

总体看来，鲁迅的欧化翻译策略代表了鲁迅中西兼用的文化取向，有历史的依据，也有现实的需求；虽然鲁迅的欧化和韦努蒂的异化在保存源语异质性的目的上大相径庭，但不能否认的是，就翻译本身而言，二者都以保存异质性为翻译的核心规范。

第二节　欧化策略中的硬译

谈到鲁迅的翻译方法，“硬译”二字会首先跳将出来。不错，鲁迅是主张硬译的代表，更是硬译的创始人，他所主张的硬译是：“按板规逐句，甚而至于逐字译。”[①] 应该注意的是，硬译本来体现的是鲁迅克服困难进行翻译的坚持精神，在翻译论争中才演变成翻译方法。翻译论争使鲁迅在理论上更加坚持硬译，但是在翻译实践中这种坚持使鲁迅身心都遭受了创伤。

一　硬译：从翻译精神到翻译方法

谈到鲁迅的翻译，“硬译”便如影随形。“硬译”一直被认为是鲁迅提出和践行的翻译方法：绝对忠实于原文，不但要逐句对应，甚至逐字对应，句法、文法也要对应，句子的前后顺序也不能改变，接近“死译”。因为“硬译”颠覆了汉语的表述规则和习惯，所以常导致译文晦涩难懂甚至完全无法理解。值得思考的是，“硬译”是如何产生的？睿智如鲁迅者为什么会提出和采用这样事倍功半的翻译方法？

（一）“硬译”的源起

鲁迅自1903年翻译法国雨果的《哀尘》起，直到去世的1936年，译笔不辍，译作频出，但“硬译”一说却只存在于1929年之后。追根溯

---

① 鲁迅：《二心集·“硬译”与“文学的阶级性”》，《鲁迅全集》(4)，人民文学出版社1981年版，第200页。

源，“硬译”一词最早出现在鲁迅所译的《托尔斯泰之死与少年欧罗巴》译者附记（《春潮》月刊1929年1月第1卷第3期，原作者是卢那卡尔斯基）中。在谈到对自己译文的感觉时，鲁迅说：

> 晦涩，甚而至于难解之处也真多；倘将仿句拆下来呢，又失了原来的精悍的语气。在我，是除了还是这样的硬译之外，只有“束手”这一条路——就是所谓“没有出路”——了，所余的惟一的希望，只在读者还肯硬着头皮看下去而已。①

这是鲁迅第一次谈到“硬译”，也就是“硬译”的本源和本原：在不想打乱原文句子结构、尽量保留原文“精悍的语气”的前提下，没有办法甚至毫无办法解决译文晦涩、难解的问题，所以只能克服困难、勉为其难地进行翻译。这里所说的“硬译”显然只是翻译过程中所采用的态度，而并非翻译操作方法，进一步说，这时候的“硬译”只存在于精神层面，而并非现实层面。单就“硬”字的表达，则是不顾客观事实情状“必须”、“还要”、“一定”、“非得”、“坚持”做某事情的意思。在鲁迅的著述文字中，这样的表述非常广泛：

> 但学外国文须每日不放下，记生字和文法是不够的，要硬看。比如一本书，拿来硬看，一面翻生字，记文法……②
>
> 写不出的时候不硬写。③
>
> 曾有小政客和小官僚惶怒，硬说是在讽刺他……④
>
> 有的还硬说实在真有事，有的还说也许是别校的女生被辱了。⑤

---

① 鲁迅：《托尔斯泰之死与少年欧罗巴·译者附记》，《鲁迅著译编年全集》（10），人民出版社2009年版，第24页。

② 鲁迅：《书信·360508致曹白》，《鲁迅全集》（13），人民文学出版社1981年版，第375页。

③ 鲁迅：《二心集·答北斗杂志社问》，《鲁迅全集》（4），人民文学出版社1981年版，第364页。

④ 鲁迅：《且介亭杂文末编·〈出关〉的“关”》，《鲁迅全集》（6），人民文学出版社1981年版，第518页。

⑤ 鲁迅：《集外集拾遗·启示》，《鲁迅全集》（7），人民文学出版社1981年版，第283页。

就令硬做了父亲，也不过如古代的草寇称王一般，万万算不了正统。①

可省的处所，我决不硬添，做不出的时候，我也决不硬做……②

这“别人出力我高兴”的报应之一，是搜索枯肠，硬做文章的苦差使。③

不必趋时，自然更不必硬造一个突变式的革命英雄，自称“革命文学”……④

许多句子，即也须新造，——说得坏点，就是硬造。⑤

然而一不小心，也容易发生“硬作”，“乱作”的毛病……⑥

以上述十个例证中出现的“硬看”、“硬写”、“硬说”、“硬做”、“硬添”、“硬造”、“硬作”等，显然都不能当成一种操作方法来解读，事实上也没有转化为操作方法的可能。由此足以证明，“硬译”并不是鲁迅的翻译操作方法，而是鲁迅在翻译过程中克服困难、坚持翻译的精神。

在《托尔斯泰之死与少年欧罗巴》译文发表之前，鲁迅从未就翻译方法谈到过“硬译”，他自己也一直将忠实于原文的翻译称为“直译”。在1924年发表的译文《苦闷的象征·引言》中，鲁迅说：

文句大概是直译的，也极愿意一并保存原文的口吻。⑦

---

① 鲁迅：《坟·我们现在怎样做父亲》，《鲁迅全集》（1），人民文学出版社1981年版，第134页。

② 鲁迅：《南腔北调集·我怎么做起小说来》，《鲁迅全集》（4），人民文学出版社1981年版，第514页。

③ 鲁迅：《集外集拾遗补编·庆祝沪宁克复的那一边》，《鲁迅全集》（8），人民文学出版社1981年版，第161页。

④ 鲁迅：《二心集·关于小说题材的通信（并Y及T来信）》，《鲁迅全集》（4），人民文学出版社1981年版，第369页。

⑤ 鲁迅：《二心集·“硬译”与“文学的阶级性”》，《鲁迅全集》（4），人民文学出版社1981年版，第200页。

⑥ 鲁迅：《南腔北调集·关于翻译》，《鲁迅全集》（4），人民文学出版社1981年版，第553页。

⑦ 鲁迅：《译文序跋集·苦闷的象征·引言》，《鲁迅全集》（10），人民文学出版社1981年版，第232页。

1925 年又在译文《出了象牙之塔·后记》中写道：

文句仍然是直译，和我历来所取的方法一样；也竭力想保存原书的口吻，大抵连语句的前后次序也不甚颠倒。①

这里鲁迅明确了自己采用的翻译方法：直译。鲁迅在 1927 年翻译的译文《小约翰·引言》中又说：

务欲直译，文句也反成蹇涩……②

鲁迅始终用“直译”一词来指自己“历来所取的方法”，从没阐释过对于直译方法的放弃或者采用新的方法，更没有理由在毫无征兆和前提的情况下，突然在《托尔斯泰之死与少年欧罗巴》译文附记中，把自己的翻译方法称为“硬译”。保存“原书的口吻”和“语句的前后次序”的努力，似乎映射出所谓“硬译”方法的端倪，但正如学者寇志明所认为的，“硬译”实际上就是“一种直译风格”③，而并非一种新的翻译方法。

综上所述，“硬译”一词的出现，并不意味着鲁迅翻译方法有所改变，鲁迅也没有为翻译界提供新的翻译方法，它只是鲁迅克服困难、进行翻译的坚定态度、不放弃精神而已，也就是“硬着头皮译下去”④ 的意思。

（二）“硬译”的原因

无论是当时还是后世，都有译者宣称自己追随、采用过鲁迅先生的“硬译”方法，韩侍桁说：“我长期被拘束在‘硬译’理论的影响之下，

---

① 鲁迅：《译文序跋集·出了象牙之塔·后记》，《鲁迅全集》（10），人民文学出版社 1981 年版，第 245 页。

② 鲁迅：《译文序跋集·小约翰·引言》，《鲁迅全集》（10），人民文学出版社 1981 年版，第 256 页。

③［澳］寇志明：《翻译与独创性：重估作为翻译家的鲁迅》，姜异新译，《鲁迅研究月刊》2011 年第 8 期。

④ 鲁迅：《且介亭杂文二集·“题未定”草（一至三）》，《鲁迅全集》（6），人民文学出版社 1981 年版，第 356 页。

没有作出可观的成绩……”[①] 姜椿芳也说：“今天回头看看当时《苏联文艺》的译文，有些词句不够文雅，不够成熟，颇有硬译的味道……”[②] 显然，译文晦涩难懂在任何情况下都绝对不值得称道，无论是译者“硬着头皮译”[③]，还是读者“硬着头皮看”[④] 都不是轻松的事情，鲁迅自然非常清楚这点，那他及其后的追随者又为什么要“硬译”呢？

晚清民国时段，趋新求变思想与故步自封思想的激烈交锋时时都在上演。如果鲁迅翻译欧化策略的倡导仅仅是为改造人们的思想：用民主取代专制，用科学化解愚昧，用“蛮性”冲击惰性……那么，鲁迅与同时代人的主张并无二致。胡适就曾经提出表面看来更加激烈的“全盘西化”、“一心一意”的西化和“充分的”西化的主张。[⑤] 鲁迅的特别之处在于：一方面作为一个翻译家，从未放弃以翻译来“转移性情、改造社会”[⑥] 的“立人”梦想；另一方面因为认为“汉文终当废去，盖人存则文必废，文存则人当亡”[⑦]，而在具体实施上又关注到中国文的变革——将汉语语言进行欧化处理，从而自然造成了汉语表达的“不顺”。也正因此，人们关注鲁迅翻译的欧化主张时，常常聚焦于欧化翻译策略的具体实施——“硬译”的方法上。

考察鲁迅的翻译实践就会发现，其译文基本上属于直译的范畴，儿童文学和戏剧等甚至刻意追求意译，只有文艺理论翻译中存在难懂甚至根本无法理解的句段——就是那些被冠之以“硬译”的部分。不只是文艺理论的严谨使然，更是出于鲁迅对该类文章预期读者——精英阶层阅读能力的判断，归根结底，是出于鲁迅利用文艺“转移性情、改造社会”[⑧] 的初

---

① 韩侍桁：《当代文学翻译百家谈·回顾与期望》，北京大学出版社 1989 年版，第 800 页。

② 姜椿芳：《〈苏联文艺〉的始末》，《苏联文学》1980 年第 2 期。

③ 鲁迅：《且介亭杂文二集·“题未定”草（一至三）》，《鲁迅全集》（6），人民文学出版社 1981 年版，第 351 页。

④ 鲁迅：《托尔斯泰之死与少年欧罗巴·译者附记》，《鲁迅著译编年全集》（10），人民出版社 2009 年版，第 24 页。

⑤ 参见罗荣渠《从“西化”到现代化》，《人民日报》1989 年 2 月 21 日。

⑥ 鲁迅：《译文序跋集·域外小说集·序》，《鲁迅全集》（10），人民文学出版社 1981 年版，第 161 页。

⑦ 鲁迅：《书信·190116 致许寿裳》，《鲁迅全集》（11），人民文学出版社 1981 年版，第 357 页。

⑧ 鲁迅：《译文序跋集·域外小说集·序》，《鲁迅全集》（10），人民文学出版社 1981 年版，第 161 页。

衷。鲁迅是中国文字大众化、拉丁化的倡导者之一，他祈望通过汉语语言改造来实现文字、文学的大众化，改变“全国的人们十之九不识字”[①] 的愚昧状况，所以才借助译文逐渐输入西语的表达方法：“为什么不完全中国化，给读者省些力气呢？这样费解，怎么可以称为翻译呢？我的答案是：这也是译本。这样的译本，不但在输入新的内容，也在输入新的表达法。”[②] 在当时，这一观点并非鲁迅所独有，瞿秋白也同样认为：“翻译——除出能够介绍原本的内容给中国读者之外——还有一个很重要的作用：就是帮助我们创造出新的中国的现代言语。”[③] 利用翻译输入“内容”没有任何问题，但是如何利用翻译改造中国语言却始终没有具体的方案和立竿见影的效果。翻译的确可以立竿见影地“达到了传达原文的效果”，但在改造语言方面却只能“产生潜移默化的影响”[④]。鲁迅显然不满意这种缓慢的进程，他翻译的文论中那些“充了不少的‘底’‘地’‘的’‘地底’‘地的’，读起来莫名其妙……”[⑤] 的长句子，即是鲁迅为推进语言改造而进行的急切实验。

鲁迅当然清楚类似于“愚钝也是理论底地正确的思想连续的破坏”[⑥] 这样的句子很难被读者接受，所以才把希望寄托在接受能力比较强的知识精英层面，所以才在一般大众读者不会涉猎的科学论文中进行实践。鲁迅的本意是：“一面尽量的输入，一面尽量的消化，吸收，可用的传下去了，渣滓就听他剩落在过去里。”[⑦] 鲁迅并不确定自己通过译文输入的信息是否能够被消化、吸收，所以只选择了文艺理论来承载输入西化文法的任务。先少量输入，看知识精英层面是否能够消化吸收，如果可以，再大量输入，直到人们渐渐地习惯，最后用拉丁文、用欧式语言都是水到渠成的事情。

---

① 鲁迅：《二心集·宣传与做戏》，《鲁迅全集》（4），人民文学出版社 1981 年版，第 337 页。

② 鲁迅：《二心集·关于翻译的通信（并 JK 来信）》，《鲁迅全集》（4），人民文学出版社 1981 年版，第 382 页。

③ 瞿秋白：《论翻译》，《十字街头》1931 年 12 月 11 日第 1 期。

④ 孙郁：《鲁迅翻译思想之一瞥》，《鲁迅研究月刊》1991 年第 2 期。

⑤ 黎照编：《鲁迅梁实秋论战实录·通讯一则》，华龄出版社 1997 年版，第 618 页。

⑥ ［苏］卢那卡尔斯基：《艺术论》，《鲁迅译文全集》（4），福建教育出版社 2009 年版，第 234 页。

⑦ 鲁迅：《二心集·关于翻译的通信（并 JK 来信）》，《鲁迅全集》（4），人民文学出版社 1981 年版，第 383 页。

可惜只是“文法有些欧化，有些人尚且如同眼睛里著了玻璃粉”[①]，不但没有达到“输入新的表现法”的目的，反而永远被冠之以“硬译”的名号。梁实秋当属最有影响的“眼睛里著了玻璃粉”的学者，他的反对在一定程度上阻碍和终止了鲁迅的汉语文法欧化实验；另外不能忽略的是，鲁迅在翻译过程中，也根据题材、体裁、服务对象不断调整自己的翻译风格。显见的是，鲁迅翻译《死魂灵》时，“已经没有了20年代译文中的刻意欧化的硬译……”[②]

用欧化文法翻译也就是所谓“硬译”文艺理论，可以说是鲁迅一次虽不算成功但却有益于中国文坛的语言变革实验。

（三）从硬译到“硬译”

事实上，“硬译”一词的“产地”——《托尔斯泰之死与少年欧罗巴》“译文附记”在发表的当时，并没引起读者的关注，也没有人单就其中的“硬译”产生好评或者质疑。同年10月，鲁迅的译作《文艺与批评》由上海水沫书店初版，在该书的“译者附记”中，鲁迅引用了前文中包含“硬译”一词的段落。[③] 正是这次引用引起了梁实秋等人的注意，也开启了“硬译”向翻译方法演绎的历程。梁实秋在《论鲁迅先生的“硬译”》中阐明该段落来自鲁迅译本《文艺与批评》的“译者附记”[④]；鲁迅在《“硬译”与“文学的阶级性”》中又复述了梁实秋的这一说法。此后，人们回顾“硬译”时，大多认为是出自《文艺与批评》的“译者附记”，又看到该文中确实有如梁实秋攻击的晦涩难懂的句段，进而认定这些部分便是“硬译”而来。也正因此，读者和论者都很少有人向前追溯：《托尔斯泰之死与少年欧罗巴》的译文比《文艺与批评》中的译文，要明白晓畅很多——鲁迅没有按照统一的“硬译”方法进行操作。除上述两篇外，在鲁迅著述文字中，“硬译”一词都被鲁迅加上了引号，从硬译到“硬译”的变化过程，显然是一个值得探求、深思的问题。

---

① 鲁迅：《华盖集续编·马上日记之二》，《鲁迅全集》（3），人民文学出版社1981年版，第342页。

② 王向远：《翻译文学导论》，北京师范大学出版社2004年版，第116页。

③ 鲁迅没有明确该段落来自哪篇文章，但指出是引自“从日本辑印的《马克思主义者之所见的托尔斯泰》中杉本良吉的译文重译”后的“一点短跋”，发表在“1929年《春潮》月刊一卷三期上”，经查证该段文字属于《托尔斯泰之死与少年欧罗巴》“译文附记”。

④ 参见黎照编《鲁迅梁实秋论战实录》，华龄出版社1997年版，第192页。

《文艺与批评》译文发表后，梁实秋从读者接受的角度出发，撰写了《论鲁迅先生的“硬译”》，文中将“硬译”与被时人拒斥的翻译方法“死译”并提，这就使读者误将“硬译”也当成了一种翻译方法。鲁迅随即创作了《“硬译”与“文学的阶级性”》进行回应，一场轰轰烈烈的翻译论争就此正式展开。梁实秋认为：“译书第一个条件就是要令人看得懂，译出来而令人看不懂，那不是白费读者的时力么?”① 又拿出了鲁迅译文中的三段话作为“硬译”难懂的例证，“不能否认，这些都确是名副其实的‘死译’”②。梁实秋之后，赵景深也提出了译文“应为读者打算”：“首先我们应该注重于读者方面。译得错不错是第二个问题，最要紧的是译得顺不顺。”③ 接着，杨晋豪也发表文章，主张“翻译要‘信’是不成问题的，而第一要件是要‘达’!”④ “达”是顺达、通达，也就是译文通顺易懂，“信”是忠实原作，“雅”则属于文章风格层面，赵景深还直接将“信”、“达”、“雅”改成“达”、“信”、“雅”，突出了以读者为中心的原则。梁实秋、赵景深、杨晋豪被鲁迅归结为攻击“硬译”的“三代”，并指出，其中“赵教授的主张最为明白而且彻底了，那精义是——‘与其信而不顺，不如顺而不信’”⑤。至此，论战的焦点表面看似乎是对“硬译”的否定或者肯定，实质上则是对于译作忠实原作程度的把握和界定，也就是在“信”与“顺”不能两全的情况下如何取舍的问题——这与对欧化与归化、直译与意译的取舍并无二致。

翻译论战开始之后，鲁迅从没就“硬译”一词的出处、本意进行澄清。论战之后，鲁迅也将“硬译”与其他的翻译方法并提，如在《风马牛》中，鲁迅把直译和“硬译”当成相同或者相近的翻译方法来论述：

> “牛”了一下之后，使我联想起赵先生的有名的“牛奶路”来了。这很像是直译或“硬译”，其实却不然，也是无缘无故的“牛”

---

① 黎照编：《鲁迅梁实秋论战实录·论鲁迅先生的“硬译”》，华龄出版社 1997 年版，第 190 页。

② 王宏志：《能够“容忍多少的不顺”——论鲁迅的“硬译”理论》，《鲁迅研究月刊》1998 年第 9 期。

③ 赵景深：《论翻译》，《读书月刊》1931 年第 1 卷第 6 期。

④ 杨晋豪：《从“翻译论战”说开去》，《社会与教育》1931 年 9 月第 2 卷第 22 期。

⑤ 鲁迅：《二心集·几条“顺”的翻译》，《鲁迅全集》(4)，人民文学出版社 1981 年版，第 342 页。

了进去的。[①]

这就更加坐实了“硬译”作为翻译方法的存在。鲁迅还一再肯定自己的译文属于“硬译”：

> 但自省译文，这回也还是“硬译”，能力只此，仍须读者伸指来寻线索，如读地图：这实在是非常抱歉的。[②]

这就越发让读者认为这是鲁迅提出、认可并且采用的翻译方法。鲁迅还开诚布公地为“硬译”争取生存空间：

> 我要求中国有许多好的翻译家，倘不能，就支持着“硬译”。[③]

直译和“硬译”的本质特征都是忠实于原作，似乎只是忠实的程度不同，一般认为“硬译”是直译的极端表现形式。但鲁迅思想中的“硬译”和他所阐释的“按板规逐句，甚而至于逐字译”[④]理论，则又与时人认可的“直译”等同。比如周作人终生主张和践行直译，他在翻译操作理论上就和鲁迅的“硬译”极其相似：“最好是逐字译，不得已也应逐句译”[⑤]。可见，理论上直译和所谓“硬译”差别无几。在鲁迅的译作中，被梁实秋等人冠以“硬译”名头的晦涩句段，完全可以视为直译理论在实践中笃“信”的尝试，而且这种尝试差不多只存在于1929年后的文艺理论译作中。

鲁迅之所以对梁实秋等人攻击的“硬译”不做是翻译精神还是操作方法上的澄清，首先是译文晦涩难懂的确与其“硬译”的精神直接相关，

---

① 鲁迅：《二心集·风马牛》，《鲁迅全集》(4)，人民文学出版社1981年版，第347页。

② 鲁迅：《二心集·〈艺术论〉译本序》，《鲁迅全集》(4)，人民文学出版社1981年版，第264页。

③ 鲁迅：《南腔北调集·关于翻译》，《鲁迅全集》(4)，人民文学出版社1981年版，第553页。

④ 鲁迅：《二心集·“硬译”与“文学的阶级性”》，《鲁迅全集》(4)，人民文学出版社1981年版，第200页。

⑤ 钟叔河编：《周作人文类编·答张寿朋》(8)，湖南文艺出版社1998年版，第691页。

其次是鲁迅对这些翻译方法的名目也有颇不在意的一面——他关注的是名目后面的具体所指。比如，“直译”一词，鲁迅也会将其用于“直接译成”、“干脆译成”的意思：“无从考查，只得姑且直译为苇雀和嗌雀”[①]；有时候“直译”还当成“从原文直接译”的简化来用，和间接译即转译（也就是鲁迅所说的重译）相对应，比如“所以暂时之间，恐怕还只好任人笑骂，仍从日文来重译，或者取一本原文，比照了日译本来直译罢”[②]。

总体上看，在翻译论战中，梁实秋等人攻击的“硬译”、鲁迅回应中坚持的“硬译”都带有笔墨激战所产生的义气成分——论战的氛围使然：唇枪舌剑中只想向对方的痛处“下口”，“硬译”的原始出处和本意，已经变得无足轻重了。论战时，梁实秋也不免失去了雅士风度，愤愤地说：“鲁迅先生将错就错的，倚老卖老的，硬译下去，且诌出硬译的理论以遮掩其译例之丑。”[③] 梁实秋恐怕不会想到：正是他对“硬译”的反对和鲁迅的回应，催生了所谓“硬译”的方法；而梁实秋所谓的鲁迅的“硬译的理论”其实与鲁迅一直坚持的直译方法理论等同。直到今天，研究者可以把直译和意译、死译和曲译等作为相对的翻译方法来探讨，但是“硬译”却形单影只，找不到相对应的翻译方法。从论战开始，鲁迅和“硬译”便结下了不解之缘，“硬译”从原本的译者翻译精神变成了具体的操作方法，并进而产生了“硬译”的理论，这就是“硬译”的由来。它是鲁迅和梁实秋等人翻译论战的产物，激烈的论战氛围显然压抑、淡化了其理性色彩。

必须强调的是，虽然鲁迅维护“硬译”，将“硬译”与直译等翻译方法并提，并且一再谈到自己的译文是“硬译”而来，但是，在其著述文字中，除该词诞生的《托尔斯泰之死与少年欧罗巴》“译文附记”，及《文艺与批评》“译者附记”对前文的引用两处外，都无一例外地被加上了引号，而其他作为翻译方法出现在鲁迅笔下的直译、意译等，却从未做过这样的处理。这是一个不能忽略的细节，从中可以看出在鲁迅的观念

---

① 鲁迅：《译文序跋集·小约翰·动植物译名小记》，《鲁迅全集》（10），人民文学出版社1981年版，第266页。

② 鲁迅：《二心集·“硬译”与“文学的阶级性”》，《鲁迅全集》（4），人民文学出版社1981年版，第211页。

③ 黎照编：《鲁迅梁实秋论战实录·欧化文》，华龄出版社1997年版，第619页。

中，从未将“硬译”当成一种翻译方法对待。鲁迅笔下硬译到“硬译”的转变显然是一个非常值得关注却被学界长期忽略的现象。

二　翻译论战中理性的消隐

从表面看来，鲁迅与梁实秋等人关于“硬译”的论战，是译文该向谁忠实的论战，也就是译者服从于原作者还是服务于译文读者的论战，从传统翻译理论来说，也就是“信”与“达”（顺）的论战；然而事实上，交锋的双方并未在同一频道上进行理性对话，或者说，貌似“信”与“顺”的论争其实已被文人的意气用事演变成一场口水大战。

梁实秋等人对于鲁迅“硬译”的攻击完全从读者接受的角度出发，并未就鲁迅全部译文“信”的范围和程度进行考察；而鲁迅采用“硬译”却更多地出于为中国语言“输入新的表现法”① 的考虑，在回应梁实秋等人的责难时，鲁迅虽然言辞激烈，却始终没有否认自己译文的晦涩难懂，或者可以说，等于间接承认了这点。但鲁迅并不认为这有什么错处，这就是梁实秋深恶痛绝的“将错就错”②。作为还击，鲁迅撰写了《几条“顺”的翻译》《再来一条“顺”的翻译》《风马牛》等文，展示了数量可观的论敌的错误，真可谓集中了反击的密集炮火。因为论敌是主张“顺”的，所以鲁迅把所列举的例子称为“‘顺’的翻译”，但仔细体味，这些错误并不是因为“顺”造成的。如此，它们还能不能成为否定“‘顺’的翻译”的论据呢？笔者不吝篇幅，且一一来看。

其一：

> 《万有文库》里的周太玄先生的《生物学浅说》里，有这样的一句——“最近如尼尔及厄尔两氏之对于麦……”
>
> 据我所知道，在瑞典有一个生物学名家 Nilsson-Ehle 是考验小麦的遗传的，但他是一个人而兼两姓，应该译作“尼尔生厄尔”才对。

---

① 鲁迅：《二心集·关于翻译的通信（并 JK 来信）》，《鲁迅全集》（4），人民文学出版社 1981 年版，第 382 页。

② 黎照编：《鲁迅梁实秋论战实录·欧化文》，华龄出版社 1997 年版，第 619 页。

> 现在称为“两氏”，又加了“及”，顺是顺的，却很使我疑心是别的两位了。①

该例属于误译。一人兼两姓的情况下被误认为是两个人，这是由于译者对所译人物或者是对源语的姓氏结构缺乏了解所致。

其二：

> 今年的三月号《小说月报》上冯厚生先生译的《老人》里，又有这样的一句——“他由伤寒病变为流行性的感冒（Influenza）的重病……”
>
> 这也是很“顺”的，但据我所知道，流行性感冒并不比伤寒重，而且一个是呼吸系病，一个是消化系病，无论你怎样“变”，也“变”不过去的。须是“伤风”或“中寒”，这才变得过去。②

其三：

> 这一种实验，是出在何定杰及张志耀两位合译的美国Conklin所作的《遗传与环境》里面的。那译文是——“……他们先取出兔眼睛内髓质之晶体，注射于家禽，等到家禽眼中生成一种‘代晶质’，足以透视这种外来的蛋白质精以后，再取出家禽之血清，而注射于受孕之雌兔。雌兔经此番注射，每不能堪，多遭死亡，但是他们的眼睛或晶体并不见有若何之伤害，并且他们卵巢内所蓄之卵，亦不见有什么特别之伤害，因为就他们以后所生的小兔看来，并没有生而具残缺不全之眼者。”
>
> ……才以为恐怕是应该改译为这样的——“他们先取兔眼内的制成浆状（以便注射）的水晶体，注射于家禽，等到家禽感应了这外来的蛋白质（即浆状的水晶体）而生‘抗晶质’（即抵抗这浆状水晶体的物质）。然后再取其血清，而注射于怀孕之雌兔。……”③

---

① 鲁迅：《二心集·几条“顺”的翻译》，《鲁迅全集》（4），人民文学出版社1981年版，第342—343页。

② 同上书，第343页。

③ 同上书，第343—344页。

其四：

> 却说这一条，是出在中华民国十九年八月三日的《时报》里的，在头号字的《针穿两手……》这一个题目之下，做着这样的文章：
>
> “被共党捉去以钱赎出由长沙逃出之中国商人，与从者二名，于昨日避难到汉，彼等主仆，均鲜血淋漓，语其友人曰，长沙有为共党作侦探者，故多数之资产阶级，于廿九日晨被捕，予等系于廿八夜捕去者，即以针穿手，以秤秤之，言时出其两手，解布以示其所穿之穴，尚鲜血淋漓。……（汉口二日电通电）”
>
> ……
>
> 倘若译得“信而不顺”一点，大略是应该这样的：“……彼等主仆，将为恐怖和鲜血所渲染之经验谈，语该地之中国人曰，共产军中，有熟悉长沙之情形者，……予等系于廿八日之半夜被捕，拉去之时，则在腕上刺孔，穿以铁丝，数人或数十人为一串。言时即以包着沁血之布片之手示之……”①

上述二、三、四例应属于不求甚解、大而化之的胡乱翻译，既有可能是缺乏相关的背景知识，也可能是译者草率态度所致。

其五：

> 在二月号的《小说月报》里，赵先生将“新群众作家近讯”告诉我们，其一道：“格罗泼已将马戏的图画故事《Alayoop》脱稿。”这是极“顺”的，但待到看见了这本图画，却不尽是马戏。借得英文字典来，将书名下面注着的两行英文“Life and Love Among the Acrobats Told Entirely in Pictures”查了一通，才知道原来并不是“马戏”的故事，而是“做马戏的戏子们”的故事。这么一说，自然，有些“不顺”了。但内容既然是这样的，另外也没有法子想。必须

① 鲁迅：《二心集·再来一条“顺”的翻译》，《鲁迅全集》（4），人民文学出版社 1981 年版，第 349—350 页。

是“马戏子”，这才会有“Love”。[①]

其六：

> 《小说月报》到了十一月号，赵先生又告诉了我们“塞意斯完成四部曲”，而且“连最后的一册《半人半牛怪》（Der Zentaur）也已于今年出版”了。……英文字典上也就有，我们还常常看见用它做画材的图画，上半身是人，下半身却是马，不是牛。[②]

五、六两则是明显的错译，应该是和译者的翻译态度不认真直接相关。

其七：

> ……但宙太太的乳汁，却因此一吸，喷了出来，飞散天空，成为银河，也就是“牛奶路”，——不，其实是“神奶路”。但白种人是一切“奶”都叫“milk”的，我们看惯了罐头牛奶上的文字，有时就不免于误译，是的，这也是无足怪的事。[③]

在上述七例中，最后一例最为人们所熟知，也是鲁迅批判论敌的经典论据，常常被人引用。可是，这显然又是一个明显的误译：在一词多义的情况下当然要根据具体语境来选择译词，文中鲁迅也毫不讳言：这是误译。还有，赵景深对于相关的希腊神话显然不熟，这又属于译者的知识结构问题。另外，即使赵景深谙熟这则神话，将它翻译成“神奶路”，对于中国的大部分读者而言还是一头雾水。如果按照赵景深“顺”的主张，自然是译为“银河”更为合适。事实上，赵景深早在鲁迅这一批判之前就已经认识到错误并且改正了。因为“人们对于‘他者’特别是异质文化的理解难免会有若干误解在内；再加上语言表达上的困难，误读误译在所不免”[④]。身在其中的鲁迅更是了解这点，但鲁迅为维护“信”的翻译的尊严，不惜采用抹黑

---

① 鲁迅：《二心集·风马牛》，《鲁迅全集》（4），人民文学出版社 1981 年版，第 346 页。

② 同上书，第 346—347 页。

③ 同上书，第 347 页。

④ 顾钧、顾农：《鲁迅主张“硬译”的文化意义》，《鲁迅研究月刊》1999 年第 8 期。

“顺”的翻译的手段：你说我的“信”难懂，我则指出你的“顺”错误百出。有学者指出：“将鲁迅的杂文作为其学术思考的一种特殊形式来把握时，必须十分谨慎。因‘借题发挥’‘正话反说’，或者‘攻其一点不及其余’等杂文笔法，与学术著述的‘实事求是’大相径庭。”①

不管怎样，鲁迅“精彩而又偏颇”② 的论证使“信”的翻译在声势上取得了胜利，使主张“顺”的论敌们或颜面扫地或销声匿迹。当时，人们往往迷失于论战的激烈氛围当中：“顺而不信”或者“信而不顺”似乎只能持其一端，就如同翻译界流传的说法那样：翻译像女人，忠实的不漂亮，漂亮的不忠实。事实上，就鲁迅本人而言，也一直在“信”与“顺”之间寻求着平衡，是翻译论战中的剑拔弩张使鲁迅忙于应对而淡化了理性的色彩：从论敌的误译、错译中取例作为对“‘顺’的翻译”的还击。

三　“硬着头皮译”的回馈

“硬译”不但为梁实秋等批评家们所厌恶，为读者们所冷淡，就是在鲁迅自己翻译的过程中，也吃尽了苦头。他希望读者“硬着头皮看下去”，而他自己，更是要“硬着头皮译下去”③。

首先，“硬译”不只在技术上遭受攻击，就是在译者人格上也被人质疑。在那个知识分子具有强烈言说欲望的时代，鲁迅的这一翻译方法很快就被批评家所捕捉。“硬译”的译者和译文被全面否定：“一味仿效西洋，自称摩登，甚至不问中国文法，必欲仿效英文，分‘历史地’为形容词，‘历史地的’为状词……此类把戏，只是洋场孽少怪相，谈文学虽不足，当西崽颇有才。此种流风，其弊在奴，救之之道，在于思。”④ 真可谓骂得痛快淋漓。鲁迅虽然在“骂战”上从不示弱，但是笔墨官司给予鲁迅的显然是身心的疲惫和伤害。

其次，即便一向被鲁迅引为知己的瞿秋白也表示对于鲁迅的翻译不能

---

① 冯光廉、刘增人、谭桂林主编：《多维视野中的鲁迅》，山东教育出版社 2001 年版，第 1058 页。

② 同上。

③ 鲁迅：《且介亭杂文二集 · “题未定”草（一至三）》，《鲁迅全集》(6)，人民文学出版社 1981 年版，第 356 页。

④ 林语堂：《今文八弊》，《人间世》1935 年 5 月 20 日第 38 期。

苟同。瞿秋白明确翻译的职责是“把原文的本意，完全正确的介绍给中国读者”，也就是以读者能够接受作为第一要义。在这点上，他与梁实秋的意见一致。瞿秋白在看过鲁迅翻译的《毁灭》后，认为鲁迅的翻译做到了“正确”，但却没做到“白话”：“翻译要用绝对的白话，要不就不能够‘保存原作的精神’。固然，这是很困难，很费功夫的。”① 显然，瞿秋白还是从读者接受这个角度来解读和评价作品的：“如果不注意中国白话的文法公律，如果不就着中国白话原来有的公律去创造新的，那就很容易走到所谓‘不顺’的方面去。”② 另一方面，他虽然给予鲁迅译文“正确”的评价，但同时也给鲁迅提出很多意见，仅仅“把弗理契序文里引的原文来校对一下”，错处就已经有9条之多。并且告诫鲁迅：“翻译要精确，就应当估量每一个字眼。”也就是说，鲁迅翻译的《毁灭》不仅不够通俗易懂、不够白话，也不够精确。对于瞿秋白的意见，鲁迅非但没有像以往对待其他人一样吹响反攻的号角，反而虚心接受，并且与之就翻译文学受众的问题进行了深入探讨。瞿秋白和鲁迅的私交甚好，又是在私人信件中谈到上述问题的，鲁迅不怕暴露自己的不足，将与瞿秋白的信件公之于众，实属难能可贵，也确实是大家风范，但最重要的一点应该是：对瞿秋白大部分意见的认同，这不能不在鲁迅的内心引起震动。

最后，也是最重要的一点：“硬译”对于鲁迅自身来说，也是巨大的磨难。在翻译《死魂灵》的时候，鲁迅已经接近生命的终点，或者可以说，是翻译《死魂灵》使鲁迅的生命接近了终点。因为这部作品使鲁迅费尽了心力，他的“硬译”法则在这部以幽默、讽刺见长的作品翻译中显得无所适从：

> 动笔之前，就先得解决一个问题：竭力使它归化，还是尽量保存洋气呢？……只能改换他的衣裳，却不该削低他的鼻子，剜掉他的眼睛。我是不主张削鼻剜眼的，所以有些地方，仍然宁可译得不顺口。③

---

① 瞿秋白：《二心集·关于翻译的通信（并JK来信）》，《鲁迅全集》（4），人民文学出版社1981年版，第373页。

② 同上书，第375页。

③ 鲁迅：《且介亭杂文二集·“题未定”草（一至三）》，《鲁迅全集》（6），人民文学出版社1981年版，第352页。

这是“宁信勿顺”的再次宣言。可是，操作起来却绝对没有想象的那样简单：“于是‘苦’字上头……这就势必至于字典不离手，冷汗不离身……硬着头皮译下去。”①拟想中的“力求其易解又要保存着原作的丰姿”，已经是“硬译”方法力所不及的了。“当原文的语气和句式不能在汉语中直接地重现时，要以‘逐字译’的方法去‘直译’，便会十分困难。鲁迅一方面要尽量地去‘逐字译’，同时又要勉强地去保留这些语气和句式，结果就是将‘直译’推到‘硬译’去了，换言之，‘硬译’就是鲁迅在无法处理语气或句式的难题下而继续以‘逐字译’的方法去翻译后出来的结果。”②

经过翻译论战，鲁迅已经骑在了“硬译”的老虎背上。经历了论敌的攻击、友朋的质疑、读者的淡漠，还有来自内心深处不能与外人言说的反观自省，其痛楚可想而知。在翻译《死魂灵》期间，鲁迅在给友人的信中写道：“《死魂灵》第四章，今天总算译完了，也到了第一部全部的四分之一，但如果专译这样的书，大约真是要‘死’的。”③一语成谶。

中文和西语存在着天然的差别，在翻译中要实现意义的对等已经不易，如果再寻求形式上对应就等于超出了人为的可能了，因为对汉语和西语加以比较就会发现：“语句组织上的悬殊很大。先说文法，中文也并非没有文法，只是中文法的弹性比较大，许多虚字可用可不用，字与词的位置有时可随意颠倒，没有西文法那么谨严，因此，意思有时不免含糊，虽然它可以做得很简练。其次，中文少用复句和插句，往往一义自成一句，特点在简单明了，但是没有西文那样能随情思曲折变化而见出轻重疾徐，有时不免失之松滑。总之，中文以直截见长，西文以繁复绵密见长，西文一长句所包含的意思用中文来表达，往往需要几个单句才行。”④这就是鲁迅“硬译”技术上的障碍。同样主张欧化翻译策略的译者很多，但他们在翻译中遇到不能用欧式句法的地方都进行了改变，所以不会有鲁迅

---

① 鲁迅：《且介亭杂文二集·“题未定”草（一至三）》，《鲁迅全集》（6），人民文学出版社1981年版，第351页。

② 王宏志：《重释“信达雅”——二十世纪中国翻译研究》，东方出版中心1999年版，第225页。

③ 鲁迅：《书信·350522致黄源》，《鲁迅全集》（13），人民文学出版社1981年版，第133页。

④ 中国翻译工作者协会《翻译通讯》编辑部编：《翻译研究论文集（1894—1948）》，外语教学与研究出版社1984年版，第358页。

“硬译”所遭遇的尴尬。

至今，学者还在不断推陈出新地研究鲁迅“硬译”方法对于翻译理论、译界风气、汉语言改造等方面的影响。但关于“硬译”的讨论，常被忽视的是硬译到“硬译”的演变。应该回顾和探讨的，不只是鲁迅将汉语进行欧化文法表达的翻译本身，更是鲁迅不畏艰难、呕心沥血地改造中国语言进而“转移性情、改造社会”① 的“硬译”精神。

第三节　欧化策略的实践特色

论者谈到鲁迅的翻译常常冠之以“欧化”、“硬译”或者“晦涩难懂”一类词语，但鲁迅洋洋300万言的翻译作品究竟有多少是“硬译”的欧化文？是通篇晦涩难懂还是只有片言只语？这些都很少有人探究。鲁迅倡导“欧化”翻译策略，但在翻译实践中，其“欧化”践行的程度远非一致。鲁迅严格执行“欧化”句法、文法并导致阅读障碍的译文极其有限，译作的大部分都是从忠实原作内容出发进行的弹性欧化；儿童文学翻译又当别论：为了适应儿童的阅读能力和兴味，一再将译作进行“去欧化”处理。从总体上看，鲁迅的翻译实践始终都在欧化与归化之间寻求着平衡，并力图在“信”与“顺”之间树立支点，可将之概括为有限的硬性欧化、普遍的弹性欧化和儿童文学的“去欧化”三种类型。

一　有限的硬性欧化

综观鲁迅的翻译作品，真正引入欧化文法、“按板规逐句，甚而至于逐字译”，“连语句的前后次序也不甚颠倒”② 的所谓“硬译”——硬性欧化的成分不但不多，甚至可以说很少。

从时间上讲，早在1903年涉足译坛直到1928年，鲁迅的译作都没有生硬套用欧式句法、文法的情况，甚至《域外小说集》之前的很多译作

---

① 鲁迅：《译文序跋集·域外小说集·序》，《鲁迅全集》（10），人民文学出版社1981年版，第161页。

② 鲁迅：《二心集·“硬译”与“文学的阶级性”》，《鲁迅全集》（4），人民文学出版社1981年版，第200页。“连语句的前后次序也不甚颠倒”的注释为——鲁迅：《译文序跋集·出了象牙之塔·后记》，《鲁迅全集》（10），人民文学出版社1981年版，第245页。

还以改译、编译作品的面目出现——属于典型的归化翻译。从1929年翻译《托尔斯泰之死与少年欧罗巴》开始，鲁迅将欧式文法和句法植入部分翻译作品当中。从体裁上看，鲁迅译作中的欧化文主要出现在文艺理论翻译当中，其他体裁的译作中则难得一见。还必须指出的是，即便是1929年后的文艺理论翻译，也只有部分作品中出现过类似梁实秋等人所批判的晦涩难懂的“硬译”文字。

1929年1月，鲁迅在《春潮》月刊第1卷第3期上发表了译自苏联卢那卡尔斯基的《托尔斯泰之死与少年欧罗巴》一文，在该文的“译文附记”中谈到对译文的感觉以及译者的无奈：“晦涩，甚而至于难解之处也真多。”[①] 实际上，这篇文章虽然语言上没有做到“达”和“雅”，但是“信”的程度也只在逐句对应上。所谓的“难解之处”只要“费牙来嚼一嚼”[②] 即可解决。而后，鲁迅又在同年4月发表译自卢那卡尔斯基的《艺术论》和10月发表的《文艺与批评》中，再次植入欧化句法、文法，就两篇译文整体来看，虽然因为强调忠实原文而使文章显得美感不足，但基本上属于直译范畴。以《文艺与批评》开篇为例：

> 生了普式庚（Pushkin）的俄国，生了托尔斯泰（Lev Tolstoi）的俄国，生了陀思妥夫斯基（Dostoevski）的俄国——那在俄国之前，横着伟大的命运。在这里，昨日作为贵的，今日以为贱，今日作为贱的，明日以为贵。而从创造和破坏起，以至和混乱，矛盾，流血，饥饿，绝望，光明，建设这些事相接踵。将这些恰如映在万花镜里的生活的姿态，加以描写者，大约是艺术了罢。[③]

这里究竟有多少晦涩难懂的句子？即便考虑到阅读、理解能力的差异性，有晦涩难懂嫌疑的部分也极少。

---

① 鲁迅：《托尔斯泰之死与少年欧罗巴·译者附记》，《鲁迅著译编年全集》（10），人民出版社2009年版，第24页。

② 鲁迅：《二心集·关于翻译的通信（并JK来信）》，《鲁迅全集》（4），人民文学出版社1981年版，第381页。

③ ［苏］卢那卡尔斯基：《文艺与批评》，《鲁迅译文全集》（4），福建教育出版社2009年版，第285页。

《艺术论》和《文艺与批评》之所以引发梁实秋等人的大加挞伐，是因为其中有“不少的‘底’‘地’‘的’‘地底’‘地的’，读起来莫名其妙……”① 如果认真阅读，从鲁迅翻译的《艺术论》或者《文艺与批评》中找出梁实秋所列举的难懂的句子非常容易，甚至还能找出根本无法弄懂的个案：“要来讲辅助那识别在三次元底的空间的方向的视觉底要素的空间底距离的……”② 说容易找出并不是因为这些句段俯拾皆是，相反，恰恰是因为不常见——阅读的过程中很容易被发现：无须说与汉语表达的语言习惯相悖，即使是在鲁迅译文欧化的语境中，这样的句子也显得十分另类。就鲁迅“硬译”的代表译作《艺术论》与《文艺与批评》来看，难懂或无法懂的部分不会占到整部作品的十分之一。正是这两部译作引起了梁实秋、赵景深等人对鲁迅的“欧化”和“硬译”的质疑，并由于鲁迅的回应而很快演变成翻译论战。鲁迅虽然抱定“宁信勿顺”的立场毫不示弱，但是对于自己译作“晦涩难懂”从未加以否认，更有“句子生硬，‘诘诎聱牙’”③ 的自我评价。

这其中最难解之处在于：鲁迅为什么尝试违背汉语的表达习惯而进行翻译？这源于鲁迅利用异质性文化改造中国自身文化的长远目标，“建立新文化，是翻译的原动力”④。鲁迅相信文艺“可以转移性情、改造社会”⑤，又因为“没有拿来的，人不能自成为新人，没有拿来的，文艺不能自成为新文艺”⑥，同样，没有拿来的，语言也不能自成为新语言，文化也不能自成为新文化。在鲁迅的思想中，变革中国语言——建设中国文学——改造国人思想，是一条明确的逻辑链条，欧化翻译是这一链条中利用西语改造中国语言的伟大设想和大胆试验。鲁迅的本意是：先将文法由文艺理论译文少量输入，由预想读者——知识精英层面进行消化、吸收、

---

① 黎照编：《鲁迅梁实秋论战实录·通讯一则》，华龄出版社 1997 年版，第 618 页。

② ［苏］卢那卡尔斯基：《艺术论》，《鲁迅译文全集》（4），福建教育出版社 2009 年版，第 219 页。

③ 鲁迅：《译文序跋集·域外小说集·序》，《鲁迅全集》（10），人民文学出版社 1981 年版，第 162 页。

④ 冯光廉等编：《多维视野中的鲁迅》，山东教育出版社 2001 年版，第 994 页。

⑤ 鲁迅：《译文序跋集·域外小说集·序》，《鲁迅全集》（10），人民文学出版社 1981 年版，第 161 页。

⑥ 鲁迅：《且介亭杂文·拿来主义》，《鲁迅全集》（6），人民文学出版社 1981 年版，第 40 页。

传播，然后再大量输入，直到人们渐渐地习惯，最后用拉丁文、用欧式语言就是水到渠成的事情了。可惜只是“文法有些欧化，有些人尚且如同眼睛里著了玻璃粉”[①]，其他就更无从谈起了。必须承认的是，西文中由大量的从句组成的长句，根本不是汉语中一个句子能够容纳的，汉语对于多重复句的结构也是无法表达的，一定要保持原来句子的结构，只能导致汉语表达习惯被颠覆。鲁迅早就认识到“中国文本来的缺点”，但他的“硬译”翻译实验非但没有弥补“缺点”，反而使“缺点”更加彰显。毫无疑问，承载西语的句法、文法，是汉语无法完成的任务，一定要这么做，真的只好译者“硬着头皮译下去”[②]，读者“硬着头皮看下去”[③] 了。如果假以时日，鲁迅的这一语言改造实验并非完全没有成功的可能，但其浓烈的个人化色彩在狂飙突进的启蒙、救亡时代，的确很难找到生存的空间。

经过短暂的、少量的“硬译”尝试，鲁迅当然认识到了问题之所在，不但在翻译《死魂灵》时，“已经没有了20年代译文中的刻意欧化的硬译……”[④] 而且在鲁迅的全部译作中，“硬译”只存在于文艺理论这一体裁中。但由于翻译论战的广泛影响，人们大多相信鲁迅的译笔艰涩——越是没有读过鲁迅译作的人就越是相信；也因为这种相信，读者大多带着既定的结论来读鲁迅的译作，或者干脆与鲁迅的译作保持距离。一方面，这些少量存在的“硬译”的欧化文，无疑成为鲁迅全部翻译作品的害群之马；另一方面，鲁迅改造中国语言的宏愿和为此进行的大胆实验，值得后人效仿和仰视。

二　普遍的弹性欧化

在《域外小说集》之前的翻译中，鲁迅并没有建立严格的“欧化”或者“归化”的翻译理念，但基本上采用“归化”的策略，甚至编译、

---

① 鲁迅：《华盖集续编·马上日记之二》，《鲁迅全集》（3），人民文学出版社1981年版，第342页。

② 鲁迅：《且介亭杂文二集·“题未定”草（一至三）》，《鲁迅全集》（6），人民文学出版社1981年版，第351页。

③ 鲁迅：《托尔斯泰之死与少年欧罗巴·译者附记》，《鲁迅著译编年全集》（10），人民出版社2009年版，第24页。

④ 王向远：《翻译文学导论》，北京师范大学出版社2004年版，第116页。

译作、改译的情况有很多。[①] 自《域外小说集》起，鲁迅开始采用“欧化”翻译策略，“字字忠实，丝毫不苟，无任意增删之弊，实为译介开辟一个新时代的纪念碑”[②]。这就是鲁迅“欧化”翻译理论践行的开始。此后，无论褒贬，鲁迅的翻译基本上被认为是“欧化”的典范：“有摹仿欧文而谥之曰欧化的国语文学者，始倡于浙江周树人之译西洋小说。”[③] 一旦这一结论出炉，人们便很少关注相反的一面——鲁迅根据不同的体裁、不同的预想读者不断进行着归化的尝试。

鲁迅翻译了大量的小说作品，只要将其与鲁迅的小说创作加以对比，就会发现译作与创作在文字表达方面是一致的，其中完全找不到文艺理论翻译中硬性欧化的痕迹。鲁迅还认识到：

> 大约凡是译本，倘不标明“并无删节”或“正确的翻译”，或鼎鼎大名的专家所译的，欧美的本子也每不免有些节略或差异。译诗就更其难，因为要顾全音调和协韵，就总要加添或减去些原有的文字。世界语译本大约也如此，倘若译出来的还是诗的格式而非散文。[④]

也就是说，“翻译一直都是一个不可避免的归化过程，其间异域文化文本被打上使本土特定群体易于理解的语言和文化印记”[⑤]。

鲁迅的译诗不多，除开和周作人合作的《〈镫台守〉之诗》《〈红星佚史〉译诗》外，还有前文提到的法国亚波里耐尔的《跳蚤》、德国海涅的《Heinie 的诗》和梅菲尔德的《〈你的姊妹之图〉卷头诗》、匈牙利 Petöfi Sandor 的《A. Petöfi 的诗》、奥地利翰斯·迈伊尔的《中国起了火》、日本伊东干夫的《我独自行走》，而翻译最多的是日本蕗谷虹儿具有歌谣、童谣色彩的诗歌。《Heinie 的诗》和《灯台守》《〈红星佚史〉

---

① 鲁迅早期翻译作品的情况非常复杂，如《说鈤》《斯巴达之魂》《摩罗诗力说》《科学史教篇》《文化偏至论》等篇，既没有明确的原作、原作者，当然也没有可能确定其来源国家，所以研究者常常以改作、改写、编译、述译、著译（或者译编、译述、译著）等词语加以说明。

② 许寿裳：《亡友鲁迅印象记》，人民文学出版社 1981 年版，第 54 页。

③ 转引自鲁迅《准风月谈·后记》，《鲁迅全集》（5），人民文学出版社 1981 年版，第 407 页。

④ 鲁迅：《集外集·通讯》，《鲁迅全集》（7），人民文学出版社 1981 年版，第 129 页。

⑤ 傅斯年：《译书感言》，《新潮》1919 年 3 月 1 日第 3 期。

译诗》都是用文言翻译，当时鲁迅也还没有明确的翻译策略。《〈你的姊妹之图〉卷头诗》是近年才被确定的鲁迅译作。[①]“这女人是你的姊妹，/她有一个私生的孩子/而且没有工作，以后/来摆布的有我们的社会：/秩序。”[②]这首诗已经通俗易懂到了浅白的程度，甚至已经失去了诗歌的韵味，鲁迅应该从中体会到了译诗的艰难，《中国起了火》也有同样的问题。而《A. Petöfi 的诗》和来自日本的诗歌鲁迅则翻译得得心应手，完全可以与成熟的现代诗媲美，如《A. Petöfi 的诗》中的“太阳酷热地照临……”：“太阳酷热地照临，/周遭的谷子都已成熟；/一到明天早晨，/我就开手去收获。/我的爱也成熟了，/红炽的是我的精神；/但愿你，甜蜜的，唯一的，——/但愿你是收割的人……”[③]蕗谷虹儿的诗则基本上已经看不出翻译诗歌的痕迹，如童谣《傀儡子的外套》：“用些红毛线，/编起小外套，/给小娃穿罢。/小娃是冷了呀，/显着冷冷的脸呀……”[④]

除诗歌外，鲁迅认为，戏剧也不应该采用欧化的方法，在看过陈君涵翻译的《蠢货》后，鲁迅直言：“直译之处还太多，因为剧本对话，究以流利为是。”[⑤]只有流利的语言才适合舞台演出，如果采用欧化的语体，不但演员难于表达，观众也会费解。说白了——戏剧语言应该简短、明了，不能够让听众观看戏剧的同时还要对台词“费牙来嚼一嚼”或者“伸出手指”寻找线索。鲁迅自己翻译的戏剧也以此为原则。日本武者小路实笃的戏剧《一个青年的梦》是鲁迅翻译的第一部戏剧，共4幕。虽然是有些沉重的反战题材，但鲁迅却翻译得非常明了，人物对白语言简洁、生动。仅以前两幕开篇的4句为例，第一幕——青年问：“这里有什么事，”不识者答：“有平和大会呢。”青年又问：“开了平和大会做什么，”不识者答：“看着就是”；第二幕——青年说：“乏了。肚子饿了，”

---

① 参见强英良《鲁迅手书〈你的姊妹〉译诗》，《鲁迅研究月刊》2003年第8期。

② ［德］梅菲尔德：《〈你的姊妹之图〉卷头诗》，《鲁迅著译编年全集》（12），人民出版社2009年版，第197页。

③ ［匈］裴多菲：《A. Petöfi 的诗》，《鲁迅著译编年全集》（6），人民出版社2009年版，第9页。

④ ［日］蕗谷虹儿：《蕗谷虹儿的诗》，《鲁迅译文全集·译文补编》（8），福建教育出版社2008年版，第282页。

⑤ 鲁迅：《书信·290621致陈君涵》，《鲁迅全集》（11），人民文学出版社1981年版，第669页。

不识者问："买点什么吃不好么，"青年答："我没有钱，"不识者于是说："那便只好熬着。即使两三日不吃什么，也不见得便会饿死。"[①] 该文通篇如此，不但没有令人费解之处，而且明白晓畅。

鲁迅还翻译过爱罗先珂的童话剧《桃色的云》，一向对于儿童文学翻译都做"归化"处理的鲁迅，面对这部童话剧，更感到压力。开译之前鲁迅就说：

> 这在我是一件烦难事，我以为，由我看来，日本语实在比中国语更优婉。而著者又能捉住他的美点和特长，所以使我很觉得失了传达的能力，于是搁置不动，瞬息间早过了四个月了。
>
> 但爽约也有苦痛的，因此，我终于不能不定下翻译的决心了。自己也明知道这一动手，至少当损失原作的好处的一半，断然成为一件失败的工作……[②]

鲁迅的"烦难"、"搁置不动"、"苦痛"、"断然……失败"都源自对这部作品语言美的赞赏，怕损失了美感而对不住作者和读者。在《桃色的云·序言》中鲁迅再次表达了上述观点，并把"至少当损失原作的好处的一半"明确为"至少也毁损了原作的美妙的一半"[③]。且不说鲁迅翻译的实际效果，即便是这种对于形式美、语言美的关注，也已经足见鲁迅将其"归化"翻译的用心了。不仅如此，鲁迅还在该译作的副文本上用心颇多：开译前发表《将译〈桃色的云〉以前的几句话》，译文附有《序言》。还专门做一篇《记剧中人物的译名》，进一步展示自己对语言美的追求："中国虽有名称而仍用日本名的。这因为美丑太相悬殊，一翻便损了作品的美。"[④] 于是"败酱"译作"女郎花"，"鹿蹄草"译作"铃兰"，

---

① ［日］武者小路实笃：《一个青年的梦》，《鲁迅译文全集》（1），福建教育出版社 2008 年版，第 309、337 页。

② 鲁迅：《译文序跋集·将译〈桃色的云〉以前的几句话》，《鲁迅全集》（10），人民文学出版社 1981 年版，第 214 页。

③ 鲁迅：《译文序跋集·桃色的云·序》，《鲁迅全集》（10），人民文学出版社 1981 年版，第 209 页。

④ 鲁迅：《译文序跋集·桃色的云·记剧中人物的译名》，《鲁迅全集》（10），人民文学出版社 1981 年版，第 211 页。

“牵牛花”译作“夕颜”……[①]即便如此用心，鲁迅还是担心读者阅读时会存在问题，在作品连载发表的过程中还进行补充说明，创作了《〈桃色的云〉第二幕第三节中译者附白》。

即使在对原作忠实程度要求最高的文艺理论翻译中，鲁迅也认为，术语需要意译，否则无法为读者所理解。鲁迅在翻译了《艺术论》后，感觉这是一本“诘屈枯涩的书”并且希望将来：“有潜心研究者，解散原来句法，并将术语改浅，意译为近于解释，才好……”[②] 可见，鲁迅并非不知道自己的翻译所存在的问题，并且一直寻求着更好的翻译。1935 年 10 月，鲁迅在谈到翻译《死魂灵》的问题时，明确了自己这一寻求的目标：

> 凡是翻译，必须兼顾着两面，一当然力求其易解，一则保存着原作的丰姿，但这保存，却又常常和易懂相矛盾……[③]

也就是说，“保存着原作的风姿”的“欧化”翻译必须确保一条底线：读者能够读懂，这几乎是当时所有主张“欧化”翻译的译家都遵循的准则。正如周作人在强调“逐字译”的同时也强调“不得已也应逐句译”[④] 一样，欧化翻译可以保存其异质性文化，但当“信”与“达”难以两全的时候，倾向于“达”，也就是应该采用归化策略。“忠实而不失其流利，流利而不流于放纵”[⑤]，这是一个杰出译者所追求的最高境界，也是鲁迅翻译的追寻目标。

三　儿童文学的“去欧化”

鲁迅立足于儿童的教育和发展，将儿童看作“立人”目的中最有希望的一个群体，儿童受传统文化的毒害很少，这就是鲁迅所说：“没有吃

---

① 鲁迅：《译文序跋集·桃色的云·记剧中人物的译名》，《鲁迅全集》（10），人民文学出版社 1981 年版，第 212—123 页。

② 鲁迅：《译文序跋集·艺术论·小序》，《鲁迅全集》（10），人民文学出版社 1981 年版，第 295 页。

③ 鲁迅：《且介亭杂文二集·“题未定”草（一至三）》，《鲁迅全集》（6），人民文学出版社 1981 年版，第 356 页。

④ 钟叔河编：《周作人文类编·答张寿朋》（8），湖南文艺出版社 1998 年版，第 691 页。

⑤ 郑振铎：《译文学书的三个问题》，《小说月报》第 12 卷第 3 号。

过人的孩子，或者还有？救救孩子……”[①] 鲁迅翻译了儿童教育论文《儿童之好奇心》《儿童观念界之研究》等，创作了倡导儿童本位的论文《我们怎样做父亲》《上海的儿童》等，主张成人为儿童“肩住了黑暗的闸门”[②] 的同时，儿童自己也需要“养成适应时代之思想”，不致离开了成人的保护“便如失了网的蜘蛛一般，立刻毫无能力”[③]，这就需要有适合儿童身心发展的读物，使儿童通过阅读来强健自己的精神和体魄。鲁迅深感中国儿童读物的匮乏，所以在儿童作品翻译上用功颇勤。还是在《域外小说集》时代，鲁迅已经拟订了翻译安徒生童话的计划，虽因为《域外小说集》销售上的惨败而未能完成，但后来所译的俄国爱罗先珂童话、荷兰望·蔼覃童话、苏联高尔基和班台莱耶夫童话都足以弥补这一缺憾，鲁迅堪称儿童文学译介的先驱。

在儿童文学翻译的过程中，鲁迅充分注意了儿童读者的接受能力，除适合儿童心理的广博新奇内容外，还根据儿童的阅读特点，以浅显易懂、明白晓畅的文风来博取读者的欢迎。

在翻译荷兰望·蔼覃童话《小约翰》时，鲁迅进行了归化处理：“和文字的务欲近于直译相反，人物名却意译，因为它是象征。”[④] 虽然只是人物名字，但是已经表明鲁迅对于“欧化”译法功能性的思索：它无力表达象征的手法。鲁迅的这一译法收到了良好的效果，来自自然的旋儿、无所不知的将知、代表残酷现实的穿凿、崇尚科学的号码博士都令人回味无穷。特别是与后来的《小约翰》译本对比之后，就会发现牵牛小子、万事通、毁灭者这样的称谓虽然更具童趣，但韵味方面却有所减弱，也不符合鲁迅对《小约翰》“象征写实底童话诗”[⑤] 的定位。

鲁迅虽然说文字“务欲近于直译”，但事实上也充分考虑了童话的特

---

① 鲁迅：《呐喊·狂人日记》，《鲁迅全集》（1），人民文学出版社 1981 年版，第 432 页。

② 鲁迅：《坟·我们现在怎样做父亲》，《鲁迅全集》（1），人民文学出版社 1981 年版，第 130 页。

③ 鲁迅：《南腔北调集·上海的儿童》，《鲁迅全集》（4），人民文学出版社 1981 年版，第 565 页。

④ 鲁迅：《译文序跋集·小约翰·引言》，《鲁迅全集》（10），人民文学出版社 1981 年版，第 258 页。

⑤ 鲁迅：《译文序跋集·小约翰·引言》，《鲁迅全集》（10），人民文学出版社 1981 年版，第 254—255 页。

质：语言浅白、流畅，对于大自然中动物的描写更充满了情趣，例如对“颇自负它自己的伟大和聪明”的猫的描写：

它总能保持它的成算和尊严，即使它自己屈尊，和一个打滚的木塞子游嬉，或者在树后面吞下一个遗弃的沙定鱼头去。

还有以嫩的脆的草杆子作奖励，认真上着植物、动物课的蟋蟀，不堪人类的侵扰而拿自己的大耳朵当手巾擦眼泪的兔子，热心于慈善而备受爱戴的妖王，充当舞会司仪的绿色蜥蜴，“用了它的本相跳舞”的硕鼠、蜗牛、土拨鼠，以及为了争夺“平和蚂蚁”的头而不断进行战争的蚂蚁族……给读者展现出一幅生机盎然、充满情趣的动物世界。而随着鲁迅译笔对自然景物画面感十足的描述，完全可以绘制出一幅幅美丽的图画：

太阳因为白天的工作，显得通红而疲倦了，当未落以前，暂时在远处的冈头休息。光滑的水面，几乎全映出它炽烈的面貌来。垂在池上的山毛榉树的叶子，趁着平静，在镜中留神地端相着自己。孤寂的苍鹭，那用一足站在睡莲的阔叶之间的，也忘却了它曾经出去捉过虾蟆，只沉在遐想中凝视着前面。

云彩已经造成一个很大的门；太阳一定是要到那后面去安息。辉煌的小云排列成行，象一队全甲的卫士。

云彩还在发光。东方的天作深蓝色。柳树沿着岸站立成行。①

这样的表述，这样的语言，已经基本上看不出有与汉语表达的相悖之处。而在鲁迅看来：“务欲直译，文句也反成蹇涩；欧文清晰，我的力量实不足以达之”，虽然原文是“‘近于儿童的简单的语言’，但翻译起来，却已够感困难，而仍得不如意的结果”，这是因为为了保持原作的“精神和力量”，某些句子翻译得“冗长而且费解”，比如“末尾的紧要而有力的一句”——“上了走向那大而黑暗的都市即人性和他们的悲痛之所在的艰

① ［荷］望·蔼覃：《小约翰》，《鲁迅译文全集》（3），福建教育出版社2008年版，第16、17—18、18页。

难的路"[①]。事实上，鲁迅译本中这句是："上了走向那大而黑暗的都市，即人性和他们的悲痛之所在的艰难的路。"[②] 虽然只是加上了一个标点，却进行了有效的断句，整个句子谈不上"冗长"也没有"费解"或者"蹇涩"。如果沿着鲁迅的这一自我审视的思路品读其译文《小约翰》，会深感鲁迅对于这部译作评价的严苛。

总体来说，鲁迅对其译作《小约翰》不只是人物名字进行了意译的归化处理，整篇小说的语言也都明白晓畅，看不出刻意欧化的痕迹。

在翻译爱罗先珂童话《鱼的悲哀》时，鲁迅感到中国话表达天真烂漫的局限：

> 这一篇是最须用天真烂熳的口吻的作品，而用中国话又最不易做天真烂熳的口吻的文章，我先前搁笔的原因就在此；现在虽然译完，却损失了原来的好和美已经不少了，这实在很对不起著者和读者。[③]

在翻译《池边》时鲁迅也说：

> 可惜中国文是急促的文，话也是急促的话，最不宜于译童话；我又没有才力，至少也减了原作的从容与美的一半了。[④]

在翻译班苔莱耶夫的童话《表》的时候，鲁迅也追求"容易懂"：

> 在开译以前，自己确曾抱了不小的野心……想不用什么难字，给十岁上下的孩子们也可以看。[⑤]

---

① 鲁迅：《译文序跋集·小约翰·引言》，《鲁迅全集》(10)，人民文学出版社 1981 年版，第 257—258 页。

② ［荷］望·蔼覃：《小约翰》，《鲁迅译文全集》(3)，人民文学出版社 1981 年版，第 104 页。

③ 鲁迅：《译文序跋集·鱼的悲哀·译者附记》，《鲁迅全集》(10)，人民文学出版社 1981 年版，第 205 页。

④ 鲁迅：《译文序跋集·池边·译者附记》，《鲁迅全集》(10)，人民文学出版社 1981 年版，第 202 页。

⑤ 鲁迅：《译文序跋集·表·译者的话》，《鲁迅全集》(10)，人民文学出版社 1981 年版，第 396 页。

为了这份野心，鲁迅吃了很多苦头：

> 新年三天，译了六千字童话，想不用难字，话也比较的容易懂，不料竟比做古文还难，每天弄到半夜，睡了还做乱梦……①

鲁迅的苦心得到了回报：《表》的译文不但可以称得上“容易懂”，而且很具童趣。例如主人公彼蒂加饥饿难忍又身无分文的时候，看见了“一个胖胖的市场女人”“站在角落里卖蛋饼”，而蛋饼在饥饿的孩子看来是“焦黄，松脆，冒着热气”。当他被指责偷了蛋饼抵赖不成的时候，“有一个捏住了他的喉咙。别一个从后面用膝盖给他一磕。他立刻倒在地上了，于是一顿臭打”②。这段描述无论如何也看不出阅读的难度，尤其是饥肠辘辘的孩子眼睛里蛋饼的模样，成人的大手与孩子纤细喉咙接触用“捏”一字，弱小的孩子被众人胡乱地狠打、暴打也都不抵“臭打”一词描述得生动、准确，而且绝对具有中国特色——“臭打”一词无法直译还原成外语。《表》在相当于中篇的篇幅内基本保持着这样的译风，因此可以说，《表》的确是“向儿童文学注了一针新的血液”③，也代表了鲁迅的儿童文学翻译进入了新的境界。

另外，为许广平所译的童话《小彼得》④ 作序时，鲁迅又说：

> 开手就翻译童话，却很有些不相宜的地方，因为每容易拘泥原文，不敢意译，令读者看得费力。这译本原先就很有这弊病，所以我当校改之际，就大加改译了一通，比较地近于流畅了。⑤

---

① 鲁迅：《书信·350104 致萧军、萧红》，《鲁迅全集》（13），人民文学出版社 1981 年版，第 3 页。

② ［苏］班苔莱耶夫：《表》，《鲁迅译文全集》（6），福建教育出版社 2008 年版，第 344 页。

③ 陈伯吹：《儿童文学简论》，长江文艺出版社 1982 年版，第 70 页。

④ 北京鲁迅博物馆将该篇作为鲁迅译作收入福建教育出版社 2008 年版的《鲁迅译文全集》。

⑤ 鲁迅：《三闲集·〈小彼得〉译本序》，《鲁迅全集》（4），人民文学出版社 1981 年版，第 151 页。

也就是说，鲁迅在译者许广平“不敢意译”的情况下“大加改译”，做了归化处理。此外，在为孙用翻译的童话《勇敢的约翰》校稿后，鲁迅称赞“译文极好，可以诵读”[①]。这些看似严于律己、宽以待人的背后，隐藏着鲁迅在童话翻译上对欧化策略的否定。

鲁迅的童话翻译充分考虑了儿童的心理需求和接受能力，在语言上力求易懂，甚至在作品已经明白如话的情况下依然自责“孩子的话，我知道得太少”[②]，除自谦的成分而外，更多地表达了鲁迅对于儿童文学翻译的“去欧化”诉求。“每一国的文字都有它自己的特点，因此，翻译别国文字成本国文字的时候，既要忠实于原文，又要符合本国文字的特点和习惯，才能为本国人民所接受。”[③]“本国人民”对于译作的接受能力不可能等同，所以翻译实在是一件繁难的工作。

总体来看，鲁迅在践行欧化翻译策略的过程中付出了艰辛的努力。在鲁迅积极主张欧化的同时，在其看似坚定的欧化理论阐述中，其实并没有完全排除归化的魅影；在翻译实践中，鲁迅更是不断调整着自己的理念，在欧化与归化之间寻找着“黄金分割点”。

---

① 鲁迅：《书信·291108致孙用》，《鲁迅全集》（11），人民文学出版社1981年版，第694页。

② 鲁迅：《译文序跋集·表·译者的话》，《鲁迅全集》（10），人民文学出版社1981年版，第396页。

③ 高陶：《〈国际歌〉是怎样翻译过来的》，《翻译通讯》1983年第3期。

第五章

鲁迅翻译的路径、方式

鲁迅翻译的路径和方式是指转译和复译。转译也被称为“重译”或者“间接翻译”，是指通过非源语文本进行翻译，也就是在原作向译本的转换过程中要通过一个或多个中转站，鲁迅所翻译的俄国、苏联作品基本上都是通过日语文本转换而来的。复译是指已有翻译文本的情况下再次进行翻译，鲁迅虽然很少进行复译，但针对当时翻译文本质量低劣的状况，积极主张复译。鲁迅认为，复译是翻译作品由不好到比较好再到更好的必然途径。

鲁迅非常清楚转译的弊端，这只是译者语言结构和社会现实需求、自身精神需求矛盾中的无奈之举。复译则是将译本趋向完善的必备手段，所以“非有复译不可”，但理论上的支持并不代表实践的可行。回顾鲁迅的转译、复译主张会发现，鲁迅没有为自己的译本做过传世的准备，正相反，只想将其作为没有翻译——不好翻译——好翻译之间的桥梁。这种填补空白、历史中间物的观念来自鲁迅的进化论思想，更体现出鲁迅的牺牲精神。

第一节　转译：弊端与优势共存

转译是指译作不是从源语文本直接译出，而是通过另一种语言间接译出，所以又可以称为间接翻译。在鲁迅的时代和鲁迅的论述中，有时把转译称为重译，有时又把复译称为重译，这些称谓非常容易造成混淆，更缺乏科学性，需要根据具体的语境作出判断，所以现在重译的说法已经基本不用。在鲁迅的译作中，除日本和德国的作品而外，均属于转译。而其译作中的误译也大多因转译产生。鲁迅对转译的弊端心知肚明，但他还是转译了大量文字。在鲁迅转译的作品当中，主要是俄国、苏联和弱小民族的作品，从文字数量上看，占一半以上。

一 转译的弊端

在现代中国的翻译界，转译几成风尚：鲁迅精通日语，能够熟练运用德语，但是其译作中的大部分却来自俄国和苏联；茅盾只懂英语，却翻译了波兰、匈牙利、爱尔兰、西班牙、俄国等国家的作品；巴金也是如此，他精通英文、法文、世界语，却是著名的俄国文学翻译家，他是通过法文翻译大量的俄语文学作品的。在转译大量发生的时候，学者们就已经认识到它所带来的种种弊端。

梁实秋是反对转译的典型代表，他说："转译究竟是不大好，尤其是转译富有文学意味的书。本来译书的人无论译笔怎样灵活巧妙，和原作比较，总像是搀了水或透了气的酒一般，味道多少变了。若是转译，与原作隔远一层，当然气味容易变得更厉害一些。"① 蒋光慈也认为，经过一次翻译后，删减与错误已经不可避免，再经过一次翻译，译本距离原作就会更远。在从东京友人处了解到"日本有许多翻译太坏，简直比原文还难读……"② 后，将光慈对从日文转译的作品更是深感忧虑："近来中国有许多书籍都是译自日文的，如果日本人将欧洲人那一国的作品带点错误和删改，从日文译到中国去，试问这作品岂不是要变了一半相貌么?"③ 鲁迅进行了大量转译，他更清楚转译所带来的麻烦，而且非常推崇直接翻译的译本。

早在翻译《月界旅行》《地底旅行》的时候，鲁迅就深受转译之害。鲁迅把两部科幻小说的作者——法国的凡尔纳分别译为美国的培伦、英国的威男，就是根据日译本翻译的，而日译本是根据美国的英译本翻译的，经历了法语到英语到日语再到汉语的转换，凡尔纳的名字可谓面目全非了。凡尔纳的英译全名是 Jules Verne，到了日本翻译的阶段，日本人"V"的发音和"B"相近，再转化成汉语自然就成了查理士·培伦。至

---

① 黎照编：《鲁迅梁实秋论战实录·翻译》，华龄出版社 1997 年版，第 543 页。

② 鲁迅：《二心集·"硬译"与"文学的阶级性"》，《鲁迅全集》(4)，人民文学出版社 1981 年版，第 211 页。

③ 蒋光慈：《东京之旅》，《拓荒者》1930 年 1 月第 1 期。

于国籍的问题，应是美国的英译本没有标注，日本人就把它当作美国的作品，作者自然也就是美国人了。所以鲁迅说："培伦者，名查理士，美国硕儒也。"[①] 鲁迅翻译法国凡尔纳的《地底旅行》时，国籍和署名分别译为：英国、威男。这同样也是因为译本跨越了几种语言所造成的。

鲁迅的著述文字中一再阐释转译的弊端：

> 我从均风兄处借来《奔流》第九期一册，看见孙用先生自世界语译的莱芒托夫几首诗，我发觉有些处与原本不合。孙先生是由世界语转译的，想必经手许多，有几次是失掉了原文的精彩的。[②]

在把《死魂灵》的德译本和日译本对比后鲁迅发现：

> 德文译者大约是犹太人，凡骂犹太人的地方，他总译得隐藏一点，可笑。[③]

鲁迅谈到《少年别》原名的翻译时说：

> 要译得诚实，恐怕应该是《波西米亚者流的离别》的。但这已经是重译了，就是文字，也不知道究竟和原作又怎样的天差地远，因此索性采用了日译本的改题，为之《少年别》，也很像中国的诗题。[④]

鲁迅曾经用德语译本翻译《解放了的堂·吉诃德》，译好的部分已经在《北斗》杂志上发表，当时并不知道有什么问题，但后来事情出现了转折：

---

① 鲁迅：《译文序跋集·月界旅行·辨言》，《鲁迅全集》（10），人民文学出版社 1981 年版，第 151 页。

② 鲁迅：《集外集·通讯》，《鲁迅全集》（7），人民文学出版社 1981 年版，第 130 页。

③ 鲁迅：《书信·350628 致胡风》，《鲁迅全集》（13），人民文学出版社 1981 年版，第 159 页。

④ 鲁迅：《译文序跋集·〈少年别〉译者附记》，《鲁迅全集》（10），人民文学出版社 1981 年版，第 390 页。

靖华兄知道我在译这部书，便寄给我一本很美丽的原本。我虽然不能读原文，但对比之后，知道德译本是很有删节的，……日文的也一样，是出于德文本的。这么一来，就使我对于译本怀疑起来，终于放下不译了。

在私人信件里，鲁迅更直接谈到转译的不可靠：

《毁灭》我有英德日三种译本，有几处竟三种译本都不同。这事情很使我气馁。但这一部书我总要译成它，算是聊胜于无之作。①

这里提出了一个新问题：转译的时候即使有几个版本可参照，也还是不如依据原本翻译，因为有可能转译本之间存在相同的错误。总之，最可靠的还是要依据原本译出，所以当鲁迅得知“编者竟另得了从原文直接译出”的《解放了的堂·吉诃德》中译本时，“我的高兴，真是所谓‘不可以言语形容’”②。

可见，鲁迅非常清楚翻译“经过多手”是要出问题的。也正因此，他在评说、推荐译作的时候把由原文直接翻译作为衡量译作优劣的重要指标。在为童话《远方》所写的“按语”中，鲁迅说：

这是从原文直接译出的……这一篇恐怕是在《表》以后我们对于少年读者的第二种好的贡献了。③

在谈到自己校对过的两部作品时又说：

我们之有《苏俄的文艺论战》和《十二个》的直接译本而且是

① 鲁迅：《书信·311027致曹靖华》，《鲁迅全集》（12），人民文学出版社1981年版，第60页。

② 鲁迅：《集外集拾遗·〈解放了的堂·吉诃德〉后记》，《鲁迅全集》（7），人民文学出版社1981年版，第403页。

③ 鲁迅：《集外集拾遗补编·〈远方〉按语》，《鲁迅全集》（8），人民文学出版社1981年版，第395页。

> 译得可靠的，就出于他们的指点之赐。[①]

谈到高尔基的作品在中国的译本时还说：

> 至于他的作品，中国译出的已不少，但我觉得没有一本可靠的，不必购读。今年年底，当有他的《小说选集》和《论文选集》各一本可以出版，是从原文翻译出来的好译本……[②]

在通信中也多次申明这一观点：

> 《小说集》系同一译者从原文译出，文笔流畅可观。[③]
>
> 倘要研究苏俄文学，总要懂俄文才好。[④]

综上可知，鲁迅早就认识到：转译肯定不如从原文直接译出。因为"译者在理解原文的阶段，在揣度与领悟原作当时的意义的过程中，就受到他本人的人生修养、文化知识水平和艺术欣赏趣味等因素的限制，他所达到的理解程度，就不一定完全与原作的本意相吻合"[⑤]。在经过一次甚至多次转译后，不但不能与"本意相吻合"，甚至会相去甚远。就鲁迅所译蒲力汗诺夫（通译普列汉诺夫）的《论艺术》中达尔文著述部分来说，"由英而俄，由俄而日，由日而鲁迅，——经过了这三道转贩，变了原型自是容易有的事"[⑥]。而且，经过多次转译的作品究竟是在哪一个转换过程中出现了问题都很难判断。翻译毕竟是不同语言间的文化中介："文化中介不同于物质中转站，它意味着一种文化过滤，以及由此进行的删除、

① 鲁迅：《集外集·〈奔流〉编校后记》，《鲁迅全集》（7），人民文学出版社 1981 年版，第 178 页。

② 鲁迅：《书信·330813 致董永舒》，《鲁迅全集》（12），人民文学出版社 1981 年版，第 212 页。

③ 鲁迅：《书信·330820 致杜衡》，《鲁迅全集》（12），人民文学出版社 1981 年版，第 216 页。

④ 鲁迅：《书信·340727 致唐弢》，《鲁迅全集》（12），人民文学出版社 1981 年版，第 492 页。

⑤ 许钧：《文学翻译的理论与实践》，译林出版社 2001 年版，第 149 页。

⑥ 黎照编：《鲁迅梁实秋论战实录·论翻译的一封信》，华龄出版社 1997 年版，第 601 页。

选择。"[1] 转译的次数越多，距原作的距离越远，这一点毋庸置疑。即便如鲁迅对待翻译精益求精的态度，其译作中还是不能避免因转译而带来的明显"硬伤"。既如此，鲁迅为什么还要倡导和践行转译呢？

二　转译的发生

鲁迅等人在翻译活动中转译发生的原因，必须从翻译主体的语言结构说起——首先是译者个体的语言把握，当时中国整个译者群的语言结构使中国缺少俄语及各弱小民族语言的翻译人才，所以只能转译；其次是很多源语文本稀缺，能见到的只有英语、日语、德语的译本，这样也只能转译；最后起到决定性作用的，当然就是译者跨越语言障碍的主体性选择了。

首先来看翻译人才匮乏的问题。

20 世纪二三十年代，俄国、苏联和波兰等弱小民族作品汉译的总量占翻译文学总量的一半以上，和鲁迅自身的情况相当。但是，当时真正掌握俄语、弱小民族语言、能够直接进行翻译并且愿意进行文学翻译的人却寥寥无几，译才奇缺，因此这些国家的大部分作品都是转译而来的。其中，被转译最多的是俄国、苏联作品。

中俄自古比邻而居，但直到 1689 年，双方签订的《尼布楚条约》才成为两国文字之交的正式开始。[2] 而后，出国学习俄语的道路并不畅通，国内也因为缺少最基本的教学人员而使俄语教学难上加难，只有顶级的"外语学校"——京师同文馆才具备这样的条件。不只是民间没有掌握俄语的译者进行文学翻译，即便官方专门培养的俄语人才，也没有文学译作传世。"京师同文馆 1901 年到 1911 年共五级全部俄语学生，竟然没有人直接从俄文翻译文学作品。"[3] 有可能是俄国文学的民间性难以引起他们的重视，当然，也不排除这些学生因被官方所用、为政事所累而无暇涉足文艺的可能。

19 世纪末 20 世纪初期，俄国以及其他"小语种"国家没有引起中国

① 方长安：《鲁迅立人思想与日本文化》（上），《鲁迅研究月刊》2002 年第 4 期。

② 参见查小燕《北方吹来的风：俄罗斯—苏联文学与中国》，海南出版社 1993 年版，第 1 页。

③ 智量等：《俄国文学与中国》，华东师范大学出版社 1991 年版，第 353 页。

的重视，这是不争的事实。当大批中国留学人员奔赴英、美、德、日等国时，到俄国、“小语种”国家留学的中国留学生却寥寥无几。因为缺少了这一直接学习语言的重要环节，俄语、“小语种”翻译人才奇缺也就不足为怪了。俄国十月革命的爆发引起中国的瞩目后，赴俄国的留学人员日渐多起来，但是这些留学人员大多肩负政治使命，怀揣着拯救中国的梦想去异邦求取救国的“真经”，语言的学习倒是其次的或者再次的目的了。尽管这些留学生中产生了如瞿秋白、曹靖华、耿济之、韦素园等翻译大家，但毕竟人数太少，难以满足当时对于俄语文学的大量需求。即便到了40年代，这种状况也没有得到完全改变。当年工作于中苏文化协会的孙绳武说：“40年代中国懂俄文的人不多。东北来的一批有幸学习俄文较早的人，大多被吸收到蒋介石成立的苏联援华军事顾问团里去了。懂俄文而有志于文学的更少。”[①] 1944年，曹靖华在给戈宝权的信中也说：“现真正炉火纯青地来介绍苏联文艺的人手少到太可怜了。”[②] 鲁迅对此深有感触：

> 学德语盛于清末的改革军操，学法语盛于民国的“勤工俭学”。学英语最早，一为了商务，二为了海军，而学英语的人数也最多，为学英语而作的教科书和参考书也最多，由英语起家的学士文人也不少。然而海军不过将军舰送人，绍介“已经闻名”的司各德，迭更斯，狄福，斯惠夫德……的，竟是只知汉文的林纾，连绍介最大的“已经闻名”的莎士比亚的几篇剧本的，也有待于并不专攻英文的田汉。[③]

鲁迅还曾指出留学苏联的蒋光慈在“只出了一本《一周间》”[④] 后，再无译作面世；针对蒋光慈精通俄语自己不进行翻译却还指责别人转译的做法，鲁迅说：“我希望中国也有一两个这样的诚实的俄文翻译者，陆续译

---

① 孙绳武：《难忘重庆岁月：在中苏文化协会》，《新文学史料》2007年第11期。

② 《曹靖华译著文集》（11），北京大学出版社、河南教育出版社1989年版，第23页。

③ 鲁迅：《且介亭杂文二集·“题未定”草（一至三）》，《鲁迅全集》（6），人民文学出版社1981年版，第357页。

④ 鲁迅：《二心集·“硬译”与“文学的阶级性”》，《鲁迅全集》（4），人民文学出版社1981年版，第211页。

出好书来，不仅自骂一声‘混蛋’就算尽了革命文学家的责任。”[①]

“冰冻三尺，非一日之寒”，长期没有从事俄语翻译的人才储备，突然就需要翻译大量的俄语文学作品，运用其他语言版本进行转译自然就成为势在必行的策略了，“‘小语种’文学翻译”中“转译”自然而然地大量、长期发生着，堪称“传统”[②]

其次是当时在中国很难找到俄文版及其他“小语种”版本书籍。

当时的中俄文化交流远远落后于中国和其他老牌帝国，更不要说波兰、捷克等国了。俄国作品的英、德、日语译本却相对容易获得，这就必然使中国的译者——即使那些谙熟俄语的译者也被迫接受其他语种的俄语文学译本。郑振铎回忆自己最初接触俄苏文学的情景说：“五四运动的前一年，我常常到北京青年会看书。那个小小的图书馆里有七八个玻璃橱的书，其中以关于社会学的书，及俄国文学名著的英译本为最多。”在这种情况下，“如欲不与全世界的文学断绝关系”，只有聊胜于无，“勉强用这个不完全而且危险的重译法来译书了”[③]。即便俄苏作品在中国大受欢迎的20世纪20年代后，找到俄语原本也不是一件容易的事情：政府对十月革命的认识显然与文化界相去甚远，俄国作品还曾一度被列为禁书。

就鲁迅本身而言，他精通日语，“德文程度只能阅读，不能讲话”[④]，虽然还学过俄语、英语和其他语种，但是并不能够运用自如。据周作人回忆：“从仙台退学后，1907年夏秋间，鲁迅协同好友许寿裳、弟弟周作人等从俄国人玛利亚·孔特习俄文，不过此举未满半年即告永久下课，原因是俄国教师索取的课酬为每月六元，这对这些穷学生而言委实偏高。”[⑤]

---

① 鲁迅：《二心集·“硬译”与“文学的阶级性”》，《鲁迅全集》（4），人民文学出版社1981年版，第211页。

② 王友贵：《中国翻译传统研究：从转译到从原文译（1949—1999）》，《中国翻译》2008年第1期。

③ 郑振铎：《译文学书的三个问题》，《小说月报》1921年第12卷第3号。

④ 茅盾：《一九三五年记事》，《我走过的道路》（中），人民出版社1984年版，第300页。鲁迅的德语掌握程度是个不好判断的问题：他可以通过德语进行翻译，但是德语的交流却有很大的障碍。鲁迅在翻译阿尔志跋绥夫的《工人绥惠略夫》、法捷耶夫的《毁灭》等小说时，都是利用德译本转译的，但是在与操德语的人会晤时，却表现得一筹莫展。想来德语对于鲁迅来说，应该就是人们今天常说的“哑巴外语”状态：可以阅读、翻译，但是不能口头交流。上述参见中国社会科学院文学研究所鲁迅研究室编《鲁迅研究学术论著资料汇编》（3），中国文联出版公司1985年版，第1386页。

⑤ 王友贵：《翻译家鲁迅》，南开大学出版社2005年版，第15页。

可见，鲁迅有过学习俄语的愿望，但是经济问题却是个不可忽略的阻碍因素。鲁迅后来在谈起俄语的学习时也坦言："学了一点就丢开了。"① 他的俄语水平最多限于能读（发音）会写（拼写）的状态。同样的情况也发生在茅盾和郑振铎的身上：他们都有过学习俄语的计划，但是迫于生计等原因始终未果。

除上述客观原因促成了鲁迅的转译外，还有决定性的主观因素——鲁迅进行翻译选材的时候，与作品的语言相比，他更看重作品的思想内容和来源。

早在1903年翻译法国雨果的《哀尘》时，鲁迅已经开始自己的转译生涯——这也是他翻译历史的初期。鲁迅当时身居日本，谙熟日语，可以说处于日本文化的包围之中，但他首选的是法国的作品。尔后，他的译作频出，但大部分都是转译：

> 我们因为想介绍些名家所不屑道的东欧和北欧文学，而又少懂得原文的人，所以暂时只能用重译本，尤其是巴尔干诸小国的作品。②

直到10年后的1913年下半年，鲁迅才首次翻译日本作品《艺术玩赏之教育》。从这个角度说，鲁迅的转译是一种必然现象。他转译的不是只有"东欧和北欧文学"，还有法、美等国文学。可见，鲁迅突破语言的局限，攫取各种语言所形成的艺术成果，主要还是出于个人的选择。问题很简单：翻译主体完全可以只选择自己掌握的语言文本进行翻译。梁实秋译英语文本，傅雷译法语文本，曹靖华、蒋光慈译俄语文本……众多翻译家终生都没有逾越这一界限。

可见，转译的发生固然有翻译人才缺少、原语文本稀少的因素，但是起决定作用的是作品对于译者的吸引：如果特别看重某一作品，那就只能跨越语言的障碍。

---

① 曹靖华：《回望鲁迅：高山仰止——社会名流忆鲁迅》，河北教育出版社2000年版，第294页。

② 鲁迅：《集外集·通讯》，《鲁迅全集》（7），人民文学出版社1981年版，第129页。

三 转译的开拓性

在转译大量发生的同时，转译所带来的弊端和译者本身都成为批评家的众矢之的。又因为他们所指出的问题确实存在，所以这种批评具有很强的杀伤力。鲁迅从未否认转译的弊端，但他的高超之处在于其建设性地提出了避免这些问题产生的办法，更高度肯定了转译的优势之处、开拓性质和过渡作用。

首先，转译本身并非一无是处，而且译者的用心负责、群体的努力都可以使转译本趋于完善。转译有一个先天优势：

> 在重译，便减少了对于原文的好处的踌躇。其次，是难解之处，忠实的译者往往会有注解，可以一目了然，原书上倒未必有。[①]

在转译的过程中可以进行多版本的参照，还可以与懂得源语文本的译者进行协作。鲁迅深谙此道：他自己和他指导下的未名社的转译本大多经过了多版本核对及其他译者的修正。鲁迅翻译的《毁灭》由瞿秋白校对过，《小约翰》也是在精通德文的齐寿山帮助下才得以问世的；韦丛芜在翻译陀思妥耶夫斯基的《穷人》的时候，使用了两种英译本对比翻译，成稿后又经过熟练运用俄语的韦素园用俄文本对照，掌握日语的鲁迅又据日译本核对；郑振铎依据英文本翻译的《沙宁》也经过了耿济之依据俄文原本的校对，结果“发现了英译本的很多脱落和故意不译之处”[②]；李霁野也曾在《往星中·译后记一》中说：“我译此书是在1924年夏季，那时候正和几个朋友同住着消磨着困长的日子，拿翻译当做一种精神的游戏，因此，素园也有余暇把我的译稿仔细校正，改了许多因英译而生的错误，使之较近于原文；忆及那时因一二字之斟酌而拌嘴的情形，不由地使我感到一种无名的欣喜。”[③] 也就是说，很多转译的文学译本是在汉译者群体的努力下诞生的，经过多人认真、艰苦的工作，间接译、直接译的差别已经不大或者几近于无了。这样看来，翻译只有多版

---

① 鲁迅：《花边文学·论重译》，《鲁迅全集》（4），人民文学出版社1981年版，第504页。

② 郑振铎：《俄国小说译文集·沙宁·后记》，《郑振铎全集》（19），花山文艺出版社1998年版，第523页。

③ 李霁野：《往星中·译后记》，《李霁野文集》（4），百花文艺出版社2004年版，第83页。

本参照后才可能接近原作，体现出原作的深刻性，否则任何单个翻译行动都具有片面性。周作人也觉得“直接间接混合翻译比较是好办法”①，这符合货比百家、兼听则明的道理。因此，并非所有的直接翻译都是好的，而所有的转译都是坏的：

> 最要紧的是要看译文的佳良与否，直接译或间接译，是不必置重的……日本改造社译的《高尔基全集》，曾被有一些革命者斥责为投机，但革命者的译本出，却反而显出前一本的优良了。②

除开语言等技术层面上的原因外，译者的翻译态度和操作方法也决定了译作的质量。

其次，没有直接翻译本，也就不能过于指责转译本——转译本承载着开山的艰难，使读者见到了新的一片天地。从这个角度讲，转译者也有筚路蓝缕之功。鲁迅把翻译事业比作一块空地：没有直接翻译本，再没有转译本，“白地也决不能永久的保留，既有空地，便会生长荆棘或雀麦”③。比如俄国文学的引入，直到1932年，“除了《俄国戏曲集》以外，那时所有的俄国作品几乎都是重译的”④。事实上，这里鲁迅谈到的《俄国戏曲集》也是郑振铎通过英语转译的。郑振铎曾经说过：“我的俄文程度几等于零。”⑤ 可以想象，如果没有转译的发生，某些作品的传播将会被推迟甚至是搁置。在这种情况下，转译就成为救急救荒的重要手段，就俄国、苏联和弱小民族文学来说，更是如此。

> 倘不重译，我们将只能看见许多英美和日本的文学作品，不但没

---

① 钟叔河编：《周作人文类编·翻译四题》(8)，湖南文艺出版社1998年版，第803页。

② 鲁迅：《花边文学·论重译》，《鲁迅全集》(4)，人民文学出版社1981年版，第505页。

③ 鲁迅：《花边文学·再论重译》，《鲁迅全集》(4)，人民文学出版社1981年版，第507页。

④ 鲁迅：《南腔北调集·祝中俄文字之交》，《鲁迅全集》(4)，人民文学出版社1981年版，第461页。

⑤ 郑振铎：《俄国文学卷·沙宁·译序》，《郑振铎全集》(19)，花山出版社1998年版，第161页。

> 有伊卜生，没有伊本涅支，连极通行的安徒生的童话，西万提司的《吉诃德先生》，也无从看见了。这是何等可怜的眼界。①

转译没有成为文学传播的束缚纽带，而是迂回地加速了文学的传播，转译者也和首译者一样付出了艰辛的努力。

最后，有了好的直接翻译本，有问题的转译本自然就会被淘汰。转译在一定程度上不过是向好译本过渡的桥梁：

> 原来的意思，实在不过是聊胜于无，且给读书界知道一点所谓文学家，世界上并不止几个受奖的泰戈尔和漂亮的曼殊斐儿之类。但倘有能从原文直接译出的稿子见寄，或加以指正，我们自然是十分愿意领受的。②
>
> 我很不满于自己这回的重译，只因别无译本，所以姑且在空地里称雄。倘有人从原文译起来，一定会好得远远，那时我就欣然消灭。③

显然，转译是无奈之中的权宜之计，也是翻译进化链条上的一个环节，只要有直接翻译的好译本，转译的、有问题的译本自然就可以退出——"最要紧的是有人来处理，或者培植，或者删除，使翻译界略免于芜杂。这就是批评。"④ 但是对于具有开拓性质的转译，批评又不能严苛："倘只是立论极严，想使译者自己慎重，倒会得到相反的结果。"⑤ 从没有译本到有好的译本是一个渐进的过程，一个不断寻求完善的过程，正所谓没有最好，只有更好，所以"一劳永逸"⑥ 的译本是不存在的。如果大家都慎

---

① 鲁迅：《花边文学·论重译》，《鲁迅全集》(4)，人民文学出版社 1981 年版，第 504—505 页。

② 鲁迅：《集外集·通讯》，《鲁迅全集》(7)，人民文学出版社 1981 年版，第 129 页。

③ 鲁迅：《译文序跋集·俄罗斯的童话·小引》，《鲁迅全集》(10)，人民文学出版社 1981 年版，第 400 页。

④ 鲁迅：《花边文学·再论重译》，《鲁迅全集》(4)，人民文学出版社 1981 年版，第 507 页。

⑤ 同上书，第 508 页。

⑥ 穆木天就提出："我们作翻译时，须有权变的办法，但是，一劳永逸的办法，也是不能忽视的。我们在不得已的条件下自然是要容许，甚至要求间接翻译，但是，我们也要防止那些阻碍真实的直接翻译本的间接译出的劣货。"（参见《论重译及其它》(下)，《申报·自由谈》，1934 年 7 月 2 日）

重起来等着从原文直接译出的“一劳永逸”的译本出现，结果应该只有两个：一是没有翻译；二是自以为是“一劳永逸”的翻译，“要好的慎重了，乱译者却还是乱译，这时恶译本就会比稍好的译本多”①。

现代中国翻译中转译现象的发生具有鲜明的时代色彩：对于外国文学的迫切需求、某种语言译才的缺失和原版本的稀少，都是其产生的原因。但是，翻译主体的主观意愿才是其中最主要的因素。王友贵认为，鲁迅的转译是出于“一种翻译政治的考虑”，“虽然鲁迅未必清楚意识到，他本人亦从未在文字上明确说明”，但这的确是“出于对中国可能亡国的巨大恐惧，也因为他从事文学创作、文学翻译的首要出发点不是文学本身，因此他对于不得不转译的尬尴，从来没有后悔过”②。鲁迅深知转译的“尬尴”，但还是以极大的热情投身到转译事业中，这不只是社会文化发展的需要，更是个体精神的需求。正因此，鲁迅之后转译现象也并没有消失，直到20世纪80年代，巴金还通过法文译本“翻译赫尔岑的回忆录”③。鲁迅的转译作品也许会如他预想的那样逐渐退出人们的视野，但是鲁迅转译的拓荒精神却会永远留在翻译界、文化界。

第二节　复译的必要性

复译是指已有翻译文本的情况下再进行翻译。“20世纪30年代已降，复译越来越常见。在已出版的各种译本中，复译本的数量占一半多。”④虽然复译大规模发生，但需要指出的是，其中存在着两种不同的情况：一是复译者知道前面已经存在译本又进行翻译，大多出于对已有译本进行改善的目的而进行复译；二是由于出版界宣传的力度不够或者复译者信息把握不够等原因，不知道前面已经存在译本的情况下进行翻译。对比来看，前者显然更有利于翻译的发展，而后者从翻译主体的角度严格来说则不属

① 鲁迅：《花边文学·再论重译》，《鲁迅全集》（4），人民文学出版社1981年版，第508页。

② 王友贵：《翻译家鲁迅》，南开大学出版社2005年版，第148—149页。

③ 巴金：《文学生活五十年》，《创作回忆录》，人民文学出版社1988年版，第109页。

④ 王向远、陈言：《二十世纪中国文学翻译之争》，百花洲文艺出版社2006年版，第122页。

于复译：复译总是相对于已存在的译本而言的。鲁迅是提倡复译的，但鲁迅的复译仅指上述的第一种情况而言，而现实中复译的发生却往往是第二种情况。

一 “非有复译不可”

对于复译是否值得提倡，鲁迅的态度非常明确：“非有复译不可。”①

首先，因为新文学革命实现了文言到白话的转换，所以“曾有文言译本的，现在当改译白话”。这是一个必然的趋势：创作已经由文言逐步过渡到白话，翻译不可能还停留在原来文言的地方，只能适应读者的要求和时代的发展重新翻译。如果对文言的译本不进行白话的复译，那么在白话文已经成为主导的这个读者的世界里，相当于没有翻译过这种作品。还不只是文言文向白话文的转换，因为言语跟着时代的变化也在不断变化，将来会有因为言语的变化而出现的新的复译本。在鲁迅的文字拉丁化设想中，至少还应该有拉丁文的译本出现。鲁迅的这一观念有着自身实践的经验：他在 1918 年用文言翻译了尼采的《察罗堵斯德罗绪言》后，在 1921 年又用白话再次翻译这一作品，名为《察拉图斯忒拉的序言》。而且，鲁迅的文言翻译始终没有公开发表，事实上已经被白话文的时代所淘汰。

其次，“即使先出的白话译本已很可观，但倘使后来的译者自己觉得可以译得更好，就不妨再来译一遍”。鲁迅这里所说的，显然是指译者在已经了解前面译本的情况下再进行复译。译者在开译之前，拟想中的译作就已经有了一个参照物，如果自己的译作不能够有所超越，那也就没有复译的必要了：

> 举一个例在这里：现在已经成了古典的达尔文的《物种由来》，日本有两种翻译本，先出的一种颇多错误，后出的一本是好的。中国只有一种马君武博士的翻译，而他所根据的却是日本的坏译本，实有另译的必要。②

---

① 本节以下未标注的引文均出自鲁迅的《且介亭杂文二集·非有复译不可》，《鲁迅全集》(6)，人民文学出版社 1981 年版，第 275—276 页。

② 鲁迅：《准风月谈·为翻译辩护》，《鲁迅全集》(5)，人民文学出版社 1981 年版，第 258 页。

这样看来，后面的译本自然而然就会好过前面的译本。

最后，在“常有胡乱动笔的译本”问世的情况下，只有复译能够“击退这些乱译”，如果复译也还和乱译有牵连，那“就再来一回”。有较好的译本出现，读者自然会提高鉴赏能力，胡译、乱译的不好译本自然无法容身。在不断有复译译本的情况下，不负责任的译者也会心存芥蒂。复译相当于引入竞争机制，任何人的译本都不再是“独一份”，在比较当中给读者、给批评家提供选择的空间，更有利于翻译的发展。在鲁迅的观念里，只要参照前面的译本不断进行复译的改进，最终总会有“近于完全的定本”。也就是说，无论复译多少次，翻译文本都不可能成为完全的定本，只能是越来越“接近”“完全”。也许在某一时段有被认为是定本的译本，但从长远的历史眼光来看，没有最好，只有更好。

坏译本——较好译本——好译本——更好译本——“接近完全的定本”，在这一链条中，首译本后的每一个环节都依靠复译来完成。在任何一个阶段，消失了最后面的环节，紧邻前面的一环都会变成最后一个环节，而任何一个环节都依靠复译的推进。为了“接近完全的定本”的出现，只能够不断进行翻译，所以复译势在必行。

二　复译的观念迷障

翻译人才有限，是做开拓的没有译本的初译，还是做已有译本的复译？在人手紧张的情况下还不断重复一部作品的翻译是不是一种浪费？不只是译者浪费的问题，还有校对、编辑、出版等一系列工作要做。另外，面对一个外来文学原本的众多译本，读者如何选择？会不会因为数量众多而倒胃口——失去阅读兴趣？

一次又一次的复译虽然是译本由坏到好的发展所必需，但是从译者这个群体来说，又的确是在做重复的工作。邹韬奋就说道：“我近来看见译者往往把他人已经翻译的书，拿来重译。我以为这事于精力上不太讲经济之道。正当知识饥荒的时代……欧美有价值的书又很多……”[1] 并且邹韬

① 邹韬奋：《致李石岑》，《时事新报》1920年6月4日。

奋提倡将复译当作一种“病”来避免，方法是：要进行翻译的人首先要查看报章杂志，确定前面没有译本再进行翻译。显然，这一说法是针对不知道前面已有译本的情况下进行的复译。在鲁迅看来，因为已经有了译本就不再复译或者是不允许复译都是荒谬的：

> 记得中国先前，有过一种风气，遇见外国——大抵是日本——有一部书出版，想来当为中国人所要看的，便往往有人在报上登出广告来，说“已在开译，请万勿重译为幸”。他看得译书好像订婚，自己首先套上约婚戒指了，别人便莫作非分之想。自然，译本是未必一定出版的，倒是暗中解约的居多；不过别人却也因此不敢译，新妇就在闺中老掉。

因为前面已经有了译本，不管质量如何，后来的译者便会绕道而行，不肯做复译的工作。在译者看来，进行复译难免有查缺补漏、拾人牙慧的嫌疑。就这一问题鲁迅认为，因顾忌前面已经存在的译本而不再进行复译，结果就是初译无论好坏都作为唯一的译本存在，类似于封建社会的婚姻，无论是否美满，都需要竭力进行维护。这于读者、于文化的传播都是有害无利的。

对比鲁迅与邹韬奋的观点会发现：邹韬奋反对复译大体是针对那些不知道前面已有译本的情况，而鲁迅赞成复译是针对已知译本的情况；邹韬奋是从为大众翻译的时效来考虑避免翻译人才等元素的浪费，而鲁迅考虑的是译作质量的提高。二者并不存在尖锐的矛盾，只是出发点不同而已。郭沫若对待复译的态度十分宽容：“翻译不嫌其重出，译者各有所长，读者尽可以自由选择。”[①] 并且他和鲁迅的观点惊人地相似：“歌德的《浮士德的悲剧》译成英文的有20多种。译的人各人的见地不同，各人的天分不同，所以译的成品也就不能完全一致。我国的翻译家每每有专卖的偏性，拟译一种著作，自家还没有着手，便预先打一张广告出去，要求他人勿得重译；这种无理的要求，这种滑稽的现象，怕是我们国内独无仅有的了。”周作人也发表过对复译的意见：无论是否知道已有译本，

---

① 郭沫若：《屠尔格涅甫之散文诗》，《时事新报·学灯》1921年2月16日。

复译对于文化发展都是无害的，尤其是“那有用意的重译，我以为是值得奖励的”[①]，因为译者是在对已有译本了解后决定复译的，复译本必然有更好的可能。

反复的翻译同一作品，多种译本并存，让读者如何选择？这需要翻译批评的跟进。鲁迅以“吃烂苹果”的方法来说明批评家应予以读者的指导：

> 我们先前的批评法是说，这苹果有烂疤了，要不得，一下子抛掉。然而买者的金钱有限，岂不是大冤枉，而况此后还要穷下去。所以，此后似乎最好还是添几句，倘不是穿心烂，就说：这苹果有着烂疤了，然而这几处还没有烂，还可以吃得。这么一办，译品的好坏是明白了，而读者的损失也可以小一点。[②]

译本会在正确的翻译批评指导下不断向更好的方向发展，在去伪存真中才能走向更高层次，在批评坏的翻译的时候，就要促成复译的产生：“批评劣译是必要的手段”，“而且主张复译是必要的救济”[③]。当然，复译本与初译本也完全有可能都得到读者的认可：

> 因念欧人慎重译事，往往一书有重译至数本者，即以我国论，《鲁滨孙漂流记》，《迦因小传》，亦两本并行，不相妨害。[④]

复译不是在原地上做无意义的重复工作，而是在重复当中提高和前进；读者面对众多译本的时候，可以凭借自己的理解自由选择，也可以在批评家的指导下进行选择。看来中国翻译界需要克服传统思想中的因子才能够进行没有负担的复译，也才能使翻译走上一条健康发展的道路。

---

① 钟叔河编：《周作人文类编·重译书与重出书》（8），湖南文艺出版社 1998 年版，第 773 页。

② 鲁迅：《准风月谈·关于翻译（下）》，《鲁迅全集》（5），人民文学出版社 1981 年版，第 299 页。

③ 茅盾：《〈简爱〉的两个译本》，《译文》第 2 卷第 5 期。

④ 鲁迅：《集外集拾遗·〈劲草〉译本序》，《鲁迅全集》（8），人民文学出版社 1981 年版，第 405 页。

三 理论与现实的抵牾

鲁迅倡导的复译有两个前提条件：一是了解已经存在的译本，二是确认自己的翻译能够好过前面的译本。在这样的情况下，不但不好的译本需要复译，随着时间的推移，语言的变化，任何一种译本都需要复译——复译本本身也还需要复译。这样的观念在理论上看来非常有道理，但是对于鲁迅栖身的现代中国文坛来说，实践起来就存在很多问题。

首先，了解已经存在的译本非常之难。因为无组织的出版印刷机制导致各自为政，更不要谈整个译者群体之间的有效沟通了。鲁迅复译的实践不多，但从中也可以看出复译理论在践行中的捉襟见肘。

鲁迅的第一次复译，是前面谈到过的用白话复译自己的《察罗堵斯德罗绪言》的文言译本——这次当然是了解已有译本了。鲁迅将文言改成了白话，又增加了很多篇幅，是一次成功的复译。另一次比较有影响的是翻译日本厨川白村的《苦闷的象征》：

> 我翻译的时候，听得丰子恺先生也有译本，现则闻已付印，为《文学研究会丛书》之一；上月看见《东方杂志》第二十号，有仲云先生译的厨川氏一篇文章，就是《苦闷的象征》的第三篇；现得先生来信，才又知道《学灯》上也早经登载过，这书之为我国人所爱重，居然可知。
>
> 现在我所译的也已经付印，中国就有两种全译本了。①

就全译本来说，鲁迅也是在已经“翻译的时候”才“听说”已有译本，鲁迅当然没见过丰子恺的译本，就更无从谈到“取旧译的长处，再加上自己的新心得，这样才会成功一种近于完全的定本”。以鲁迅对于文坛、译坛的把握尚且如此，一般的译者就可想而知了。

其次，在知道已有译本的情况下，复译者的译本是否会好于已有的译本，这是一个主观判断的问题，与个人学识、素养、审美能力直接相关。

---

① 鲁迅：《集外集拾遗·关于〈苦闷的象征〉》，《鲁迅全集》（7），人民文学出版社 1981 年版，第 244 页。

而个体差异不言自明，敝帚自珍更是常见。自我要求严格的译者“慎重了，乱译者却还是乱译”[①]，这样的译本自然很难保障好过前面的译本。更何况，对于文学作品的评价可以有多个视角，从不同的视角出发完全可能得出相反的结论。比如，鲁迅在翻译《枯煤，人们和耐火砖》的时候发现：

> 《文学月报》的第二本上，有一篇周起应君所译的同一的文章，但比这里的要多三分之一，大抵是关于稷林的故事。我想，这大约是原本本有两种，并非原译者有所增减，而他的译本，是出于英文的。我原想借了他的译本来，但想了一下，就又另译了《冲击队》里的一本。因为详的一本，虽然兴味较多，而因此又掩盖了紧要的处所，简的一本则脉络分明，但读起来终不免有枯燥之感。——然而又各有相宜的读者层的。有心的读者或作者倘加以比较，研究，一定很有所省悟，我想，给中国有两种不同的译本，决不会是一种多事的徒劳的。[②]

也就是说，鲁迅的译本比前一个译本内容少，而且读起来枯燥，但是鲁迅觉得，内容少脉络分明，枯燥也会有相宜的读者。这样看起来，复译本都能找到自己存在的理由。

事实上，在对待出书的问题上，鲁迅要求一向非常严格，他说：

> 汇印新作，当然是很好的，但新作必须是精粹的本子，这才可以救读者们的智识的饥荒。就是重印旧作，也并不算坏，不过这旧作必须已是一种带着文献性的本子……（否则）使读者化去不少的钱，实际上却不过得到一大堆废物，这恶影响之在读书界是很不小的。[③]

---

① 鲁迅：《花边文学·再论重译》，《鲁迅全集》（5），人民文学出版社 1981 年版，第 508 页。

② 鲁迅：《译文序跋集·一天的工作·后记》，《鲁迅全集》（10），人民文学出版社 1981 年版，第 375 页。

③ 鲁迅：《且介亭杂文二集·书的还魂和赶造》，《鲁迅全集》（6），人民文学出版社 1981 年版，第 231 页。

与之相比，他对待复译本太过于宽容了：一度主张译本不好就“来一回复译，还不行，就再来一回”。厚此薄彼的原因就在于鲁迅对于复译前提的设定：了解已有的译本，复译会好过前面译本。显然，这前提在现实环境中常常无法实现——鲁迅本人的复译经历就是证明。除《非有复译不可》一篇外，鲁迅基本上不再谈复译的问题，复译的现实情况与鲁迅对于复译的设想存在着相当大的差距。

当时的情势，就一部作品进行一而再再而三地翻译，显然不符合中国现代文学“启蒙”、“救亡”的功利性诉求——功利性要求翻译尽可能快、尽可能多地输入异域文化，这是在量和面上的占有和扩张；而复译则是对某个文本进行完善，无疑是点上的细化和深入。主张利用翻译“别求新声于异邦”[①] 的鲁迅更倾向于功利性，主张复译的鲁迅不但表现出对于功利的懈怠，而且显露出对于纯文学的追求，这似乎是一个矛盾的问题。事实上，这样的矛盾不只体现在鲁迅的翻译理论上，也充斥在鲁迅的整个翻译世界乃至人生之中——这是反抗现实的绝望与建设精神殿堂的希望共同作用的结果。

---

① 鲁迅：《坟·摩罗诗力说》，《鲁迅全集》(1)，人民文学出版社1981年版，第65页。

第六章

鲁迅翻译的预想读者

鲁迅为谁翻译？这是鲁迅翻译的预想读者问题，也是一个和翻译目的最直接相关的问题——翻译目的的达成，要以读者的接受为前提。鲁迅“认为文艺是可以转移性情、改造社会的，因为这意见，便自然而然地想到介绍外国文学这一件事”①，鲁迅又认为，翻译“不但在输入新的内容，也在输入新的表现法”②，前者属于思想层面，后者则包含了对中国语言进行改造的学术性、技术性问题。

第一节　预想读者的指向

鲁迅翻译的预想读者是哪些人？首先，是先觉者、精神界战士，也就是能够引导民众前行的人，鲁迅自己当属此列；其次，如果民众不觉悟，不但不会跟上引导者的步伐，反而可能拖后腿甚至将其踏在脚下，所以，对民众的改造势在必行；最后，成年人背负着因袭的重担，而儿童代表着新生和未来，鲁迅对儿童的思想建设异常关注：“立人”当自儿童始。在鲁迅的译作中，体现着自我改造、民众改造和儿童本位的诉求。

一　自我改造

鲁迅认为，“必须先改造了自己，再改造社会，改造世界”③，也就是“立人”需要先“立己”。虽然鲁迅痛感于自己“半新半旧”的出身，但是他

---

① 鲁迅：《译文序跋集·域外小说集·序》，《鲁迅全集》（10），人民文学出版社 1981 年版，第 161 页。

② 鲁迅：《二心集·关于翻译的通信（并 JK 来信）》，《鲁迅全集》（4），人民文学出版社 1981 年版，第 382 页。

③ 鲁迅：《热风·随感录 62》，《鲁迅全集》（1），人民文学出版社 1981 年版，第 360 页。

的思想却一直走在时代的前列，这与他不断进行自我思想的改造直接相关。在翻译的过程中，译者借助西方文化进行自我改造更是一条捷径，对译者来说，这也是一个必然的过程——他是自己翻译作品的第一个读者，甚至他在进行翻译选材的时候就已经开始了改造自我的历程。在谈到鲁迅的翻译目的时，孙郁提出了非常重要而又常常被忽略的一点："那就是换自己身上的血，将杂质剔出，引来鲜活的存在。"[①] 他所说的正是鲁迅的自我改造。评论一个伟人的时候，人们常常从他"为别人做了什么"进行考察，事实上，在"为别人做了什么"之前，自身必然要具备一些条件。

（一）鲁迅的自我改造精神

鲁迅作为一个先觉者，不断进行着自我改造。早在南京求学时期鲁迅已经接受了进化论学说：

> 看新书的风气便流行起来，我也知道了中国有一部书叫《天演论》。星期日跑到城南去买了来……哦，原来世界上竟还有一个赫胥黎坐在书房里那么想，而且想得那么新鲜？一口气读下去，"物竞""天择"也出来了，苏格拉第、柏拉图也出来了，斯多葛也出来了。[②]

留学日本期间，是鲁迅思想最活跃的时段，尼采、拜伦、裴多菲、托尔斯泰、安特莱夫、普希金等名家的作品和思想均进入鲁迅的视野，也就是在这个时候，鲁迅形成了自己的"立人"思想。从尼采的超人学说中可知：世界上大部分人都是庸众，他们没有明哲之士的引导就会像一群无头的苍蝇一样。所以，必须有人先行觉醒，然后才能实现民众的觉醒。

回国之后，鲁迅的思想基本上沿着原有的"立人"方向发展。在1920年再次翻译的尼采的《察拉图斯忒拉的序言》中，鲁迅感佩苦心修行十年悟得真理的察拉图斯忒拉，其中所宣扬的超人哲学、"立人"思想和反传统、反宗教的精神无疑都为鲁迅所倾倒，甚至可以说对鲁迅后来的人生和文学创作产生了深刻的影响。尼采否定一切旧传统、旧道德，重新估定一切价值的思想使鲁迅感到了精神世界的共振。但是，当察拉图斯忒

① 孙郁：《译介之魂》，《中国图书评论》2006年第4期。

② 鲁迅：《朝花夕拾·琐记》，《鲁迅全集》（2），人民文学出版社1981年版，第296页。

拉向民众宣扬真理的时候，却没有人能够理解，“小丑恐吓，坟匠嘲骂，隐士怨望”[①]，他成了一个异类，成为众人取笑的对象。这就是被庸众所包围的超人、英雄、觉醒者的悲哀，由此鲁迅也认识到民众改造的重要性。

改造自己，然后改造他人，再改造世界，如同尼采笔下的察拉图斯忒拉一样：苦心修炼，获得精神的法宝，然后传布给人间。在 1934 年的时候，鲁迅对于这种精神界战士的期待一如既往，在与杨霁云的通信中谈到国际国内的晦暗形势后鲁迅写道：

> 当今急务之一，是在养成勇敢而明白的斗士，我向来即常常注意于这一点，虽然人微言轻，终无效果。[②]

可见，改造自己不是单纯从自我的提升、完善出发，而是将其当作改造他人、改造世界的前提。鲁迅一生没有放弃对精神界战士的期待，没有停止自我改造，所以他的思想从不落伍。

（二）“煮自己的肉”

在左翼作家中，大部分人都从事过俄语文学或者文论的翻译工作，这和当时的中国社会状况直接相关，同时也和“红色 30 年代”的国际大气候有不可分割的关联。在 20 年代末期之后的十几年中，中国文学的显著特点是文学的左翼化倾向。在翻译文学方面，表现为左翼文学（革命文学、无产阶级文学、普罗文学）的翻译成为译坛的潮流和时尚，大量翻译马克思主义文艺理论和来自苏联、日本的左翼作家的作品，一般都具有直接为当时的无产阶级革命文学运动和革命斗争服务的动机。[③] “在中国现代，一个浪漫主义者，只要他还有激情，还有乌托邦的理想追求，最后往往是走向激进，走向左翼的怀抱，少有例外。”[④] 现代作家中绝大部分都或多或少，或明或暗地和“左

---

① 鲁迅：《译文序跋集·〈察拉图斯忒拉的序言〉译者附记》，《鲁迅全集》（10），人民文学出版社 1981 年版，第 440 页。

② 鲁迅：《书信·340609 致杨霁云》，《鲁迅全集》（12），人民文学出版社 1981 年版，第 455 页。

③ 参见王向远《翻译文学导论》，北京师范大学出版社 2004 年版，第 108 页。

④ 祝勇：《重读大师》，人民文学出版社 1999 年版，第 239 页。

翼”发生着联系，也就是说，现代作家中绝大部分都关注过俄苏文学，并且翻译过俄苏文学作品。这个问题所涉及的具体数字难以确定，只能有一个模糊的大体观念，那就是俄苏文学比较稳定的译者大多属于左翼人士。“当时苏联、日本、美国、法国、德国等，都在搞左翼文学，苏联和日本尤其热烈。蒋光慈懂俄文，创造社和太阳社的很多成员懂日文，他们从苏联、从日本大量输入革命文学理论，使中国知道了世界左翼文艺运动的情况。”① 当时，对于俄苏文论的译介更是左联翻译活动的一大特色，左联的翻译活动对中国的文学评论乃至文学走向都起到了导向与规约的作用。鲁迅就是在这个时段翻译了苏联卢那卡尔斯基的《艺术论》《文艺与批评》，还翻译了由日本藏原惟人、外村史郎辑译的苏联《文艺政策》和俄国蒲力汗诺夫的《艺术论》。在俄苏文论的翻译大潮中，鲁迅的翻译自然被看作同声一气。又由于在翻译策略、方法上引起了与梁实秋、赵景深等人的论争，鲁迅翻译的俄苏文论名声大噪。

鲁迅对俄苏文学与文论的关注使研究者感觉到鲁迅的思想发生了转变——由人道主义者变成了社会主义者。冯雪峰这样理解鲁迅的这一选择：“要借外国的反抗黑暗统治的革命文学的力量，以助中国反对帝国主义的斗争以及新旧思想、新旧文学的剧烈的矛盾斗争之展开……增长新文学阵营的势力，扩大读者的眼光，以更快地打倒旧文学；同时为新的创作界多提供了一些范本，添一些完全不同的、新的、文学的泥土，以资助中国新的革命的文学的成长。”② 但问题的关键是：一方面，鲁迅所选择的俄国、苏联文学作品真正称得上革命文学的屈指可数；另一方面，当别人攻击他译介的文艺理论“读不懂”时，鲁迅说明了自己的翻译目的：“我从别国里窃得火来，本意却在煮自己的肉的，以为倘能味道较好，庶几在咬嚼者那一面也得到较多的好处，我也较不枉费了身躯：出发点全是个人主义。……”③

与其说鲁迅的思想发生了转变，不如说鲁迅在为自己的思想建设添砖加瓦。这首先是一种改造自己的行为，当然，通过自我改造也改造了别人：“回答现实的挑战，看看那些曾被人炫耀的理论的原色是什么，用以

---

① 张大明：《不灭的火种：左翼文论·序言》，四川文艺出版社 1992 年版，第 2 页。

② 《冯雪峰忆鲁迅》，河北教育出版社 2001 年版，第 143 页。

③ 鲁迅：《二心集·“硬译”与“文学的阶级性”》，《鲁迅全集》(4)，人民文学出版社 1981 年版，第 209 页。

校正误用者的思路。”①

（三）学者鲁迅形象的确立与补缺、救正的学术诉求

鲁迅的俄苏文论翻译只是鲁迅很多学术论文翻译中的一个部分，将其置于鲁迅翻译的全部学术论文中就会发现，它是鲁迅学术诉求的产物之一。在鲁迅翻译的学术作品中，结集成书的就有：

译自日本厨川白村的《苦闷的象征》，1924 年出版。

译自日本厨川白村的《出了象牙之塔》，1925 年出版。

译自日本板垣鹰穗的《近代美术史潮论》，1929 年出版。

译自日本片上申的《现代新兴文学的诸问题》，1929 年出版。

译自苏联卢那卡尔斯基的《艺术论》，1929 年出版。

译自苏联卢那卡尔斯基的《文艺与批评》，1929 年出版。

译自日本藏原惟人、外村史郎辑译的苏联的《文艺政策》，1930 年出版。

译自俄国蒲力汗诺夫的《艺术论》，1930 年出版。

摘译自日本刈米达夫的《药用植物》，1936 年出版。

上面所列还只是鲁迅翻译的学术著作，他翻译的单篇学术论文还有很多。鲁迅对文艺理论的翻译开始于 1924 年，而如果从单篇论文来看，完全可以追溯到 1908 年的《裴象飞诗论》。如果对翻译作品的标准不作严格要求，1907 年的《摩罗诗力说》也属于文艺论文②，与此同时翻译的具有编译性质的学术论文还有《人之历史》《科学史教篇》《文化偏至论》《破恶声论》等，已经关注到人类史、科学史、文化史各方面。

鲁迅创作的学术著作、论文更是数量惊人，仅留日归国后的古籍校勘、搜集工作的成就已经非常可观，更何况鲁迅还写出了中国第一部小说史《中国小说史略》。事实上，《人生象斆》《古小说钩沉》《小说旧闻钞》《中国小说史略》《汉文学史纲要》《俟堂专文杂集》《鲁迅辑校石刻手稿》《鲁迅辑校古籍手稿》《鲁迅藏汉画像》《会稽郡古书杂集》《岭表录异》《中国小说的历史的变迁》《魏晋风度及文章与药及酒之关系》《唐宋传奇集》《嵇康集》等，

① 孙郁：《译介之魂》，《中国图书评论》2006 年第 4 期。

② 一般认为，该篇具有编译、改译性质，不是严格意义上的翻译作品，福建教育出版社 2008 年版《鲁迅译文全集》就没有收入。

早已经为人们刻画了一个学者鲁迅的形象。但是，人们所建构的学者鲁迅似乎在20年代就已经被文学家鲁迅、思想家鲁迅、“精神界战士”鲁迅所取代。因为从日本回国后将近10年的“沉默期”被视作文学家鲁迅、思想家鲁迅、“精神界战士”鲁迅的准备期：“痛苦的沉默中的深入思考使他认清了中国传统文化吃人的本质，并孕育、催生了他反抗绝望的人生哲学。”① 所以，他20年代后翻译的学术论文也与他此前创作的学术论文一样一直被分置两处，少有整体的考察。但就鲁迅本人来说，他关注的学术问题是一脉相承的：关注文学的源起、流变，关注文学与社会与人的关系，关注美术的发展，关注人的源起、身体结构和健康。他的学术诉求也一直没变：填补没有的空白，救正已有的偏见和错误。

《域外小说集》时代宣称要“使异域文术新宗，自此始入华土……中国译界，亦由是无迟莫之感矣”②。《中国小说史略》则实现了中国小说从“无史”到“有史”的跨越，鲁迅对此非常自豪：“中国之小说自来无史；有之，则先见于外国人所作之中国文学史中，而后中国人所作者中亦有之，然其量皆不及全书之什一，故于小说仍不详。”③ 翻译《苦闷的象征》是因为它“在目下同类的群书中，殆可以说，既异于科学家似的专断和哲学家似的玄虚，而且也并无一般文学论者的繁碎……非有天马行空似的大精神即无大艺术的产生。但中国现在的精神又何其萎靡锢蔽呢?”④

翻译出版《近代美术史潮论》是因为“在新艺术毫无根柢的国度里，零星的介绍，是毫无益处的，最好是有一些统系。”⑤ 翻译《现代新兴文学的诸问题》是因为，

> 新潮之进中国，往往只有几个名词，主张者以为可以咒死敌人，敌对者也以为将被咒死，喧嚷一年半载，终于火灭烟消。……现在借

---

① 张永泉：《从周树人到鲁迅》，东方出版中心2006年版，第127页。

② 鲁迅：《译文序跋集·域外小说集·序言》，《鲁迅全集》（10），人民文学出版社1981年版，第155页。

③ 鲁迅：《中国小说史略·序言》，《鲁迅全集》（9），人民文学出版社1981年版，第4页。

④ 鲁迅：《译文序跋集·苦闷的象征·引言》，《鲁迅全集》（10），人民文学出版社1981年版，第232页。

⑤ 鲁迅：《集外集拾遗补编·致〈近代美术史潮论〉的读者诸君》，《鲁迅全集》（8），人民文学出版社1981年版，第413页。

> 这一篇，看看理论和事实，知道势所必至，平平常常，空嚷力禁，两皆无用，必先使外国的新兴文学在中国脱离“符咒”气味，而跟着的中国文学才有新兴的希望。①

出版《文艺政策》是“因为至今还没有更新的译本出现，所以我仍然整理旧稿，印成书籍模样，想延续他多少时候的生存”②。

在谈到鲁迅翻译苏俄文论的原因时人们常认为是现实的压力：“革命文学”论争以及“太阳社”、“创造社”自以为是革命文学家们的一轮轮攻击，与梁实秋等人论争中文学的阶级性问题等，都需要文艺理论的介入才能够越辩越清。鲁迅深感因为理论的缺乏和模糊而攻伐无力：

> 竟逐渐觉得废话太多了，解剖刀既不中腠理，子弹所击之处，也不是致命伤。……于是我想，可供参考的这样的理论，是太少了，所以大家有些胡涂。对于敌人，解剖，咬嚼，现在是在所不免的，不过有一本解剖学，有一本烹饪法，依法办理，则构造味道，总还可以较为清楚，有味。人往往以神话中的 Prometheus 比革命者，以为窃火给人，虽遭天帝之虐待不悔，其博大坚忍正相同。但我从别国里窃得火来，本意却在煮自己的肉的，以为倘能味道较好，庶几在咬嚼者那一面也得到较多的好处，我也较不枉费了身躯：出发点全是个人主义。③

这段话也常常被当作鲁迅翻译《文艺政策》的目的来解读，但是将其置于鲁迅整体的学术论著中就会发现，它依然延续了鲁迅补缺、救正的学术研究诉求。

总体来看，在内在思想上很早就存在一个向往和致力于学术研究的鲁

---

① 鲁迅：《译文序跋集·现代新兴文学的诸问题·小引》，《鲁迅全集》（10），人民文学出版社 1981 年版，第 291 页。

② 鲁迅：《译文序跋集·文艺政策·后记》，《鲁迅全集》（10），人民文学出版社 1981 年版，第 309 页。

③ 同上书，第 307—308 页。

迅。但是，学术家鲁迅的成长之路充满坎坷。留日回国后鲁迅就发现："中国今日冀以学术干世，难也。"[①] 20 世纪 20 年代初，面对中国无药可救、一塌糊涂的局面，鲁迅阐释了自己的想法："仆以为一无根柢学问，爱国之类，俱是空谈；现在要途，实在熬苦求学，惜此又非今之学者所乐闻也。"[②] 直到 1930 年，鲁迅还在为自己的学术抱负不得全面施展而感慨："大器晚成，瓦釜已久，虽延年命，亦悲荒凉……"[③] 学者鲁迅没有隐退过，不过有时蛰伏，有时显现。鲁迅的俄苏文论翻译和其他的学术作品翻译，以及鲁迅的学术创作共同建构了致力于为中国学术补缺、救正的学者鲁迅形象。

二　儿童教育

鲁迅"立人"思想的践行效果并不理想，因为"中国的老年，中了旧习惯旧思想的毒太深了，决定悟不过来……虽然很可怜，然而也无法可救"，常常只能"哀其不幸，怒其不争"了。民众中的孩子是受到封建礼教制度毒害最小的群体，也是容易接受新思想的群体，更是鲁迅"立人"思想实践的希望所在。孩子中毒尚浅，可以"先从觉醒的人开手，各自解放了自己的孩子。自己背着因袭的重担，肩住了黑暗的闸门，放他们到宽阔光明的地方去；此后幸福的度日，合理的做人"。对于孩子应该"理解"、"指导"和"解放"，"觉醒的人，此后应将这天性的爱，更加扩张，更加醇化；用无我的爱，自己牺牲于后起新人"[④]。儿童的教育和儿童的未来，是鲁迅终生关注的问题。

1913 年，鲁迅已经开始关注儿童教育问题，他翻译了日本上野阳一的《儿童之好奇心》，从动物的好奇心谈到儿童的好奇心，又对儿童的好奇心分类、分阶段进行阐述，指出："盖本能中之好奇，即思辨及科学倾

---

① 鲁迅：《书信 · 101115 致许寿裳》，《鲁迅全集》（11），人民文学出版社 1981 年版，第 327 页。

② 鲁迅：《书信 · 200504 致宋崇义》，《鲁迅全集》（11），人民文学出版社 1981 年版，第 370 页。

③ 鲁迅：《中国小说史略 · 题记》，《鲁迅全集》（9），人民文学出版社 1981 年版，第 3 页。

④ 鲁迅：《坟 · 我们现在怎样做父亲》，《鲁迅全集》（1），人民文学出版社 1981 年版，第 135 页。

向之本。缘有此能，而哲理科学，闲以上达。”① 次年又翻译了日本高岛平三郎的《儿童观念界之研究》，指出研究儿童的观念“为教育上所必要”②。随着五四思潮中“个人”的发现，妇女、儿童地位也得以提升，但儿童本位的教育问题依然为鲁迅所推重：

> 童年的情形，便是将来的命运。我们的新人物，讲恋爱，讲小家庭，讲自立，讲享乐了，但很少有人为儿女提出家庭教育的问题，学校教育的问题，社会改革的问题。先前的人，只知道“为儿孙作马牛”，固然是错误的，但只顾现在，不想将来，“任儿孙作马牛”，却不能不说是一个更大的错误。③

儿童是未来，是希望，“看十来岁的孩子，便可以逆料二十年后中国的情形”④。变革中国儿童的教育问题已经刻不容缓。与其说鲁迅关注的是中国儿童的命运，不如说鲁迅关注的是未来的中国。鲁迅以进化论的思想来看待人类本位的设定问题：

> 本位应在幼者，却反在长者；置重应在将来，却反在过去前者做了更前者的牺牲，自己无力生存，却苛责后来者又来专做他的牺牲，毁灭了一切发展本身的能力。⑤
>
> 后起的生命，总比以前的更有意义，更近完全，因此也更有价值，更可宝贵；前者的生命，应该牺牲于他。⑥

儿童本位的观念确定以后，就要着手于儿童教育，首要的一点就是给儿童

---

① ［日］上野阳一：《译文补编 · 儿童之好奇心》，《鲁迅译文全集》（8），福建教育出版社2008年版，第53页。

② ［日］上野阳一：《译文补编 · 儿童观念界之研究》，《鲁迅译文全集》（8），福建教育出版社2008年版，第57页。

③ 鲁迅：《南腔北调集 · 上海的儿童》，《鲁迅全集》（4），人民文学出版社1981年版，第566页。

④ 鲁迅：《热风 · 随感录二十五》，《鲁迅全集》（1），人民文学出版社1981年版，第295页。

⑤ 鲁迅：《坟 · 我们现在怎样做父亲》，《鲁迅全集》（1），人民文学出版社1981年版，第132页。

⑥ 同上。

适合他们的读物，但是，“中国古书，叶叶害人，而新出诸书，亦多妄人所为，毫无是处……少年可读之书，中国绝少……”① 中国书不但思想迂腐，而且内容陈旧，“有蜡烛，有洋灯，却没有电灯……” 要产生新的儿童，必须有新的作品，正如《表》的日文译者所说：“一定要给他新作品，使他向着变化不停的新世界，不断发荣滋长。”② 也就是说，原有的书籍都不适合儿童阅读，要么创造新的，否则就只有翻译外国童话给中国儿童一条路可走。那么，鲁迅理想的儿童读物是什么样子？首先必须符合儿童的特点：“他常常想到星月以上的境界，想到地面下的情形，想到花卉的用处，想到昆虫的言话；他想飞上天空，他想潜入蚁穴……”③ 教育孩子关键在于“养成适应时代之思想……只需思想能自由，则将来无论大潮如何，必能与为沆瀣矣”④。武志勇将鲁迅的儿童作品思想概括为五个方面：儿童读物的责任——“养成适应时代之思想”；儿童读物的基本要求——“留心儿童心理”；儿童读物的内容——“广博”能容纳新潮流；儿童读物的语言——“明白如话”；儿童读物的插图装帧——“增加读者的兴趣”，“补助文字之所不及”。⑤ 这样的作品，当时在中国显然极少甚至根本就没有。

为了使孩子少受古书的毒害，使孩子成为不同于祖辈父辈的新人，鲁迅将儿童文学的引进作为翻译工作的重点之一。20 世纪 20 年代初，鲁迅翻译了爱罗先珂的童话 14 篇，又翻译了望·蔼覃的童话《小约翰》；1934—1935 年，翻译了高尔基的童话 16 篇，分为 1—6 篇、7—10 篇、11—16 篇三部分以《俄罗斯的童话》为题发表，另外还翻译了具有中篇篇幅的苏联班苔莱耶夫的童话《表》。

《小约翰》是鲁迅颇为推崇的童话作品。如果问，鲁迅最看好自己的哪部译作？答案无疑是《小约翰》。在《小约翰》引言中，鲁迅袒露了对

---

① 鲁迅：《书信·190116 致许寿裳》，《鲁迅全集》（11），人民文学出版社 1981 年版，第 357 页。

② 鲁迅：《译文序跋集·表·译者的话》，《鲁迅全集》（10），人民文学出版社 1981 年版，第 395 页。

③ 鲁迅：《且介亭杂文·看图识字》，《鲁迅全集》（6），人民文学出版社 1981 年版，第 36 页。

④ 鲁迅：《书信·190116 致许寿裳》，《鲁迅全集》（11），人民文学出版社 1981 年版，第 357 页。

⑤ 参见武志勇《鲁迅儿童读物思想浅探》，《编辑学刊》1997 年第 3 期。

该作的喜爱：

> 我也不愿意别人劝我去吃他所爱吃的东西，然而我所爱吃的，却往往不自觉地劝人吃。看的东西也一样。《小约翰》即是其一，是自己爱看，又愿意别人也看的书，于是不知不觉，遂有了翻成中文的意思。[①]

当有人谈到要为鲁迅申请诺贝尔文学奖时，鲁迅的回答是："世界上比我好的作家何限，他们得不到，你看我译的那本《小约翰》，我哪里做得出来，然而这作者就没有得到。"[②] 由此足见该作在鲁迅心中的地位。虽然《小约翰》也具有天真童趣，但由于篇幅过长、角色过多、理性色彩过于深奥而与儿童读物有一定的距离，也正因此，鲁迅称其为"无韵的诗，成人的童话"[③]。

五四之后，很多有识之士都认识到，中国传统的儿童教育观念已经难以适应新时代的需求，尤其是儿童书籍更是不容乐观，这就亟须创作新的儿童文学，因此也形成了一股儿童文学倡导的潮流。叶圣陶创作的童话集《稻草人》掀开了中国童话的新篇章，鲁迅则选择了译介外国儿童文学的道路，虽然从创作和翻译两个方面都有人关注儿童文学建设了，但是直到1928年，情况依然不容乐观：

> 不但并无蜕变，而且也没有人追踪，倒是拚命的在向后转。看现在新印出来的儿童书，依然是司马温公敲水缸，依然是岳武穆王脊梁上刺字，甚而至于"仙人下棋"，"山中方七日，世上已千年"，还有《龙文鞭引》里的故事的白话译。[④]

---

① 鲁迅：《译文序跋集·小约翰·引言》，《鲁迅全集》（10），人民文学出版社1981年版，第256页。

② 鲁迅：《书信·270925致台静农》，《鲁迅全集》（11），人民文学出版社1981年版，第580页。

③ 鲁迅：《译文序跋集·小约翰·引言》，《鲁迅全集》（10），人民文学出版社1981年版，第254—255页。

④ 鲁迅：《译文序跋集·表·译者的话》，《鲁迅全集》（10），人民文学出版社1981年版，第396页。

中国自产的这些早已经过时的儿童文学作品，对儿童既谈不上“有味”更谈不上“有益”，这也就注定了鲁迅的儿童文学译介还会继续。与20年代翻译的童话不同，30年代鲁迅翻译的童话都以现实中的人物作为角色，这也增加了童话的现实色彩。但是，高尔基童话的国民性批判主题过于沉重，虽然“再三再四的教人不要忘记这是童话，然而又偏偏不大像童话。说是做给成人看的童话罢，那自然倒也可以的，然而又可恨做的太出色，太恶辣了。”[①] 班苔莱耶夫的《表》从篇幅上看也是一个中篇，好在线索比较明朗：从孩子藏起别人的表到孩子主动将表物归原主的过程描述，展示环境施与他的心灵变化，趣味性和教育意义并存，译作《表》的确“向儿童文学注了一针新的血液，从而产生了新的蓬勃生长的力量”[②]。

虽然鲁迅翻译的童话作品在今天看来有些方面不适合儿童的情趣，但是鲁迅用新思想、新观念、新作品教育儿童的理念却产生了很大的影响。

鲁迅在童话的翻译上倾注了很多心血，但是直到1936年，儿童读物的建设依然是一片晦暗，鲁迅对此深感焦虑：“关于少年读物，诚然是一个大问题；偶然看到一点印出来的东西，内容和文章都没有生气，受了这样的教育，儿童的前途可想。”[③] 因此，鲁迅不但自己翻译儿童文学，还积极为他人的儿童文学翻译寻找发表、出版的机会，曾在通信中对曹靖华说：“倘是少年读物，我看是可以设法出版的，译成之后，望寄下。”[④] 鲁迅认为：“人生实在苦痛，但我们总要战取光明，即使自己遇不到，也可以留给后来的人。”[⑤]

儿童是人类的未来和希望，更是思想上尚未受到污染的群体，以儿童为

---

① 鲁迅：《集外集拾遗补编·俄罗斯的童话》，《鲁迅全集》（8），人民文学出版社1981年版，第457页。

② 陈伯吹：《儿童文学简论》，长江文艺出版社1982年版，第70页。

③ 鲁迅：《书信·360311致杨晋豪》，《鲁迅全集》（13），人民文学出版社1981年版，第325页。

④ 鲁迅：《书信·360105致曹靖华》，《鲁迅全集》（13），人民文学出版社1981年版，第283页。

⑤ 鲁迅：《书信·360326致曹白》，《鲁迅全集》（13），人民文学出版社1981年版，第337页。

本位，教育儿童成为真正的“人”，这是鲁迅“立人”思想的重要一环。

三　民众启蒙

虽然在理论上是有了超人才会有民众的觉醒，“以愚民为本位，则恶之不殊蛇蝎”①，但不能否认的是，超人之前也是民众，超人来自民众。还有更重要的一点：如果超人与民众天悬地隔，就根本无法实现对民众的引导作用，甚至会被民众所唾弃。鲁迅清醒地认识到：如果没有一个整体的社会氛围，“立人”的时效性甚至可能性都非常渺茫。

> 天才并不是自生自长在深林荒野里的怪物，是由可以使天才生长的民众产生，长育出来的，所以没有这种民众，就没有天才。……所以我想，在要求天才的产生之前，应该先要求可以使天才生长的民众。②

否则，即使天才产生了，也会被民众所泯灭和扼杀，即所谓“非彼不生，即生而贼于众”③。鲁迅从人由猴子演变而来这一进化论角度反思“立人”的问题：

> 何以从前的古猴子，不都努力变人，却到现在还留着子孙，变把戏给人看。还是那时竟没有一匹想站起来学说人话呢？还是虽然有了几匹，却终被猴子社会攻击他标新立异，都咬死了；所以终于不能进化呢？④

不但自己不努力，而且也反对别人的努力，这就是鲁迅所说的庸众。“任个人而排众数”并不能解决民众的觉醒问题，鲁迅笔下常常出现先觉者被民众漠视、排斥甚至是戕害的情节，如《狂人日记》中的狂人、《药》中的夏瑜、《长明灯》中的疯子等。鲁迅在翻译作品中也一再展示先觉者的悲哀：要引导民众、引导被压迫者走向解放，可是民众丝毫不为所动，甚至和压迫者一起迫害先觉者。

---

① 鲁迅：《坟·文化偏至论》，《鲁迅全集》（1），人民文学出版社 1981 年版，第 52 页。

② 鲁迅：《坟·未有天才之前》，《鲁迅全集》（1），人民文学出版社 1981 年版，第 166 页。

③ 鲁迅：《坟·摩罗诗力说》，《鲁迅全集》（1），人民文学出版社 1981 年版，第 100 页。

④ 鲁迅：《热风·随感录·四十一》，《鲁迅全集》（1），人民文学出版社 1981 年版，第 325 页。

（一）哀其不幸 怒其不争

对于民众，鲁迅内心充满了矛盾。自然有“衷悲所以哀其不幸，疾视所以怒其不争”[①] 的成分，更有对于不幸与不争原因的探讨。

首先，鲁迅揭示了下层民众生存的困境，指出社会对待民众的不公。人毕竟生活在社会中，社会秩序、社会环境施与人的重压不能忽略。鲁迅所译的德国梅菲尔德的《你的姊妹之图》卷头诗是近年来才被确定的鲁迅的译作：“这女人是你的姊妹，她有一个私生的孩子而且没有工作，以后来摆布的有我们的社会：秩序。”[②] 在此鲁迅关注社会底层妇女的生存状态：没有工作也就没有经济来源，但是却有一个需要抚养的私生子，于是，这女人只能随波逐流，任由社会秩序的摆布，其悲惨的结局已经不言而喻。鲁迅翻译的芬兰小说《父亲在亚美利加》中，农夫跋垒司拉谛密珂为了使家庭摆脱贫困而远赴亚美利加，三年来，音讯全无；原本贫困的妻子和孩子在失去丈夫、父亲后，也将因为父亲欠下的债务而失去赖以生存的家园。母亲在艰辛中忧心如焚，孩子在猜测中充满渴盼，“然而人还是永没有听到父亲的事！”[③] 西班牙小说《山民牧唱》中的马里乔为了使儿子死而复生，需要“到近来家里毫无什么不幸的人家去”住上一夜，遗憾的是，这样的家庭根本不存在，因为“无论到那里，都有不幸在。无论到那里，都有疾病在。无论到那里去一看，都有死亡在”。于是，“抱着悲苦的心活下去，是必要的。只好带着哀伤和悲痛，作为生存的伴侣”[④]。译自罗马尼亚的《恋歌》则揭示了地主和农奴身份的鸿沟所带来的爱情悲剧。农奴伊黎爱上了贵妇安娜，安娜的丈夫——贵族老爷看出了端倪，在一次围猎的宴会上凶残地杀害了唱着恋歌的伊黎，贵族们没有因为这个农奴的死而受到任何影响，围猎依然持续着。对于处在残酷的等级制度中的人们来说，经济的困顿、精神的压迫以及亲人离散的惨剧随时都可能上演。鲁迅痛恨这残酷的社会的制度和秩序，以悲悯的情怀关注着这

---

① 鲁迅：《坟·摩罗诗力说》，《鲁迅全集》（1），人民文学出版社 1981 年版，第 163 页。

② ［德］梅菲尔德：《〈你的姊妹之图〉卷头诗》，《鲁迅著译编年全集》（12），人民出版社 2009 年版，第 197 页。

③ ［芬］亚勒吉阿：《现代小说译丛·父亲在亚美利加》，《鲁迅译文全集》（1），福建教育出版社 2008 年版，第 298 页。

④ ［西班牙］巴罗哈：《山民牧唱·山民牧唱》，《鲁迅译文全集》（7），福建教育出版社 2008 年版，第 429 页。

不幸的弱势的人们，并将他们对于生活的、社会的控诉传达出来。

其次，民众中间显然存在着导致不幸的个人因素，麻木、愚昧、虚荣、欺骗、算计、无聊、隐忍、报复等，鲁迅的译作对此进行了揭露和讽刺。阿尔志跋绥夫的《幸福》描写一个“霉掉了鼻子”又饥寒交迫的妓女，为了得到一点钱甘愿承受一个变态虐待狂的毒打。当全身伤痕累累、鲜血淋漓、艰难地从雪地上捡起钱的时候，“伊的全存在已经充满了幸福的感情，……吃，暖，安心和烧酒。不一刻，伊早忘却，伊方才被人毒打了”[①]。鲁迅认为，阿尔志跋绥夫“自然不过是写实派，但表现的深刻，到他却算达了极致”。并且认为他写出了“爱憎不相离，不但不离而且相争的无意识的本能”[②]。在爱罗先珂的《狭的笼》中，老虎为了其他的动物破除牢笼而呼号，但是所有的动物都努力维持着现状，而侯王的妻子虽然避免了殉葬的命运，却自杀于所信仰的宗教。芬兰小说《疯姑娘》讲述曾经有过众多追求者的美丽姑娘塞拉，因为期待舞会上曾经共舞的大公而耽误了大好的青春，红颜易老，美人迟暮，在岁月流逝中，她失去了所有嫁人的机会，一直相依相伴的母亲也去世了，只剩下孤身一人。鲁迅对这一译作进行了解读：“亢德写这为社会和自己的虚荣所误的一生的径路，颇为细微，但几乎过于深刻了，而又是无可补救的绝望。”[③]《难解的性格》写了一位贫穷仕宦家的女儿为摆脱困境而嫁给一位多金老男人的苦恼，但是当这位老男人去世她终于可以寻找自己的幸福生活时，新的障碍又出现了，这障碍就是“别一个有钱的老人……”[④]《阴谋》写出了医务界的种种黑幕和医生的道德沦丧，主人公在对别人进行阴谋筹划的同时也感觉到：“一切都同盟了，在弄着阴谋……阴谋，阴谋，第三个阴谋!”[⑤]《假病人》写了一个好心治病救人的将军夫人遭遇了众多的骗子：用赞美她的医术博取她的欢心，

---

① ［俄］阿尔志跋绥夫：《幸福》，《鲁迅译文全集》（1），福建教育出版社2008年版，第257页。

② 鲁迅：《译文序跋集·〈幸福〉译者附记》，《鲁迅全集》（10），人民文学出版社1981年版，第173页。

③ 鲁迅：《译文序跋集·疯姑娘·译者附记》，《鲁迅全集》（10），人民文学出版社1981年版，第180页。

④ ［俄］契诃夫：《坏孩子和别的奇闻·难解的性格》，《鲁迅译文全集》（7），福建教育出版社2008年版，第322页。

⑤ ［俄］契诃夫：《坏孩子和别的奇闻·阴谋》，《鲁迅译文全集》（7），福建教育出版社2008年版，第353页。

进而向她求取财物。将军夫人在认识到真相的时候不得不承认："人是狡猾的。"[①] 而对于善心的欺骗，无疑是可恨的。《簿记课副手的日记》中的副手在日记中展示了内心的卑鄙和龌龊：谋划着比他职位高的人或死或讼，同时又时时记挂着如何治愈自己的小病"胃加答儿"。《那是她》中的小姐们在听到故事中男人艳遇的女子是其妻子时立刻觉得索然无味。《暴躁人》写了一个青年对恋爱婚姻毫无兴趣却被习惯势力拉进婚姻的无奈："没有法子，我站起来，把我的嘴唇碰在她的长脸上，这感觉，和我还是孩子的时候，在追悼式上逼我去吻死掉的祖母的感觉，是一样的。"[②] 鲁迅在《暴躁人》译文后写道："诚然，《暴躁人》除写这暴躁人的其实并不敢暴躁外，也分明的表现了那时的闺秀们之鄙陋，结婚之不易和无聊。"[③] 《坏孩子》写了相恋的青年男女接吻被女孩子的弟弟撞见，并且以此"恐吓、监视、索诈"这对恋人，当男青年的求婚得到女方父亲的允诺后，恋人们首先要做的就是找到弟弟拉他的耳朵对他进行惩罚。"两个人后来说，他们俩秘密的相爱了这么久，能像在扯住这坏孩子的耳朵的一瞬息中，所感到的那样的幸福，那样的透不过气来的大欢喜，是从来没有的。"[④] 鲁迅针对该篇说道："大家当做滑稽小品看的《坏孩子》，悲观气息却还要沉重，因为看那结末的叙述，已经是在说：报复之乐，胜于恋爱了。"[⑤]

鲁迅译作对民众的生存状态及民众品行中的诸多问题进行反映，"意思是在揭出病苦，引起疗救的注意"[⑥]。

（二）民众与先觉者的距离

鲁迅在对民众"哀其不幸，怒其不争"的同时深刻认识到：没有民

---

① ［俄］契诃夫：《坏孩子和别的奇闻·假病人》，《鲁迅译文全集》（7），福建教育出版社2008年版，第326页。

② ［俄］契诃夫：《坏孩子和别的奇闻·暴躁人》，《鲁迅译文全集》（7），福建教育出版社2008年版，第348页。

③ 鲁迅：《译文序跋集·坏孩子和别的奇闻·译者后记》，《鲁迅全集》（10），人民文学出版社1981年版，第407页。

④ ［俄］契诃夫：《坏孩子和别的奇闻·坏孩子》，《鲁迅译文全集》（7），福建教育出版社2008年版，第319页。

⑤ 鲁迅：《译文序跋集·坏孩子和别的奇闻·译者后记》，《鲁迅全集》（10），人民文学出版社1981年版，第407页。

⑥ 鲁迅：《南腔北调集·我怎么做起小说来》，《鲁迅全集》（4），人民文学出版社1981年版，第512页。

众的觉悟，先觉者将会陷入悲惨的境地，更难实现整个社会的进步。

1921 年，鲁迅发表的译作阿尔志跋绥夫的《工人绥惠略夫》讲述了先觉者对民众极度绝望之后产生了暴行：拿起枪在剧院里向人群射击。鲁迅认为："阿尔志跋绥夫是主观的作家，所以塞宁和绥惠略夫的意见，便是他的意见。"① 这里直接将作者和主人公等同，是因为鲁迅作为中国为民请命的精神界战士也同样没有得到民众的理解和支持，也同样地绝望。该篇最能说明先觉者对于民众的无奈和绝望，展示了为民众赴死到杀死民众的心路历程的凄凉。由爱民众到杀民众，这是对民众"哀其不幸，怒其不争"②的"哀"和"怒"发展到极端的结果。绥惠略夫在"两间余一卒，荷戟独彷徨"的遭遇之后，彻底陷于绝望的境地，"对于不幸者们也和对于幸福者一样的宣战了。于是便成就了绥惠略夫对于社会的复仇"③。

绥惠略夫的杀人其实也是自杀，"希望生命从速消磨"④ 的急切表现。在小说中，借助主人公革命者绥惠略夫，作者和译者的感情都得到了新的诠释。鲁迅不但能够深切体会作品的内涵，更看穿了原作者的内心。对于《工人绥惠略夫》鲁迅评论道：

> 人是生物，生命便是第一义，改革者为了许多不幸者们，"将一生最宝贵的去做牺牲，""为了共同事业跑到死里去，只剩了一个绥惠略夫了。而绥惠略夫也只是偷活在追蹑里，包围过来的便是灭亡；这苦楚，不但与幸福者全不相通，便是与所谓'不幸者们'也全不相通，他们反帮了追蹑者来加迫害，欣幸他的死亡，而"在别一方面，也正如幸福者一般的糟蹋生活"。⑤

---

① 鲁迅：《译文序跋集·译了〈工人绥惠略夫〉之后》，《鲁迅全集》（10），人民文学出版社 1981 年版，第 168 页。

② 参见鲁迅《坟·摩罗诗力说》，《鲁迅全集》（1），人民文学出版社 1981 年版，第 80 页。

③ 鲁迅：《译文序跋集·译了〈工人绥惠略夫〉之后》，《鲁迅全集》（10），人民文学出版社 1981 年版，第 168 页。

④ 鲁迅、许广平：《两地书·二四》，《鲁迅全集》（11），人民文学出版社 1981 年版，第 79 页。

⑤ 鲁迅：《译文序跋集·译了〈工人绥惠略夫〉之后》，《鲁迅全集》（10），人民文学出版社 1981 年版，第 168 页。

这段解读完全可以直接用到鲁迅在《药》中创作的革命者夏瑜的身上，虽然二者对于民众的态度不同，但结果都是死亡。夏瑜在被本家出卖之后却并没有对民众失去信心，在监狱里还进行革命宣传，但依然免不了被他反抗的强权所扼杀，又被他为之反抗的民众所利用：他成为赏玩的对象和茶余饭后的谈资。他的牺牲和他的鲜血一样对愚昧的民众没有产生疗效。民众对革命、对于革命者的态度，俄国和中国竟然如此相似。俄国的绥惠略夫是因对民众绝望而杀人，中国的夏瑜是因对民众抱希望而被杀，革命者难逃死亡的深渊。“阿尔志跋绥夫是厌世主义的作家，在思想暗淡的时节，做了这一本被绝望所包围的书。”① ——这也是鲁迅创作《药》的心灵写照。

即便陷于滥杀的绥惠略夫鲁迅也认为他是伟大的，因为他“为爱做了牺牲”，并且还和国内的人们做对比：“我们试在本国一搜索，恐怕除了帐幔后的老男女和小贩商人以外，很不容易见到别的人物。”②

鲁迅在《狂人日记》《在酒楼上》《孤独者》中都表现了觉醒之后无路可走的悲哀，在《长明灯》中，一定要吹灭长明灯的疯子相对于其他觉醒者更具战斗精神，但结果依然逃不脱失去人身自由的惩罚。先觉者呕心沥血要民众觉醒，而民众却想方设法维持原有生活。“群众，——尤其是中国的，——永远是戏剧的看客。”③ 因此，《狂人日记》中的狂人、《在酒楼上》中的吕纬甫、《孤独者》中的魏连殳都在无路可走的情况下又回到原来的秩序中，正所谓“飞了一个小圈子，便又回来停在原地点”④。

无论是《工人绥惠略夫》还是《药》所展现的革命者的道路都是：为民请命——被民众孤立、出卖乃至追杀——孤军奋战——精神或者肉体死亡。这样的道路承载着两位作者对于民众的绝望，甚至由此产生的对革命的绝望。另有鲁迅的译作《书籍》也阐释着先觉者与他所拯救者之间

① 鲁迅：《译文序跋集 · 译了〈工人绥惠略夫〉之后》，《鲁迅全集》（10），人民文学出版社 1981 年版，第 169 页。

② 同上。

③ 鲁迅：《坟 · 娜拉走后怎样》，《鲁迅全集》（1），人民文学出版社 1981 年版，第 164 页。

④ 鲁迅：《彷徨 · 在酒楼上》，《鲁迅全集》（2），人民文学出版社 1981 年版，第 27 页。

的隔膜：文学者呕心沥血地写出了《为了不幸的人们》，可他的书并不被人们所看重，包括自己的爱人和那些“不幸的人们”。这一篇被鲁迅评论为“颜色暗淡的铅一般的滑稽”①。

鲁迅呼唤先觉者出现，更企盼民众的觉醒。先觉者是伟大的，然而如果没有民众的觉醒相呼应，先觉者必然又是悲哀的。没有民众作为依托，即使产生了先觉者，整个人类群体的状况依然很难有所改变：

> 正如火花一样，在民众的心头点火，引起他们的光焰来，使国势有一点转机。倘若民众并没有可燃性，则火花只能将自身烧完，正如在马路上焚纸人轿马，暂时引得几个人闲看，而终于毫不相干，那热闹至多也不过如“打门”之久。②

所以，在尊重个体的语境下要“任个人”，而为了整个族群的进步则不能“排众数”。何况“个人”就是来自“众数”，每个“众数”中的“个人”都应该努力发展自己：

> 都摆脱冷气，只是向上走，不必听自暴自弃者流的话。能做事的做事，能发声的发声。有一分热，发一分光，就令萤火一般，也可以在黑暗里发一点光，不必等候炬火……③

虽然说鲁迅翻译以“是否有利于劳苦大众的解放作为检验一切思想、观点的尺度”④ 有点绝对，但是不能否认，“立人”的对象主体是民众，“盖惟声发自心，朕归于我，而人始自有己；人各有己，而群之大觉近矣”⑤。虽然

---

① 鲁迅：《译文序跋集·书籍·译者附记》，《鲁迅全集》（10），人民文学出版社 1981 年版，第 187 页。

② 鲁迅：《华盖集·补白》，《鲁迅全集》（3），人民文学出版社 1981 年版，第 105—106 页。

③ 鲁迅：《热风·随感录·四十一》，《鲁迅全集》（1），人民文学出版社 1981 年版，第 325 页。

④ 朱仰山：《论中国近代翻译文学与鲁迅的关系》，《鲁迅研究丛刊》1981 年第 4 期。

⑤ 鲁迅：《集外集拾遗补编·破恶声论》，《鲁迅全集》（8），人民文学出版社 1981 年版，第 24 页。

民众的不觉悟一度使鲁迅非常绝望，但是“绝望之为虚妄，正与希望相同”①，而希望“正如地上的路；其实地上本没有路，走的人多了，也便成了路”②。只要先觉者从少到多，最后愚昧的民众都会沿着先觉者的路走上“立人”的道路。

第二节 预想读者的疏离

翻译家和作家一样，都处于文学传播的链条之中，而读者对译作的认可无疑是翻译家的宝贵财富。可是，鲁迅的译作在读者接受这一环节上不止一次遭遇“滑铁卢”，早期的《域外小说集》，后期的文艺理论译作都是力证，这对于译者来说显然是负面的讯息。首先，鲁迅采用欧化翻译策略注定了读者与译作的疏离，鲁迅一直坚定地走在欧化翻译的道路上，显然，读者的数量不是鲁迅首要考虑的问题。其次，鲁迅所设定的预想读者基本上不是大众读者——鲁迅在谈到自己翻译作品的预想读者时，总是给出一个不大甚至是很小的圈子。最后，鲁迅并非不考虑大众读者，但基于对大众的了解，鲁迅预想对其进行层次化的分解，再按照层次提供适宜的作品。

一 与大众读者的隔膜

翻译或者选择忠实于原作者，或者选择服务于译文的读者，译者大多会在原作者和读者之间寻求最佳定位。总体上看，基本不对原作者忠实的翻译属于改译（编译、译作、乱译、豪杰译），也就是对原作任意删削或者添加，甚至对整体篇章结构进行改变，严格说这已经不是翻译作品，给读者的感觉完全是在阅读本土作品，没有丝毫阅读障碍。意译是指在充分考虑读者接受的情境下，按照本土的文法，重新结构句子，在遣词造句上都照顾读者的习惯，“信”的程度不高——在读者方面除内容外也像在读本土作品，基本上没有阅读障碍。直译对原作的变通一般只在句子内部进行，以逐字译为主，逐句译为辅，在用词上不再照顾读者的阅读习惯，

---

① 鲁迅：《野草·希望》，《鲁迅全集》（2），人民文学出版社1981年版，第178页。

② 鲁迅：《呐喊·故乡》，《鲁迅全集》（1），人民文学出版社1981年版，第485页。

“信”的程度较高，“但这种追求外来文化原质性的直译方式必然带来读者接受的困难”[①]，所以直译有一个底线：读者能够读懂，也就是在“信”与“达”发生冲突的时候，将“达”置于首要考虑的地位。从鲁迅的硬译精神演绎出来的硬译方法[②]是在理论上尽可能逐字译，实在无法逐字译才变通为逐句译，句法也尽量保持不变，在遣词造句上尽可能忠实于原作，在可能的情况下句子、词汇、句法都与原文一一对应，在“信”与“顺”发生冲突时，以“信”为主，这必然会造成阅读障碍，导致译作与读者疏离。硬译的好处是对于原作的忠实程度高：“用硬译的方法去翻译文学作品未必合适，但是用它来翻译文艺理论在内的人文社科著作……硬译不仅合适，甚至十分必要。”[③] 死译是严格地对应翻译，译者如同翻译机器一样逐字、逐句、逐段地进行一一对应的翻译，句子结构、语词的前后顺序都不改变，是完全“信”的翻译，也是对原作绝对忠实的翻译，更是只有宗教典籍翻译才敢问津的方式。从翻译策略上讲，“当一种文化以异质文化为本位，尽可能保留其原貌时就是直译，亦即人们常说的异化；当翻译以主体文化为取向，尽可能迎合译入语读者的文化心理需要而进行改造时就是意译，亦即人们常说的归化”[④]。也就是说，欧化是引导读者靠近原作者、原作品，归化是引导原作者、原作品靠近读者。显然，欧化策略增加了译作读者的阅读难度。

回顾鲁迅的翻译生涯，他并非不在乎读者的认可，而且他非常清楚欧化策略在读者接受方面所带来的后果。在采用归化策略翻译《月界旅行》等作品的时候，鲁迅充分考虑了读者的感受：将原有28章的《自地球至月球在九十七小时二十分间》更名为《月界旅行》，结构上缩减一半，“截长补短，得十四回”，“措辞无味，不适合我国人者，删易少许”，“虽说译，其实乃是改作”[⑤]。虽然该作没有引起读者的争鸣，但种瓜得瓜，

---

① 于海燕、张允、杨家勤：《鲁迅的翻译目的与翻译选择：目的论视域下的鲁迅翻译研究》，《宿州学院学报》2010年第2期。

② 请参见本书第四章第二节。

③ 李季：《鲁迅传统汉语翻译文体论》，上海译文出版社2008年版，第19页。

④ 张景华：《从“硬译”透视鲁迅对中国文化转型的探索》，《四川外语学院学报》2006年第2期。

⑤ 鲁迅：《译文序跋集·月界旅行·辨言》，《鲁迅全集》（10），人民文学出版社1981年版，第152页。

种豆得豆，鲁迅为读者的着想理应得到现实的回报。到采用欧化策略的《域外小说集》出版，虽然鲁迅在作品选择、翻译、书籍制作、出版、广告各方面都极其用心，并且费心制定了后继翻译计划——“当初的计画，是筹办了连印两册的资本，待到卖回本钱，再印第三第四，以至第X册的”①，但由于读者不买账，“资金链”断裂，这一宏伟计划也彻底破产。而后鲁迅所谓的“十年沉默”不能否定与《域外小说集》的销售失败直接相关，这对于鲁迅来说，应该是个不小的教训。但是鲁迅却没有因为这一教训而将预想读者放在译作首要考虑的因素。他一直坚持走欧化的道路，也就是以忠实于原作为翻译的第一要义，所以，他的预想读者也就不止一次地离他而去。

鲁迅翻译的阿尔志跋绥夫的小说《工人绥惠略夫》在《小说月报》连载之前，招揽读者的广告就已经出现：

> 我们屡接读者的信，希望我们能登长篇小说；所以从第七号起，开始登载鲁迅先生译的俄国现代大文豪阿尔支拔绥夫的长篇《工人绥惠略夫》。阿尔支拔绥夫的作品从肉的享乐里喊出现代人烦闷的呼声和对于新理想之坚信，曾赚了俄国青年无量眼泪的，现在译成中文来赚我们的眼泪了。②

当连载结束，编者不得不宣布：

> 我们去年登过《工人绥惠略夫》的译本，初以为这本书里所提出的“爱与憎的纠纷”的问题将引起中国青年莫大的讨论，然而竟寂然！③

鲁迅自己也能够感受到普通读者对他的译作的不满，“《一天的工作》里有一篇短篇，讲到铁厂，后来有一位在北方铁厂里的读者给我一封信，说

---

① 鲁迅：《译文序跋集·域外小说集·序》，《鲁迅全集》(10)，人民文学出版社1981年版，第161页。

② 《小说月报》第12卷第6号。

③ 《小说月报》第13卷第7号。

其中的机件名目，没有一个能够使他知道实物是什么的"[①]。

直译、硬译都忠实于原作，但忠实于原作也有很大的差别：忠实于原作的哪个方面？进一步说，以忠实原作的哪个部分为先？简单地说，就回到了非常老套的内容和形式的探讨上；如果忠实于原著的思想内容，为了更好地传达内容，语言文字上就要尽力明白易懂，"归化"的成分仍然有所保留，这是引导译作走向读者的翻译策略；而如果忠实于原著的语言风格，那"多少的不顺，倒可以容忍"，也必须容忍了，内容上的受损也就无从顾及了，这是引导读者走向译作，也就是"欧化"的程度较高。复杂一点，那么即便形式上的忠实也有很多层面，忠实于语言还有一个重要的"程度"问题：是忠实于句群？句子？单词？还是连语法结构都一并忠实？如果对原作的所有方面都绝对忠实，恐怕就与死译无异了。

人的阅读程度可以分为注意、认知、熟知三个层次。就鲁迅的全部译作来看，大部分属于直译，虽然不如改译、意译的作品那样让读者轻松阅读，但也能够读懂，能够达到"认知"层面。儿童文学则归化的程度较高，基本上做到了有味、有趣，可以"熟知"。但就少量的硬性欧化的文艺理论译作来看，大部分读者都止步于"注意"：阅读的障碍使他们选择放弃。当然，大多数人都不是鲁迅欧化作品的读者：他们选择其他能使自己获得轻松愉悦阅读体验的作品。鲁迅选择了欧化翻译策略，也就选择了对普通大众读者的放弃，而鲁迅践行的方法，无疑又造成了一部分读者的疏离。

二　对精英读者的期待

欧化策略所导致的译作与读者间的距离已成定局，读者中哪些人能够接受自己的译作成为鲁迅思考的问题：就像"打仗必先搞清楚敌人是谁，策划广告攻势先定明目标与对象；翻译工作也要知己知彼，每次预先明确界定读者范围"[②]。从理论上讲，没有哪部译作能够适应所有的读者，"译文的'达'与'不达'，不能普遍地以一切可能的读者为标准，乃只相对于一部分人，即这篇翻译的理想读者"[③]。那么，鲁迅欧化翻译的"理想

---

① 鲁迅：《且介亭杂文二集·"题未定"草（一至三）》，《鲁迅全集》（6），人民文学出版社 1981 年版，第 350 页。

② 周兆祥：《翻译与人生》，中国对外翻译出版公司 1998 年版，第 78 页。

③ 罗新璋：《翻译论集》，商务印书馆 1987 年版，第 501 页。

读者”是哪些人？

鲁迅早期的译作还没有走上欧化翻译的正轨，此处不做考察。自《域外小说集》开始，鲁迅的预想读者就走向了前台，在《序言》中鲁迅写道：“使有士卓特，不为常俗所囿，必将犁然有当于心，按邦国时期，籀读其心声，以相度神思之所在。”[①] 可惜，鲁迅期待的“卓特”之士在中国实在太少，《域外小说集》被湮没于民众的视野中。鲁迅多次谈到读者的问题，比如在创办《译文》的时候就表示：“几个人偷点余暇，译些短文，彼此看看，倘有读者，也大家看看。”[②] 鲁迅在预想读者方面的考量，似乎一向很少在数量上用心。

在鲁迅的“硬译”时代，当论敌攻击他翻译的文学理论作品晦涩难懂的时候，鲁迅不但丝毫不加以否认，反而阐明了自己堪称独特的翻译目的：“我的译作，本不在博读者的‘爽快’，却往往给以不舒服，甚而至于使人气闷，憎恶，愤恨。”[③] 这样的阅读体验到底来自内容的情感共鸣还是文字的阅读障碍？鲁迅并没有说明，但无论如何，这种感觉恐怕并不符合一般读者的审美期待。因此，鲁迅进一步明确了自己“不一般”的预想读者，在《“硬译”：与文学的阶级性》一文中写道：

> 这些“硬译”而难懂的理论“天书”，究竟为什么而译的呢……
>
> 我的回答，是：为了我自己，和几个以无产文学批评家自居的人，和一部分不图“爽快”，不怕艰难，多少要明白一些这理论的读者。[④]

鲁迅又在《苦闷的象征·引言》中说出了对读者的“奢望”：

> 这译文虽然拙涩，幸而实质本好，倘读者能够坚忍地反复过两三回，当可以看见许多很有意义的处所罢：这是我所以冒昧开译的原

---

① 鲁迅：《译文序跋集·域外小说集·序言》，《鲁迅全集》（10），人民文学出版社 1981 年版，第 155 页。

② 鲁迅：《且介亭杂文末编·〈译文〉复刊词》，《鲁迅全集》（6），人民文学出版社 1981 年版，第 491 页。

③ 鲁迅：《二心集·“硬译”与“文学的阶级性”》，《鲁迅全集》（4），人民文学出版社 1981 年版，第 197 页。

④ 同上书，第208—209 页。

因，——自然也是太过分的奢望。[①]

在所译的《艺术论·序言》中鲁迅又说道："自省译文，这回也还是'硬译'，能力只此，仍须读者伸指来寻线索，如读地图：这实在是非常抱歉的。"[②] 在《〈文艺政策〉后记》中又说："我的译书，就也要献给这些速断的无产文学批评家，因为他们是有不贪爽快，耐苦来研究这种理论的义务的。"[③] 能够跨越语言、文字以及情感"创伤"的障碍去读一本书的读者有多少？这不是鲁迅考虑的问题。

鲁迅虽然并不把普通民众纳入自己的预期读者中，或者说鲁迅并不在意普通民众能否接受自己的译作，但并不意味着鲁迅没有为民众着想。对于大众阅读接受的问题，鲁迅有自己的思考。他认为，采用哪种翻译方法，取决于译者"决定译给大众中的怎样的读者"，因为"什么人全都懂得的书，现在是不会有的"[④]。而当时"全国的人们十之九不识字"[⑤]，译书的欧化还是归化对他们来说毫无意义，所以根本不用为他们考虑，因为，

在鲁迅看来，只有经过根本的社会改造，消灭了等级制度，普及了教育，使不识字的下层人民掌握了文化，并且有了觉醒，自己开口说话、写作，发表自己的意见，这才会有真正的下层人民的文学，真正的无产阶级文学。这也是他在革命文学论争中，以及以后一直坚持的基本立场。[⑥]

在剩下的一成识字的人中，鲁迅的儿童文学、戏剧译本面向普通读者、为普通读者考虑；小说虽然也欧化，但是程度远远低于文艺理论，一

---

① 鲁迅：《译文序跋集·苦闷的象征·引言》，《鲁迅全集》（10），人民文学出版社 1981 年版，第 232 页。

② 鲁迅：《二心集·〈艺术论〉译本序》，《鲁迅全集》（4），人民文学出版社 1981 年版，第 264 页。

③ 鲁迅：《译文序跋集·文艺政策·后记》，《鲁迅全集》（10），人民文学出版社 1981 年版，第 309 页。

④ 鲁迅：《二心集·关于翻译的通信（并 JK 来信）》，《鲁迅全集》（4），人民文学出版社 1981 年版，第 383 页。

⑤ 鲁迅：《二心集·宣传与做戏》，《鲁迅全集》（4），人民文学出版社 1981 年版，第 337 页。

⑥ 钱理群：《构建无产阶级文学的两种想象与实践》，《中国左翼文学国际学术研讨会论文集》，汕头大学出版社 2006 年版，第 37 页。

般读者还是可以接受的；而文艺理论则是专门供给鲁迅心目中的文化思想精英——那些关注中国文学、文化和思想改造的人们，这其中包括太阳社、创造社一些自以为掌握了先进的思想武器的革命者们。对于这部分文艺理论的理想读者，鲁迅寄予了很高的期望：期望通过他们的阅读，实现既“输入新的内容”，也“输入新的表现法”[①]，然后再由这部分精英人物引导普通民众进行思想改造和语言变革。

鲁迅的想法没错，翻译作品的接受需要“有理解和接受异域文化的要求和心理准备”[②]，当然，前提必须是能够阅读：

> 首先是识字，其次是有普通的大体的知识，而思想和情感，也须大抵达到相当的水平线。
>
> 否则，和文艺即不能发生关系。若文艺设法俯就，就很容易流为迎合大众，媚悦大众。[③]

如果一味迁就读者，照顾到最后一个层次也能读懂，整个读者群的层次也就会跟着下降。正如茅盾所说：“鉴赏能力要靠教育力量来提高，而不能使艺术本身降低了去适应。”[④] 所以，鲁迅虽然明知在读者那里可能会造成困难，但是轻易不放弃欧化的策略。

从上述可知，鲁迅对于所译文艺理论的预想读者要求极高：对文艺理论有兴趣、有需求，能够克服阅读的障碍，能容忍语言的不顺，能读懂那些鲁迅用西文文法结构的汉语语言。鲁迅在《苦闷的象征·引言》和《出了象牙之塔·后记》中提出过译文语言的大体规范：

> 但我于国语文法是外行，想必很有不合轨范的句子在里面。其中尤须声明的，是几处不用“的”字，而特用“底”字的缘故。即凡

---

① 鲁迅：《二心集·关于翻译的通信（并 JK 来信）》，《鲁迅全集》（4），人民文学出版社 1981 年版，第 382 页。

② 陈丽莉：《翻译的异化与归化》，《中国科技翻译》1999 年第 12 期。

③ 鲁迅：《集外集拾遗·文艺的大众化》，《鲁迅全集》（7），人民文学出版社 1981 年版，第 349 页。

④ 沈雁冰：《致梁绳纬信》，《小说月报》第 13 卷第 1 号。

> 形容词与名词相连成一名词者，其间用“底”字，例如 Social being 为社会底存在物，Psychische Trauma 为精神底伤害等；又，形容词之由别种品词转来，语尾有 -tive，-tic 之类者，于下也用“底”字，例如 Speculative，romantic，就写为思索底，罗曼底。[①]
>
> 又，形容词之由别种品词转来，语尾有 -tive，-tic 之类者，于下也用“底”字，例如 speculative，romantic，就写为思索底，罗曼底。[②]

而对于诸如“理论底地……”[③]、“外面底地……内面底地……颓废底的”[④]、“三次元底的……”[⑤] 等则未作出过说明。问题在于，用诸如此类的语言翻译真的有助于输入欧式文法吗？在阅读译作的时候，读者看到的就是汉语，很难再透过汉语看到原文的语法结构。正如学者王宏志所说，“中国读者或作者大抵不会先考虑某一个形容词在英语中是怎样构成的，然后才决定用‘底’还是‘的’”，所以“鲁迅的这个要求，对于改善中国语文并无帮助”[⑥]。鲁迅“一面尽量的输入，一面尽量的消化，吸收”[⑦] 的希望，在预想读者这里就已经非常渺茫了，也就更谈不上扩大其范围和影响了。由于汉语和西语的天然差异，翻译中“既实现意义对应，又实现形式对应……是根本办不到的”[⑧]。形式上的生搬硬套只能造成表达的不顺、意义的受损，“容忍着‘多少的不顺’（就

---

① 鲁迅：《译文序跋集·苦闷的象征·引言》，《鲁迅全集》（10），人民文学出版社 1981 年版，第 232—233 页。

② 鲁迅：《译文序跋集·出了象牙之塔·后记》，《鲁迅全集》（10），人民文学出版社 1981 年版，第 246 页。

③ ［苏］卢那卡尔斯基：《艺术论》，《鲁迅译文全集》（4），福建教育出版社 2009 年版，第 234 页。

④ ［苏］卢那卡尔斯基：《文艺与批评》，《鲁迅译文全集》（4），福建教育出版社 2009 年版，第 348 页。

⑤ ［苏］卢那卡尔斯基：《艺术论》，《鲁迅译文全集》（4），福建教育出版社 2009 年版，第 219 页。

⑥ 王宏志：《重释“信达雅”：二十世纪中国翻译研究》，东方出版中心 1999 年版，第 232 页。

⑦ 鲁迅：《二心集·关于翻译的通信（并 JK 来信）》，《鲁迅全集》（4），人民文学出版社 1981 年版，第 383 页。

⑧ 刘宓庆：《翻译与语言哲学》，中国对外翻译出版公司 2001 年版，第 78 页。

是不用口头上的白话），反而要多少的丧失原作的精神”[①]。读起来都困难，理解上自然受阻，原作的精神也就无从体现了。

如果说，鲁迅普遍采用的欧化与归化并重的直译作品还拥有普通大众读者，那么硬性欧化的译作不但与普通大众读者无缘，即便鲁迅心目中的理想读者也只能读懂那些欧式句法结构以外的句子。显然，鲁迅希望这些读者消化吸收，然后再将“可用的传下去”[②] 的想法不可能完全实现。毕竟，能够“硬着头皮看”的读者实在是少数。文学作品是靠自身的魅力来吸引读者的，也只有这样才能具有长久的生命力。不能不说，对于读者，鲁迅是期望过高、要求过甚了。

三 “分层次”读者的设想

虽然鲁迅欧化的文艺作品没有将大众读者置入预想读者的范围，但并不意味着鲁迅完全不顾大众读者的需求。鲁迅深知：“文艺本应该并非只有少数的优秀者才能够鉴赏，而是只有少数的先天的低能者所不能鉴赏的东西。”[③]除为大众翻译儿童文学、戏剧、小说之外，鲁迅还在思考将大众读者区别对待的问题。既要给大众读物又不能俯就大众的办法是将读者分成层次，为不同层次的大众提供与之相适应的作品，以此不断提升读者的阅读能力和鉴赏水平：

> 所以在现下的教育不平等的社会里，仍当有种种难易不同的文艺，以应各种程度的读者之需。不过应该多有为大众设想的作家，竭力来作浅显易解的作品，使大家能懂，爱看，以挤掉一些陈腐的劳什子。但那文字的程度，恐怕也只能到唱本那样。[④]

显然，鲁迅虽然认为“应该多有为大众设想的作家，竭力来作浅显易解

---

① 瞿秋白：《二心集·关于翻译的通信（并 JK 来信）》，《鲁迅全集》（4），人民文学出版社 1981 年版，第 375 页。

② 同上书，第 383 页。

③ 鲁迅：《集外集拾遗·文艺的大众化》，《鲁迅全集》（7），人民文学出版社 1981 年版，第 349 页。

④ 同上。

的作品”，但这当中不包括翻译作品，他自己显然也不想只成为这样的作家。关于将读者分层次的想法，鲁迅在后来又进行了具体明确的阐释：

> 将这些大众，粗粗的分起来：甲，有很受了教育的；乙，有略能识字的；丙，有识字无几的。而其中的丙，则在“读者”的范围之外，启发他们是图画，演讲，戏剧，电影的任务，在这里可以不论。但就是甲乙两种，也不能用同样的书籍，应该各有供给阅读的相当的书。供给乙的，还不能用翻译，至少是改作，最好还是创作，而这创作又必须并不只在配合读者的胃口，讨好了，读的多就够。至于供给甲类的读者的译本，无论什么，我是至今主张“宁信而不顺”的。①

由此可以看出，鲁迅译作的预想读者只能来自甲种层次，所谓“很受了教育的”，只有这类读者才能够接受译作。乙类读者还不能接受真正的翻译作品，“至少是改作”一并将意译、直译、硬译全都排除了。而丙类读者又被直接排除于读者之外。也就是说，鲁迅的欧化译作只适应甲类，而硬性欧化的译作又只适应甲类中的部分人。其设计就是，供给甲类欧化译作，供给乙类创作或者改作，供给丙类图画、演讲、戏剧和电影。每个层次的人们一面阅读欣赏供给自己的作品，一面努力提升自己的层次，这样整个社会的读者层次就会逐渐提高。

鲁迅反对文艺“设法俯就大众”、“迎合大众”、“媚悦大众”②：

> 因为有些见识，他们究竟还在觉悟的读书人之下，如果不给他们随时拣选，也许会误拿了无益的，甚而至于有害的东西。所以，“迎合大众”的新帮闲，是绝对的要不得的。③

---

① 鲁迅：《二心集·关于翻译的通信（并JK来信）》，《鲁迅全集》（4），人民文学出版社1981年版，第382页。

② 鲁迅：《集外集拾遗·文艺的大众化》，《鲁迅全集》（7），人民文学出版社1981年版，第349页。

③ 鲁迅：《且介亭杂文·门外文谈》，《鲁迅全集》（6），人民文学出版社1981年版，第102页。

由这一思想出发应该确立统一的标准而不应该区别对待，文艺作品多样化和读者层次化的构想恰恰就是在“设法俯就”、“迎合”大众。显然，在这一问题上鲁迅的思想是矛盾的。一面是输入新内容、新文法的高瞻远瞩，一面是提升大众文化、改造大众思想的迫切现实，鲁迅在取舍之间挣扎。瞿秋白以一个清醒的现实主义者姿态为鲁迅作出了选择：“有人说：不能够把艺术降低了去凑合大众的程度，只有提高大众的程度，来高攀艺术。这在现在的中国情形之下，简直是荒谬绝伦的论调。”① 无论出于何种目的，读者能懂是一个关键；也无论读者分多少层次，只有使尽可能多的读者能懂，才能弘扬和彰显译作的价值。

在不改变欧化翻译策略的情况下，鲁迅为层次化读者构想进行了现实的尝试。

首先，鲁迅为自己的译作加入了大量的副文本进行阐释，以辅助其设定的甲类读者对译文的理解。翻译作品常常附有序言、附记、后记、略例、说明……人民文学出版社 1981 年版《鲁迅全集》（10）中收入的《译文序跋集》达 118 篇，占该集的 328 页。鲁迅在译作中还进行随文注释：阿尔志跋绥夫的《工人绥惠略夫》随文注释有 15 条之多，鲁迅对音译的或直译的茶具、人物名、政治团体、货币单位、祭祀用品……都一一作了介绍，就连直译的骂人话——“我用过你们的娘”一句都加上“译者注”。《战争中的威尔珂》一文出现了“原注”和“译者注”并行的现象。这些副文本和注释既保存了译文的欧化风格，又大大减少了阅读难度。

其次，图画虽然为丙类读者提供的，但是甲乙两类读者同样可以从中获益。鲁迅为译作插入了很多图画，因为图画有助于阅读理解：

> 书籍的插画，原意是在装饰书籍，增加读者的兴趣的，但那力量，能补助文字之所不及，所以也是一种宣传画。②

又在《译文》杂志的《创刊号前记》和《复刊词》中分别说：

---

① 瞿秋白：《普洛大众文艺的现实问题》，《文学》1932 年第 4 期。

② 鲁迅：《南腔北调集·连环图画辩护》，《鲁迅全集》（4），人民文学出版社 1981 年版，第 446 页。

文字之外，多加图画。也有和文字有关系的，意在助趣；也有和文字没有关系的，那就算是我们贡献给读者的一点小意思，复制的图画总比复制的文字多保留得一点原味。[①]

原料没有限制；门类也没有固定；文字之外多加图画，也有和文字有关系的，意在助趣，也有和文字没有关系的，那就算是我们贡献给读者的一点小意思。[②]

鲁迅一直致力于在尽可能忠实原文的前提下保存译作的可读性：

外国的平易地讲述学术文艺的书，往往夹杂些闲话或笑谈，使文章增添活气，读者感到格外的兴趣，不易于疲倦。但中国的有些译本，却将这些删去，单留下艰难的讲学语，使他复近于教科书。

他批评这种作法："这正如折花者，除尽枝叶，单留花朵，折花固然是折花，然而花枝的活气却灭尽了。"[③]

"阅读和写作一样重要；因此，读者有够资格和不够资格的称号也是必要的。"[④] 文艺作品多样化、读者层次化的设想原也无可厚非，但就鲁迅译作中欧化句式来说，所预想的甲类中的高端读者还要"伸指来寻线索，如读地图"才能懂，或者依然不懂，那恐怕也不能说这是提供给他们适宜的作品了。鲁迅翻译中硬性欧化的部分已经超越了读者中最高层次的接受能力，因此可以说，"鲁迅的翻译主要着眼于提高，而不是普及，目标在于精神界之战士，还不是暂时与文学和翻译无缘的大众"[⑤]。另外，哪些作家来为或者肯为低层次的读者服务？这些作家的作品又怎样保障其

---

① 鲁迅：《集外集拾遗补编·〈译文〉创刊号前记》，《鲁迅全集》（8），人民文学出版社1981年版，第373页。

② 鲁迅：《且介亭杂文末编·〈译文〉复刊词》，《鲁迅全集》（6），人民文学出版社1981年版，第491页。

③ 鲁迅：《华盖集·忽然想到》，《鲁迅全集》（3），人民文学出版社1981年版，第15—16页。

④ 《马克思恩格斯全集》（7），人民出版社1979年版，第266页。

⑤ 李今：《翻译的政治与翻译的艺术——以瞿秋白和鲁迅的翻译观为考察对象》，《河北学刊》2007年第2期。

确实适合所服务的层次？对读者的分层如何实现？人们的阅读能力不可能通过考核来确定——这是一个始终处于变化中的问题，更受个人的兴趣、爱好、需求等原因所左右；没有哪个人或者哪个部门将译作或者创作如同学校教科书一样标明适应级别。最终，还是读者把握着读本的选择权利。

总之，鲁迅翻译的欧化策略“不但在输入新的内容，也在输入新的表现法”[①]，这是“别求新声于异邦”的必然途径。欧化策略下的直译已经与大众读者无缘，而鲁迅急于进行汉语语言欧式文法的实验又使知识精英阶层的部分读者退避三舍。鲁迅译作的预想读者虽然本来就不是大众读者，但是读者接受环节一次又一次的失败，恐怕不能说是在鲁迅的预料之中的。运用翻译改造民众的思想需要尽可能多的读者，而运用翻译进行语言变革实验又使读者流失了。思想改造和语言变革是“立人”的直接手段和先决条件，二者的共时运作必然出现彼此的掣肘，虽然这种矛盾出现于翻译的内部系统，但也延缓了“立人”目的的达成。

---

① 鲁迅：《二心集·关于翻译的通信（并JK来信）》，《鲁迅全集》（4），人民文学出版社1981年版，第382页。

结　语

鲁迅的翻译思想，既体现为鲁迅对译事活动的理论阐释，也体现为鲁迅翻译实践的选材、策略和方法，是贯穿鲁迅翻译始终的宗旨和原则，是鲁迅文学思想和社会理想的有机组成部分，是20世纪翻译理论的重要成果。鲁迅的翻译思想，在鲁迅翻译中具有核心地位，不仅指导了鲁迅的翻译实践，而且也成为理解和认识鲁迅不可或缺的重要内容。

鲁迅的翻译思想多么复杂精深，共同的指向却只有一个："立人"，这是鲁迅翻译的终极诉求，在鲁迅翻译思想系统中处于核心位置，其他如翻译选材、欧化策略、直译方法等则是处于"立人"周围不断变化的元素，这些元素时隐时现，和核心的距离也时远时近，但它们却处于同一个系统之中，围绕着"立人"进行运动。表面看来，鲁迅翻译目的包括"立人"、"立国"、国民性改造、为革命"盗火"、指导创作、语言文字变革……这种多元化的呈现曾经一度造成人们对鲁迅翻译思想认识的障碍，但事实上，只有"立人"是鲁迅翻译思想的核心和主导，其他都是"立人"统摄之下的元素，它们共同为"立人"服务。在鲁迅的翻译思想中，变革中国语言——建设中国文学——改造国人思想——"立人"是一条显明的逻辑线索。

鲁迅的翻译思想和翻译实践是不可分割的一个整体，也正因此，不但翻译思想指导着翻译实践，而且翻译实践也不断对翻译思想进行校正、补充，这就是鲁迅的"硬译"只践行很短时间的原因，也是鲁迅只对极少量作品采取复译的原因。"一成不变、绝对的、神圣不可侵犯的翻译准确性标准是没有也不能有的"，因为"翻译准确性标准是以翻译的目的、原文的性质及译文的读者为转移的"①，鲁迅的翻译思想也是如此。高植也

① 罗新章编：《信达雅与翻译准确性的标准·翻译论集》，商务印书馆1984年版，第605—612页。

认为："目前中国语文在翻译外国语文的某些普通句法，或复杂长句，或习惯用语时，尚缺少公认通用的表达方式，多半由从事者各自摸索。我们看看五四时期的一些译文，和今天的一些译文，可以相信，这个问题，正在解决中，且时日较久，则解决的较圆满。"[①] 从翻译目的来看，鲁迅的翻译引起了人们对语言变革的重视，促进了新文学的创作，更新了国人的思想——推进了"立人"的进程。所以说，鲁迅不但是一个成功的翻译家，而且其翻译思想在当时和现在都具有重要的理论价值和指导意义。

在成书过程中，笔者既为鲁迅翻译的苦心和执着所打动，也为自己语言表达的无力和逻辑能力的欠缺而遗憾。在论述鲁迅翻译语言转换等技术层面问题时，又因对外语掌握的有限而常常陷于无可奈何的境地，虽然多方设法，但还是不得不放弃原文本和译文句子结构的对比分析。还有，附录二部分体现了鲁迅组织翻译团队、创办翻译刊物、培养翻译人才的"译介之魂"地位，在写作之初就为笔者所重视，但由于这部分的实践性较强，笔者目前难以用鲁迅翻译思想加以统摄，也自然不能纳入正文之中。假以时日，希望在此后的研究中，上述问题都能够得到圆满解决。

书后附表中的译作以创作时间为排列顺序。

---

① 高植：《战争与和平·译者小跋》，文化生活出版社1951年版。

附录一*

鲁迅翻译作品国别统计表

一　鲁迅翻译的法、德、美、英四国作品列表

译作（署名）	体裁	作者	国籍	发表刊物	发表时间
哀尘（署庚辰译）	小说	嚣俄	法国	《浙江潮》第5期	19030615
说鈤（署自树译）	小说			《浙江潮》第8期	19031010
月界旅行[①]	小说	培伦	美国	日本东京进化社版	190310
斯巴达之魂（署自树译）	小说			《浙江潮》第5、9期	19030615 19031108
造人术（署索子译）	小说	路易斯托伦	米国[②]	《女子世界》第4—5期	1905
地底旅行[③]（署之江索士译演）	小说	威男	英国	南京启新书局印行	190603
《红星佚史》译诗[④]	诗歌			上海商务印书馆	190710
摩罗诗力说（署令飞译）	论文			《河南》第2—3号	190802 190803
科学史教篇（署令飞译）	论文			《河南》第5号	190806
文化偏至论（署迅行译）	论文			《河南》第7号	19080805
察罗堵斯德罗绪言	序言	尼采	德国	未发表	
Heine的诗[⑤]	诗歌	海涅	德国	《中华小说界》第2期	19140201
察拉图斯忒拉的序言（署唐俟译）	序言	尼采	德国	《新潮》第2卷第5期	19200901
小俄罗斯小说略说（署唐俟译）	论文	凯尔沛来斯	德国	《小说月报》第12卷第10号	19211010

* 本附录主要依据人民出版社2009年版《鲁迅著译编年全集》并参考福建教育出版社2008年版《鲁迅译文全集》整理而成。

续表

译作（署名）	体裁	作者	国籍	发表刊物	发表时间
小说的浏览和选择	论文	拉斐乐·开培尔	德国	《语丝》周刊第49、50期	19251019 19251026
《小约翰》原序	序言	保罗·赉赫	德国	未名丛刊《小约翰》	192801
食人人种的话	小说	腓力普	法国	《大众文艺》第1卷第2期	19281020
捕狮	小说	腓力普	法国	《大江月刊》创刊号	19281015
跳蚤（署封余译）	诗歌	亚波里耐尔	法国	《奔流》第1卷第6期	19281130
《雄鸡和杂馔》抄	杂文	Cocteau	法国	《朝花》1928年第4期，1929年第6期	19281227 19290110
《你的姊妹之图》卷头诗	诗歌	梅菲尔德	德国	未发表	
对于中国白色恐怖及帝国主义干涉的抗议⑥	杂文	路特威锡·棱	德国	《文学导报》第1卷第2期	19310805
梅令格的《关于文学史》	论文	Barin	德国	《北斗》第1卷第4期	19311220
海纳与革命	论文	Q·毗哈	德国	《现代》第4卷第1期	19331101
艺术都会的巴黎（署茹纯译）	论文	格罗斯	德国	《译文》第1卷第1期	19340916
描写自己（署乐雯译）	传记	纪德	法国	《译文》第1卷第2期	19341016
《死魂灵》第一部附录	附录	沃多·培克编	德国	上海文化生活出版社版《死魂灵》	193511

注：①　此处是鲁迅的误译，该文作者应是法国的凡尔纳。

②　即美国，鲁迅采用了当时日本人对美国的称呼。

③　此处是鲁迅的误译，该文作者应是法国的凡尔纳。

④　此篇据福建教育出版社2008年版《鲁迅译文全集·译文补编》（8）收入。

⑤　此篇据福建教育出版社2008年版《鲁迅译文全集·译文补编》（8）收入。

⑥　此篇据福建教育出版社2008年版《鲁迅译文全集·译文补编》（8）收入。

说明：《说鈤》《斯巴达之魂》《摩罗诗力说》《科学史教篇》《文化偏至论》五篇通常被认为是鲁迅的编译作品，笔者此处将其列出，但在论述过程中相关统计数据并不包含这五篇在内。

二 鲁迅翻译的"弱小民族"作品列表

译作（署名）	体裁	作者	国籍	发表刊物	发表时间
裴象菲诗论[①] （署令飞译）	论文	赖息	匈牙利	《河南》第7号	19080805
《〈镫台守〉之诗》[②]	诗歌		波兰	日本东京神田印刷所《域外小说集》初版2册	19090727
父亲在亚美利加	小说	亚勒吉阿	芬兰	《晨报》"小说栏"	192107 17—18
疯姑娘	小说	明那·亢德	芬兰	《小说月报》第12卷第10号	1921
战争中的威尔珂	小说	跋佐夫	勃尔格利亚[③]	《小说月报》第12卷第10号	1921
近代捷克文学概观	论文	凯拉绥克	捷克	《小说月报》第12卷第10号	1921
高尚的生活	杂文	Multatuli	荷兰	《京报副刊》	19241207
无礼与非礼	杂文	Multatuli	荷兰	《京报副刊》	19241216
A. Petöfi 的诗 （署 L. S 译）[④]	诗歌	Petöfi Sandor	匈牙利	《语丝》第9、11期	19250112 19250126
小约翰	童话	F. 望·蔼覃	荷兰	未名丛刊出版	192801
拂来特力克·望·蔼覃	论文	波勒·兑·蒙德	荷兰	未名丛刊《小约翰》	192801
跋司珂族的人们	小说	巴罗哈	西班牙	《奔流》第1卷第1期	19280620
面包店的时代	杂文	巴罗哈	西班牙	《朝花》第17期	19290425
往诊之夜	小说	巴罗哈	西班牙	《朝花》第14期	19290404
放浪者伊利沙辟台	小说	巴罗哈	西班牙	朝花社《近代世界短篇小说集》（2）	192909
无产阶级革命文学论	论文	Andor Gabor	匈牙利	《世界文化》创刊	19300910
中国起了火[⑤]	诗歌	翰斯·迈伊尔	奥地利	《文学导报》第1卷第2期	19310805
山民牧唱 （署张禄如译）	小说	巴罗哈	西班牙	《文学》第2卷第3期	19340301
赠《新语林》诗及致《新语林》读者辞 （署张禄如译）	杂文	莉莉·珂贝	奥地利	《新语林》第3期	19340805
《山民牧唱》序文（署张禄如译）	小说	巴罗哈	西班牙	《译文》第1卷第2期	19341016
会友 （署张禄如译）	小说	巴罗哈	西班牙	《译文》第1卷第3期	19341116
促狭鬼莱哥羌台奇	小说	巴罗哈	西班牙	《新小说》第1卷第3期	19340415
少年别	谈话	巴罗哈	西班牙	《译文》第1卷第6期	19350216

续表

译作（署名）	体裁	作者	国籍	发表刊物	发表时间
恋歌	小说	索陀威奴	罗马尼亚	《译文》第2卷第6期	19350816
村妇	小说	伐佐夫	保加利亚	《译文》终刊号	19360916

注：① 此文为周作人口译，鲁迅笔述。

② 此诗为周作人口译，鲁迅笔述。

③ 即保加利亚。

④ 此篇据福建教育出版社2008年版《译文补编·鲁迅译文全集》（8）收入。

⑤ 此篇据福建教育出版社2008年版《译文补编·鲁迅译文全集》（8）收入。

说明：1.《战争中的威尔珂》《疯姑娘》《父亲在亚美利加》三篇1922年5月被收入上海商务印书馆初版的《现代小说译丛》（第一集）。

2.《放浪者伊利沙辟台》《山民牧唱》《促狭鬼莱哥羌台奇》《会友》《少年别》《跛司珂族的人们》6篇结集为《山民牧唱》收入1938年《鲁迅全集》第18卷，1953年人民文学出版社出版了单行本。

三　鲁迅翻译的俄国作品列表

译作（署名）	体裁	作者	发表刊物	发表时间
红笑	小说		未出版	1909
谩（署周树人译）	小说	安特来夫	日本东京神田印刷所《域外小说集》1册	19090302
默（署周树人译）	小说	安特来夫	日本东京神田印刷所《域外小说集》1册	19090302
四日（署周树人译）	小说	迦尔洵	日本东京神田印刷所《域外小说集》2册	19090727
工人绥惠略夫	小说	阿尔志跋绥夫	《小说月报》第12卷第7、8、9、11、12号	1921
幸福	小说	阿尔志跋绥夫	《新青年》第8卷第4号	19201201
医生	小说	阿尔志跋绥夫	《小说月报》第12卷号外“俄国文学研究”	192109
黯淡的烟霭里	小说	安特来夫	商务印书馆《现代小说译丛》	192205
池边	童话	爱罗先珂	《晨报·副刊》	192109 24—26
书籍	小说	安特来夫	商务印书馆《现代小说译丛》	192105

续表

译作（署名）	体裁	作者	发表刊物	发表时间
狭的笼	童话	爱罗先珂	《新青年》第9卷第4号	19210801
春夜的梦	童话	爱罗先珂	《晨报副刊》	19211022
雕的心	童话	爱罗先珂	《东方杂志》半月刊第18卷第22号	19211125
连翘	小说	契里珂夫	商务印书馆《现代小说译丛》	192205
鱼的悲哀	童话	爱罗先珂	《妇女杂志》第8卷第1号	192101
一篇很短的传奇	小说	迦尔洵	《妇女杂志》第8卷第2号	19220201
世界的火灾	童话	爱罗先珂	《小说月报》第13卷第1号	19220110
两个小小的死	童话	爱罗先珂	《东方杂志》第19卷第2号	19220125
省会	小说	契里珂夫	商务印书馆《现代小说译丛》	192205
为人类	童话	爱罗先珂	《东方杂志》半月刊第19卷第3号	19220210
古怪的猫	童话	爱罗先珂	上海商务印书馆《爱罗先珂童话集》	192207
俄国的豪杰	记录	爱罗先珂	《晨报副刊》	19220402
桃色的云	童话剧	爱罗先珂	《晨报副刊》	19220513—19220625
小鸡的悲剧	童话	爱罗先珂	《妇女杂志》第8卷第9号	19220901
时光老人	童话	爱罗先珂	《晨报》四周年纪念增刊	19221201
观北京大学演剧和燕京女校学生演剧的记	杂文	爱罗先珂	《晨报副刊》	19230106
“爱”字的疮	童话	爱罗先珂	《小说月报》第14卷第3号	19230310
红的花	童话	爱罗先珂	《小说月报》第14卷第7号	19230710
苏维埃联邦从 Maxim Gorky 期待着什么?	论文	布哈林	《奔流》第1卷第2本	19280720
Leov Tolstoil	论文	Lvov-Rogachevski	《奔流》月刊第1卷第7期	19281230
Leov Tolstoil	论文	Maiski	《奔流》月刊第1卷第7期	19281230
论文集《二十年间》第三版序	序言	蒲力汗诺夫	《春潮》月刊第1卷第7期	19290715
人性的天才——迦尔洵	论文	Lvov-Rogachevski	《春潮》月刊第1卷第9期	19290915
春湖记游	游记	尼古拉·确木努易	《奔流》月刊第2卷第5本	19291220
论艺术	论文	蒲力汗诺夫	上海光华书局《艺术论》	193007
原始民族的艺术	论文	蒲力汗诺夫	上海光华书局《艺术论》	193007

续表

译作（署名）	体裁	作者	发表刊物	发表时间
再论原始民族的艺术	论文	蒲力汗诺夫	上海光华书局《艺术论》	193007
契诃夫与新时代	论文	Lvov-Rogachevski	《奔流》月刊第2卷第5本	19291220
车勒芮绥夫斯基的文学观	论文	G. V. 蒲力汗诺夫	《文艺研究》第1卷第1本	19300215
鼻子（署许遐译）	小说	果戈理	《译文》月刊第1卷第1期	19340916
饥馑（署许遐译）	小说	萨尔蒂珂夫	《译文》月刊第1卷第2期	19341016
假病人①	小说	契诃夫	《译文》月刊第1卷第4期	19351216
簿记课副手日记抄	小说	契诃夫	《译文》月刊第1卷第4期	19351216
那是她	小说	契诃夫	《译文》月刊第1卷第4期	19351216
坏孩子②	小说	契诃夫	《译文》月刊第1卷第6期	19350216
暴躁人	小说	契诃夫	《译文》月刊第1卷第6期	19350216
难解的性格③	小说	契诃夫	《译文》月刊第2卷第2期	19350416
阴谋	小说	契诃夫	《译文》月刊第2卷第2期	19350416
波斯勋章	小说	契诃夫	《大公报·文艺》第124期	19350408
《死魂灵》序言	序言	内斯妥尔·珂德略来夫斯基	文化生活出版社《死魂灵》	193511
《死魂灵》（第一部）	小说	N. 果戈理	上海书店《世界文库》1—6册	193505—193510
死魂灵（第二部残稿）	小说	果戈理	《译文》新1卷第1—3期、新2卷第3期	19360316 19360416 19360516 19361016

注：① 在《译文》上发表时，该篇与《簿记课副手日记抄》《那是她》并题为《奇闻三则》。

② 在《译文》上发表时，该篇与《暴躁人》并题为《奇闻二则》。

③ 在《译文》上发表时，该篇与《阴谋》并题为《奇闻二则》。

说明：1.《黯淡的烟霭里》《书籍》《连翘》《省会》《幸福》《医生》6篇被收入上海商务印书馆1922年版的《现代小说译丛》（第一集）。2.《狭的笼》《鱼的悲哀》《池边》《雕的心》《春夜的梦》《古怪的猫》《两个小小的死》《为人类》《世界的火灾》9篇结集为《爱罗先珂童话集》作为“文学研究会丛书”之一，1922年由上海商务印书馆出版。3.《爱字的疮》《小鸡的悲剧》《红的花》《时光老人》4篇由巴金编辑为《幸福的船》，1931年由上海开明书店出版。4.《坏孩子》《难解的性格》《假病人》《簿记课副手日记抄》《那是她》《波斯勋章》《暴躁人》《阴谋》8篇结集为《坏孩子和别的小说八篇》，于1936年作为《文艺连丛》之一由上海联华书局印行，福建教育出版社2008年《鲁迅译文全集》（7）收入这8篇作品并结集为《坏孩子和别的奇闻》。

四 鲁迅翻译的苏联作品列表

译作（署名）	体裁	作者	发表刊物	发表时间
亚历山大·勃洛克	论文	托罗兹基	北新书局《十二个》卷首	192608
巴什庚之死	杂文	阿尔志跋绥夫	《莽原》半月刊第 17 期	19260910
信州杂记	杂文	毕勒涅克	《语丝》周刊第 4 卷第 2 期	19271224
生活的演剧化（署葛何德译）	杂文	Nikolai Evreinov	《奔流》第 1 卷第 2 本	19280720
贵家妇女	小说	淑雪兼珂	《大众文艺》第 1 卷第 1 期	19280920
农夫	小说	雅各武莱夫	《大众文艺》第 1 卷第 3 期	19281120
在沙漠上	小说	L. 伦支	《北新》第 3 卷第 1 期	19290101
竖琴	小说	V. 理定	《小说月报》第 20 卷第 1 号	19290110
果树园	小说	K. 斐定	《大众文艺》第 1 卷第 4 期	19281220
关于剧本的考察（署葛何德译）	论文	Nikolai Evreinov	《奔流》第 1 卷第 6 本	19281130
托尔斯泰之死与少年欧罗巴	论文	卢那卡尔斯基	《春潮》第 1 卷第 3 期	19290115
托尔斯泰与马克思	论文	卢那卡尔斯基	《奔流》第 1 卷第 7 期	19281230
艺术论		卢那卡尔斯基	《语丝》周刊第 4 卷第 40 期	19281001
波兰姑娘	小说	淑雪兼珂	上海朝花社《近代世界短篇小说集》(1)	192904
苏维埃国家与艺术	论文	卢那卡尔斯基	《奔流》第 2 卷第 1、5 期	19290520 19291220
艺术是怎样发生的	论文	卢那卡尔斯基	水沫书店《文艺与批评》	192910
今日的艺术和明日的艺术	论文	卢那卡尔斯基	水沫书店《文艺与批评》	192910
关于马克思主义文艺批评之任务的提要	论文	卢那卡尔斯基	水沫书店《文艺与批评》	192910
苦蓬	小说	毕力涅克	《东方杂志》第 27 卷第 3 号	19300210
洞窟	小说	札弥亚丁	《东方杂志》第 28 卷第 1 号	19310110
恶魔	小说	高尔基	《北新》第 4 卷第 1、2 期	1930
被解放的唐·吉诃德	戏剧	卢那卡尔斯基	《北斗》第 1 卷第 3 期	19311120
《十月》作者自传	传记	雅各武莱夫	上海神州国光社	193302
十月	小说	雅各武莱夫	《大众文艺》第 1 卷第 5、6 期	19291020 19290220

续表

译作（署名）	体裁	作者	发表刊物	发表时间
肥料（署隋洛文译）	小说	绥甫林娜	《北斗》月刊创刊号、第1卷第2期	19310920 19311020
毁灭	小说	法捷耶夫	上海大江书铺	193009
《土敏土》代序（署隋洛文译）	序言	戈庚	新生命书局《土敏土》卷首	193207
亚克与人性	小说	左祝黎	良友图书公司《竖琴》	193301
父亲		唆罗诃夫	良友图书公司《一天的工作》	193303
革命的英雄	小说	D. 孚尔玛诺夫	良友图书公司《一天的工作》	193303
穷苦的人们[①]（署隋洛文译）	小说	雅各武莱夫	《东方杂志》第30卷第1期	19330101
拉拉的利益	小说	V. 英培尔	良友图书公司《竖琴》	193301
枯煤，人们和耐火砖	小说	F. 班菲洛夫 V. 伊连珂夫	良友图书公司《一天的工作》	193303
我要活（署隋洛文译）	小说	A. 聂维洛夫	《文学月报》第1卷第3期	19321015
铁的静寂	小说	略悉珂	良友图书公司《一天的工作》	193303
工人	小说	S. 玛拉式庚	良友图书公司《一天的工作》	193303
《十月》作者自传		雅各武莱夫	上海神州国光社	193302
我的文学修养（署许遐译）	论文	高尔基	《文学》第3卷第2期	19340801
俄罗斯的童话（一）（署邓当世译）	童话	高尔基	《译文》月刊第1卷第2期	19341016
俄罗斯的童话（二）	童话	高尔基	《译文》月刊第1卷第2期	19341016
俄罗斯的童话（三）（署邓当世译）	童话	高尔基	《译文》第1卷第3期	19341106
俄罗斯的童话（四）（署邓当世译）	童话	高尔基	《译文》第1卷第4期	19341216
俄罗斯的童话（五）（署邓当世译）	童话	高尔基	《译文》第1卷第4期	19341216
俄罗斯的童话（六）（署邓当世译）	童话	高尔基	《译文》第1卷第4期	19341216
俄罗斯的童话（七）（署邓当世译）	童话	高尔基	《译文》第2卷第2期	19350416
俄罗斯的童话（八）（署邓当世译）	童话	高尔基	《译文》第2卷第2期	19350416

续表

译作（署名）	体裁	作者	发表刊物	发表时间
俄罗斯的童话（九）（署邓当世译）	童话	高尔基	《译文》第2卷第2期	19350416
表	童话	L. 班苔莱耶夫	《译文》月刊第2卷第1期	19350316
俄罗斯的童话（十）	童话	高尔基	上海文化生活出版社《俄罗斯的童话》	193508
俄罗斯的童话（十一）	童话	高尔基	上海文化生活出版社《俄罗斯的童话》	193508
俄罗斯的童话（十二）	童话	高尔基	上海文化生活出版社《俄罗斯的童话》	193508
俄罗斯的童话（十三）	童话	高尔基	上海文化生活出版社《俄罗斯的童话》	193508
俄罗斯的童话（十四）	童话	高尔基	上海文化生活出版社《俄罗斯的童话》	193508
俄罗斯的童话（十五）	童话	高尔基	上海文化生活出版社《俄罗斯的童话》	193508
俄罗斯的童话（十六）	童话	高尔基	上海文化生活出版社《俄罗斯的童话》	193508

注：①　原题为《穷人》。

说明：1.《洞窟》《在沙漠上》《果树园》《穷苦的人们》《竖琴》《亚克与人性》《拉拉的利益》7篇结集为《竖琴》，1933年作为《良友文学丛书》之一，由上海良友图书印刷公司出版。2.《苦蓬》《肥料》《我要活》1932年被收入良友图书公司出版的《一天的工作》。3.《俄罗斯的童话》（一）至（九）篇被收入1935年8月上海文化生活出版社“文化生活丛刊”之三《俄罗斯的童话》。

五　鲁迅翻译的日本作品列表

译作（署名）	体裁	作者	发表刊物	发表时间
艺术赏玩之教育	论文	上野阳一	《教育部编纂处月刊》第1卷第7册	191308
儿童之好奇心	论文	上野阳一	《教育部编纂处月刊》第1卷第10册	191311
社会教育与趣味	论文	上野阳一	《教育部编纂处月刊》第1卷第9、10册	191310 191311
儿童观念界之研究	论文	高岛平三郎	《全国儿童艺术展览会纪要》	191503
一个青年的梦	戏剧	武者小路实笃	《国民公报》	19190803—19191025

续表

译作（署名）	体裁	作者	发表刊物	发表时间
沉默之塔	小说	森欧外	《晨报》	19210421—24
鼻子	小说	芥川龙之介	《晨报》	19210511—13
罗生门	小说	芥川龙之介	《晨报》	19210616—17
三浦右卫门的最后	小说	菊池宽	《新青年》第9卷第3号	19210701
盲诗人最近时的踪迹	杂文	中根弘	《晨报副刊》	19211022
读了童话剧《桃色的云》	杂文	秋田雨雀	《晨报副刊》	19220513
忆爱罗先珂华西里君	杂文	江口涣	《晨报副刊》	19220514
挂幅	小说	夏目漱石	商务印书馆《现代日本小说集》	192306
克莱喀先生	小说	夏目漱石	商务印书馆《现代日本小说集》	192306
游戏	小说	森欧外	商务印书馆《现代日本小说集》	192306
与幼小者	小说	有岛武郎	商务印书馆《现代日本小说集》	192306
阿末的死	小说	有岛武郎	商务印书馆《现代日本小说集》	192306
峡谷的夜	小说	江口涣	商务印书馆《现代日本小说集》	192306
复仇的话	小说	菊池宽	商务印书馆《现代日本小说集》	192306
苦闷的象征	论文	厨川白村	《晨报副刊》	192410
《苦闷的象征》后记	论文	山本修二	未名丛刊《苦闷的象征》	192503
西班牙的剧坛将星	论文	厨川白村	《小说月报》第16卷第1号	19250110
关照享乐的生活	杂文	厨川白村	《京报副刊》	19241213
从灵向肉和从肉向灵	杂文	厨川白村	《京报副刊》	19250109—10、12—14
描写劳动问题的文学	杂文	厨川白村	《京报》附刊《民众文艺周刊》第4、5号	19250106 19250113
现代文学之主潮	杂文	厨川白村	《京报》附刊《民众文艺周刊》第6号	19250120
出了象牙之塔	杂文	厨川白村	《京报副刊》	19250214—18，20—21，25，28 19250302—05，07

续表

译作（署名）	体裁	作者	发表刊物	发表时间
我独自行走	诗歌	伊东干夫	《狂飙》第16期	19250315
自以为是[①]	杂文	鹤见祐辅	《京报副刊》	19250414
徒然的笃学	杂文	鹤见祐辅	《京报副刊》	19250425
圣野猪	杂文	长谷川如是闲	《旭光旬刊》第4期	19250601
北京的魅力	杂文	鹤见祐辅	《京报》附刊《民众周刊》第26—29期	19250630—19250721
新时代与文艺	论文	金子筑水	《莽原》第14期	19250724
思索的惰性	杂文	片山孤村	《莽原》第28期	19251030
自然主义之理论及技巧	论文	片山孤村	北新书局《壁下译丛》	192904
《出了象牙之塔》题卷端	杂文	厨川白村	未名丛刊《出了象牙之塔》	192512
艺术的表现	杂文	厨川白村	北新书局《出了象牙之塔》	192512
游戏论	杂文	厨川白村	北新书局《出了象牙之塔》	192512
为艺术的漫画	杂文	厨川白村	北新书局《出了象牙之塔》	192512
从艺术到社会改造	杂文	厨川白村	北新书局《出了象牙之塔》	192512
从浅草来（署杜斐译）	杂文	岛崎藤村	《国民新报副刊》	19251205
岁首（署杜斐译）	杂文	长谷川如是闲	《国民新报副刊》	19260107
东西之自然诗观	论文	厨川白村	《莽原》第2期	19260125
罗曼·罗兰的真勇主义	论文	中泽临川 生田长江	《莽原》第7、8期合刊“罗曼罗兰专号”	19260425
生艺术的胎	论文	有岛武郎	《莽原》第9期	19260510
小儿的睡相	杂文	有岛武郎	《莽原》第12期	19260625
论诗	论文	武者小路实笃	《莽原》第12期	19260605
所谓怀疑主义者	杂文	鹤见祐辅	《莽原》第14期	19260725
凡有艺术品	论文	武者小路实笃	《莽原》第17期	19260910
以生命写成的文章	论文	有岛武郎	《莽原》第18期	19260925
说幽默		鹤见祐辅	《莽原》第2卷第1期	19270110
文学者的一生	论文	武者小路实笃	《莽原》第2卷第3期	19270210
运用口语的填词	论文	铃木虎雄	《莽原》第2卷第4期	19270225

续表

译作（署名）	体裁	作者	发表刊物	发表时间
读的文章和听的文字	杂文	鹤见祐辅	《莽原》第2卷第13期	19270710
书斋生活与其危险	杂文	鹤见祐辅	《莽原》第2卷第12期	19270625
专门以外的工作	杂文	鹤见祐辅	《语丝》第142、143期	19270730　19270806
断想	杂文	鹤见祐辅	《北新》第1卷第45、46期合刊，第2卷第1、3—5期	19270901　19271101 19271216　19280101
善政和恶政	杂文	鹤见祐辅	《北新》第1卷第39、40期合刊	19270715
人生的转向	杂文	鹤见祐辅	《北新》第1卷第41、42期合刊	19270801
闲谈	杂文	鹤见祐辅	《北新》第1卷第43、44期合刊	19270816
卢勃克和伊里纳的后来	杂文	有岛武郎	《小说月报》第19卷第1期	19280110
关于知识阶级	论文	青野季吉	《语丝》第4卷第4期	19280107
近代美术史潮论	专著	板垣鹰穗	《北新》第2卷第5—22期	19280101—1001
《思想·山水·人物》序言②	序言	鹤见祐辅	《语丝》第4卷第22期	19280528
读书的方法	杂文	鹤见祐辅	北新书局《思想·山水·人物》	192805
论办事法	杂文	鹤见祐辅	北新书局《思想·山水·人物》	192805
往访的心	杂文	鹤见祐辅	北新书局《思想·山水·人物》	192805
指导底地位的自然化	杂文	鹤见祐辅	北新书局《思想·山水·人物》	192805
说自由主义	杂文	鹤见祐辅	北新书局《思想·山水·人物》	192805
旧游之地	杂文	鹤见祐辅	北新书局《思想·山水·人物》	192805
说旅行	杂文	鹤见祐辅	北新书局《思想·山水·人物》	192805
纽约的美术村	杂文	鹤见祐辅	北新书局《思想·山水·人物》	192805
伊孛生的工作态度	论文	有岛武郎	《奔流》第1卷第3期	19280820
关于绥蒙诺夫及其代表作《饥饿》	论文	黑田辰男	《北新》第2卷第23期	19281016
北欧文学的原理	论文	片上伸	《大江》11月号	19281115

续表

译作（署名）	体裁	作者	发表刊物	发表时间
坦波林之歌（署封余译）	诗歌	蕗谷虹儿	《奔流》第1卷第6期	19281130
一九二八年的世界文艺概观	论文	千叶龟雄	《朝花》第2—8期	19281213 19281220 19281227 19290103 19290110 19290117 19290124
蕗谷虹儿的诗[③]	诗歌	蕗谷虹儿	上海朝花社美术专刊《艺苑朝华》之《蕗谷虹儿画选》	192901
现代新兴文学的诸问题	论文	片上伸	大江书铺	192904
访革命后的托尔斯泰故乡记[④]（署许霞译）	杂文	藏原惟人	《奔流》第1卷第7期	192812
表现主义	论文	片山孤村	北新书局《壁下译丛》	192904
关于艺术的感想	论文	有岛武郎	北新书局《壁下译丛》	192904
宣言一篇	论文	有岛武郎	北新书局《壁下译丛》	192904
阶级艺术的问题	论文	片上伸	北新书局《壁下译丛》	192904
“否定”的文学	论文	片上伸	北新书局《壁下译丛》	192904
艺术的革命与革命的艺术	论文	青野季吉	北新书局《壁下译丛》	192904
现代文学的十大缺陷	论文	青野季吉	北新书局《壁下译丛》	192904
最近的戈里基	论文	升曙梦	北新书局《壁下译丛》	192904
新时代的预感		片上伸	《春潮》第1卷第6期	19290515
爱尔兰文学之回顾	论文	野口米次郎	《奔流》第2卷第2期	19290620
表现主的诸相	论文	山岸光宣	《朝花》第1卷第3期	19290621
为批评家的卢那卡尔斯基	论文	尾濑敬止	水沫书店《文艺与批评》	192910
岸呀，柳呀	诗歌	蕗谷虹儿	未发表	
现代电影有产阶级	论文	岩崎·昶	《萌芽》第1卷第3期	19300310
艺术与哲学、伦理	论文	本庄可宗	上海神州国光社《文艺讲座》第1册	19300410
《浮士德与城》作者小传	传记	尾濑敬止	神州国光社《浮士德与城》	193009
药用植物	论文	刈米达夫	《自然界》第5卷第9、10期	193010 193011

续表

译作（署名）	体裁	作者	发表刊物	发表时间
苏联文学理论及文学评论的现状（署洛文译）	论文	上田进	《文化月报》第1卷第1期	19321115
果戈理私观（署邓当世译）	论文	立野信之	《译文》第1卷第1期	19340916
说述自己的纪德（署乐雯译）	杂文	石川涌	《译文》第1卷第2期	19341016

注：①　原题为《沾沾自喜》。

②　原题为《关于〈思想·山水·人物〉》。

③　此篇据福建教育出版社2008年版《鲁迅译文全集·译文补编》（8）收入。

④　此篇据福建教育出版社2008年版《译文补编·鲁迅译文全集》（8）收入。

说明：1.《沉默之塔》《三浦右卫门的最后》《鼻子》《罗生门》4篇被收入商务印书馆1923年版《现代日本小说集》。2.《断想》《专门以外的工作》《徒然的笃学》《人生的转向》《自以为是》《书斋生活与其危险》《读的文章和听的文字》《所谓怀疑主义者》《闲谈》《善政和恶政》《说幽默》《北京的魅力》12篇被收入上海北新书局1928年版《思想·山水·人物》。3.《思索的惰性》《表现主义的理论及技巧》《小说的浏览和选择》《东西之自然诗观》《西班牙的剧坛将星》《从浅草来》《生艺术的胎》《卢勃克和伊里纳的后来》《伊孛生的工作态度》《以生命写成的文章》《凡有艺术品》《在一切艺术》《文学者的一生》《论诗》《新时代与文艺》《北欧文学的原理》《关于知识阶级》17篇被收入北新书局1929年版《壁下译丛》。

附录二

鲁迅对中国翻译事业的贡献

作为翻译主体的鲁迅同时承担着翻译团队建设、翻译刊物创办、翻译人才培养的重任。正是这种双重身份使鲁迅在当时翻译界和中国翻译史上都分外引人注目。虽然鲁迅作为翻译家的身份曾经长期没有得到充分重视，但鲁迅作为中国翻译事业建设者的成就却早已被人们认可，尤其是曾经得到过鲁迅帮助的当事人的回忆性著述非常给力。此处笔者将从鲁迅组织未名社、创办翻译杂志《译文》以及对一些译者的扶持三个方面入手，大体呈现鲁迅为中国翻译事业所做的贡献。

一　鲁迅组织的翻译团队——“未名社”

未名社“直接得到鲁迅的指导和支持，和鲁迅的关系十分密切”①。鲁迅对于未名社所倾注的心血和精力以及他给未名社带来的影响，未名社的成员都难以忘怀，常常著书撰文进行追述；即便是研究者，也无不为鲁迅对翻译事业的倾心和对青年们的赤诚所感动。未名社的成立，在中国现代文学社团中的地位、成就以及影响，无不蕴含着鲁迅的付出。

（一）鲁迅组织未名社

在未名社成立之前，鲁迅与它的主要成员李霁野就已经有了接触，这次接触恰恰与未名社成立的动机一致——都是出自鲁迅对翻译青年的爱护和培植。

> 1924 年的下半年，在北京崇实中学读书的李霁野为了维持生计，试译了安特列夫的剧本《往星中》，请在北京俄文法政专门学校读书

① 李岫：《20 世纪文学的东西方之旅》，人民文学出版社 2004 年版，第 116 页。

> 的小学同学韦素园对照俄文原文认真作了校正。后经在世界语专门学校读书的小学同学张目寒亲自送交他的授课老师鲁迅先生审示。[①]

还是中学生的李霁野怎么有勇气又是如何想到要找当时已经颇负盛名的鲁迅来看自己的译文？李霁野对此做了回答：

> 我的小学同学张目寒就是他（鲁迅）在世界语专科学校所教的一个学生，他说，鲁迅并不是一个凛然可畏的人物……他常向我那位同学说到太少见青年人的译作。受到素园的鼓励和帮助，我在1924年7月译完了俄国安特列耶夫的《往星中》。[②]

可见，鲁迅在青年人心目中的形象不但平易近人，而且非常关心他们的翻译事业。的确，鲁迅没有辜负青年们的期望，他认真审阅了李霁野的译稿。1924年9月20日的鲁迅日记记载："上午张目寒来，并持示《往星中》译本全部。"[③] 第二天的日记又记载："上午幼渔来，增以'君子'专灯本一分。许钦文来。下午孙伏园来。夜整理专拓片。看《往星中》。"[④] 从中可以看出21日这天鲁迅事务的繁杂，但还是校阅了由自己的学生转送的、李霁野这个无名小卒的译文。之后，还约见了李霁野。

李霁野回忆了他和鲁迅的初次见面：

> 我的高兴是难以言传的……不记得目寒领我初次去访鲁迅的确切日期，我只记得是在初冬一个下午，他已经穿了一件灰色毛衣，接见我们的地方就是"老虎尾巴"，先生的工作室兼卧室。鲁迅先生确是平易近人的，没有一点架子，我完全不觉得拘束。

这次见面，鲁迅还"给我许多热诚的鼓励"[⑤]。

---

① 史挥戈：《未名社概述》，《济南教育学院学报》2000年第2期。

② 《李霁野文集》（2），百花文艺出版社2004年版，第6页。

③ 鲁迅：《日记·240920》，《鲁迅全集》（14），人民文学出版社1981年版，第513页。

④ 同上书，第513—514页。

⑤ 《李霁野文集》（4），百花文艺出版社2004年版，第83页。

在接下来的一段时间里，同样来自安徽省霍邱县的韦素园、韦丛芜、台静农等人通过互相介绍，也都与鲁迅相识。鲁迅说："认识素园，大约就是霁野绍介的罢，然而我忘记了那时的情景。"① 在鲁迅1925年8月30日的日记中有这样的记载："夜李霁野、韦素园、丛芜、台静农、赵赤坪来"②。是什么事情使五人夜访鲁迅呢？正是在这一天，鲁迅发起成立未名社。

时隔一天，9月1日的日记中又有："下午霁野、赤坪、素园、丛芜、静农来。"③ 9日，又是"下午素园、丛芜、赤坪、霁野、静农来"④。14日，"下午素园、丛芜、静农、霁野来"⑤。18日，"丛芜来。霁野来"⑥。19日，"得霁野信"⑦。24日，"素园、霁野来"⑧。25日，"得丛芜信"⑨。26日，"复韦丛芜信"⑩。近一个月间频繁的拜访、交流、指导，使未名社很快就从酝酿成为现实。从此，这几位20岁出头的年轻人就在鲁迅的组织、协助下，走上了文学翻译和文学创作的道路。此后，韦素园在苏联留学时的同学兼好友曹靖华得知未名社成立的消息，也向鲁迅申请加入未名社。李霁野回忆："1925年，曹靖华因为帮助苏俄人王希礼翻译《阿Q正传》，与鲁迅先生通信，并从韦素园的信知道成立未名社，也加入了。所以未名社成员一共有六人：鲁迅、韦素园、台静农、曹靖华、韦丛芜、李霁野。"⑪ 曹靖华后来成为著名的俄苏文学翻译家。

（二）鲁迅与未名社的运作和成就

谈到未名社的初始阶段，鲁迅说：

---

① 鲁迅：《且介亭杂文·忆韦素园君》，《鲁迅全集》（6），人民文学出版社1981年版，第63页。

② 鲁迅：《日记》，《鲁迅全集》（14），人民文学出版社1981年版，第559页。

③ 同上书，第561页。

④ 同上书，第562页。

⑤ 同上。

⑥ 同上书，第563页。

⑦ 同上。

⑧ 同上。

⑨ 同上书，第564页。

⑩ 同上。

⑪ 《李霁野文集》（2），百花文艺出版社2004年版，第52页。

> 出版者和读者的不喜欢翻译书，那时和现在也并不两样，所以《未名丛刊》是特别冷落的。恰巧，素园他们愿意绍介外国文学到中国来，便和李小峰商量，要将《未名丛刊》移出，由几个同人自办。小峰一口答应了，于是这一种丛书便和北新书局脱离。稿子是我们自己的，另筹了一笔印费，就算开始。因这丛书的名目，连社名也就叫了“未名”——但并非“没有名目”的意思，是“还没有名目”的意思，恰如孩子的“还未成丁”似的。①

李霁野在《忆素园》中也说明了未名社的由来：“我们只说定了卖前书，印后稿，这样继续下去，既没有什么章程，也没有什么名目，只在以后对外必得有名，这才以已出的丛书来名社了。”因为翻译书的市场前景不看好，出版商的经济效益没有保障，自然也就不喜欢出版翻译的书籍，而类似于青年李霁野这样无名小卒翻译的剧本《往星中》，更找不到出版商合作。因此，未名社的成立首先是为团体成员的翻译作品找到一个得见天日的园地，这就是所谓“稿子是自己的”；而鲁迅所说的“另筹一笔印费”的情况则是：李霁野、韦素园、韦丛芜、台静农每人交50元，② 鲁迅出资466.16元，计666.16元，这也就是未名社的第一笔经费。鲁迅带着四位名不见经传的学生辈青年办社，主要是为了青年们出版作品，可自己又出了大部分的经费，真可谓用心良苦。鲁迅不只是在经济上解决了未名社建社之初的大问题，未名社翻译文学的累累硕果，也无不经过鲁迅的精心培育。

未名社的确是一个“实地劳作，不尚叫嚣的小团体”③。他们集中译介了一批俄苏作品，有创作，有理论，尤其对介绍俄苏文学作出了独特的贡献，如韦素园的《外套》《黄花集》，曹靖华的《白茶》《蠢货》《三姐妹》《一月九日》《铁流》《保卫察里津》《我是劳动人民的儿子》《城与年》《契诃夫戏剧集》《苏联作家七人集》《烟袋》《第四十一》，李霁野

---

① 鲁迅：《且介亭杂文·忆韦素园君》，《鲁迅全集》（6），人民文学出版社1981年版，第64页。

② 四人的200元筹措自同乡台林逸。参见史挥戈《未名社概述》，《济南教育学院学报》2000年第2期。

③ 鲁迅：《且介亭杂文末编·曹靖华译〈苏联作家七人集〉序》，《鲁迅全集》（6），第553页。

的《往星中》《不幸的一群》《黑假面人》《被侮辱与被损害的》《在斯大林格勒战壕中》《战争与和平》等。人数虽少，存在的时间也只有 1925—1931 年，但是在俄语文学翻译方面却独步天下：他们创造了很多个“第一”，这可谓是个奇迹。比如，韦素园翻译的《外套》是果戈理作品的第一个中文译本，曹靖华翻译的《白茶》是中国第一部介绍俄苏戏剧的集子，韦丛芜翻译的《穷人》是俄国大文豪陀思妥耶夫斯基小说的第一个完整中文译本。曹靖华和韦素园都曾经留学苏联，曹靖华更有在苏联执教的背景，影响到社内成员对苏联乃至俄苏文学都有共同的兴趣。其他成员还在二人的影响之下学习俄语，他们属于中国第一批掌握俄语的为数不多的人，未名社理所当然地成为中国俄苏文学翻译的重镇。因为是从俄语原文直接翻译，或者是由精通俄语的社员帮助校改的转译，未名社的俄语文学翻译作品在质量上也属上乘，受到了读者的欢迎。

而列入《未名丛刊》并且在未名社售书处出售的还有：任国祯翻译的《苏俄的文艺论战》，这是第一部引进中国来的苏联文艺理论书籍；胡斅翻译的勃洛克的《十二个》，这是第一部介绍到中国来的苏联诗集。此外，经过未名社编辑出版的还有董秋思译的《争自由的波浪》等。[①] 李霁野说：

> 鲁迅先生对未名社成员的翻译和创作，在看稿改稿，印刷出版，书面装帧，甚至代销委售方面，费去了大量的时间与精力。先生在看了译稿之后，在要斟酌修改的地方，总用小纸条夹记，当面和我们商量改定。

以致未名社成员的译稿“页页都有鲁迅改动的笔迹”，李霁野还说：“他看改我的译稿那种诚恳认真的态度，使我很受感动。”[②]

鲁迅不只是在稿件的质量上用力颇勤，而且还利用自己的影响力为青年的译作摇旗呐喊，他们的很多译作都附有鲁迅的序言或推介广告。

---

① 参见李岫《20 世纪文学的东西方之旅》，人民文学出版社 2004 年版，第 117 页。

② 李霁野：《鲁迅先生对文艺嫩苗的爱护与培育》，《鲁迅回忆录》，上海文艺出版社 1978 年版。

在韦素园翻译的《穷人》中，附有鲁迅所作2000余字的《穷人·小引》，“小引”简明扼要地介绍了作者陀思妥耶夫斯基的生平以及作品风格，更突出了韦素园这本译作的可读性：

> 中国的知道陀思妥夫斯基将近十年了，他的姓已经听得耳熟，但作品的译本却未见……歧异之处，便由我比较了原白光的日文译本以定从违，又经素园用原文加以校定。①

这段话表明了未名社的协作精神，而未名社对待翻译文学的认真态度也就不言而喻了。鲁迅还为《穷人》撰写了导读性质的广告：

> 这是作者的第一部，也是即刻使他成为大家的书简体小说，人生的困苦和悦乐，崇高和卑下，以及留恋和决绝，都从一个少女和老人的通信中写出。译者对比了数种译本，并由韦素园用原文校定，这才印行，其正确可想。②

未名社成立不到一年，鲁迅就离开了北京，虽然不能像以往一样常常见面，但是与社员之间的关系却没有因此疏远：鲁迅依然为他们修改稿件，青年们也还是得到鲁迅的指导、呵护。

在看过曹靖华翻译的《共产党的烟袋》（即《烟袋》）后，鲁迅表示：“我以为很好，应即出版。”但是鲁迅凭借自己丰富的阅历充分考虑了出版界的状况，对这种附带明显政治色彩的书籍产生了担忧，并且给出了解决的办法：在厦门印书，“而仍说未名社出版”，印出后“以一部分寄京发卖。如此，则此地既无法干涉，而倘京中有麻烦，也可以推说别人冒名，本社并不知道的”③。真可谓思虑周详、用心良苦了。

---

① 鲁迅：《集外集·〈穷人〉小引》，《鲁迅全集》（7），人民文学出版社1981年版，第105—106页。

② 参见胡从经《〈未名丛刊〉与〈乌合丛书〉广告子目考索（续）——鲁迅佚文钩沉》，《社会科学辑刊》1982年第1期。

③ 鲁迅：《书信·280226致李霁野》，《鲁迅全集》（11），人民文学出版社1981年版，第611页。

1927 年 9 月 25 日鲁迅从广州给静农的信中说："未名社的出版物，在这里有信用。"① 1927 年 9 月 25 日的书信中写有这样的文字："看现在文艺方面用力的，仍只有创造、未名、沉钟三社，别的没有，这三社若沉默，中国全国真成了沙漠了。"② 1929 年 3 月 22 日夜给李霁野的信中也说："听说未名社的信用，在上海并不坏。"③ 6 月 24 日信中说："未名社的书，在南方信用颇好。"④ 鲁迅的鼓励和赞誉给了青年们无穷的信心，也给了他们美好的前景。虽然身处异地，但鲁迅时时关注并促进着未名社的发展。

狂飙社的高长虹曾经攻击未名社："未名社诸君的创作力，我们是知道的，在目前并不十分丰富。"⑤ 鲁迅代"未名社储君"作出了有力的回应：

> 但狂飙社却似乎仅止于"虚无的反抗"，不久就散了队……未名社却相反，主持者韦素园，是宁愿作为无名的泥土，来栽植奇花和乔木的人，事业的中心，也多在外国文学的译述。⑥

鲁迅作为未名社的代表，不允许任何对未名社不公正的评论，极力维护着未名社的声誉。

未名社除出版上述作品外，还编辑过《莽原》半月刊杂志。这原是1925 年鲁迅负责编辑的一个周刊，后来未名社成员李霁野的《马赛曲》、韦素园的《门槛》、韦丛芜的《阿列伊》等翻译作品都曾发表于这本刊物上。1926 年初，《莽原》由周刊改为半月刊，由韦素园编辑。鲁迅在远赴厦门之后仍然十分牵挂这本刊物的状况，直到 1927 年底停刊。期间，就

---

① 鲁迅：《书信·270925 致台静农》，《鲁迅全集》（11），人民文学出版社 1981 年版，第 580 页。

② 鲁迅：《书信·290925 致李霁野》，《鲁迅全集》（11），人民文学出版社 1981 年版，第 583 页。

③ 鲁迅：《书信·290322 致李霁野》，《鲁迅全集》（11），人民文学出版社 1981 年版，第 658 页。

④ 鲁迅：《书信·290624 致李霁野》，《鲁迅全集》（11），人民文学出版社 1981 年版，第 671 页。

⑤ 高长虹：《走到出版界——1925 年，北京出版界形势指掌图》，孙郁编：《被亵渎的鲁迅》，群言出版社 1994 年版，第 14 页。

⑥ 鲁迅：《且介亭杂文二集·中国新文学大系·小说二集序》，《鲁迅全集》（6），人民文学出版社 1981 年版，第 254 页。

办刊方略[①]、具体用稿[②]、封面设计[③]、与高长虹的纷争以及是否改名[④]，乃至对竞争对手的分析[⑤]，都一一进行指导。《莽原》的翻译成就，也应列入未名社之中，这是在鲁迅的关照下成长的未名社的衍生伙伴。

（三）未名社结束后鲁迅与其成员的交往

谈到未名社的结束，鲁迅扼腕叹息的同时也分析了原因：没有新成员加入；经济上糊涂；有人捣乱。

> 那第一大错，是在京的几位，向来不肯收纳新分子进去，所以自己放手，就无接办之人了……经济也一塌糊涂。[⑥]
>
> 而且一个团体，虽是小小的文学团体罢，每当光景艰难时，内部是一定有人起来捣乱的。[⑦]

而这内部捣乱的人就是《莽原》的主要撰稿人高长虹——本来也是鲁迅的得意弟子。高长虹因为韦素园的压稿问题[⑧]对鲁迅和韦素园大加责

---

① 鲁迅：《书信 · 261015 致韦素园 261029 致李霁野 261104 致韦素园》，《鲁迅全集》(11)，人民文学出版社 1981 年版，第 487、493、495 页。

② 鲁迅：《书信 · 260713 致韦素园 261007 致韦素园》，《鲁迅全集》(11)，人民文学出版社 1981 年版，第 472、486 页。

③ 鲁迅：《书信 · 261107 致韦素园 261111 致韦素园》，《鲁迅全集》(11)，人民文学出版社 1981 年版，第 496、498 页。

④ 鲁迅：《书信 · 261029 致李霁野 261128 致韦素园》，《鲁迅全集》(11)，人民文学出版社 1981 年版，第 493、509 页。

⑤ 鲁迅：《书信 · 261109 致韦素园》，《鲁迅全集》(11)，人民文学出版社 1981 年版，第 497 页。

⑥ 鲁迅：《书信 · 311027 致曹靖华》，《鲁迅全集》(12)，人民文学出版社 1981 年版，第 59 页。

⑦ 鲁迅：《且介亭杂文 · 忆韦素园君》，《鲁迅全集》(6)，人民文学出版社 1981 年版，第 65 页。

⑧ 参见鲁迅《且介亭杂文 · 忆韦素园君》记载：高长虹从上海寄信来，说素园压下了向培良的稿子，叫我讲一句话。我一声也不响。于是在《狂飙》上骂起来了，先骂素园，后是我。素园在北京压下了培良的稿子，却由上海的高长虹来抱不平，要在厦门的我去下判断，我颇觉得是出色的滑稽，而且一个团体，虽是小小的文学团体罢，每当光景艰难时，内部是一定有人起来捣乱的，这也并不希罕。然而素园却很认真，他不但写信给我，叙述着详情，还作文登在杂志上剖白。在"天才"们的法庭上，别人剖白得清楚的么？——我不禁长长的叹了一口气，想到他只是一个文人，又生着病，却这么拚命的对付着内忧外患，又怎么能够持久呢。自然，这仅仅是小忧患，但在认真而激烈的个人，却也相当的大的（《鲁迅全集》(6)，人民文学出版社 1981 年版，第 65 页）。

难。虽然鲁迅对韦素园给予了支持和理解，但也十分清楚在内忧外患交困中，病中的韦素园很难坚持下去。1929 年，未名社在人手缺少、经济困顿中不得不走向终结，鲁迅对此感到非常遗憾：“未名社本可以好好地干一下——信用也好——但连印数的款也缺，却令人束手。”① 一个“束手”，蕴含着无尽的惋惜和无奈。

未名社虽然不复存在，但是鲁迅和未名社成员之间的情感和精神纽带并没有因此断裂。

对于身缠重病的韦素园，鲁迅给予的是家长般的牵挂，他不但亲赴病院探望、鼓励，而且据李霁野回忆，“1930 年 1 月素园病再发，鲁迅先生虽然自己已很窘急，却从北京寓所的用度中挤出百元来，借给我们为他治病”②。韦素园“宏才远志，厄于短年”③ 的病逝，给鲁迅带来了很大的伤痛，他在书信中多次表达对未名社的怀念和对韦素园的哀悼，并作文《忆韦素园君》以作纪念。后又在韦素园所赠的《外套》上题字：“此素园病重时特装相赠者，岂自以为将去此世耶，悲夫！越二年余，发箧见此，追记之。”④

1930 年逃难到苏联的曹靖华收到了鲁迅约译《铁流》的来信⑤，1931 年冬天，依然远在苏联而且生活困顿、处在寒冷当中的曹靖华收到鲁迅“兄之劈柴，不知已领到否？此事殊以为念”⑥ 的来函。曹靖华说：“处在国民党反动派统治下，就像处在塌了洞口的矿井中一样，是多么需要一口救命的氧气啊！而鲁迅先生，就是这氧气忠心耿耿的输送者！”⑦

鲁迅还为曹靖华翻译的《苏联作家七人集》作序言：

---

① 鲁迅：《书信·290708 致李霁野》，《鲁迅全集》（11），人民文学出版社 1981 年版，第 675 页。

② 《李霁野文集》（2），百花文艺出版社 2004 年版，第 19 页。

③ 鲁迅：《且介亭杂文·韦素园墓记》，《鲁迅全集》（6），人民文学出版社 1981 年版，第 62 页。

④ 鲁迅：《集外集拾遗补编·题〈外套〉》，《鲁迅全集》（8），人民文学出版社 1981 年版，第 329 页。

⑤ 参见《曹靖华译著文集》，北京大学出版社、河南教育出版社 1989 年版，第 176 页。

⑥ 鲁迅：《书信·310224 致曹靖华》，《鲁迅全集》（12），人民文学出版社 1981 年版，第 40 页。

⑦ 《曹靖华译著文集》，北京大学出版社、河南教育出版社 1989 年版，第 178 页。

> 靖华就是一声不响，不断的翻译着的一个。他二十年来，精研俄文，默默的出了《三姊妹》，出了《白茶》，出了《烟袋》和《四十一》，出了《铁流》以及其他单行小册很不少，然而不尚广告，至今无煊赫之名，且受挤排，两处受封锁之害。但他依然不断的在改定他先前的译作，而他的译作，也依然活在读者们的心中。①

在为曹靖华翻译的《不走正路的安得伦》所作的“小引”中，鲁迅说：“关于译者，我可以不必再说。他的深通俄文和忠于翻译，是现在的读者大抵知道的。”②

虽然未名社解体，但是“未名社的译作，在文苑里却至今没有枯死的”③。这个团体一直在鲁迅的关注下成长，最后在鲁迅的叹惋声中结束。无论是创作还是翻译，未名社都取得了丰硕的成果，他们出版的《未名丛刊》专收社内成员的翻译作品，而《未名新集》则专收社内成员的创作，这也是中国现代文学社团翻译加创作模式的典型代表。

二 鲁迅创办的翻译刊物——《译文》

翻译文学得以根深叶茂，报刊起到了重要作用。现代中国，翻译家登上翻译舞台之初，几乎都是在报刊上展示自己的作品，很多报刊都处于创作和翻译共生的状态。1934 年，报刊的家族增加了特殊身份的一员——专门发表翻译作品的《译文》，它的出现使中国报刊界、翻译界甚至中国文学史都为之一新，而它的创办人正是鲁迅。

（一）《译文》创刊背景及宗旨

20 世纪 30 年代初，文坛的气氛愈加紧张，文人很难找到发出自己声音的渠道。政府成立了中央图书杂志审查委员会，对所有图书进行严格审查，对于翻译文学，更是严上加严。虽然鲁迅已经是一个蜚声中外的著名

---

① 鲁迅：《且介亭杂文末编·曹靖华译〈苏联作家七人集〉序》，《鲁迅全集》（6），人民文学出版社 1981 年版，第 552 页。

② 鲁迅：《集外集拾遗·〈不走正路的安得伦〉小引》，《鲁迅全集》（7），人民文学出版社 1981 年版，第 393 页。

③ 鲁迅：《且介亭杂文·忆韦素园君》，《鲁迅全集》（6），人民文学出版社 1981 年版，第 68 页。

作家，但同样深切地感受到出版业不景气所带来的严重束缚：

当三〇年的时候，期刊已渐渐的少见，有些是不能按期出版了，大约是受了逐日加紧的压迫。《语丝》和《奔流》，则常遭邮局的扣留，地方的禁止，到底也还是敷衍不下去。那时我能投稿的，就只剩了一个《萌芽》，而出到五期，也被禁止了，接着是出了一本《新地》。所以在这一年内，我只做了收在集内的不到十篇的短评。①

创作是如此遭受冷遇，翻译作品更遭遇了困境：

以译书维持生计，现在是不可能的事。上海秽区，千奇百怪，译者作者，往往为书贾所诳，除非你也是流氓。加以战争及经济关系，书业也颇凋零，故译著者并蒙影响。②

鲁迅尚且如此，其他译者的境况也就可想而知了。到了 1933 年，更是被鲁迅称为“围剿翻译的年头”③，“近来报章文字，不宜切实，我的投稿，久不能登了”④。即便偶尔可以刊登，也要倍加小心：

我想将《果戈理私观》后面译人的名和《后记》里的署名，都改做邓当世。因为检查诸公，虽若“并无成见”，其实是靠不住的……不如现在小心点的好。⑤

1934 年 9 月，翻译文学陷入前所未有的低谷。就是在这样的恶劣环境中，鲁迅冲破重重阻碍，着手筹办中国第一本专门发表翻译作品的杂志——《译文》。对于《译文》的创办目的，研究者大多认同，为了反抗国民党的文化围

---

① 鲁迅：《二心集・序言》，《鲁迅全集》（4），人民文学出版社 1981 年版，第 189 页。

② 鲁迅：《书信・300903 致李秉忠》，《鲁迅全集》（12），人民文学出版社 1981 年版，第 21 页。

③ 鲁迅：《准风月谈・为翻译辩护》，《鲁迅全集》（5），人民文学出版社 1981 年版，第 258 页。

④ 鲁迅：《书信・331115 致姚克》，《鲁迅全集》（12），人民文学出版社 1981 年版，第 141 页。

⑤ 鲁迅：《书信・340814 致黄源》，《鲁迅全集》（12），人民文学出版社 1981 年版，第 507 页。

剿，似乎负有很多政治使命和期待：

> 鲁迅创办《译文》，首先是为了宣传革命思想，建立一个新阵地，打击敌人和攻击旧思想。其次是翻译一些外国作家的作品，同时翻制些外国的绘画，特别是木刻，作为中国作家和艺术家的借鉴，最后，还要团结进步作家，培养革命文学青年。①

这种解读有据可依：曾经在《译文》中叱咤风云的茅盾也作出过类似的论断。茅盾在1953年重新创办的《译文》发刊词中回顾、总结了30年代鲁迅创办《译文》的宗旨：

> （一）通过介绍苏联及其它国家的革命的和进步的文学作品的方法，来反抗国民党反动政府的压迫，突破国民党反动派在文艺战线上的包围和封锁；（二）通过介绍苏联及其它国家的革命的和进步的文学作品的方法，来推动当时作家们对于现实主义创作方法的学习，并在青年中间进行国际主义和爱国主义的教育。②

茅盾几乎参与了《译文》的办刊全过程，鲁迅也证实：

> 茅盾是《译文》的发起人之一……《译文》下月要复刊了，但出版处已经换了一个，茅盾也还是译述人。③

也正因此，茅盾的说法更具有权威性。然而，就鲁迅本人的表述看来，上述诉求表达得非常柔和、策略。在创刊号上有鲁迅未署名的发刊词，首先用轻松的笔调交代了创刊的过程：

> 你们也许想得到，有人偶然得一点空工夫，偶然读点外国作品，

---

① 张彦：《为奴隶盗运军火——鲁迅与〈译文〉》，《新闻爱好者》2011年第16期。

② 茅盾：《发刊词》，《译文》1953年第1期。

③ 鲁迅：《书信·360215致阮善先》，《鲁迅全集》（13），人民文学出版社1981年版，第308页。

> 偶然翻译了起来，偶然碰在一处，谈得高兴，偶然想在这“杂志年”里来加添一点热闹，终于偶然又偶然的找得了几个同志，找得了承印的书店，于是就产生了这一本小小的《译文》。

然后介绍《译文》的特色，也可以当作用稿准则：

> 原料没有限制：从最古以至最近。门类也没固定：小说，戏剧，诗，论文，随笔，都要来一点。直接从原文译，或者间接重译：本来觉得都行。只有一个条件：全是“译文”。

最后阐述了办刊的目的：

> 不是想竖起“重振译事”的大旗来，——这种登高一呼的野心是没有的，不过得这么几个同好互相研究，印了出来给喜欢看译品的人们作为参考而已。①

1936年，鲁迅再次谈到这本刊物时，上述观点没有改变：

> 那时候，鸿篇巨制如《世界文学》和《世界文库》之类，还没有诞生，所以在这青黄不接之际，大约可以说是仿佛戈壁中的绿洲，几个人偷点余暇，译些短文，彼此看看，倘有读者，也大家看看，自寻一点乐趣，也希望或者有一点益处……
>
> 内容仍如创刊时候的《前记》里所说一样：原料没有限制；门类也没有固定；文字之外多加图画，也有和文字有关系的，意在助趣，也有和文字没有关系的，那就算是我们贡献给读者的一点小意思。②

在这里，鲁迅并没有表达任何政治上的诉求，当然，在当时的环境下，也

---

①　鲁迅：《集外集拾遗补编·〈译文〉创刊号前记》，《鲁迅全集》（8），人民文学出版社1981年版，第373页。

②　鲁迅：《且介亭杂文末编·〈译文〉复刊词》，《鲁迅全集》（6），人民文学出版社1981年版，第491页。

可能不允许表达。因为它产生在政府文化高压之下，即便不能明确表达，其出现的本身似乎也就是对时政的反抗，至少包含着反抗的因子。但总体来看，《译文》给人的感觉更接近于一本同人刊物，也正因此，“所以开首的三四期，算是试办，大家白做的，如果看得店里有钱赚了，然后再和他们订定稿费之类”①；似乎也没有什么深刻或者隐匿的政治或社会目的。鲁迅作为一个翻译家首先切身感受到了发表译作的困难，于是想到了创办一个刊物来发表翻译作品，这应该是《译文》创办的初衷。

80年代茅盾对《译文》的介绍与50年代出现了明显的差异。茅盾回忆在《译文》的催生阶段鲁迅谈到“这几年来介绍外国文学不像从前那样时兴了，译品的质量也差，翻译家好像比作家低了一等”，于是鲁迅想“办一个专门登载译文的杂志，提一提翻译的身价。这杂志，译品要精，质量要高，印刷也要好。”对于当时文坛的环境茅盾也有同感：“目前作家们有力气没处使，办这个杂志，可以开辟一个新战场，也能鼓一鼓介绍和研究外国文学的空气。”② 80年代和50年代文化氛围的差异不言而喻，茅盾前后两种不同的表述正是这种差异的反映。显然，80年代的回忆更加接近事实真相，后文所揭示的鲁迅对《译文》的实际操作也证实了这点。

（二）鲁迅对《译文》的艰难维系

1933年7月，鲁迅已经深刻认识到办刊物的艰难：

> 我意刊物不宜办。一是稿件，大约开初是不困难的，但后必渐少，投稿又常常不能用，其时编辑者就如推重车上峻坂，前进难，放手亦难，昔者屡受此苦，今已悟澈而决不做此事矣……③

时隔一年多，鲁迅却着手创办《译文》。“知其不可而为之”的勇气来自对中国翻译文学的热望。鲁迅在命运多舛的《译文》上倾注了很多的心血。创刊初期的艰难自不必说，到1935年9月，《译文》刚过周岁，却“因突然发生

---

① 鲁迅：《书信·340920致徐懋庸》，《鲁迅全集》（12），人民文学出版社1981年版，第517页。

② 参见茅盾《我走过的道路》，香港三联书店1981年版，第210页。

③ 鲁迅：《书信·330722致黎烈文》，《鲁迅全集》（12），人民文学出版社1981年版，第201—202页。

很难继续的原因，只得暂时中止”①，直到1936年3月恢复发行。

首先，对于《译文》生存的社会总体环境，鲁迅于无可奈何之中寻找着应对的策略：

> 黑暗至极，无理可说，我自有生以来，第一次遇见。但我是要反抗的。从明年起，我想用点功，所幸来做整本的书，压迫禁止当然仍不能免，但总可以不给他们删削了。②

不只是《译文》遭到刀削斧砍，鲁迅痛在心上，稿件也需要鲁迅亲力亲为地进行组织，对稿件的来源、确定甚至体裁各方面都进行了考量，还亲自约稿。

> 《译文》第三期收稿期已将届，茅先生又因生病不能多写字，先生能多译而且速译一点否？③
>
> 《译文》比较的少论文，第六期上，请先生译爱伦堡之作一篇，可否？④

但并不是用心、费工夫就能解决问题，就能博得好评，还有一些编辑者无法解决的问题：

> 投稿就多起来，不登即被骂为不公；要登，则须各取原文校对，好的尚可，不好，则校对工夫白化……⑤
>
> 《译文》中之译稿，实是一个问题，不经校阅，往往出毛病，但

---

① 鲁迅：《译文序跋集·〈译文〉终刊号前记》，《鲁迅全集》（10），人民文学出版社1981年版，第463页。

② 鲁迅：《书信·341231致刘炜明》，《鲁迅全集》（12），人民文学出版社1981年版，第628页。

③ 鲁迅：《书信·341013致黎烈文》，《鲁迅全集》（12），人民文学出版社1981年版，第535页。

④ 鲁迅：《书信·341226致黎烈文》，《鲁迅全集》（12），人民文学出版社1981年版，第619页。

⑤ 鲁迅：《书信·341228致曹靖华》，《鲁迅全集》（12），人民文学出版社1981年版，第624页。

> 去索取原文，却又有不信译者之嫌，真是难办。插图如与文字不妨无关，目前还容易办，倘必相关，就成问题。但《译文》中插图的模糊，是书店和印局应负责任的，我看这是印得急促和胡乱的缘故……①
>
> 《译文》被删之多和错字之多，真是无法可想。至于翻译的毛病，恐怕别人是不容易看出来，除非他对了原文，仔细的推究，但我实在没有这本领。②

到了这种局面，真可谓力不从心了。交给黄源编辑之后，鲁迅依然没有放下负担，反而事无巨细地进行指导，在下面这封给黄源的信中可见一斑：

> 倾见《申报》，则《译文》三卷一期目录，已经登出，上云“要目”，则刊物出来后，比“要目”少了不少，倒是很不好的。
>
> 因此我想，如来得及，则《第十三篇关于L的小说》，可以登在最后，因为此稿已经可以无需稿费，与别的译者无伤，所费的只是纸张，倘使书店不说话，就只与读者有益了。
>
> 但后记里，应加上一点编者的话，放在译者的话之后，说是这小说的描写，只取了的颓废方面，但又自有其光明之方面，可参看《译文》一卷六期谢芬译的勃拉果夷作《莱蒙托夫》云云。③

面对诸多的问题，鲁迅虽然痛心疾首，但却无可奈何。他指出《译文》的种种不如意，恰恰表达了他完善这本刊物的意图。尽管百般呵护，但《译文》在1935年9月被迫停刊。鲁迅说：“《译文》因和出版所的纠纷而延期，真令人生气！”④

---

① 鲁迅：《书信·350127致黎烈文》，《鲁迅全集》（13），人民文学出版社1981年版，第34页。

② 鲁迅：《书信·350421致孟十还》，《鲁迅全集》（13），人民文学出版社1981年版，第113页。

③ 鲁迅：《书信·350916致黄源》，《鲁迅全集》（13），人民文学出版社1981年版，第215页。

④ 鲁迅：《书信·350919致萧军》，《鲁迅全集》（13），人民文学出版社1981年版，第218页。

鲁迅当时在给曹靖华的信中谈到了停刊的缘由：

> 《译文》合同，一年已满，编辑便提出增加经费和页数，书店问我，我说不知，他们便大攻击编辑（因为我是签字代表，但其实编辑也不妨单独提出要求），我赶紧弥缝，将增加经费之说取消，但每期增添十页，亦不增加译费。我已签字了，他们却又提出撤换编辑。这是未曾有过的恶例，我不承认，这刊物便只得终止了。①

这次停刊有书店和编辑之间交流不畅所产生误会的成分，而鲁迅也无意间牵扯其中。无论如何，停刊不可避免，鲁迅首先想到的是已经翻译出的作品：

> 已经积集的材料，是费过译者校者排者的一番力气的，而且材料也大都不无意义之作，从此废弃，殊觉可惜：所以仍然集成一册，算作终刊，呈给读者，以尽贡献的微意，也作为告别的纪念罢。②

接下来鲁迅面临的问题是：为《译文》找到合适的承办者，也就是为《译文》选择“重生”的书店。在这个问题上，鲁迅非常慎重：

> 《译文》由文化生活社出，恐财力不够……③
>
> 然黎明书局所印，却又多非《译文》可比之书，彼此同器，真太不伦不类，倘每期登载彼局书籍广告，更足令人吃惊。因思《译文》与其污辱而复生，不如先前的光明而死。④

---

① 鲁迅：《书信·351022 致曹靖华》，《鲁迅全集》（13），人民文学出版社 1981 年版，第 235 页。

② 鲁迅：《译文序跋集·〈译文〉终刊号前记》，《鲁迅全集》（10），人民文学出版社 1981 年版，第 463 页。

③ 鲁迅：《书信·351009 致黎烈文》，《鲁迅全集》（13），人民文学出版社 1981 年版，第 228 页。

④ 鲁迅：《书信·360207 致黄源》，《鲁迅全集》（13），人民文学出版社 1981 年版，第 303 页。

既要考虑对方财力，又要考虑对方的品格、层次，各方面都不想使《译文》受到委屈。最终，上海杂志公司与《译文》实现了联姻，1936 年 3 月《译文》"新一卷，复刊特大号"问世。对此，鲁迅非常欣慰：

> 《译文》现在总算复刊了，舆论仍然不坏，似已销到五千。近来有一些青年，很有实实在在的译作，不求虚名的倾向了，比先前的好用手段，进步得多；而读者的眼睛，也明亮起来，这是一个较好的现象。①

如同对待新生儿一样，鲁迅给复刊的《译文》"长寿"的祝福：

> 今年文坛的情形突变，已在宣扬宽容和大度了，我们真希望在这宽容和大度的文坛里，《译文》也能够托庇比较的长生。②

可惜，鲁迅自己在半年后走向了生命的终点。1936 年 10 月 18 日，也就是鲁迅去世的前一天，据许广平回忆，他还关注着《译文》的出版，并审阅《译文》的广告。1937 年 6 月，《译文》也在抗日战争的硝烟中彻底停摆。虽然《译文》命运多舛，但它与创办者鲁迅一样，为中国的翻译开创了一片新天地，作出了自己的贡献。

鲁迅"一生创办了 7 个出版社，编辑过 9 种刊物，其中，专门刊载翻译文章的月刊《译文》，是鲁迅在生命的最后关头依然热情关注的刊物"③。这也集中体现了鲁迅对于当时中国翻译界的关注。

三　鲁迅对翻译人才的培养

如果说和周作人、周建人的合作存在家族性质，领导未名社相当于师生组织，创办《译文》兼具同人刊物色彩，那么，鲁迅为了翻译事业，

---

① 鲁迅：《书信·360401 致曹靖华》，《鲁迅全集》(13)，人民文学出版社 1981 年版，第 340 页。

② 鲁迅：《且介亭杂文末编·〈译文〉复刊词》，《鲁迅全集》(6)，人民文学出版社 1981 年版，第 491 页。

③ 张彦：《为奴隶盗运军火——鲁迅与〈译文〉》，《新闻爱好者》2011 年第 16 期。

对众多的译者、译作、书商、刊物、出版社都鼎力相助，则不能不说是鲁迅的高尚品格和对翻译的责任感所致。

（一）为译者修改、校对译作

为译作进行修改、校对的工作是在粉饰作品，是在为别人作嫁衣裳，但鲁迅却为此花费了大量的精力，鲁迅进行修改校对的他人作品和翻译作品都很多，据鲁迅《三闲集·鲁迅译著书目》记载，从1921年到1932年4月为别人修改校对的翻译作品已经为数不少[①]：

任国桢翻译的苏联褚沙克等的论文集《苏俄的文艺论战》

胡斅翻译的苏联勃洛克的《十二个》

董秋芳翻译的俄国的小说散文集《争自由的波浪》

孙用翻译的匈牙利裴多菲的《勇敢的约翰》

李兰翻译的美国马克·土温的《夏娃日记》

韦丛芜翻译的陀思妥耶夫斯基的《穷人》

李霁野翻译的俄国安特来夫的《黑假面人》

梅川翻译的前人作小说《红笑》

许霞翻译的匈牙利至尔·妙伦的《小彼得》

周建人翻译的生物学论文选集《进化与退化》

柔石翻译的苏联卢那卡尔斯基的《浮士德与城》

贺非翻译的苏联唆罗诃夫的《静静的顿河》

侍桁翻译的苏联伊凡诺夫的《铁甲列车第一四——六九》

此后，经鲁迅校阅译稿的人至少还有白莽、胡风、瞿秋白、徐梵澄、董绍明、蔡咏裳、冯雪峰等人。

（二）为译作进行推介

由鲁迅撰写后记、附记、小引的翻译作品很多，为了使读者更全面地理解作品，鲁迅不仅做修缮工作，还一再为译作添砖加瓦。为《十二个》《浮士德与城》《静静的顿河》《解放了的堂·吉诃德》写后记，为《铁流》写编校后记，为《争自由的波浪》《不走正路的安得伦》《一月九日》写小引，为《敏捷的译者》写附记等。这大量的文字工作增强了译

---

① 参见鲁迅《三闲集·鲁迅译著书目》，《鲁迅全集》（4），人民文学出版社1981年版，第177—185页。

作的可读性，提高了译作的品质。

鲁迅为胡敩翻译的《十二个》作“后记”，并且说：“前面的《勃洛克论》是我译添的，是《文学与革命》（Literatura i Revolutzia）的第三章，从茂森唯士氏的日本文译本重译；韦素园君又给对校原文，增改了许多。”[①] 为董秋芳翻译的《争自由的波浪》作“小引”，并大力推介这本书的可读性，其目的在于对中国的益处：

> 中国是否会有平民的时代，自然无从断定。然而，总之，平民总未必会舍命改革以后，倒给上等人安排鱼翅席，是显而易见的，因为上等人从来就没有给他们安排过杂合面。只要翻翻这一本书，大略便明白别人的自由是怎样挣来的前因，并且看看后果，即使将来地位失坠，也就不至于妄鸣不平，较之失意而学佛，切实得多多了。所以，我想，这几篇文章在中国还是很有好处的。[②]

事实上，鲁迅本身就是具有感召力的“活动广告”，他对青年译作的推介可谓无所不在。在他编译的苏联“同路人”作家短篇小说集《竖琴》中，不但收入了柔石翻译的《老耗子》和《物事》、曹靖华翻译的《星花》，而且不失时机地对曹靖华的译作进行了推荐：

> 可惜的是限于篇幅，不能将有名的作家全都收罗在内，使这本书较为完善，但我相信曹靖华君的《烟袋》和《四十一》，是可以补这缺陷的。[③]

为译者们的译作添加副文本，将年轻译者的译作与自己的译作共同结集出版，又进行积极推介，鲁迅对译者们的鼎力提携可嘉，对翻译建设的满腔

---

① 鲁迅：《集外集拾遗·〈十二个〉后记》，《鲁迅全集》（7），人民文学出版社 1981 年版，第 301 页。

② 鲁迅：《集外集拾遗·〈争自由的波浪〉小引》，《鲁迅全集》（7），人民文学出版社 1981 年版，第 305 页。

③ 鲁迅：《南腔北调集·竖琴·前记》，《鲁迅全集》（4），人民文学出版社 1981 年版，第 435 页。

热忱可敬。

（三）为译作发表寻求机会

为了译作的发表，鲁迅也总是煞费苦心，孙用翻译的《勇敢的约翰》就是在鲁迅一再坚持、苦心谋划之下才得以与读者见面的：

> 近来孙用先生译了一篇叙事诗《勇敢的约翰》，是十分用力的工作，可惜有一百页之多，《奔流》为篇幅所限，竟容不下，只好另出单行本子了。[①]
>
> 然而那时《奔流》又已经为了莫名其妙的缘故而停刊。以为倘使这从此湮没，万分可惜，自己既无力印行，便绍介到小说月报社去，然而似要非要，又送到学生杂志社去，却是简直不要，于是满身晦气，怅然回来，伴着我枯坐，跟着我流离，一直到现在。但是，无论怎样碰钉子，这诗歌和图画，却还是好的，正如作者虽然死在哥萨克兵的矛尖上，也依然是一个诗人和英雄一样。[②]

经过这样的磨砺，鲁迅还是没有放弃，《勇敢的约翰》最终在1931年10月由上海湖风书店出版。

曹靖华翻译的《铁流》问世也有类似的经历。鲁迅由此深刻认识到译者严重受制于书店、书商：

> 盖上海书店，无论其说话如何漂亮，而其实则出版之际，一欲安全，二欲多售，三欲不化本钱，四欲大发其财，故交涉颇麻烦也。[③]

于是开始着手自己印书，这就是“三闲书屋”的由来。

就孙用翻译的《勇敢的约翰》和曹靖华翻译的《铁流》问世过程来

① 鲁迅：《集外集·〈奔流〉编校后记》，《鲁迅全集》（7），人民文学出版社1981年版，第189页。

② 鲁迅：《集外集拾遗补编·〈勇敢的约翰〉校后记》，《鲁迅全集》（8），人民文学出版社1981年版，第314页。

③ 鲁迅：《书信·310816致蔡永言》，《鲁迅全集》（12），人民文学出版社1981年版，第52—53页。

看，鲁迅不断和两位译者进行通信，交流、通报有关出版、插图、版税、印数、印刷质量、译者样书邮寄等问题。①

当鲁迅在《生活》周刊看到《高尔基》的广告，就写信给编译者邹韬奋，首先肯定“这实在是给中国青年的很好的赠品”，接着说：

> 我以为能有插画，就更加有趣味，我有一本《高尔基画像集》，从他壮年到老年的像都有，也有漫画。倘要用，我可以奉借制版。制定后，用的是那几张，我可以将作者的姓名译出来。②

这样的诚恳态度、这样的服务精神，无论是对翻译界还是对出版界来说，都是求之不得的。

编辑出版瞿秋白翻译的作品则堪称鲁迅为翻译事业尽责的写照，也是鲁迅高尚人格的明证。瞿秋白牺牲以后，很多人避之唯恐不及。而鲁迅正相反，他多方筹划，收集、编辑、整理瞿秋白的翻译作品并出版，题为：《海上述林》。分上、下两册，上册收入的是文学理论，“作者既系大家，译者又是名手，信而且达，并世无两……足以益人，足以传世”③，于1936年5月出版；下册收入的是小说、剧本和诗歌，于同年10月出版。鲁迅曾经说：

> 中国一向就少有失败的英雄，少有韧性的反抗，少有敢单身鏖战的武人，少有敢抚哭叛徒的吊客；见胜兆则纷纷聚集，见败兆则纷纷逃亡。④

单就出版瞿秋白遗作来看，鲁迅已经成为中国“少有”的分子，他的批

---

① 参见鲁迅《书信·310915、311005、311113致孙用，311027、311110致曹靖华》，《鲁迅全集》(12)，人民文学出版社1981年版，第55、56、65、59、63页。

② 鲁迅：《书信·330509致邹韬奋》，《鲁迅全集》(12)，人民文学出版社1981年版，第175页。

③ 鲁迅：《集外集拾遗·绍介〈海上述林〉上卷》，《鲁迅全集》(7)，人民文学出版社1981年版，第465页。

④ 鲁迅：《华盖集·这个与那个》，《鲁迅全集》(3)，人民文学出版社1981年版，第142页。

判、自省，勇于挑战，敢于承担，使他不只是中国译介之魂，也是人性向善的楷模。

身为译者，鲁迅更了解翻译活动的程序和意义，也更了解译者在其中的辛酸。带领弟弟译印《域外小说集》的时候，年轻气盛、血气方刚，祈望对中国的译风实现拨乱反正；经历了挫折、丰富了阅历之后，指挥学生辈译者成立“未名社”时，已经低调和沉稳很多：

> 只要有稿子，有印费，便即付印，想使萧索的读者，作者，译者，大家稍微感到一点热闹……大志向是丝毫也没有。所愿的：无非（1）在自己，是希望那印成的从速卖完，可以收回钱来再印第二种；（2）对于读者，是希望看了之后，不至于以为太受欺骗了。①

这一观念在此后鲁迅创办的刊物中时时被提及，《译文》也是如此，青年时宏图远志的喧嚣变成了无语的勤劳操作、默默奉献。

人们往往更重视鲁迅著述带给中国的思想震撼，殊不知在中国翻译事业的发展中，鲁迅不遗余力和兢兢业业的建设姿态、实干精神，不但使后来者看到了未名社、《译文》等精神财富，更给予人们宝贵的迎难而上、奖掖后学的精神支柱。鲁迅无愧于“译介之魂”② 的称号：他不只自己身体力行翻译大量作品，还带动了一大批人投身这个事业、热爱这个事业。他为中国翻译的巨大工程培养了众多的建设者，其中很多人后来成了中国翻译的中坚力量。

---

① 鲁迅：《集外集拾遗补编·〈未名丛刊是什么，要怎样?〉》，《鲁迅全集》（8），人民文学出版社 1981 年版，第 420 页。

② 孙郁：《译介之魂》，《中国图书评论》2006 年第 4 期。

附录三

鲁迅翻译研究成果述评

回顾鲁迅翻译思想研究的历史发现，虽然长时期少有人作深入探讨，但并非无人问津，而是一直都有潜流滋长，近几年来更是发展迅猛，并且已经取得了初步成果。要说明的是，研究者多从鲁迅的译事活动中洞察、总结鲁迅的翻译思想，所以此述评涵盖了鲁迅翻译研究的各个方面。根据这一课题研究成果的特点和笔者论述的方便，笔者将鲁迅翻译研究按照三个时间段进行总结和评述：（1）初始阶段：鲁迅在世 10 年（1926—1936）；（2）过渡阶段：鲁迅逝世到“文化大革命”结束；（3）发展阶段：“文化大革命”后至今。

一 初始阶段：鲁迅在世 10 年（1926—1936）

鲁迅翻译研究的雏形可以追溯到 1926 年。当时台静农编辑的《关于鲁迅及其著作》（开明书店 1926 年版）收入了景宋编写的《鲁迅先生撰译书录》，这是对鲁迅翻译作品的首次巡礼。虽然这只是简单的目录、一般性的整理，但可视作鲁迅翻译研究的滥觞。

此后的十年间，文坛对于鲁迅翻译的指责多于褒奖，而且鲁迅翻译研究大多来自于指责所引发的论争。1929 年梁实秋发表《论鲁迅先生的“硬译”》，指出鲁迅的翻译是“硬译”，等同“死译”，并说：“读这样的书，就如同看地图一般，要伸着手指来寻找句法的线索位置……读了等于不读，枉费时间精力。”[①] 1931 年，赵景深发表《论翻译》响应了梁实秋的主张，认为：“译得错不错是第二个问题，最要紧的是译得顺不顺。倘若译得一点也不错，而文字格里格达，吉里吉八，拖拖拉拉一长串，要折

① 梁实秋：《论鲁迅先生的“硬译”》，《新月》1929 年第 2 卷第 6、7 号合刊。

断人家的嗓子，其害处当甚于误译。"① 同年9月，杨晋豪的《从"翻译论战"说开去》认为，"硬译"已经"为许多人所不满，看了喊头痛，嘲之为天书"②。鲁迅撰《"硬译"与"文学的阶级性"》《几条"顺"的翻译》《再来几条"顺"的翻译》《风马牛》等文进行了回击。

除"硬译"之外，鲁迅的翻译路径和选材也遭到质疑，虽然有时是不指名的批评，但因为鲁迅的回应而基本上确定了这些批评的指向。1930年，蒋光慈在了解了"日本有许多翻译太坏，简直比原文还难读"后，遂在《东京之旅》一文中指出由日文转译的弊端："如果日本人将欧洲人那一国的作品带点错误和删改，从日文译到中国去，试问这作品岂不是要变了一半相貌么?"③ 持此观点的还有张露薇，他发表《略论中国文坛》一文指出"对于苏联的文学，尤其是对于那些由日本的浅薄的知识贩卖者所得来的一知半解的苏联的文学理论家与批评家的话，我们所取的态度决不该是应声虫式的"④，否则即是奴隶性的体现。同样针对由日文转译的问题，如果说前者还能关注事实、就事论事，后者则缺少些理性。无独有偶，林语堂对鲁迅的翻译选材进行批评的时候，得出了和张露薇类似的结论："今日绍介波兰诗人，明日绍介捷克文豪，而对于已经闻名之英美法德文人，反厌为陈腐，不欲深察，求一究竟。此与妇女新装求入时一样，总是媚字一字不是，自叹女儿身，事人以颜色，其苦不堪言。"⑤ 鲁迅创作了《论重译》《再论重译》《"题未定"草（五）》《"题未定"草（一至三）》等文阐明自己的理由并对非理性的批评予以还击。1935年，李长之发表《鲁迅著译工作的总检讨——鲁迅批判之十》，也对鲁迅的翻译工作进行了评价。李长之肯定鲁迅的译文有大量的读者，并且指出："鲁迅的译笔，我承认不苟，每译一种东西，也都费过很大的艰辛，然而特别的巧妙却也不见得有的。他的译文之吸引读者的另一个理由，我倒以为是读者敬佩他在杂感里的奋战精神，因而爱他的为人，又因而重视他的

① 赵景深：《论翻译》，《读书月刊》1931年第1卷第6期。

② 杨晋豪：《从"翻译论战"说开去》，《社会与教育》1931年第2卷第22期。

③ 蒋光慈：《东京之旅》，《拓荒者》1930年第1期。

④ 张露薇：《略论中国文坛》，《益世报》1935年5月29日。

⑤ 林语堂：《今文八弊》，《人间世》第38期。

任何东西所致。”①

这一时期对鲁迅的翻译给予准确定位和评价的代表人物是瞿秋白。他在《论翻译》中评价鲁迅的译文：“的确是非常忠实的，‘决不欺骗读者’这一句话，决不是广告！这也可见得一个诚挚，热心，为着光明而斗争的人，不能够不是刻苦而负责的。”② 同时，瞿秋白也中肯地指出鲁迅翻译的《毁灭》“做到了‘正确’，还没有做到‘绝对的白话’”。他还为鲁迅提出了具体的修改意见。鲁迅十分重视瞿秋白的意见并且发表了二人《关于翻译的通信》。

回顾上述批评可以看出，梁实秋等人是从接受主义美学的角度以读者为中心对鲁迅的译文进行评价的。他们的批评除去人身攻击、人格侮辱的成分外，并非毫无见地，只是把鲁迅译文的读者与大众读者等同，和鲁迅本人的预想读者存在巨大差异，正是这一差异体现了鲁迅独特的翻译目的构成。

总之，鲁迅生前，他的“硬译”、转译的操作方法和路径、由日本转道而来的俄语文学与文论、“弱小民族”文学的选材等都曾被人诟病并遭到批评。鲁迅一面予以激烈的还击，一面在翻译实践中检验自己的理论。这一时段学者的批评语境相对自由，因而具有强烈的个人化色彩。虽然大多具有感性、片面的性质，甚至有时脱离了翻译批评的正常轨道，但却不能不说此时的批评因为有鲁迅本人的参与而分外精彩。更重要的是，鲁迅的翻译思想很多都蕴含在他对于批评的回应当中，这对于中国翻译界和鲁迅研究界都是一笔宝贵的财富。

二　过渡阶段：鲁迅逝世到“文化大革命”结束

鲁迅逝世后，鲁迅研究深受“哀荣”及毛泽东主席“三家五最”“现代圣人”等评价的影响，具有“无限拔高”的浓厚时代色彩，出现了近乎众口一词的正面评价，间或有反对的声音也被正面的评价所淹没。虽然鲁迅研究开展得如火如荼，鲁迅翻译的研究却未能较此前有较大深入。但不能否认的是，这种氛围拓展了翻译研究的领域，形成了学理探索的趋

① 李长之：《鲁迅批判》，天津人民出版社 2010 年版，第 149 页。

② 瞿秋白：《论翻译》，《十字街头》1931 年 12 月 11、25 日第 1、2 期。

势，也带动了基础资料的建设。

鲁迅逝世的当年，达城发表了《鲁迅研究大纲草目》，提出了鲁迅研究应该关注的36个问题，其中包括“对于翻译他有着怎样的见解?”[①] 虽然只是提出问题，却是对于鲁迅翻译思想研究的先声，而且，该学者对于鲁迅研究的体系感令人钦佩：他的“大纲草目”和40多年后人们热烈讨论的“鲁迅学”建构异曲同工。此外，这一时段鲁迅翻译研究的成果大致有以下几个方面。

首先，研究者对鲁迅的翻译工作高度认可，如曹靖华的《从翻译工作看鲁迅先生》[②]、黄非的《学习鲁迅一字不苟的精神》[③]、李季的《鲁迅对翻译工作的贡献》[④]、罗稷南的《漫谈鲁迅的翻译工作》[⑤] 等。其次，研究者开始尝试探讨鲁迅的翻译思想，如罗书肆的《鲁迅论翻译批评》[⑥]、吴尊文的《鲁迅的翻译思想》[⑦] 等。再次，开始了鲁迅翻译作品的解读，如许钦文的《鲁迅先生译〈苦闷的象征〉》[⑧]、巴人的《重读〈毁灭〉随笔》[⑨]、丁景唐的《关于绥甫林娜小说〈肥料〉的后记》和《关于〈果树园〉》[⑩]、孙用的《鲁迅翻译的〈俄罗斯童话〉》[⑪] 等。最后，研究者注意到鲁迅主持创办的中国第一种纯翻译期刊《译文》，如黄源的《鲁迅先生与〈译文〉》及其《杂忆老〈译文〉》[⑫]。鲁迅给予他人翻译工作的帮助也成为研究的对象，如孙用的《鲁迅先生是怎么替〈勇敢的约翰〉“校字”的》[⑬] 等。

---

① 达城：《鲁迅研究大纲草目》，《西北文化日报》1936年11月5日。

② 曹靖华：《从翻译工作看鲁迅先生》，《文汇报》1946年10月24、27、31日。

③ 黄非：《学习鲁迅一字不苟的精神》，《翻译通报》1951年第3卷第4期。

④ 李季：《鲁迅对翻译工作的贡献》，《翻译通报》1952年第1期。

⑤ 罗稷南：《漫谈鲁迅的翻译工作》，《文艺月报》1956年第10期。

⑥ 罗书肆：《鲁迅论翻译批评》，《翻译通报》1950年第3卷第4期。

⑦ 吴尊文：《鲁迅的翻译思想》，《俄专学报》1957年第3期。

⑧ 许钦文：《鲁迅先生译〈苦闷的象征〉》，《青年界》1947年第3卷第1期。

⑨ 巴人：《重读〈毁灭〉随笔》，《文艺报》1956年第21期。

⑩ 丁景唐：《关于绥甫林娜小说〈肥料〉的后记》《关于〈果树园〉》，《学习鲁迅和瞿秋白作品札记》，新文艺出版社1958年版。

⑪ 孙用：《鲁迅翻译的〈俄罗斯童话〉》，《北京晚报》1961年9月21日。

⑫ 黄源：《鲁迅先生与〈译文〉》，《译文》1936年新2卷第3期；《杂忆老〈译文〉》，《译文》1956年第11期。

⑬ 孙用：《鲁迅先生是怎么替〈勇敢的约翰〉“校字”的》，《新港》1961年9、10号合刊。

这期间，鲁迅翻译研究真正堪称成果者不多，而冯雪峰关于鲁迅和俄罗斯文学关系的研究堪称本时段的重要收获。在《鲁迅和俄罗斯文学的关系及鲁迅创作的独立特色》一文中，冯雪峰指出："鲁迅开辟的中国新文学的现实主义和俄罗斯文学的现实主义接近"，"鲁迅和俄罗斯文学的关系，是和他的文学活动相始终的"，"从总的精神上说，鲁迅在中国民族生活和人民革命斗争的现实基地上所开辟和建立的、独立的现实主义，却又是最接近着俄罗斯文学的现实主义的"①。鲁迅与外国文学关系研究自然包括鲁迅所翻译的外国文学和文论，也属于鲁迅翻译研究。冯雪峰的这一研究视角在"文化大革命"之后得到了迅速发展。

本时段开始了鲁迅翻译作品及序跋的整理和出版工作。1938 年，第一套《鲁迅全集》（鲁迅先生纪念委员会编）出版，在 20 册中，创作和翻译平分秋色，各占 10 册。1958 年，10 卷本的《鲁迅译文集》（人民文学出版社）出版。其中《鲁迅译文序跋集》的出版值得重视——作为副文本给予人们很多认识鲁迅翻译的指向性信息。1973 年再版了 1938 年版的《鲁迅全集》，该全集依然包括译文部分。这些出版物不仅为鲁迅翻译研究提供了基础材料，也昭示了人们对鲁迅翻译的重视。

该时期鲁迅翻译研究所涉及的领域有所扩展，但大多处于浅尝辄止的状态，浓厚的政治氛围毕竟淡化了科学理性的探讨，具有较强的过渡特征。

三　发展阶段："文化大革命"后至今

"文化大革命"后，从思想束缚中解脱出来的人们在各个领域突飞猛进，鲁迅翻译研究也开始逐步走向正轨，尤其近十多年的成果相对比较丰富。

（一）鲁迅翻译研究被纳入"鲁迅学"结构体系

鲁迅翻译研究被众多学者纳入鲁迅研究的整体系统中，也就是"鲁迅学"体系之中，这是鲁迅翻译研究被纳入鲁迅正统研究的标志。

1981 年，上海文艺出版社出版了由上海鲁迅纪念馆编写的《鲁迅著译系年目录》，将创作和翻译并提，虽然仅仅是将翻译列入系年的目录，但已经说明对翻译的关注了。而后，在轰轰烈烈的"鲁迅学"体系的讨

① 冯雪峰：《鲁迅的文学道路》，湖南人民出版社 1980 年版，第 39、45 页。

论中，很多学者也将鲁迅翻译研究列入其中。彭定安在《一个建议：创立鲁迅学》[①] 的鲁迅研究规划中，并没有明确谈到翻译的问题，但“鲁迅学”一说引起了学者们的兴趣：越来越多的人参与到“鲁迅学”框架体系的讨论中，并且由此注意到鲁迅翻译研究也应被纳入“鲁迅学”的研究范畴。朱文华在《也谈“鲁迅学”的体系》中，认为“鲁迅学”应分为内学和外学两个体系：内学包括鲁迅生平及作品思想、著译研究等；外学包含鲁迅家事、研究之研究及资料文献整理等，著译研究明确被写入内学之列，[②] 显见该学者高超的学术眼光。继而，王永生在《也谈“创立鲁迅学”》中将鲁迅的创作、翻译、评论共同纳入“鲁迅学”的理论框架，[③] 进一步明确了翻译研究在鲁迅研究体系中的地位。邵伯周在《谈谈鲁迅研究史与“鲁迅学”的体系问题》中将“鲁迅学”详尽地规划为12项，其中第6项为“鲁迅与外国文化交流”，尽管没有直接点明翻译研究，但至少与翻译研究直接相关，这一点显然非常重要：在新文学翻译理论尚处于襁褓期的时候，直接介入翻译研究几乎是不可能的事情，很多学者恰恰是从鲁迅及其创作与外国文学及文化关系入手来探讨鲁迅翻译的选材和目的问题的。

且不谈“鲁迅学”建构的成功与否，至少，鲁迅翻译研究不再被当作“末流”、“小道”，而是堂而皇之地进入鲁迅研究的整体系统中——名正则言顺，这是鲁迅翻译研究进行和取得成果的有利条件。

（二）鲁迅与外国文学及文化的关系研究

鲁迅在阅读和译介外国文学的过程中受到了怎样的影响？也就是外国文学对鲁迅的影响研究——这个在鲁迅翻译研究系统中看似边缘化的问题恰恰是鲁迅翻译研究真正的起步。鲁迅选择了哪些国家、哪些作家的作品进行翻译——翻译选材问题；为什么选择这些国家、作家的作品——翻译目的问题。

1977年，福建师范大学中文系进行了相关资料的收集和整理，印行了《鲁迅与外国文学资料汇编》。1980年，王瑶发表《论鲁迅作品与外国

① 彭定安：《一个建议：创立鲁迅学》，《鲁迅学刊》1981年创刊号。

② 朱文华：《也谈“鲁迅学”的体系》，《鲁迅学刊》1981年第3期。

③ 王永生：《也谈“创立鲁迅学”》，《鲁迅学刊》1981年第4期。

文学的关系》，对鲁迅的创作与翻译进行了思想内容、精神内涵、方法技巧等方面的比较。[①] 1981 年，韩长经的专著《鲁迅与俄罗斯古典文学》出版，首次明确指出了鲁迅与果戈理、契诃夫小说在艺术风格上的相似性，对鲁迅与俄国两位文学巨匠进行了比较研究。[②] 同样关注这一论题的专著还有张华的《鲁迅与外国作家》[③]。1983 年，王富仁的《鲁迅前期小说与俄罗斯文学》[④] 出版，实现了鲁迅翻译研究进程的一个飞跃，也达到了后人难以企及的高度——因为著者“有明察的目光”，“他对艺术作品的透达的辨析中，渗透着精微的分寸，既能异中见同，又能同中见异，显示了卓越的见地”[⑤]。王富仁指出，鲁迅前期小说与俄国文学的共同特征是清醒的现实主义精神、广阔的社会内容、社会暴露的主题以及强烈的爱国主义激情的贯注、与社会解放运动的紧密联系，执着而痛苦的追求精神，还有博大的人道主义感情、深厚诚挚的人民爱、农民和其他“小人物”的艺术题材。由此回看鲁迅的创作及其翻译的俄语作品，可以解读鲁迅在翻译选材过程中的主体倾向，以及翻译活动带给鲁迅创作的影响。这样，就自然而然进入了鲁迅翻译研究的核心问题。

1985 年，黎舟的《鲁迅对“同路人”文学的译介及其与中国革命文学的关系》[⑥]、李万钧的《鲁迅所译短篇小说及其文艺思想》《鲁迅与世界文学》[⑦] 都探讨了鲁迅与外国文学的关系问题。同年，刘柏青的《鲁迅与日本文学》[⑧] 是对鲁迅与日本文学关系进行论述的专著。朱文心《拣选、引进、融化》[⑨] 一文对鲁迅翻译、翻译对鲁迅的影响以及鲁迅对译者的培养进行了整体勾勒。此后，高旭东的《鲁迅与英国文学》[⑩]、袁荻涌

---

① 王瑶：《论鲁迅作品与外国文学的关系》，《鲁迅研究》1980 年第 1 辑。

② 韩长经：《鲁迅与俄罗斯古典文学》，上海文艺出版社 1981 年版。

③ 张华：《鲁迅与外国作家》，陕西人民出版社 1981 年版。

④ 王富仁：《鲁迅前期小说与俄罗斯文学》，陕西人民出版社 1983 年版。

⑤ 刘纳：《读〈鲁迅前期小说与俄罗斯文学〉》，《中国现代文学研究丛刊》1985 年第 1 期。

⑥ 黎舟：《鲁迅对“同路人”文学的译介及其与中国革命文学的关系》，俞元桂等编著：《鲁迅与中外文学遗产论稿》，海峡文艺出版社 1985 年版。

⑦ 李万钧：《鲁迅所译短篇小说及其文艺思想》，俞元桂等编著：《鲁迅与中外文学遗产论稿》，海峡文艺出版社 1985 年版。

⑧ 刘柏青：《鲁迅与日本文学》，吉林大学出版社 1985 年版。

⑨ 朱文心：《拣选、引进、融化》，《绍兴师专学报》1989 年第 2 期。

⑩ 高旭东：《鲁迅与英国文学》，陕西人民教育出版社 1996 年版。

的《鲁迅对苏联文学的认识与译介》[①]、李春林主编的《鲁迅与外国文学关系研究》[②] 等，都是这一论题的成果。

孙郁在《俄苏文化影子下的鲁迅》[③] 一文中分析了鲁迅走上左翼道路的原因：与译介俄苏的文学作品有相当大的关联——他由对“同路人”的关注进入对革命的思考。陈方竞则从鲁迅对中国文学走向的追寻来考察鲁迅对俄苏文学的关注：“鲁迅的大量著述表明，他始终在思考并追寻中国现代文学走向世界。鲁迅是从‘文化背景’和‘生存境遇’出发来展开他的思考的，日本、俄国及东欧弱小民族、欧美这三个地区在他的思考中居于特殊重要的位置，是中国现代文学走向世界的标志所在。”[④] 2008 年，王富仁的《鲁迅前期小说与俄罗斯文学》[⑤] 出版，与 25 年前的同名论著相比更加宏富，论述了鲁迅前期小说与果戈理、契诃夫、安特莱夫创作的关系，俄罗斯文学对鲁迅的影响，鲁迅前期小说的民族性和独创性等问题。

早在 80 年代初就有国外学者指出：“在鲁迅所推崇并翻译的俄国作品中，属于浪漫主义和象征主义流派的居多；对于现实主义流派的作品，鲁迅则翻译和介绍的很少。”[⑥] 而在大陆，人们对于这一点的认识明显滞后。

随着资料的丰富、研究的深入，鲁迅与外国文学、文化关系的研究将不只是翻译主体“口供”的，或者文本“相似性”的影响研究，“对于鲁迅翻译世界的探寻，将会使鲁迅与外国文学比较研究开出新生面”[⑦]。

（三）鲁迅翻译策略和方法研究

鲁迅的翻译策略和方法是最受鲁迅翻译研究者关注的问题，成果也最为丰硕。其中，以鲁迅翻译的欧化策略和硬译方法的阐释、解读居多，还涉及复议、重译（转译）等问题以及由此产生的鲁迅与梁实秋、赵景深等人争鸣的研究。近年来，学者们则热衷于将西方的翻译理论应用于鲁迅

---

① 袁荻涌：《鲁迅对苏联文学的认识与译介》，《贵州师范大学学报》1998 年第 1 期。

② 李春林主编：《鲁迅与外国文学关系研究》，吉林人民出版社 2003 年版。

③ 孙郁：《俄苏文化影子下的鲁迅》，《解放军艺术学院学报》2003 年第 3 期。

④ 陈方竞：《鲁迅对中国现代文学走向世界的思考与追寻》，《汕头大学学报》2006 年第 1 期。

⑤ 王富仁：《鲁迅前期小说与俄罗斯文学》，天津教育出版社 2008 年版。

⑥ 乐黛云编：《国外鲁迅研究论集》，叶坦、谢力红译，北京大学出版社 1981 年版，第 279—280 页。

⑦ 李春林：《鲁迅与外国文学关系研究》，吉林人民出版社 2003 年版，第 17 页。

的翻译研究上。

1. 对“欧化”、“直译”、“硬译”、“宁信而不顺”理论的研究

全灵的《从“硬译”说起》[①] 阐释了鲁迅的翻译理念。韦德三的《略论鲁迅的翻译理论》[②] 认为鲁迅“宁信而不顺”的翻译理念是矫枉过正的口号。许崇信的《历史·文化·翻译——鲁迅翻译理论的历史意义》[③] 阐释了鲁迅的翻译理论在中国翻译史上的重大意义。

进入20世纪90年代，陈孝英的《论鲁迅的翻译理论体系》[④] 对鲁迅的翻译理论进行了阐述，包括翻译目的、选材原则、翻译原则、翻译方法、翻译批评、转译与复译问题等。孙郁的《鲁迅翻译思想之一瞥》[⑤] 根据鲁迅翻译目的不同将鲁迅翻译分成前后两期，并提出鲁迅主张“直译”的目的是改造国人的思维，而这一主张也体现出鲁迅的“中间物”意识。陈福康的《论鲁迅的“直译”与“硬译”》[⑥] 认为鲁迅的翻译方法符合辩证哲学。刘超先的《温故而知今：鲁迅翻译思想的教益》[⑦]，陈福康的《鲁迅对译学理论的重大贡献》[⑧]，王宏志的《民元前鲁迅的翻译活动——兼论晚清的意译风尚》[⑨]，若冰、张萍的《论鲁迅的文学翻译主张》[⑩]，袁荻涌《鲁迅的翻译理论及其实践》[⑪]，顾钧、顾农的《鲁迅主张“硬译”的文化意义》[⑫] 等文，都从鲁迅的翻译目的、翻译背景出发阐释了鲁迅的翻译理论。

---

① 全灵：《从“硬译”说起》，《鲁迅研究文丛》1980年第1辑

② 韦德三：《略论鲁迅的翻译理论》，《广西师范大学学报》1982年第1期。

③ 许崇信：《历史·文化·翻译——鲁迅翻译理论的历史意义》，《福建师范大学学报》1984年第4期。

④ 陈孝英：《论鲁迅的翻译理论体系》，《鲁迅思想与中外文化论集》，陕西人民教育出版社1990年版。

⑤ 孙郁：《鲁迅翻译思想之一瞥》，《鲁迅研究月刊》1991年第3期。

⑥ 陈福康：《论鲁迅的“直译”与“硬译”》，《鲁迅研究月刊》1991年第3期。

⑦ 刘超先：《温故而知今：鲁迅翻译思想的教益》，《中国翻译》1992年第1期。

⑧ 陈福康：《鲁迅对译学理论的重大贡献》，《中国译学理论史稿》，上海外语教育出版社1992年版。

⑨ 王宏志：《民元前鲁迅的翻译活动——兼论晚清的意译风尚》，《鲁迅研究月刊》1995年第3期。

⑩ 若冰、张萍：《论鲁迅的文学翻译主张》，《外语教学》1995年第2期。

⑪ 袁荻涌：《鲁迅的翻译理论及其实践》，《青海师范大学学报》1996年第2期。

⑫ 顾钧、顾农：《鲁迅主张“硬译”的文化意义》，《鲁迅研究月刊》1999年第8期。

新世纪以来，雷亚平、张福贵的《文化转型：鲁迅的翻译活动在中国社会进程中的意义与价值》[1] 一文明确提出鲁迅的“直译”方法是在东西文化对比中的一种文化态度甚至是文化取向。陆寿荣、张淼的《鲁迅翻译理论的发展及评价》[2]，李寄的《鲁迅翻译路径观初探》[3]、徐朝友的《鲁迅早期翻译观溯源》[4]，张铁荣的《鲁迅与周作人的日本文学翻译观》[5] 等文均关注了鲁迅的翻译观念。郑海凌的《关于“宁信而不顺”的艺术法则——鲁迅译学思想探索之一》[6]《“凡是翻译，必须兼顾着两面”——鲁迅译学思想探索之二》[7] 两文在肯定鲁迅坚“信”翻译理念的同时，也高度赞赏鲁迅“兼顾着两面”的主张。作为成功的翻译家郑海凌的观点值得重视：经过翻译实践检验的理论更令人信服。陈硕、倪艳笑的《文化转型与鲁迅的直译理论》[8] 从关注鲁迅翻译的目标和宗旨出发阐释其文化意义。王斌的《论鲁迅“宁信而不顺”翻译观的动机》[9] 也阐述了这一观点。王向远认为，翻译文学从“欧化”到“溶化”的过程，就是从探索到成熟的过程；并指出：鲁迅翻译《域外小说集》时期采用“直译”，后来到翻译《死魂灵》时“已经没有了20年代译文中的刻意欧化的硬译……”[10] 这是关于鲁迅乃至整个中国翻译界所运用的翻译方法发展、转变的描述，也是鲜见的用鲁迅翻译实践来回顾并突破鲁迅“硬译”理论的论说。刘少勤的《从汉语的现代化看鲁迅的翻译》[11]，万宝林的《鲁迅翻译思想的创新性》[12] 等，阐释了鲁迅对于现代汉语和翻译理论的

---

① 雷亚平、张福贵：《文化转型：鲁迅的翻译活动在中国社会进程中的意义与价值》，《鲁迅研究月刊》2000年第12期。

② 陆寿荣、张淼：《鲁迅翻译理论的发展及评价》，《山东外语教学》2002年第5期。

③ 李寄：《鲁迅翻译路径观初探》，《外语研究》2003年第5期。

④ 徐朝友：《鲁迅早期翻译观溯源》，《解放军外国语学院学报》2003年第5期。

⑤ 张铁荣：《鲁迅与周作人的日本文学翻译观》，《鲁迅研究月刊》2003年第10期。

⑥ 郑海凌：《关于“宁信而不顺”的艺术法则——鲁迅译学思想探索之一》，《鲁迅研究月刊》2003年第9期。

⑦ 郑海凌：《“凡是翻译，必须兼顾着两面”——鲁迅译学思想探索之二》，《鲁迅研究月刊》2004年第2期。

⑧ 陈硕、倪艳笑：《文化转型与鲁迅的直译理论》，《贵州工业大学学报》2003年第4期。

⑨ 王斌：《论鲁迅“宁信而不顺”翻译观的动机》，《广西社会科学》2004年第8期。

⑩ 王向远：《翻译文学导论》，北京师范大学出版社2004年版，第116页。

⑪ 刘少勤：《从汉语的现代化看鲁迅的翻译》，《书屋》2004年第3期。

⑫ 万宝林：《鲁迅翻译思想的创新性》，《西华师范大学学报》2004年第5期。

贡献。王秉钦的《20世纪中国翻译思想史》认为，鲁迅翻译的贡献主要有两点："开辟'外国新文学'的源流和进行了翻译方法上的革命"，所以鲁迅是"中国译论的奠基人"[①]。孟昭毅、李载道认为："鲁迅在我国翻译文学史上，和在中国现代文学史上一样，既是奠基人又是主将。"[②]

陈叶的《"宁信而不顺"：鲁迅文化观的反映》[③]指出，鲁迅的直译观念来自"拿来主义"的文化策略。余连祥的《鲁迅·丰子恺·〈苦闷的象征〉》[④]将鲁迅、丰子恺对《苦闷的象征》的翻译进行了梳理与比较，认为鲁迅的"直译"方式在中国没有传人——指出了鲁迅翻译的时代性也就是鲁迅自己所说的"中间物"特性。张景华的《从"硬译"透视鲁迅对中国文化转型的探索》[⑤]认为，鲁迅"之所以选择了'硬译'是因为'硬译'对中国文化转型具有极其重要的历史意义。首先，'硬译'可以防止晚清时盛行意译的流弊：对文本的民族中心主义的改写；其次，'硬译'可以使主体文化保持一种健康的文化心态，吸收原汁原味的异质文化；再次，'硬译'还能推进主体文化的语文改革"。高芸的《从归化到异化：试论鲁迅的翻译观》[⑥]指出："鲁迅翻译思想中的'信'与'不顺'体现了近代中国翻译活动救亡图存的根本目的，代表了文化转型时期中国翻译的发展方向。"赵秀明的《论鲁迅的翻译思想》[⑦]认为，鲁迅的"翻译理论思想，虑远思精，鞭辟入里，启人疑窦……科学而完整，对于我们今天学习、融会西方译论，建设自己的翻译学体系，都有着重大的现实意义"。朱耀先、张香宇的《论鲁迅的翻译策略》[⑧]认为："鲁迅是中国伟大的文学家、翻译家和新文学运动的奠基人。他致力于翻译，出于实现'醒世、觉世'的政治抱负。他针对不同的作品，运用多维度、独异性的翻译策略，不仅达到了其政治目的，还开拓了中国翻译文学的新路，创一代翻译之新风。"李在辉的《早期受控之鲁迅的翻译选择》[⑨]考察

---

① 王秉钦：《20世纪中国翻译思想史》，南开大学出版社2004年版，第113、118页。

② 孟昭毅、李载道：《中国翻译文学史》，北京大学出版社2005年版，第144页。

③ 陈叶：《"宁信而不顺"：鲁迅文化观的反映》，《学海》2005年第1期。

④ 余连祥：《鲁迅·丰子恺·〈苦闷的象征〉》，《鲁迅研究月刊》2005年第4期。

⑤ 张景华：《从"硬译"透视鲁迅对中国文化转型的探索》，《四川外语学院学报》2006年第2期。

⑥ 高芸：《从归化到异化：试论鲁迅的翻译观》，《江西社会科学》2008年第5期。

⑦ 赵秀明：《论鲁迅的翻译思想》，《东北师范大学学报》2009年第4期。

⑧ 朱耀先、张香宇：《论鲁迅的翻译策略》，《中州学刊》2009年第4期。

⑨ 李在辉：《早期受控之鲁迅的翻译选择》，《外语学刊》2011年第3期。

了“早期处于受控状态下的鲁迅翻译活动，探讨其受控的主流意识形态、诗学形态以及翻译实践的具体受控体现，分析日后逆转的原因。研究发现，鲁迅前期受制与后期挑战是一个连续统，前期积聚不安和不满，后期爆发和逆转。因此，没有早期探索和实践意译，未必能成就后期的直译主张。”

上述研究的共同特征是：大多关注鲁迅翻译的时代性征，而忽略了鲁迅作为一个翻译主体的主体特性；在关注鲁迅的翻译理论的同时，少有注意到鲁迅翻译理论与翻译实践之间的差距；从翻译目的的角度关注鲁迅的翻译理论，却没有进一步追踪目的的实现过程和结果。

2. 关于“翻译论战”的研究

“翻译论战”是指鲁迅与梁实秋等人就鲁迅的“硬译”展开的论战，在很大程度上是“翻译论战”使鲁迅的翻译思想得以呈现，因此对“翻译论战”的研究非常重要。相关研究主要集中在鲁迅与梁实秋、赵景深、瞿秋白关于“直译”、“硬译”、“转译”、“信”与“顺”等理论的讨论上，在鲁迅一方体现了鲁迅坚“信”的翻译理念，在论敌一方则展示了时人与鲁迅关注翻译角度的不同。因为直接将反对鲁迅翻译思想的意见纳入研究视野，所以相关的研究显得别具一格。

这方面的主要研究成果包括丁言模的《鲁迅与瞿秋白在翻译语言方面的意见分歧》①，冷子兴的《“无可厚非”的“牛奶路”》②，周楠本的《谈 Milky Way 与银河的互译》③，张钊贻的《鲁迅的“硬译”与赵景深的“牛奶路”》④，刘全德的《鲁迅、梁实秋翻译论战追述》⑤ 和《鲁迅、梁实秋翻译论战焦点透析》⑥，王锡荣的《瞿秋白、鲁迅翻译问题讨论的启示》⑦，张过大卫的《论“牛奶路”乃 the Milky Way 之乱译》⑧ 等。

上述研究的共同特点是从鲁迅翻译目的来阐释鲁迅对于翻译策略和方

---

① 丁言模：《鲁迅与瞿秋白在翻译语言方面的意见分歧》，《鲁迅研究资料》1991 年第 24 辑。

② 冷子兴：《“无可厚非”的“牛奶路”》，《鲁迅研究月刊》1995 年第 3 期。

③ 周楠本：《谈 Milky Way 与银河的互译》，《鲁迅研究月刊》1996 年第 7 期。

④ 张钊贻：《鲁迅的“硬译”与赵景深的“牛奶路”》，《鲁迅研究月刊》1996 年第 7 期。

⑤ 刘全德：《鲁迅、梁实秋翻译论战追述》，《四川外语学院学报》2000 年第 3 期。

⑥ 刘全德：《鲁迅、梁实秋翻译论战焦点透析》，《中国翻译》2000 年第 3 期。

⑦ 王锡荣：《瞿秋白、鲁迅翻译问题讨论的启示》，《上海鲁迅研究》2005 年夏季刊。

⑧ 张过大卫：《论“牛奶路”乃 the Milky Way 之乱译》，《鲁迅研究月刊》2005 年第 7 期。

法的选择，但少有学者对“直译”、“硬译”、“宁信而不顺”等观点的产生、发展、变化进行深入探究。

本来论争发生在“宁信而不顺”和“宁顺而不信”两种理念的冲突上，但是多数研究者都忽略了一个问题，即论战双方所拿出的认为会制敌于死地的具体翻译例子——无论是鲁迅的“硬译”还是声名狼藉的“牛奶路”都已经与“信”或“顺”的问题关系不大：接近“死译”的硬译是鲁迅将西文句法应用于汉语实验，而“牛奶路”正如张过大卫所言，纯属乱译。回顾这段翻译论战的历史，需要的是“理越辩越清”，至于当事人的是非功过则不应该作简单定论。

3. 西方翻译理论的介入

随着中外文化交流的日益密切，西方翻译理论也引起了学者的兴趣，很多研究者开始用西方翻译理论解读鲁迅翻译，“翻译政治”、“操控论”、“目的论”、“阐释学”、“规范论”、“生态学”等均被引入。

采用西方翻译理论进行鲁迅翻译研究的几位比较文学与外国文学专业的硕士研究生很是引人注目。他们的论文大多使用英语完成，年轻的双语（多语）学者与西方的翻译理论相结合，令人看到了鲁迅翻译研究的生机和前景。因为鲁迅翻译产生于中国的乱世之秋，所以“翻译政治”理论被利用得最为充分——此前人们一再阐释的翻译总体社会背景被进一步细化和理论化。莫逊男在其硕士毕业论文《从归化到异化——从翻译政治的角度对鲁迅翻译思想的探索》（华南师范大学2004年）中，“利用后殖民视角中的‘归化’、‘异化’、‘翻译政治’的概念，借助Even-Zohar的多元系统论理论以及后殖民翻译理论，探讨鲁迅从归化到异化的转型，揭示意识形态对翻译策略的影响以及翻译的政治对翻译文本的控制”。王颖平的硕士毕业论文《鲁迅与韦努蒂异化翻译策略之比较》（陕西师范大学2008年）将鲁迅提倡的“欧化”与韦努蒂的异化进行了比较研究。宋丹的硕士论文《中西方语境下鲁迅与斯皮互克对“翻译政治”的阐释》（中南大学2009年）也是此类研究的成果。另有杨柳的硕士论文《规范论视角下的鲁迅翻译序跋研究》[①] 和蒋海霞的硕士论文《鲁迅翻译理论研究：阐释学视角》[②] 都是借用西方翻译理论阐释鲁迅的翻译

① 杨柳：《规范论视角下的鲁迅翻译序跋研究》，湖南师范大学2008年硕士学位论文。

② 蒋海霞：《鲁迅翻译理论研究：阐释学视角》，中南大学2008年硕士学位论文。

思想的。此外，王友贵的《鲁迅的翻译模式与翻译政治》①，任淑坤、王慧的《鲁迅与翻译的政治》② 也从翻译发生的社会背景出发解读鲁迅的翻译策略和方法。

近两年来，翻译适应选择论引起了学者的兴趣。穆婉姝、程力的《生态翻译学视域下的鲁迅翻译思想》③ 利用翻译适应选择论分析鲁迅的译事活动。刘艳芳的《鲁迅翻译思想的生态翻译学诠释》④ 指出："鲁迅翻译思想所涵盖的翻译动机、翻译目的、翻译态度、翻译原则和翻译策略等体现了高度和谐统一的生态境界；同时，鲁迅毕生从事的翻译活动正是他多维动态适应和自然本能选择的必然结果。"将生态学引入翻译研究确实是一个创举，但其用于鲁迅翻译的研究却难免捉襟见肘——生态学所主张的"适者生存"不是鲁迅翻译的关键所在，因为鲁迅的翻译选材和策略常常有悖于所处的环境。由此倒是可以从相反的方向解读鲁迅的翻译选择因为没有适应环境而产生的后果。

上述论说多是从一个角度或方面对鲁迅翻译中的某一问题进行探讨。总体来说，其中的很多成果属于"述学"性质，即是对鲁迅翻译理论进行"西方翻译理论化"。但无论如何，引入的翻译理论拓展了翻译研究的路径，将鲁迅翻译研究纳入一个新视野，这是一个可喜的变化，也是鲁迅翻译研究的新趋势。

从整体上看，鲁迅翻译策略和方法的研究，无论是在中国传统翻译视域内还是将其置于西方翻译理论的视野中，都难脱对于鲁迅翻译目的"崇高化"的处理，而对于目的达成的过程和结果则缺少理性、公正的评价。以研究者高玉严苛的眼光看来："多局限于翻译本身，比较抽象、空泛、缺乏深度，既没有联系鲁迅翻译实践的实证研究，又不能由此辐射到鲁迅的文学创作以及整个中国现代文学创作。"⑤

（四）鲁迅翻译作品的研究

翻译作品也是文学作品，作品的研究属于本体研究，理所当然是鲁迅

① 王友贵：《鲁迅的翻译模式与翻译政治》，《山东外语教学》2003 年第 2 期。

② 任淑坤、王慧：《鲁迅与翻译的政治》，《上海翻译》2005 年第 4 期。

③ 穆婉姝、程力：《生态翻译学视域下的鲁迅翻译思想》，《东北师范大学学报》2010 年第 5 期。

④ 刘艳芳：《鲁迅翻译思想的生态翻译学诠释》，《湖北大学学报》2010 年第 6 期。

⑤ 高玉：《近 80 年鲁迅文学翻译研究检讨》，《社会科学研究》2007 年第 3 期。

翻译研究一个重要的方面。

华济时的《一面镜子：读〈工人绥惠略夫〉有感》[①]，丁景唐的《继承和发扬鲁迅编译出版儿童文学作品的优良传统——重读〈小约翰〉〈小彼得〉〈表〉有感》[②]，卜立德的《鲁迅的两篇早期翻译》[③]，日本学者工藤贵正（赵静翻译）的《鲁迅早期三部译作的翻译意图》[④]，王志文的《民元前鲁迅的翻译活动》[⑤]，吴晓樵的《鲁迅与海涅译诗及其他》[⑥] 等文，都结合时代背景，突出了鲁迅翻译作品的贡献和影响。王向远的《二十世纪中国的日本文学翻译史》[⑦] 评析了鲁迅、周作人对森鸥外、夏目漱石的译介，鲁迅译《一个青年的梦》，鲁迅对有岛武郎的译介，鲁迅对《鼻子》《罗生门》的译介，鲁迅对菊池宽小说的翻译……基本上囊括了鲁迅所翻译的日本文学。杨英华的《关于鲁迅翻译武者小路实笃剧作〈一个青年的梦〉的态度与特色》[⑧] 通过原作和译作的比较研究，得出鲁迅的翻译特色：直译和意译共存。在孙郁的专著《鲁迅书影录》[⑨] 中，也有鲁迅翻译作品及其原作者的研究。宋嘉扬、靳明全的《试析鲁迅译介马列文论的二度变形》指出鲁迅所译马列文论均转译自日本，是“日本式的”，“所以，中国左翼文学的发展与日本无产阶级文学运动存在许多相似性也是自然的”[⑩]。

鲁迅译作被关注最多的是《域外小说集》。时萌在1980年就指出了《鲁迅〈域外小说集〉的启蒙意义》[⑪]，袁荻涌的《〈域外小说集〉：成功与失败》[⑫] 对

---

① 华济时：《一面镜子：读〈工人绥惠略夫〉有感》，《新湘评论》1980年第2期。

② 丁景唐：《继承和发扬鲁迅编译出版儿童文学作品的优良传统——重读〈小约翰〉〈小彼得〉〈表〉有感》，《学习鲁迅作品的札记》，上海文艺出版社1983年版。

③ 卜立德：《鲁迅的两篇早期翻译》，《鲁迅研究月刊》1993年第1期。

④ ［日］工藤贵正：《鲁迅早期三部译作的翻译意图》，赵静译，《鲁迅研究月刊》1995年第1期。

⑤ 王志文：《民元前鲁迅的翻译活动》，《鲁迅研究月刊》1995年第3期。

⑥ 吴晓樵：《鲁迅与海涅译诗及其他》，《鲁迅研究月刊》2000年第9期。

⑦ 王向远：《二十世纪中国的日本文学翻译史》，北京师范大学出版社2001年版。

⑧ 杨英华：《关于鲁迅翻译武者小路实笃剧作〈一个青年的梦〉的态度与特色》，《鲁迅研究月刊》2004年第4期。

⑨ 孙郁：《鲁迅书影录》，东方出版社2004年版。

⑩ 宋嘉扬、靳明全：《试析鲁迅译介马列文论的二度变形》，《四川外语学院学报》2007年第3期。

⑪ 时萌：《鲁迅〈域外小说集〉的启蒙意义》，《外国文学研究》1980年第3期。

⑫ 袁荻涌：《〈域外小说集〉：成功与失败》，《贵州文史丛刊》1993年第5期。

该作的意义和读者接受进行了阐释。杨联芬的《〈域外小说集〉与周氏兄弟的新文学理念》[1] 更是一篇力作，指出“人道主义”与“诗化叙事”是《域外小说集》最引人注目的两个特征。同是杨联芬的《作为“潜文本”的〈域外小说集〉》[2] 又对这一问题进行了深化。孙郁的《鲁迅书影录》[3] 赋予《域外小说集》高度评价。顾钧的《周氏兄弟与〈域外小说集〉》[4] 认为该译作标志着鲁迅翻译风格的转变。罗寰宇的《传统与现代的紧张感：〈域外小说集〉前后鲁迅的翻译与创作心理》[5] 突出了鲁迅身处传统与现代转型期的内心矛盾。

发掘鲁迅翻译的历史资料，是鲁迅翻译研究的一个重要方面，也是关涉到材料补充、修正和建设的重大问题。学者们依据史实论证，得出了令人信服的结论，令人耳目一新。在此类研究中，目前基本上属于译作研究。陈福康的《〈裴彖飞诗论〉是不是鲁迅的译著》[6] 将鲁迅早期与周作人合作的译作研究提上了日程。王世家的《“〈为人类〉译者附记”应是鲁迅佚文》[7]，为鲁迅译文《为人类》的解读带来了新的资料。朱金顺的《鲁迅周作人又一篇合写的文章》[8] 指出：《犹太人》一文是由周建人翻译的，而《附记》则是由鲁迅和周作人合写的。强英良《鲁迅手书〈你的姊妹〉译诗》[9] 指出，版画《你的姊妹》背面题诗为鲁迅译作。[10] 于静《钱玄同、林辰藏书中的〈域外小说集〉》[11] 证实了《域外小说集》有三种版本。赵龙江《〈域外小说集〉和它的早期日文广告》[12] 介绍了东京《日本及日本人》杂志刊登的《域外小说集》广告原件的有关情况。《关于鲁迅译文〈一个青年

---

① 杨联芬：《〈域外小说集〉与周氏兄弟的新文学理念》，《鲁迅研究月刊》2002 年第 4 期。

② 杨联芬：《作为“潜文本”的〈域外小说集〉》，《晚清至五四：中国文学现代性的发生》，北京大学出版社 2003 年版。

③ 孙郁：《鲁迅书影录》，东方出版社 2004 年版

④ 顾钧：《周氏兄弟与〈域外小说集〉》，《鲁迅研究月刊》2005 年第 5 期。

⑤ 罗寰宇：《传统与现代的紧张感：〈域外小说集〉前后鲁迅的翻译与创作心理》，《鲁迅研究月刊》2011 年第 2 期。

⑥ 陈福康：《〈裴彖飞诗论〉是不是鲁迅的译著》，《外国文学研究》1980 年第 2 期。

⑦ 王世家：《“〈为人类〉译者附记”应是鲁迅佚文》，《鲁迅研究月刊》2003 年第 1 期。

⑧ 朱金顺：《鲁迅周作人又一篇合写的文章》，《鲁迅研究月刊》2003 年第 2 期。

⑨ 强英良：《鲁迅手书〈你的姊妹〉译诗》，《鲁迅研究月刊》2003 年第 8 期。

⑩ 福建教育出版社 2008 年版《鲁迅译文全集》和人民出版社 2009 年版《鲁迅著译编年全集》均已经收入。

⑪ 于静：《钱玄同、林辰藏书中的〈域外小说集〉》，《鲁迅研究月刊》2005 年第 2 期。

⑫ 赵龙江：《〈域外小说集〉和它的早期日文广告》，《鲁迅研究月刊》2005 年第 2 期。

的梦〉》[①] 证实《一个青年的梦》译文是从 1919 年 8 月 15 日开始刊载的，更正了此前的“8 月 3 日刊载”一说，虽然此说目前并未被出版界所采纳[②]，但他将《〈一个青年的梦〉正误》收入“修订中的《鲁迅全集》新版”的建议得到了重视，福建教育出版社 2008 年版《鲁迅译文全集》和人民出版社 2009 年版《鲁迅著译编年全集》都收入了该篇。随着对鲁迅翻译研究的重视，相信会有更多相关史料被发现和更新。

高玉说：“对鲁迅翻译作品的研究，我认为这是最重要的鲁迅翻译研究，属于‘本体’研究。但迄今这方面的研究却是最薄弱的。”[③] 的确，在翻译作品研究中，涉及的译作还是鲁迅译作中的极少数作品。另外，所研究的作品大多处于孤立状态，将其放置于所属的来源国家或鲁迅的全部译作之中进行总体考察的成果还不多见。

（五）鲁迅翻译研究专著

除上述研究成果外，五部关于鲁迅翻译的研究专著需要做专门介绍，因为这属于鲁迅翻译的综合研究，标志着鲁迅研究进入了新的阶段。它们是刘少勤的《盗火者的足迹与心迹——论鲁迅与翻译》[④]，王友贵的《翻译家鲁迅》[⑤]，李寄的《鲁迅传统汉语翻译文体论》[⑥]，吴钧的《鲁迅翻译文学研究》[⑦]，顾钧的《鲁迅翻译研究》[⑧]。

刘少勤的《盗火者的足迹与心迹——论鲁迅与翻译》是国内最早的鲁迅翻译研究专著。[⑨] 虽然此著中“作者的研究思路和关注问题仍然是传

---

① 《关于鲁迅译文〈一个青年的梦〉》，《鲁迅研究月刊》2005 年第 10 期。

② 人民文学出版社 1981 年版《鲁迅全集》采用的时间是“1919 年 8 月 3 日—10 月 25 日”，人民出版社 2009 年版《鲁迅著译编年全集》所采用的时间仍然是“1919 年 8 月 3 日—10 月 25 日”。

③ 高玉：《近 80 年鲁迅文学翻译研究检讨》，《社会科学研究》2007 年第 3 期。

④ 刘少勤：《盗火者的足迹与心迹——论鲁迅与翻译》，百花洲文艺出版社 2004 年版。

⑤ 王友贵：《翻译家鲁迅》，南开大学出版社 2005 年版。

⑥ 李寄：《鲁迅传统汉语翻译文体论》，上海译文出版社 2008 年版。

⑦ 吴钧：《鲁迅翻译文学研究》，齐鲁书社 2009 年版。

⑧ 顾钧：《鲁迅翻译研究》，福建教育出版社 2009 年版。

⑨ 参见李寄《鲁迅传统汉语翻译文体论》第 3 页和顾钧的《鲁迅翻译研究》第 10 页：名为 Lennart Lundberg（兰纳特·伦德伯格——笔者）的瑞典研究者 1980 年以 *Lu Xun as a Translator: Lu Xun's Translation and Introduction of Literature and Literary Theory, 1903 – 1936*（《译者鲁迅：鲁迅的文学和理论译介 1903—1936》——笔者）为题目完成了博士论文，1989 年又以著作形式出版。

统范畴的"[1]，但是，这毕竟是国内鲁迅翻译研究的开山之作，而且作者从译作的选择和翻译策略方法两个方面对鲁迅的翻译作出了大体的梳理。另外，该作激情的论说方式除显现出作者对研究对象充满热情外也令读者印象深刻。

王友贵的《翻译家鲁迅》立足于鲁迅的翻译活动，从多个角度对鲁迅的翻译成就进行了总结。用很多个"第一"明确了鲁迅作为翻译家在中国翻译史、文学史上的地位，如"最早提倡严格直译"，"最先介绍波兰文学"，"最早策划出版翻译丛书"，等等。还从各种不同侧面描述了鲁迅，如"浪漫鲁迅"、"呆子鲁迅"等，这些都是对"文学家"、"思想家"、"革命家"鲁迅的最好丰富。关于鲁迅的"转译"，王友贵认为，这是出于"一种翻译政治的考虑"，"虽然鲁迅未必清楚意识到，他本人亦从未在文字上明确说明"。这是"出于对中国可能亡国的巨大恐惧，也因为他从事文学创作、文学翻译的首要出发点不是文学本身，因此他对于不得不转译的尴尬，从来没有后悔过"[2]。该作更可贵之处是文献性较强。

李寄的《鲁迅传统汉语翻译文体论》是一部鲁迅翻译本体研究的专著，考察了1903—1918年鲁迅翻译的文体状况，它的奠基意义不言而喻——此前鲁迅翻译研究很少有人从语言文体入手，更不要说撰写成书了。它虽然由语言入手，但又不局限于语言，正如作者在《后记》中所说："循着文字——文学——文化由小至大的逐步深化的理路，并由翻译文体探视译者的心灵、情感和思想世界。"虽然有类似"鲁迅留日前期科技文本属于译作"（该著目录）这样具有挑战性的论断，但丝毫不影响该作的开创性特征，读者有理由期待该作的下部《鲁迅现代汉语翻译文体论》问世。

吴钧的《鲁迅翻译文学研究》在孙郁"鲁迅首先是位翻译家"[3]的基础上进一步指出"鲁迅首先成为翻译家"。此外，"第四章鲁迅文学翻译文本分析"是该著的亮点，以早期的《地底旅行》、中期的《小约翰》和晚期的《死魂灵》作为研究范本，引入了法、英、德、日、荷、俄六

① 高玉：《近80年鲁迅文学翻译研究检讨》，《社会科学研究》2007年第3期。

② 王友贵：《翻译家鲁迅》，南开大学出版社2005年版，第148—149页

③ 吴钧：《鲁迅翻译文学研究》，《鲁迅首先是位翻译家：从没想过"永垂不朽"》，齐鲁书社2009年版，第12页。

种语言的文本，并且与中国不同译者的同一译作[①]进行对比。虽然很难想象著者具有如此强悍的语言能力，多种语言也只是简单的罗列并未有详尽的分析，展示的也只是这三部作品中的几个段落，但是必须承认这样的对比为鲁迅的翻译研究指明了一个方向——鲁迅一再坚持的、研究者一再阐释的翻译中“信”的问题必须和原作进行对照才能得到确切答案。这也对鲁迅翻译研究的学者提出了新要求：必须掌握一门甚至是几门外语。

顾钧的《鲁迅翻译研究》将鲁迅翻译分为前期、中期、后期三个阶段，也形成了该著的第二、三、四章，每个阶段都以鲁迅的译作为核心展开论述；同时也对鲁迅的翻译思想进行了“关于‘硬译’”和“翻译材料的选择”两个方面的阐释（第一章）。该著还是鲁迅翻译活动的基本展示：在“第五章鲁迅其他与翻译有关的工作”中，介绍了几套翻译丛书、《译文》、与翻译合作者的关系、与青年翻译者的关系。此外，该著还从“翻译与创作互补”和“翻译对创作的影响”两个方面论述了“鲁迅翻译与创作的关系”（第六章）。

鲁迅翻译研究专著的产生是鲁迅翻译研究走向深化和全面的标志，这五部专著可谓各有侧重、各有千秋。

回顾“文化大革命”后至今的鲁迅翻译研究会发现，虽然已经进入正常的研究轨道——基本上摆脱了社会政治的影响，但是至少目前还没有摆脱传统的翻译研究模式和思路。甚至有学者认为：“对于鲁迅的文学翻译以及它对鲁迅和中国现代文学的影响，至今仍然缺乏深入的研究，仍然没有超越，仍然在重复王瑶、唐弢 20 年前的观点。不仅鲁迅的文学翻译没有得到有效的研究，基本的鲁迅与外国文学的关系也没有得到切实的研究，这一课题至今仍然是鲁迅研究的薄弱环节。”[②]

总体来看，20 世纪研究者虽然对鲁迅翻译呈现出逐步重视的趋势，研究成果也有了一些，但是比较全面的研究却不多，能够观照鲁迅整个翻译系统、文学系统乃至鲁迅整个思想体系的研究成果更是难得一见。新世纪伊始，相继问世的几部研究专著，只从其内容的全面、信息的容量已足

① 吴钧采用的是：陈伟译《地心游记》（译林出版社 2003 年版）；胡剑虹译《小约翰》（华夏出版社 2004 年版）；郑海凌译《死魂灵》（中国书籍出版社 2005 年版）。

② 高玉：《近 80 年鲁迅文学翻译研究检讨》，《社会科学研究》2007 年第 3 期。

见鲁迅翻译研究的新气象。值得欣喜的是，近几年来，鲁迅翻译的基础资料建设也有了长足发展：2008 年福建人民出版社出版了《鲁迅译文全集》，收入了迄今为止发现的全部鲁迅译文，而且都以本原的面目出现：连插图都一并收入。2009 年人民出版社又出版了《鲁迅著译编年全集》，将译文和创作作为一个整体，统摄于时间轴之下。随着基础材料的建设，研究的进一步深入，相信会有更可观的成果诞生。

参考文献

一　鲁迅著译

《鲁迅全集》，人民文学出版社 1981 年版。

《鲁迅佚文全集》，群言出版社 2001 年版。

鲁迅博物馆编：《鲁迅译文全集》，福建教育出版社 2008 年版。

王世家、止庵编：《鲁迅著译编年全集》，人民出版社 2009 年版。

二　鲁迅著译研究

曹聚仁：《鲁迅评传》，东方出版中心 1999 年版。

陈梦熊：《鲁迅全集中的人和事——鲁迅佚文佚事考释》，上海社会科学院出版社 2004 年版。

陈鸣树：《鲁迅的思想和艺术》，陕西人民出版社 1984 年版。

丁景唐：《学习鲁迅作品的札记》，上海文艺出版社 1983 年版。

房向东：《鲁迅与他“骂”过的人》，上海书店出版社 1996 年版。

冯光廉、刘增人：《多维视野中的鲁迅》，山东教育出版社 2002 年版。

《冯雪峰忆鲁迅》，河北教育出版社 2001 年版。

冯雪峰：《鲁迅的文学道路》，湖南人民出版社 1980 年版。

福建师范大学中文系编：《鲁迅与外国文学资料汇编》，1977 年。

高名凯等：《鲁迅与现代文学语言》，文字改革出版社 1957 年版。

高旭东：《鲁迅与英国文学》，陕西人民教育出版社 1996 年版。

郜元宝：《鲁迅六讲》，上海三联书店 2000 年版。

顾钧：《鲁迅翻译研究》，福建教育出版社 2009 年版。

韩长经：《鲁迅与俄罗斯古典文学》，上海文艺出版社 1981 年版。

瞿秋白等：《红色光环下的鲁迅》，河北教育出版社 2002 年版。

黎照编：《鲁迅梁实秋论战实录》，华龄出版社 1997 年版。
黎舟：《鲁迅与中外文学遗产论稿》，海峡文艺出版社 1985 年版。
李寄：《鲁迅传统汉语翻译文体论》，上海译文出版社 2008 年版。
李长之：《鲁迅批判》，北京出版社 2003 年版。
李春林编：《鲁迅与外国文学关系研究》，吉林人民出版社 2003 年版。
李欧梵：《铁屋中的呐喊》，河北教育出版社 1999 年版。
林非：《鲁迅和中国文化》，学苑出版社 2000 年版。
刘柏青：《鲁迅与日本文学》，吉林大学出版社 1985 年版。
刘少勤：《盗火者的足迹与心迹——论鲁迅与翻译》，百花洲文艺出版社 2004 年版。
鲁迅博物馆、鲁迅研究室：《鲁迅年谱》（增订本），人民文学出版社 1981 年版。
鲁迅博物馆等编：《鲁迅回忆录》，北京出版社 1999 年版。
倪墨言：《鲁迅后期思想研究》，人民文学出版社 1984 年版。
彭定安：《鲁迅学导论》，中国社会科学出版社 2001 年版。
钱理群：《鲁迅远行以后：鲁迅接受史的一种描述（1936—2001）》，贵州教育出版社 2004 年版。
钱理群：《心灵的探寻》，河北教育出版社 2001 年版。
钱理群：《与鲁迅相遇》，三联书店 2003 年版。
陕西省鲁迅研究会编：《鲁迅思想与中外文化论集》，陕西人民教育出版社 1990 年版。
上海鲁迅纪念馆编：《鲁迅著译系年目录》，上海文艺出版社 1981 年版。
孙郁：《百年苦梦》，广西师范大学出版社 2006 年版。
孙郁：《鲁迅书影录》，东方出版社 2004 年版。
孙郁：《鲁迅与周作人》，辽宁人民出版社 2007 年版。
孙郁主编：《被亵渎的鲁迅》，群言出版社 1994 年版。
孙玉石：《现实的与哲学的：鲁迅〈野草〉重释》，上海书店出版社 2001 年版。
唐弢：《鲁迅的美学思想》，人民文学出版社 1984 年版。
汪晖：《反抗绝望——鲁迅及其文学世界》，河北教育出版社 2000 年版。
王得后：《鲁迅心解》，浙江文艺出版社 1996 年版。

王富仁：《中国反封建思想革命的一面镜子》，北京师范大学出版社 1986 年版。

王富仁：《中国鲁迅研究的历史和现状》，江苏人民出版社 1999 年版。

王富仁：《中国文化的守夜人——鲁迅》，人民文学出版社 2003 年版。

王富仁：《鲁迅前期小说与俄罗斯文学》，天津教育出版社 2008 年版。

王乾坤：《鲁迅的生命哲学》，人民文学出版社 1999 年版。

王晓明：《无法直面的人生：鲁迅传》，上海文艺出版社 1994 年版。

王友贵：《翻译家鲁迅》，南开大学出版社 2005 年版。

王友贵：《翻译家周作人》，四川人民出版社 2001 年版。

吴钧：《鲁迅翻译文学研究》，齐鲁书社 2009 年版。

许广平：《欣慰的纪念》，人民文学出版社 1951 年版。

许寿裳：《亡友鲁迅印象记》，人民文学出版社 1953 年版。

薛绥之：《鲁迅生平史料汇编》，天津人民出版社 1981—1986 年版。

乐黛云编：《国外鲁迅研究论集》，叶坦、谢力红译，北京大学出版社 1981 年版。

袁良骏：《鲁迅研究史》，陕西人民出版社 1986 年版。

张华：《鲁迅与外国作家》，陕西人民出版社 1981 年版。

张梦阳：《鲁迅研究学术论著史料汇编》，中国文联出版公司 1985 年版。

张梦阳：《中国鲁迅学通史》，广东教育出版社 2001 年版。

张铁荣：《比较文化研究中的鲁迅》，南开大学出版社 2003 年版。

张永泉：《从周树人到鲁迅》，东方出版中心 2006 年版。

中国社会科学院文学研究所鲁迅研究室编辑：《1913—1983　鲁迅研究学术论著资料汇编》，中国文联出版公司 1985—1990 年版。

朱正：《周氏三兄弟》，北方出版社 2003 年版。

［日］丸山升：《鲁迅·革命·历史》，北京大学出版社 2005 年版。

［日］丸尾常喜：《“人”与“鬼”的纠葛》，秦弓译，人民文学出版社 1995 年版。

［日］伊藤虎丸：《鲁迅、创造社与日本文学》，孙猛等译，北京大学出版社 1995 年版。

［日］伊藤虎丸：《鲁迅与日本人》，李冬木译，河北教育出版社 2001 年版。

[日] 竹内好：《鲁迅》，浙江文艺出版社 1986 年版。

三 相关研究

查小燕：《北方吹来的风：俄罗斯—苏联文学与中国》，海南出版社 1993 年版。

陈福康：《中国译学理论史稿》，上海外语教育出版社 2000 年版。

程光炜：《大众媒介与中国现当代文学》，人民文学出版社 2005 年版。

范伯群、朱栋霖：《中外文学比较史》，江苏教育出版社 2007 年版。

方维保：《红色意义的生成》，安徽教育出版社 2004 年版。

郭延礼编：《爱国主义与近代文学》，山东教育出版社 1992 年版。

郭延礼：《中西文化碰撞与近代文学》，山东教育出版社 1999 年版。

郭延礼：《中国近代翻译文学概论》，湖北教育出版社 2005 年版。

郭著章等编著：《翻译名家研究》，湖北教育出版社 1999 年版。

金元浦：《接受反应文论》，山东教育出版社 1998 年版。

瞿秋白：《俄国文学史及其他》，复旦大学出版社 2004 年版。

孔慧怡：《翻译·文学·文化》，北京大学出版社 1999 年版。

李今：《三四十年代苏俄汉译文学论》，人民文学出版社 2006 年版。

李岫：《20 世纪文学的东西方之旅》，人民文学出版社 2004 年版。

刘宓庆：《翻译与语言哲学》，中国对外翻译出版公司 2001 年版。

刘文飞：《文学魔方：20 世纪的俄罗斯文学》，中国社会科学出版社 2004 年版。

马以鑫：《中国现代文学接受史》，华东师范大学出版社 1998 年版。

马祖毅：《中国翻译简史："五四"以前部分》（增订版），中国对外翻译出版社公司 1998 年版。

孟昭毅、李载道：《中国翻译文学史》，北京大学出版社 2005 年版。

倪蕊琴：《论中苏文学发展进程》，华东师范大学出版社 1991 年版。

彭卓吾：《翻译理论与实践》，外语教学与研究出版社 1998 年版。

孙艺风：《视角阐释文化——文学翻译与翻译理论》，清华大学出版社 2004 年版。

汪介之：《选择与失落：中俄文学关系的文化透视》，江苏文艺出版社 1995 年版。

《王国维论学集》，中国社会科学出版社 1997 年版。

王宏志：《重释“信达雅”——二十世纪中国翻译研究》，东方出版中心 1999 年版。

王宏志编：《翻译与创作——中国近代翻译小说论》，北京大学出版社 2000 年版。

王建开：《五四以来我国英美文学作品译介史（1919—1949）》，上海外语教育出版社 2003 年版。

王向远：《二十世纪中国的日本文学翻译史》，北京师范大学出版社 2001 年版。

王向远：《翻译文学导论》，北京师范大学出版社 2004 年版。

王攸欣：《选择接受与疏离》，三联书店 1999 年版。

王友贵：《中国六位翻译家》，四川出版集团、四川人民出版社 2004 年版。

谢泳：《逝去的年代——中国自由知识分子的命运》，文化艺术出版社 1999 年版。

谢天振、查明建：《中国现代翻译文学史（1898—1949）》，上海外语教育出版社 2004 年版。

谢天振：《翻译研究新视野》，青岛出版社 2003 年版。

谢天振：《译介学》，上海外语教育出版社 1999 年版。

徐志啸：《近代中外文学关系》，华东师范大学出版社 2000 年版。

许钧：《文学翻译的理论与实践》，译林出版社 2001 年版。

杨联芬：《晚清至五四：中国文学现代性的发生》，北京大学出版社 2003 年版。

应国靖：《现代文学期刊漫话》，花城出版社 1986 年版。

于根元：《二十世纪的中国语言应用研究》，书海出版社 1996 年版。

张柏然、许钧：《面向 21 世纪的译学研究》，商务印书馆 2002 年版。

张南峰：《中西译学理论》，清华大学出版社 2004 年版。

智量等：《俄国文学与中国》，华东师范大学出版社 1991 年版。

后　记

本书是在博士论文的基础上修改而成。从博士论文的写作到成书，经历了多个艰难的过程，其间的酸甜苦辣，都已经成为过眼云烟，但期间众多师长、亲友的鼓励和帮助，却一直萦绕心中，并不断化作我前行的动力。

感谢我的导师钱振纲先生。先生治学为人，严谨平和，这不但是一种态度，更是一种情怀。对于不肖弟子如我辈，老师不但没有责难，反而教诲有加。做硕士的时候老师修改我的论文，从整体的结构到标点符号都一一指点；博士论文更是经老师的悉心指导、数次修改才得以完成。在我的写作思路陷于困顿的时候，老师总能拿出脱困的办法。我至今保留着老师给我的所有修改文本，一如老师严谨的治学风范和豁达的品格胸襟，作为学生的我一直铭记在心。蒙受师恩十余载，感激之情无以言表。

感谢刘勇老师。我虽非刘老师及门弟子，但刘老师却是我永远的恩师：因为有刘老师的鼓励和指导，我才有幸走进现代文学研究。感谢母校所有老师的教导，那校园的往事总令我回味无穷。还要感谢答辩时张中良老师、王兆胜老师对我毕业论文的肯定和指正。

更要感谢我院的付兴林院长为本书的出版所付出的努力和关切，感谢领导、同事和学生们对我的多方关照，感谢我所有朋友和亲人的支持，感谢……

因为有了你们，我在这陌生的城市感到非常温暖和惬意，也因为有了你们，我会好好珍惜，好好努力……年过不惑，一事无成，只能对各位报以诚挚的祝福：一生平安，诸事顺遂！

由于本人水平有限，疏漏错误在所难免，敬请读者不吝宝贵意见，批评指正为盼。

冯玉文

2014. 1. 15